Margot S. Baumann
Die Villa am Comer See

TINTE & FEDER

Das Buch

Aufgeregt fährt die junge Gartendesignerin Arya an den Comer See. Urlaub zum Nulltarif, denn sie hütet hier Hund und Villa der adligen Familie Durini. Aber zu ihrer Überraschung ist sie auf dem parkähnlichen Anwesen nicht allein: Tiziano, ein attraktiver Italiener und der Bruder der Hausherrin, hat sich im Gärtnerhaus eingenistet.

Bald schon knistert es zwischen ihr und Tiziano. Die Nächte voller Zärtlichkeit am See – ist das etwa die große Liebe, an die Arya nicht mehr glauben wollte? Doch dann erwischt sie Tiziano dabei, wie er hinter ihrem Rücken die Villa durchsucht. Als sie ihn erbost zur Rede stellt, erfährt sie die Geschichte eines alten Familienfluchs …

Die Autorin

Margot S. Baumanns Laufbahn als Geschichtenerzählerin begann in der zweiten Klasse, als sie ihrer damaligen Lehrerin erklärte, ihre Eltern hätten sie Landstreichern abgekauft.

Heute schreibt die 1964 geborene Autorin Romane über Liebe, Verrat, Geheimnisse und Sehnsuchtsorte. Für ihre Werke erhielt sie nationale und internationale Preise. Sie mag raue Küsten, schroffe Felswände, Musik, Hunde, das Leben im Allgemeinen, ihre Familie und träumt von einem Cottage am Meer.

Margot S. Baumann ist Mitglied des Berner Schriftstellerinnen und Schriftsteller Vereins und des Montségur Autorenforums. Sie lebt und arbeitet im Kanton Bern (Schweiz). Mehr Infos zur Autorin auf www.margotsbaumann.com.

MARGOT S.
BAUMANN

Die Villa am Comer See

ROMAN

TINTE & FEDER

Deutsche Erstveröffentlichung bei
Tinte & Feder, Amazon Media EU S.à r.l.
38, avenue John F. Kennedy, L-1855 Luxembourg
November 2019

Umschlaggestaltung: bürosüd° München, www.buerosued.de
Umschlagmotiv: © W. Phokin / Shutterstock; © FrimuFilms / Shutterstock;
© Stefano_Valeri / Shutterstock; © Oleksandr Berezko / Shutterstock;
© kaman985shu / Shutterstock
1. Lektorat: Karla Schmidt
2. Lektorat: Bernadette Lindebacher
Korrektorat: Manuela Tiller / Angelika Wiedmaier
Gedruckt durch:
Amazon Distribution GmbH, Amazonstraße 1, 04347 Leipzig /
Canon Deutschland Business Services GmbH, Ferdinand-Jühlke-Straße 7,
99095 Erfurt /
CPI books GmbH, Birkstraße 10, 25917 Leck

ISBN 978-2-91980-658-4

www.tinte-feder.de

Chi lascia la strada vecchia per la nuova, sa quel che lascia ma non quel che trova.

Wer die alte Straße wegen der neuen verlässt, weiß, was er verlässt, aber nicht, was er findet.

Italienisches Sprichwort

Prolog

In einer unbehaglichen Kutsche im Nirgendwo vor Nizza, des genauen Datums entsinne ich mich nicht; 1683

Teuerste Freundin!

Bitte verzeih, dass meine Schrift noch unleserlicher ist als für gewöhnlich. Ich versuche, das schwindende Tageslicht auszuschöpfen, und notiere diesen Brief rasch in dieser vermaledeiten Kutsche, damit ich ihn bei der nächsten Poststation abgeben kann.

Liebste Catarina, diese unsägliche Reise, der ich in meiner naiven Unwissenheit zugestimmt habe, wird hoffentlich einst bei meinem Ableben als Sündenerlass gelten, denn ich habe bis jetzt noch nichts Schlimmeres erleiden müssen! Und sage jetzt nicht, dass Du mich nicht gewarnt hättest, denn ich weiß, das hast Du, und deshalb komme ich mir gerade noch törichter vor als gemeinhin. Maurizio hat recht, wenn er mich stets als einfältiges Frauenzimmer bezeichnet. Aber wer hat mich denn zu dieser Odyssee überredet? Er war es doch, dieser Schuft!

Diese Straßen müssen ein Werk des Leibhaftigen sein! Und würde Maurizio nicht in jeder Schenke anhalten lassen, ich hätte vermutlich schon lange das Zeitliche gesegnet.

Zuerst war ein kalter Dauerregen unser treuester Weggefährte, und wie oft die Kutsche unterwegs im Schlamm stecken blieb, kann ich nicht zählen.

Seit vorgestern steht nun wohl zwar die Sonne am Himmel, brennt aber so unsäglich auf die Erde hernieder, dass die Gäule gänzlich mit Bremsen bedeckt sind und gegen diese Qual zuweilen wiehernd und bockend protestieren. Zudem sind die Löcher auf diesem Feldweg, der sich verwegen »Landstraße« nennt, tiefer als der Vulkan auf Sizilien. Und ich muss es wissen, stand ich doch schon an seinem Krater und warf einen Blick in das Ungetüm. Wir werden derartig durchgerüttelt, dass Leib und Seele Gefahr laufen, voneinander getrennt zu werden!

Also nein, liebste Catarina, eine Kutschenfahrt nach Paris kann ich wirklich nicht empfehlen. Heute sollen wir endlich Nizza erreichen, doch danach sind es noch immer unendlich viele Stunden bis Paris. Grundgütiger, wie soll ich das nur überleben?!

Ach, teuerste Freundin, mit welcher Wonne säße ich jetzt mit Dir in Eurer kühlen Orangerie, unter der schattigen Trauerweide am Ufer unseres lieblichen Sees – oder wenigstens in Eurer fabelhaften Bibliothek mit einem Glas Veltliner in der Hand. Aber nein, ich musste mich ja dazu entschließen, meinen Gemahl auf seiner Geschäftsreise zu begleiten, und bereue diese Entscheidung mit jedem Schweißtropfen, mit jedem blauen Fleck und mit jedem staubigen Atemzug mehr und mehr.

Liebste Catarina, ich muss den Brief schnell beenden, der Kutscher ruft, dass wir die Poststation gleich erreichen.
Also, meine allerliebste, süße Freundin, ich küsse Dich tausendfach und sende Dir die herzlichsten Grüße von unterwegs.

Immer die Deine!
Pellegrina

PS: Deinen Wunsch nach einem grünen Seidenstoff habe ich nicht vergessen. Ich werde ihn Dir auf alle Fälle besorgen. Und wie wäre es mit einer dazu passenden Spitze?

PPS: Über das andere sprechen wir, sobald ich zurück bin. Sei vorsichtig und auf der Hut und denke immer daran, wie hoch der Preis sein kann. Bleibe stark, liebste Catarina, bleibe stark!

1

Heute

»Sie feuern mich?«

Arya Folkerts starrte ihren Chef entgeistert an. Der untersetzte Restaurantbesitzer wischte sich über die Stirn und befeuchtete seine wulstigen Lippen mit der Zunge. Er fühlte sich sichtlich unwohl, doch ihr Mitgefühl hielt sich in Grenzen.

Sie arbeitete erst seit drei Wochen in dem kleinen Strandcafé auf Langeoog, verstand sich jedoch ausgezeichnet mit den Angestellten und den Gästen, und sie begann gerade erst, sich etwas heimisch zu fühlen … und jetzt das!

»Sind Sie mit meiner Arbeit denn nicht zufrieden?«, fragte sie und versuchte, die aufkommenden Tränen in Schach zu halten. Sie brauchte diesen Job! Wovon sollte sie sonst leben? »Oder habe ich etwas falsch gemacht?«

»Aber nein, das ist es nicht«, begann Herr Janssen. »Ich, also wir, sind sehr zufrieden mit Ihrer Arbeit.« Er brach ab, kratzte sich am Doppelkinn und warf einen schnellen Blick zur Küche, wo seine Ehefrau gerade Vorkehrungen für das Mittagsmenü traf.

»Es ist nur so«, er senkte die Stimme. »Silja, das Patenkind meiner Frau, braucht dringend eine Beschäftigung. Und da Sie die Letzte sind, die wir eingestellt haben, trifft es bedauerlicherweise Sie. Zwei Kellnerinnen kann ich mir einfach nicht leisten. Tut mir leid.« Er hob entschuldigend die Schultern. »Aber natürlich zahle ich Ihnen den vollen Monatslohn, auch wenn Sie nur drei Wochen für uns gearbeitet haben. Sie finden sicher bald etwas anderes. In der Hochsaison braucht man überall tüchtiges Personal.«

Er zwinkerte ihr zu, doch Arya war nicht in versöhnlicher Stimmung. Dass sie ihren Job gerade wegen dieser unsympathischen Silja verlor, die die meiste Zeit nur im Café ihrer Patentante herumhockte, mit Touristen schäkerte und ihr Handy malträtierte, machte Arya wütend. Die Janssens würden bald merken, dass Silja, was das Arbeiten betraf, zwei kurze Arme besaß. Aber diese Genugtuung würde Arya auch nicht weiterhelfen.

Sie atmete tief durch.

»Wenn das so ist, will ich Sie mit meiner Anwesenheit nicht länger belästigen und verschwinde!«, zischte sie.

Sie drehte sich um und hoffte einen Augenblick, dass Herr Janssen ihr gleich nachrufen würde: »April, April! Es war bloß ein Scherz!« Doch leider schien draußen die Juli-Sonne und nichts dergleichen geschah.

Als sie die Tür öffnete und das melodische Bimmeln der Türglocke hörte, floss eine einzelne Träne über ihre Wange, die sie energisch mit dem Handrücken wegwischte.

»So eine Arschgeige!«

Maike Otten, Aryas beste und einzige Freundin auf Langeoog, schüttelte empört den Kopf.

»Tja, *shit happens*, wie man so schön sagt.« Arya stand in der Küche und brühte Wasser auf.

»Und was machst du jetzt?«, fragte Maike, warf sich aufs Sofa und verschränkte die Hände hinter dem Kopf.

»Keine Ahnung. Eine neue Stelle suchen?«

»Und wenn du nichts findest?«

Arya verzog den Mund. »Dein Optimismus tröstet mich doch sehr.«

Maike lachte. »Tut mir leid, aber die Arbeitsplätze hier sind eben beschränkt.«

»Ich weiß.« Arya nahm zwei Teebeutel aus dem Schrank und goss heißes Wasser in die Tassen. »Wenn ich nichts finde, muss ich vermutlich nach Edinburgh zurück.«

»Aber du bist doch eben erst hier eingezogen?«

Das typische Inselhaus aus rotem Backstein mit den weiß gestrichenen Fensterrahmen und Türen war eines der wenigen, die noch mit Reet gedeckt waren. Aryas Mutter Ulrike hatte es vor einem halben Jahr geerbt. Es hatte ihrer Schwiegermutter Hilde gehört, Aryas Großmutter. Ihr Tod war ein harter Verlust für Arya gewesen, und auch jetzt noch schluckte sie schwer, als sie an Hilde Folkerts dachte. Sie hatte stets wie ein Fels in der Brandung gewirkt. Und als Arya im Teenageralter mit ihrer Mutter von Bremen nach Edinburgh gezogen war, hatte sie die heimwehgeplagte Enkelin per Telefon getröstet.

Sie hatten ihren Wohnort nach Edinburgh verlegt, als Ulrike drei Jahre nach dem Tod von Aryas Vater wieder geheiratet hatte. Duncan Stewart, einen waschechten Schotten mit Kilt und Dudelsack und dem ganzen Drumherum. Er besaß eine Leihwagenfirma in der schottischen Hauptstadt. Und obwohl Arya in Schottland ihre Ausbildung zur Landschaftsgärtnerin absolviert hatte, ihren Stiefvater gut leiden konnte und mittlerweile sogar einen jüngeren Stiefbruder namens Ethan besaß, hatte sie sich in Edinburgh nie richtig heimisch gefühlt.

Nur darum war sie vor sieben Wochen auf die Insel gekommen, wo sie sich um Großmutters Häuschen kümmerte.

Doch der Neuanfang auf Langeoog gestaltete sich schwieriger als erwartet. Auf dieser rauen Nordseeinsel mit ihren Dünen, den Salzwiesen und den weiten Sandstränden benötigte niemand eine diplomierte Landschaftsgärtnerin, die perfekte Parkanlagen nach englischem Stil anlegen konnte. Der Job im Café entsprach zwar nicht Aryas beruflicher Passion, brachte aber immerhin Geld in die Haushaltskasse. Oder eher: hatte gebracht. Sie seufzte schwer. Offenbar hatte sich das Schicksal gegen sie verschworen.

Wie zur Bestätigung hörte sie ein dumpfes Grollen durch das offene Fenster. Über der Nordsee ballten sich schwere Wolken zusammen und die Luft war diesig geworden. Es würde in Kürze regnen.

»Passt ja«, grummelte sie, als sie sich zu Maike aufs Sofa setzte.

»Was?«

Arya winkte ab. »Nichts, nur ein bisschen Selbstmitleid.«

Maike grinste und nippte an ihrem Tee.

Sie kannten sich seit Kindertagen. Jedes Mal, wenn Arya die Ferien bei ihrer Großmutter verbracht hatte, waren die Mädchen unzertrennlich gewesen. Auch später, als Arya bereits in Edinburgh wohnte, war der Kontakt zwischen ihnen nie ganz abgebrochen. Maike hatte sie sogar ein paarmal in Schottland besucht. Meist um das Royal Edinburgh Military Tattoo herum, weil die Norddeutsche auf Dudelsackmusik und haarige Knie stand. Maike mit ihrem Blondhaar und den hellblauen Augen hatte durch die Jahre nicht nur ein schottisches Männerherz gebrochen. Arya hingegen hatte dunkle Haare und braune Augen. »Kaffee mit Milch«, hatte Großmutter Hilde stets mit einem Augenzwinkern gesagt, wenn die Mädchen nebeneinanderstanden.

»Wir suchen übrigens eine Buchhalterin«, meinte Maike. Sie arbeitete für den Tourismus-Service der Inselgemeinde. »Sagt dir Abacus etwas?«

»Ist das nicht der Schulleiter von Hogwarts in den Harry-Potter-Büchern?«

Maike verschluckte sich an ihrem Tee und fing an zu husten. »Der heißt Albus, du Pflaume«, krächzte sie. »Abacus ist ein Buchhaltungsprogramm!«

»Ach so. Nein, sorry, Soll und Haben verwechsle ich immer.« Arya stieß einen tiefen Seufzer aus. »Es ist ja nicht so, dass ich meine Familie nicht vermisse und es eine Strafe für mich wäre, wenn ich nach Edinburgh zurückgehen müsste, nur …« Sie stockte und zog die Schultern hoch. »Ich habe nur so großspurig erklärt, dass ich mein Leben jetzt selbst in die Hand nehme und es hier auf der Insel sicher gebacken kriege. Und jetzt ist schon nach drei Wochen Schluss und das Baby muss zurück unter Mutters Federn kriechen. Ist etwas kläglich, nicht?«

Maike nickte. »Ja, klar, aber du bist doch auch erst dreiundzwanzig. In dem Alter ist es keine Schande, weiterhin Hotel Mama zu genießen.«

»Witzbold! Wenn ich jetzt nach Schottland zurückfahre, komme ich mir wie die größte Versagerin vor.«

»Na ja, so groß bist du nun auch wieder nicht«, feixte Maike.

Arya lachte. »Mach du nur deine Witze, du Inselspargel!«

Als ein frischer Luftzug die Gardinen bauschte und erste Regentropfen ins Wohnzimmer wehte, stand sie auf und schloss das Fenster.

Eine Weile starrte sie nachdenklich in die Dämmerung hinaus. In den Häusern gingen die Lichter an und über der Nordsee lag ein eigentümlicher Schimmer, als würde jemand mit einer Taschenlampe durch die tief hängenden Wolken leuchten.

Sie straffte die Schultern, drehte sich um und stemmte die Hände in die Hüften. »Irgendwo steht noch eine Flasche

Rotwein herum«, sagte sie. »Zwar nicht so belebend wie Single Malt, aber ich brauche jetzt etwas Stärkeres als Hagebuttentee!«

»Mir ist schlecht.« Maike sah Arya aus glasigen Augen an. »Dieser italienische Rotwein hat es aber in sich.« Sie rülpste verhalten.

Sie hatten die ganzen sieben Deziliter Roten innerhalb einer Stunde vernichtet. Arya fühlte sich selbst etwas schwummerig. Sie trank sonst kaum Alkohol und die paar Chips, die sie zu sich genommen hatte, waren als Grundlage für einen schweren Rotwein nicht wirklich geeignet.

Der Regen hatte sich zu einem veritablen Wolkenbruch gemausert, der in Böen an die Fensterscheiben schlug. Sommer auf Langeoog!

»Weichei!«, spöttelte Arya und betrachtete die leere Flasche auf dem Couchtisch.

Maike rappelte sich in eine sitzende Position auf und fuhr sich durch ihre blonden Locken. »Mach dein Hobby doch zum Beruf!«

Arya sah sie verwirrt an. »Was meinst du damit? Gärten anzulegen ist doch mein Beruf.«

Maike schüttelte den Kopf. »Das andere Hobby. Deine Vorliebe für handgeschriebene Briefe.«

Das stimmte, Arya hatte immer schon ein Faible für handgeschriebene Nachrichten gehabt. Etwas, das im Zeitalter von E-Mails und SMS fast schon antik anmutete.

»Und damit soll ich Geld verdienen?«

»Genau. Heutzutage schreibt niemand mehr von Hand. Stell dir vor, du bietest das an, also dass du für andere Briefe, Karten und so Zeugs verfasst. Ich bin sicher, das ist eine Marktlücke.«

Arya überlegte: Konnte da etwas dran sein? Für sie gab es nichts Schöneres, als im Briefkasten einen mit der Hand geschriebenen Brief zu finden. Die Freude, wenn man die Schrift erkannte; die Aufregung beim Öffnen des Umschlags; das Knistern des Papiers; der Geruch der Tinte. Und dann das Lesen, die Begeisterung an den gewählten Worten mit dem Wissen, dass sich der Absender extra Zeit für einen genommen und Mühe gegeben hatte. Was war dagegen schon eine hingerotzte Kurznachricht, die aus Abkürzungen und Emojis bestand?

Sie hatte sogar einmal einen Grafologie-Kurs belegt, in dem man lernte zu interpretieren, wer und was sich hinter einer Handschrift verbarg, und damit mehr über die Facetten einer Persönlichkeit herausfinden konnte. Seit damals schrieb Maike ihr lieber keine Postkarten mehr. Aber so witzig der Vorschlag ihrer Freundin auch war, für Fremde Briefe zu schreiben, davon leben konnte man bestimmt nicht.

»Pech gehabt, Süße«, verkündete Maike in diesem Moment. »Das gibt's schon.«

Sie hielt Arya das Handy vor die Nase. Das Display zeigte eine lange Liste von Websites, die handgeschriebene Briefe als Dienstleistung anboten.

»War ja auch eine Schnapsidee«, murmelte Arya.

»Und was willst du dann tun?« Maike sah sie erwartungsvoll an.

Arya starrte zum Fenster hinaus in das Unwetter. »Ein ausgedehntes Sonnenbad nehmen?«

Ihre Freundin kicherte. »Das schlechte Wetter hält vermutlich die nächsten Tage an, wird also schwierig werden. Wenn ich du wäre, würde ich in den Süden verreisen. Immerhin hast du jetzt eine Menge Zeit.«

»Und kein Geld«, entgegnete Arya seufzend. »Das Wenige, das ich angespart habe, ist für die Reisekosten und Lebensmitteleinkäufe draufgegangen.«

Maike öffnete den Mund, doch Arya unterbrach sie, noch bevor sie etwas vorschlagen konnte: »Und meine Mutter werde ich ganz bestimmt nicht anpumpen!«

»Ist ja gut.«

»Zudem braucht man ja auch eine Unterkunft im Urlaub«, fuhr Arya fort. »Soll ich etwa am Strand auf einer Liege schlafen?«

»Gutes Argument«, gab Maike zu.

Eine Weile schwiegen die Freundinnen und lauschten dem Prasseln des Regens und dem Ticken der Kuckucksuhr an der gegenüberliegenden Wand.

»Aber eine kleine Auszeit halte ich trotzdem für eine gute Idee«, begann Maike erneut. »In einer anderen Umgebung fällt es dir bestimmt leichter, Zukunftspläne zu schmieden. Hier versinkst du doch bloß ins Grübeln … und im Matsch. Zudem, hey: Sonne, Strand, heiße Südländer!« Sie zwinkerte schelmisch.

»Männer machen nur Probleme!«, murmelte Arya und dachte dabei an Ian, ihren Ex-Freund.

Die Trennung von ihm hatte nicht unwesentlich dazu beigetragen, dass sie Edinburgh verlassen hatte. Die Hauptstadt Schottlands war zwar recht groß, aber man lief sich trotzdem ständig über den Weg. Und die Vorstellung, Ian mit seiner neuen Flamme zu begegnen, der Frau, für die er ihr den Laufpass gegeben hatte, bestärkte sie nur in dem Entschluss, Schottland den Rücken zu kehren.

»Okay, dann halt nur Sonne und Strand.« Maike zog die Beine an und umfasste ihre Knie.

»Wie gesagt, Süße, das scheitert an meiner Barschaft.« Arya befeuchtete ihren Finger und tupfte die letzten Chipskrümel aus der Schale. »Herr Janssen zahlt mir zwar den vollen Lohn für vier Wochen, aber halt erst Ende des Monats. Und das Geld werde ich wohl für das Rückfahrticket nach Edinburgh benötigen.«

Maike nickte betrübt, doch dann riss sie unvermittelt die Augen auf. »Du, ich habe eine super Idee!« Sie sah sich im Zimmer um. »Wo ist dein Laptop?«

Arya wies mit dem Kopf Richtung Schlafzimmer. »Auf dem Nachttisch, wieso?«

Maike sprang auf und schwankte ein bisschen. »Hoppla«, sagte sie kichernd und hielt sich am Sofa fest.

Dann marschierte sie zielstrebig ins Schlafzimmer und kam mit Aryas Notebook zurück. Sie klappte das Gerät auf und stellte es auf den Couchtisch.

»Logg dich mal ins Internet ein«, befahl sie aufgeregt. »Das ist *die* Lösung für deine Probleme!«

2

»Verdammt!«

Tiziano Brentano blieb mit dem Hosenbein an der Zierspitze einer der schmiedeeisernen Stäbe hängen und fiel dann, mehr als dass er sprang, auf den Erdboden. Er stöhnte verhalten und betrachtete sein Bein. Ein langer Riss vom Knöchel bis zum Knie verunstaltete seine Lieblingsjeans – die konnte er wegwerfen. Immerhin befand er sich jetzt aber auf dem Gelände.

»Ich hätte doch ein Boot mieten sollen«, knurrte er, griff nach der Reisetasche, die er vorhin über den hohen Zaun geworfen hatte, und humpelte zu einem mit Moos und Flechten bewachsenen Felsen.

Er setzte sich hin, zog den Rucksack, in dem er seinen Laptop verstaut hatte, von den Schultern und betrachtete die blutende Schramme auf seiner Wade. Nicht sehr tief, trotzdem schmerzhaft. Mit etwas desinfizierender Salbe und einem Pflaster würde er es überleben.

Die Luft an diesem frühen Morgen war frisch und roch nach blühender Vegetation und Seewasser. Die Vögel in dem weitläufigen Park des Anwesens veranstalteten ein Heidenspektakel; ansonsten hörte man nur das Plätschern der Wellen, die an die Mauer der nahe gelegenen Bootsanlegestelle schlugen. Der

Himmel strahlte in einem tiefen Blau und die Sonne warf goldene Sprenkel durch das Blätterdach der hohen Bäume. Einen Moment genoss Tiziano die friedliche Atmosphäre, rappelte sich dann jedoch hoch und humpelte mit seinem Gepäck auf das Gartenhaus der Villa zu.

Der Begriff Gartenhaus wurde dem Gebäude aus hellem Sandstein mit den aufwendigen Dachverzierungen, den Terrakottaziegeln und der pompösen Marmortreppe mit ihrer üppigen Balustrade zwar nicht gerecht. Es hatte jedoch – er wusste nicht, aus welchem Grund – schon immer so geheißen.

Hoffentlich lag der Schlüssel noch unter der Amphore beim Hintereingang. Er würde es sehr bedauern, sollte er eine Scheibe einschlagen müssen. Dann käme, neben Einbruch, auch noch Sachbeschädigung dazu.

Im Schatten auf der rückwärtigen Seite des Gebäudes war es einige Grad kühler. Tiziano war während seiner Kletterpartie ins Schwitzen geraten und wischte sich jetzt aufatmend den Schweiß von der Stirn. Lächelnd erfreute er sich an der hinreißenden Aussicht.

Das Gelände bis hinunter zum See war während der Bebauung durch Steinmauern befestigt worden, damit es nicht abrutschte. Nach der Fertigstellung der Gebäude Mitte des siebzehnten Jahrhunderts hatte später ein wahrer Gartenkünstler das Areal bepflanzt. Jetzt waren die gemauerten Stützhilfen unter der üppigen Vegetation aus Ziersträuchern, Gehölzen und Blumen kaum mehr zu sehen. An strategisch günstig gelegenen Ecken standen Statuen griechischer Götter, die wie er über den blauen See ans gegenüberliegende Ufer blickten und von dort am Monte di Tremezzo mit seinem gewaltigen Felsriegel hinauf bis in den azurblauen Himmel.

Obwohl Tiziano Mailand und die Annehmlichkeiten einer Großstadt schätzte, verzauberte ihn dieses Panorama stets aufs Neue und er bedauerte es, dass er so wenig Zeit fand, hierher zurückzukommen. Als ihm jedoch erneut ins Bewusstsein kam, dass das nicht an ihm lag, verdüsterte sich seine Miene und er wandte sich ab. Er bückte sich und schob die bauchige Amphore, die mit einer fleischigen Sukkulente bepflanzt war, vorsichtig zur Seite. Bingo!

Im Gartenhaus war es kühl und dämmerig. Um das Mobiliar und die antiken Bilder an den Wänden vor der gleißenden Sonne zu schützen, hatte man alle Fensterläden geschlossen und die dicken Vorhänge zugezogen. Es roch nach abgestandener Luft und Staub. Er öffnete die Fenster und stieß die Läden einen Spalt auf, damit Tageslicht hereinkam. Um seine Lippen spielte ein wehmütiges Lächeln. Alles sah noch genauso aus wie früher.

Normalerweise beherbergte das Gartenhaus nur Gäste, wenn in der Villa eine Party stattfand und reichlich Alkohol floss. Doch Ilaria Durini, die Besitzerin der Villa *La Perla*, war keine Freundin von Ausschweifungen, unter die sie auch Partys einordnete. Böse Zungen behaupteten sogar, dass sie zum Geiz neigte, ganz im Gegensatz zu ihrem Vater, dessen Feste in der Region legendär gewesen waren. Im Raucherzimmer des Haupthauses hingen noch Schwarz-Weiß-Fotos von all den Berühmtheiten, die während des zwanzigsten Jahrhunderts im Anwesen ein und aus gegangen waren: Schauspieler, Sänger, Schriftsteller. Jeder, der damals in irgendeiner Form in den Schlagzeilen zu finden war, hatte sich hier die Klinke in die Hand gegeben. Doch diese Zeiten waren längst vorbei.

Tiziano trug sein Gepäck in das Schlafzimmer im Erdgeschoss. Obwohl der Ausblick auf den See von den Räumen im ersten Stock schöner war, wollte er so wenig wie möglich in Unordnung bringen. Immerhin war seine Anwesenheit hier nicht erwünscht, also würde er sie tunlichst geheim halten. Zwar ging er nicht davon aus, dass Ilaria Durini während ihrer Abwesenheit ein Security-Team engagiert hatte, aber vom See aus sah man zweifelsohne, wenn jemand das Licht im Gartenhaus einschaltete. Und auf überraschenden Besuch seitens der *Carabinieri* konnte er verzichten. Also würde er hoffentlich immer daran denken, die Läden zu schließen und die Vorhänge zuzuziehen, und je weniger Räume er bewohnte, desto geringer die Gefahr, dass er sich versehentlich verriet.

Er ließ in der Küche das Wasser etwas laufen und füllte dann ein Glas damit, das er mit an den Schreibtisch nahm, schaltete den Laptop ein und öffnete ein leeres Dokument. Zum Glück hatte der Computer seinen unfreiwilligen Sturz überlebt!

Einen Moment starrte Tiziano auf den blinkenden Cursor. Wie sollte er beginnen?

Zuerst immer die Fakten recherchieren!, hörte er im Geiste Nando, seinen Arbeitskollegen, deklamieren.

»Genau.«

Aber dann konnte er sich doch nicht zurückhalten und tippte den Titel ein:

Die traurige Prinzessin

Von Tiziano Brentano.

3

»Jetzt entspann dich mal, wir kommen nicht zu spät.« Maike setzte den Blinker und überholte mit Ach und Krach ein anderes Auto.

»Wenn ich wegen deiner vielen Pinkelpausen den Bus verpasse, kannst du mich gleich wieder mit zurücknehmen.« Arya schüttelte den Kopf. »Es ist sowieso eine Schnapsidee«, murmelte sie mürrisch.

»Hey, ich musste nur *einmal* anhalten!«, gab Maike lachend zur Antwort. »Und nein, du kriegst den Bus, und ja, es ist eine coole Sache. Stell dir vor: eine ganze Villa für dich allein!« Sie seufzte. »Du hast so ein Glück.«

»Irgendeinen Haken gibt es sicher dabei. Das ist bei mir immer so.«

Maike schnalzte mit der Zunge. »Nun sei nicht so negativ. Das wird schon alles klappen. Ich bin ja auch noch da und werde denen auf die Finger schauen, okay?«

Arya nickte verhalten. Die A29 von Bensersiel bis Bremen war an diesem Montagnachmittag praktisch leer, trotzdem saß sie wie auf Kohlen und schaute ständig auf die Uhr. Der Fernbus fuhr pünktlich um 18 Uhr 40 vom Bremer Hauptbahnhof ab, ob sie nun drin saß oder nicht.

Die ganze Sache schien ihr immer noch unwirklich, als wäre es bloß ein Traum. Vermutlich würde sie erst realisieren, dass es tatsächlich passierte, wenn sie bei dieser Villa ankam. Aber das war noch ein langer Weg.

Sie dachte an Freitagabend zurück, als alles mit Maikes verrückter Idee begonnen hatte.

»Was suchst du denn?« Arya legte den Kopf auf Maikes Schulter und linste auf das Display des Laptops.

»Moment«, sagte diese und rief die Internetsuchmaschine auf. »Das ist jetzt der letzte Schrei«, murmelte sie dabei. »Und kostet dich keinen Cent.«

»Na, da bin ich ja mal gespannt«, erwiderte Arya. »Deine Einfälle in allen Ehren, aber denk mal zurück an deinen zehnten Geburtstag, als du Luftballons an den Campingstuhl gebunden hast, um damit über die Nordsee nach London zu fliegen und Harry Potter zu treffen.«

Maike kicherte. »Hey, bis zur Garage bin ich immerhin gekommen.«

Arya schmunzelte. Maike war schon immer ein verrücktes Huhn gewesen. Vielleicht mochte sie sie deshalb so, weil sie das genaue Gegenteil von ihr war. Sie selbst war eher der vorsichtige Typ. Für sie bestand ein Abenteuer bereits darin, das Auto ihrer Mutter zu benutzen, wenn die Benzinanzeige auf Rot stand.

»Hier!« Maike lehnte sich auf die Seite, damit Arya einen freien Blick auf das Display bekam.

»Ja?«, fragte Arya gedehnt. »Und was soll das sein?« Die Website zeigte wechselnde Bilder von Häusern, Stränden und lachenden Kindern an. »Muss ich jetzt ein Kind adoptieren und ein Haus kaufen?«

Maike stieß ein genervtes Schnauben aus. »Dussel, nein, das ist eine Haustauschseite.«

Arya runzelte die Stirn und ihre Freundin fuhr fort: »Man gibt dort sein Haus ein und klickt auf die Gegend, in die man fahren will. Und wenn in der jemand lebt, der in deinem Haus Urlaub machen will, tauscht ihr. Und alles kostenlos! Voll easy!«

Arya starrte Maike entsetzt an. »Du hast ja einen Knall! Ich kann doch Großmutters Häuschen nicht einfach Wildfremden überlassen!«

»Warum denn nicht?« Maike zuckte mit den Schultern. »Wenn du eine Pension hättest, wäre das ganz normal. Zudem wärst du ja nicht hier und kriegst es nicht mit.« Sie zwinkerte. »Und ich bin ja auch noch da und kann ab und zu vorbeischauen und nach dem Rechten sehen.«

»Aber …« Arya brach ab.

Was für eine irrwitzige Idee! Wenn ihre Mutter erführe, dass irgendwelche obskuren Personen in Großmutters Haus wohnten, würde sie Arya wohl enterben. Und wer sagte, dass diese Leute nicht die Einrichtung zerstörten oder sie gar klauten? Nein, das war vollkommen absurd.

»Echt jetzt, Arya, das ist doch perfekt.« Maikes Augen glänzten. »Das sind keine Obdachlosen oder Gauner, sondern ganz normale Leute. Lies dir mal die begeisterten Kommentare durch. Die sind alle Feuer und Flamme und machen das oft schon jahrelang.«

»Das sind doch alles Fake-Kommentare«, erwiderte Arya spöttisch. »Logo, dass die Betreiber so einer Seite keine Kritik zulassen.«

»Quatsch!« Maike schüttelte den Kopf. »Schau, die haben sogar ein Konsumentenschutz-Label. Willst du es nicht mal versuchen? Du musst dich nur registrieren und ein Foto des Häuschens hochladen. Ich bin mir sicher, dass jemand da draußen ganz wild darauf ist, seinen Urlaub auf unserer Insel zu verbringen, und dir dafür sein Strandhaus an der Copacabana anbietet.«

»Ja, super! Und wie soll ich dort hinkommen? Etwa schwimmen?«

»Ich blase dir gern ein paar Ballons auf, Süße. Navigieren musst du jedoch selbst.«

Das Hupen hinter ihnen holte Arya aus ihren Erinnerungen.

Maike wechselte die Spur und zischte: »Ist ja gut, du Blödmann!«

Der Fahrer des dicken Mercedes preschte an ihnen vorbei und war schon nach wenigen Augenblicken nicht mehr zu sehen.

Maike hatte den Wagen ihres Cousins ausgeliehen, um Arya nach Bremen zu fahren, wo sie den Fernbus über Stuttgart bis nach Como nehmen wollte. Knapp fünfzig Euro für zwanzig Stunden Fahrt. Wenn alles klappte, würde sie am Dienstagabend in Italien ankommen.

Nach Maikes Plädoyer am Freitagabend hatte sie sich dazu überreden lassen, sich auf dem Haustauschportal anzumelden. Sie hatte ein paar Fotos von Großmutters Häuschen hochgeladen, die Insel in den höchsten Tönen angepriesen und das Inserat online gestellt. Danach hatten sich die Freundinnen über zwei Stunden lang durch die Angebote geklickt und bei vier Adressen Interesse angemeldet. Zu weit entfernt durfte das Tauschhaus nicht liegen, denn nach wie vor stand Aryas Geldknappheit im Vordergrund. Aber dass es der Süden sein musste, war Bedingung.

Sie hatte sich schließlich für zwei Häuser in Italien entschieden, weil Arya nach Englisch am besten Italienisch sprach, ein Haus an der Adria in der Nähe von Rimini und eine unverschämt tolle Villa mit einem fantastischen Park am Comer See.

Die letzte Anzeige hatte Arya nur aus Übermut angeklickt. Wer wollte schon seine Villa gegen ein Backsteinhaus tauschen?

Aber der wunderschöne Park mit dem alten Baumbestand ließ ihr Gärtnerinnenherz sofort höherschlagen. Was für eine Wahnsinns-Location!

Wichtig war auch, dass zu all diesen Destinationen ein Fernbus fuhr, der ihre Finanzen schonte. Ein Flug lag außerhalb ihres Budgets und sollte auch nicht in ihre Ökobilanz, und einen eigenen Wagen besaß sie nicht.

Arya hatte sich keine Hoffnungen gemacht, dass sich jemand meldete, doch zu ihrem großen Erstaunen hatte bereits am Samstagmorgen eine Signora Durini geantwortet, die sich für Großmutters Häuschen interessierte und die zufälligerweise genau die Besitzerin dieser Wahnsinnsvilla in der Lombardei war.

Ob das eine Falle war? Doch alles wirkte seriös. Trotzdem fürchtete Arya, dass sich das Ganze als Jux herausstellen könnte. Das klang doch viel zu schön, um wahr zu sein!

Dessen ungeachtet befand sie sich jetzt auf dem Weg nach Bellagio am Comer See. Sie musste komplett verrückt sein!

4

Die Fahrt entlang des Comer Sees war ein einziger Rausch aus Farben, Licht und Schatten. Arya konnte sich kaum sattsehen an dem tiefen Blau des Wassers, dem Himmel mit den weißen Wölkchen über bewaldeten Berghängen und den pittoresken Dörfern entlang der Straße mit ihren gelb, rosa und rot getünchten Häusern, roten Ziegeldächern und grünen Fensterläden. Sie war zugleich aufgedreht und von der langen Fahrt todmüde; derselbe Zustand, in welchem sie am Freitag Maikes Vorschlag zu einem Häusertausch angenommen hatte. Und obwohl sie sich ein bisschen vor dem Kommenden fürchtete und immer noch eine versteckte Falle witterte, fühlte sie sich so verwegen wie Vasco da Gama auf der Suche nach dem Seeweg nach Indien.

In Como stieg sie in den lokalen Überlandbus um, der sie entlang der Uferstraße nach Bellagio bringen würde, die Endstation ihrer Reise. Die Ortschaft, in der sie die nächsten zwei Wochen wohnen würde, lag an der äußersten Spitze einer Halbinsel, die den See in die Arme Como und Lecco teilte. Das Dorf galt als die Perle dieser Gegend.

Gemäß dem Vertrag, den sie mit Signora Durini abgeschlossen hatte, verpflichtete sich Arya, während ihres Aufenthalts für den Familienhund namens Paco zu sorgen. Sie hatte dem mit Freuden zugestimmt, weil sie Hunde mochte. Sie sollte sich auch um die Villa La Perla kümmern, samt Zimmerpflanzen, und sie hatte zudem versprochen, keine Partys zu schmeißen, was ihr nicht schwerfiel, da sie hier ja niemanden kannte.

Zwei ganze Wochen in dieser traumhaften Gegend in einer luxuriösen Villa … das Leben konnte so herrlich sein!

Arya hatte eine ellenlange Liste zusammengestellt, was sie alles unternehmen und sich ansehen wollte: lesen, wandern, schwimmen, die wunderbaren Villen mit ihren Parks entlang des Seeufers besichtigen, vielleicht sogar eine Schifffahrt machen, wenn die nicht zu teuer war. Und essen! Alle Köstlichkeiten, die die lokale Küche anbot, mussten getestet werden. Dass sie eigentlich hier war, um sich über ihre Zukunft klar zu werden, schob sie tunlichst beiseite. Vielleicht kam ihr in dieser wunderbaren Gegend ja plötzlich eine Erleuchtung.

Zum Glück sprach Signora Durini Englisch, denn mehr als ein paar Brocken Italienisch verstand Arya nicht. Obwohl es ihr leichtfiel, Fremdsprachen zu lernen, hatte sie es seltsamerweise nie mit Italienisch versucht. Vielleicht sollte sie das nachholen, denn sie mochte den Klang.

Die Signora hatte ihr aufgetragen, sowohl Paco als auch den Schlüssel für die Villa beim Nachbarn, einem Signor Colombini, abzuholen. Im Gegenzug würde Maike der italienischen Familie die Schlüssel zu Großmutters Haus überreichen, wenn sie morgen in Langeoog ankam.

Arya fragte sich nicht zum ersten Mal, was eine vermutlich sehr wohlhabende Familie dazu veranlasste, einem solchen Häusertausch zuzustimmen. Wenn man die Fotos der Villa auf der Haustauschseite betrachtete, war klar, dass die Durinis nicht am Hungertuch nagten.

Als Arya kurz vor sieben Uhr abends endlich in Bellagio ankam, näherte sich die Sonne bereits den steilen Berghängen, die aussahen, als würden sie sich gleich Hals über Kopf in den See stürzen wollen. Der Gegensatz zum endlos flachen Wattenmeer an der Nordsee hätte nicht größer sein können. Die Haltestelle hatte ihr Signora Durini per E-Mail mitgeteilt: Lungo Lago Marconi. Schon allein der Name verursachte Arya einen wohligen Schauer. Sie raffte schnell ihre Sachen zusammen. Nichts wie raus hier! Sie hatte die vergangenen Stunden genug Zeit auf Rädern verbracht und sehnte sich nach Bewegung. Warme Abendluft, die nach Seewasser, Blumen und geschmolzenem Käse roch, umschmeichelte sie. Offenbar bereiteten sich die Lokale entlang der Uferpromenade auf ein Heer hungriger Touristen vor. Arya war jedoch zu aufgedreht, um ans Essen zu denken, und hoffte, dass Signora Durini den Kühlschrank in der Villa vor ihrer Abreise nicht ganz geleert hatte.

Direkt gegenüber der Haltestelle befand sich die Anlegestelle der Schifffahrtsgesellschaft. Obwohl Signor Colombini bestimmt schon auf sie wartete, konnte sie sich nicht zurückhalten: Sie überquerte die Straße und betrat eine gemauerte Plattform, die ein Stück weit in den See hinausragte. Dort setzte sie sich auf ihren Rollkoffer, streckte die Beine aus und atmete tief durch. Hier war der Geruch nach Seewasser und Fisch noch intensiver. Neben ihr stand ein junges Pärchen, das sich mit einem Selfiestick fotografierte. Arya wandte sich schmunzelnd ab, freute sich an der fantastischen Aussicht über den See und die Berge und genoss die Abendsonne, die ihr das Gesicht wärmte. Als das Pärchen sich entfernte, schoss sie selbst ein paar Fotos von sich und dem Panorama und schickte Maike eins davon:

Bin in Bella Italia angekommen. Es ist fantastisch hier!
Ich schreibe dir bald.

Darunter fügte sie drei Herzen ein und schickte die Nachricht ab. Fast augenblicklich kam die Antwort:

Wahnsinn! Ich beneide dich. Viel Spaß!

Arya grinste, warf einen letzten Blick auf den Comer See, zog die Wegbeschreibung zur Villa La Perla hervor und machte sich auf die Suche nach ihrem Domizil.

* * *

Tiziano sah vom Laptop auf, streckte den Rücken durch und blickte über den See. Die Abendsonne warf einen goldenen Schimmer aufs Wasser. Schwalben schossen in spektakulären Flugmanövern dicht über der Wasseroberfläche hinter Insekten her. Er atmete tief durch. Was für eine wundervolle Gegend!

Er hatte gar nicht bemerkt, wie die Zeit vergangen war. Die letzten Stunden hatte er damit verbracht, historische Details über die *traurige Prinzessin* zusammenzutragen. Dazu hatte er sich eine Excel-Liste erstellt, in die er zunächst ihr Geburts- und Sterbedatum eintrug, dann die Namen der Eltern, Geschwister und sonstigen Verwandten. Eine ebensolche Tabelle erstellte er für die Familie ihres Gatten. Wie einfach das heutzutage war! Früher hätte er Stunden damit verbracht, in einer Bibliothek staubige Bücher zu wälzen, jetzt ging das mit ein paar Klicks. Doch Tiziano war nicht so naiv zu glauben, dass er alles Wichtige im Internet fand. Vermutlich lagen noch genug mühselige Recherchen in dunklen Archiven vor ihm. Für ihn war es noch nie eine Option gewesen, bloße Mutmaßungen anzustellen, und zudem kursierten in diesem Fall auch schon etliche Lügen. Wenn er also nur annähernd die damaligen Geschehnisse wiedergeben wollte, wie sie wirklich gewesen waren – und das hatte er sich zum obersten Ziel gesetzt –, dann musste er die originalen schriftlichen Aufzeichnungen in die Hände bekommen. Und deshalb war er hier.

Als das World Wide Web nichts mehr über die Prinzessin ausspuckte, stand Tiziano auf. Er sah abermals auf den See hinaus und verspürte plötzlich die unbändige Lust, schwimmen zu gehen. Zwar gab es keinen Strand auf dem Anwesen, doch die Villa besaß einen eigenen Bootsanleger mit einer Leiter ins Wasser, die einen bequemen Ein- und Ausstieg ermöglichte. Obwohl reinzuspringen natürlich viel mehr Spaß machte.

Er speicherte seine Notizen und lief ins Schlafzimmer, zog die Badehose an und schnappte sich ein Handtuch. Vom Hinterausgang des Gartenhauses führte ein verborgener Pfad hinunter zum See, der in den anderen Pfad mündete, der direkt von der Villa kam.

Eine warme Brise begleitete Tiziano bis zum Wasser. Das Klima am Comer See war so viel angenehmer als in Mailand. Zwar wurde es hier im Sommer auch recht heiß, aber selten über dreißig Grad, und in der Nacht kühlte es im Schatten der Berge ab. In Mailand hingegen blieb die Hitze zwischen den Häuserschluchten hocken wie eine brütende Henne.

Die Steinplatten unter Tizianos Sohlen fühlten sich warm an, in den schattigen Kehren etwas kühler, und er genoss den Temperaturwechsel. Er konnte sich gar nicht mehr erinnern, wann er das letzte Mal barfuß gelaufen war. Eine kleine Freude, die man als Erwachsener viel zu oft vergaß.

Am Bootssteg hängte er das Badetuch über einen Holzpfeiler und sprang ins Wasser. Prustend kam er wieder an die Oberfläche. Herrlich! Warm und zugleich erfrischend. Mit kräftigen Zügen schwamm er gut fünfzig Meter hinaus und ließ sich dann eine Weile auf dem Rücken treiben. Gedämpft vernahm er das Gurgeln des Wassers, den Motor eines weiter draußen vorbeiziehenden Bootes und das Rauschen seines eigenen Blutes in den Ohren. Er hörte plötzlich die übermütige Stimme seiner älteren Schwester im Kopf: »Wer kann länger das Totenmännchen spielen?«

Während ihrer Kinderzeit hatten sie praktisch den ganzen Sommer im Wasser verbracht. Sie hatte natürlich stets gewonnen, weil Tiziano sich damals vor den Schlingpflanzen in Ufernähe gefürchtet hatte.

Die Erinnerung an vergangene sorgenfreie Kindertage ernüchterte ihn und er hatte schlagartig keine Lust mehr, herumzuplanschen. Ohne das bezaubernde Panorama weiter zu beachten, schwamm er zügig zurück zum Steg.

5

Die Villa La Perla lag in der Via Eugenio Vitali. Laut Signora Durinis Beschreibung sollte es ein Fußmarsch von fünfzehn Minuten von der Busstation bis zum Haus sein. Während der ersten Meter ging es gemächlich an der Uferpromenade entlang, die um diese Zeit von Touristen auf der Suche nach einem *Ristorante* wimmelte. Dann führte die Straße jedoch bergan, und Arya geriet mit ihrem Gepäck ins Schwitzen. Sie passierte das *Grand Hotel Villa Serbelloni*, einen mit Efeu bewachsenen, maurisch anmutenden Komplex in einem satten Gelbton. Fünf Sterne prangten auf einem Schild neben dem Eingangstor. Vermutlich residierten hier nur die Reichen und Schönen, und sie linste neugierig zur Eingangstreppe, vor der gerade eine Stretchlimousine hielt. Ein livrierter Angestellter beeilte sich, die Türen aufzureißen, doch weder stieg George Clooney noch Ed Sheeran aus dem Nobelschlitten, sondern ein stark geschminktes Mädchen mit einem Handy am Ohr.

Weiter ging es den Hügel hinauf durch schmale Gassen mit kleinen Läden und flanierenden Urlaubern. Die Straße wurde stetig enger und Arya fragte sich, wie breit ein Auto sein durfte, um hier noch durchzukommen. Die farbigen Lackspuren am Mauerwerk zeugten davon, dass die Einheimischen diese Überlegung offensichtlich nicht beschäftigte.

Endlich erreichte Arya die Nummer dreizehn und stand vor einem verschlossenen zweiflügeligen Eisentor mit einer Gegensprechanlage. Der Vorplatz war mit einem farbigen Mosaik ausgelegt, das eine stilisierte Lilie zeigte – sehr nobel. Eine hohe Steinmauer, die an mehreren Stellen von einem Metallzaun mit gefährlich aussehenden Spitzen durchbrochen wurde, umgab das Anwesen. Da hatte jemand offenbar Angst vor Eindringlingen. Oder wollten die Durinis einfach ihre Ruhe haben?

Ilaria Durini hatte Arya den Code für das Eingangstor per Mail mitgeteilt. Auf dem Küchentisch läge auch der elektronische Türöffner, hatte es weiter geheißen. Eine Alarmanlage gab es nicht; vermutlich genügte ihnen der Hund.

Arya drehte sich um. Auf der anderen Straßenseite lag ein schmaleres, aber nicht minder feudales Haus. Durch einen rostigen Maschendrahtzaun, den gnädigerweise eine Buchsbaumhecke überwucherte, fiel ihr Blick auf einen Park mit hohen Pinien, Zypressen und einigen Palmen. Der satte Rasen war kurz geschnitten und glänzte dunkelgrün. Da gab sich einer aber Mühe, der heißen Sommersonne Paroli zu bieten.

Arya trat zu dem feuerroten Briefkasten neben der Gegensprechanlage und las das Namensschild: Colombini. Sie klingelte und sah sich dabei um. Das Anwesen der Durinis verdeckte die Aussicht auf den See, aber da Signor Colombinis Haus in den Hang oberhalb der Straße gebaut war, musste er von seinem Balkon aus einen himmlischen Ausblick auf den Comer See genießen können. Hier ließ es sich gut leben, wenn man das nötige Kleingeld besaß. Es knackte im Lautsprecher der Gegensprechanlage.

»Sì?«

»Buonasera, Signor Colombini. Ich hoffe, Sie verstehen Englisch. Ich bin Arya Folkerts und möchte den Hund und die Schlüssel für die Villa der Durinis abholen.«

»Ja, natürlich«, erklang eine krächzende Stimme auf Englisch mit einem starken italienischen Einschlag. »Ich habe Sie schon erwartet. *Vengo subito!*«

Kurz darauf öffnete sich das Gartentor, und Arya hob verwundert die Brauen. Vor ihr stand ein Männlein, das kaum einen Meter sechzig maß. Sein Gesicht war stark gebräunt und beinahe faltenlos. Er war offensichtlich geliftet und sie schätzte ihn auf siebzig Jahre. Er trug einen dunklen Anzug, ein gestärktes Hemd, eine dezent gestreifte Krawatte und dazu eine hellrosa Blüte am Revers. Wollte er zum Tanztee? Er lächelte freundlich und zeigte dabei eine Reihe Zähne, die zu weiß und regelmäßig waren, um echt zu sein.

»Kommen Sie, kommen Sie«, sagte er und winkte sie herein. Dann verbeugte er sich, griff nach ihrer Hand und hauchte einen Kuss darauf. »Buonasera, Signorina, erfreut, Sie kennenzulernen.«

Signor Colombinis Haus glich einem Museum. Souvenirs aus der ganzen Welt standen auf dem Boden, hingen an den Wänden und lagen in Glasvitrinen. Während Arya an dem lauwarmen Wermut nippte, starrte sie eine wohlproportionierte weibliche Ebenholzfigur an, die vermutlich aus Afrika stammte. Paco, der ältliche Labrador der Durinis, hatte sich zu ihren Füßen niedergelassen und folgte jedem ihrer Handgriffe, vor allem denjenigen, die zu den Chips gingen, die Colombini zum Aperitif auf den Couchtisch gestellt hatte. Ein glitzernder Speichelfaden tropfte von dem Hundemaul auf den grob gewebten Hirtenteppich, und Arya überlegte, dem Hund unauffällig etwas abzugeben.

»Füttern Sie ihn ja nicht!«, befahl Colombini im selben Moment, als hätte er ihre Gedanken gelesen. »Der Kerl ist fett genug.«

»Ja, natürlich«, erwiderte sie erschrocken und stellte das zierliche Likörglas auf den Couchtisch. Sie mochte eigentlich keinen Wermut, aber es war ihr unhöflich erschienen, Colombinis Einladung auszuschlagen. Doch langsam bekam sie Hunger.

Als Colombini erneut den Mund öffnete, um einen weiteren Schwank von seinen zahlreichen Reisen durch die Welt zum Besten zu geben, unterbrach sie ihn lächelnd.

»Entschuldigen Sie, Signore, aber ich muss jetzt wirklich gehen.« Sie stand auf und Paco folgte ihr bei Fuß. »Die Anreise war doch sehr lang und …«

»Sì, natürlich. Verzeihen Sie mir meine Unhöflichkeit.« Er erhob sich ebenfalls. »Wir sehen uns ja bestimmt noch … jetzt, da Sie meine Nachbarin sind. Zögern Sie nicht, sich bei mir zu melden, wenn Sie etwas benötigen. Jederzeit!« Er zwinkerte ihr auffordernd zu.

Der Kerl flirtet ja mit mir, ging es ihr durch den Kopf, und sie unterdrückte ein Schmunzeln.

»Natürlich«, entgegnete sie, griff nach dem Schlüssel für die Villa und trat in den Flur.

Colombini drückte ihr Pacos Hundeleine in die Hand, dabei streiften seine Finger ihren Unterarm und sie biss sich auf die Lippen. Offenbar hatte er sich extra für sie so fein gemacht, und auch wenn er ihr ein bisschen leidtat, hoffte sie, dass er nicht ständig bei ihr klingeln würde.

»Vielen Dank für die Gastfreundschaft, Signore. Komm, Paco!«

Der Hund wedelte freudig, als er seinen Namen hörte, setzte sich jedoch wieder hin. Natürlich, er verstand kein Englisch.

Sie überlegte. »Andiamo!« Jetzt sprang er auf.

Signor Colombini ließ es sich nicht nehmen, sie bis zum Gartentor zu begleiten. Wieder verbeugte er sich galant, und Arya beeilte sich davonzukommen, bevor er erneut Handküsse verteilte.

Paco wedelte wie verrückt, als er merkte, dass es nach Hause ging, und beinahe wäre sie seinetwegen über ihr Gepäck gestolpert, weil er sich so ins Halsband stemmte.

»Sie können ihn auf dem Gelände frei herumlaufen lassen«, rief ihr Colombini hinterher. »Es ist alles eingezäunt.«

»Danke, mach ich!«

Sie tippte den Code ins Haupttor der Villa ein und bugsierte Hund, Gepäck und sich selbst hindurch.

Geschafft!

* * *

Tiziano hatte sich nach dem Schwimmen für einen Moment auf die Liege im Garten unter der Trauerweide geworfen und war prompt eingeschlafen. Jetzt weckten ihn ein Frösteln, weil er immer noch seine nasse Badehose trug, und sein knurrender Magen.

Die Schatten der Bäume reichten bereits bis ans Ufer hinab. Er sah auf seine Armbanduhr. Schon halb neun, kein Wunder, dass er Hunger hatte. Ob er in den Ort gehen sollte? Aber dann musste er wieder über den gefährlichen Zaun klettern. Seine Wade schmerzte immer noch. Vielleicht lieh er sich einfach das Ruderboot der Durinis aus, das wäre bequemer. Doch der alte Colombini saß am Abend gern auf seiner Terrasse, und wenn er zufällig mitbekam, dass jemand das Boot seiner Nachbarn benutzte, war der Kerl durchaus in der Lage, die Polizei anzurufen.

Nudeln mit Tomatensoße oder Klettern? Irgendwo stand bestimmt eine Leiter herum, die könnte Tiziano innerhalb des

Geländes benutzen. Draußen, wo er auch seinen Wagen geparkt hatte, musste er sich wieder als Mauerspringer versuchen.

Er schnupperte an seiner Haut und verzog das Gesicht: Seewassergeruch. Wie oft hatte ihn seine Mutter gerügt, wenn er nach dem Schwimmen nicht hatte duschen wollen?

Während Tiziano sich einseifte, dachte er an seine Eltern. Seine Mutter war gestorben, als er ein Teenager gewesen war, und sein Vater vor fünf Jahren. Wie alle Kinder hatte Tiziano gedacht, dass seine Eltern ewig leben würden. Doch wie so vieles war auch dies ein Trugschluss gewesen. Auch dass sich Geschwister immer nahestehen. Weit gefehlt! Er und seine Schwester sprachen seit Vaters Tod nur noch das Nötigste miteinander – was er als überaus schmerzhaft empfand. Zu welchem Zeitpunkt genau war seine große Schwester eine Fremde für ihn geworden? Nach der Testamentseröffnung? Oder hatte dieser Prozess schon eingesetzt, als er sich vehement gegen Vaters Zukunftspläne für ihn, seinen Stammhalter, gewehrt hatte?

Tiziano griff nach dem Shampoo. Ein Jurist hätte er nach Filippo Brentanos Willen werden sollen. Doch rechtliche Dinge interessierten Tiziano nicht. Also hatte er sich trotzig für ein Journalismus-Studium entschieden, das er durch Gelegenheitsjobs und die großzügigen Zuwendungen seiner Patentante finanzierte. Nach Filippos Worten war er ein dummer Schmierfink geworden. Dass Tiziano beim *Corriere della Sera* ein eigenes Ressort leitete, hatte seinen Vater nie interessiert. Paparazzi waren Paparazzi, ganz egal, in welcher Abteilung sie hockten!

Das heiße Wasser prasselte wohltuend über Tizianos verspannte Schultern und spülte ein wenig die Frustration über Vaters Haltung weg.

Die Brentanos gehörten dem lombardischen Uradel an und waren immer eine stolze Familie gewesen, die viel Wert auf ihren tadellosen Ruf legte. Die Persönlichkeiten, die aus ihrem Geschlecht hervorgegangen waren, wurden hoch in Ehren gehalten. Dass sich unter diesen illustren Familienmitgliedern auch Dichter, Schauspieler und Sänger befanden, wurde jedoch geflissentlich ignoriert. Ebenfalls, dass zu Vaters legendären Partys genau solche Persönlichkeiten eingeladen wurden. Was für eine Heuchelei! Auch dass die Brentanos ursprünglich einem einfachen Bauerngeschlecht entstammten, sich später als Krämer verdingten und erst durch geschickte Heiratspolitik in den Adel aufgestiegen waren, wurde gern vergessen. Dabei war es nichts Verwerfliches, und es gab keinen Grund, weshalb sein Vater sich seinetwegen so schämen musste.

Tiziano trat aus der Dusche und rubbelte die Haare trocken. Der schöne Schein war in seiner Familie leider immer wichtiger gewesen als das Sein. Dass er für seinen Vater das schwarze Schaf der Familie gewesen war, schmerzte noch heute. Und seine Schwester hatte sich auf Vaters Seite geschlagen und seine unversöhnliche Haltung übernommen. Vielleicht war das tatsächlich der größte Vertrauensbruch, den er in seinem achtundzwanzigjährigen Leben bisher hatte verkraften müssen.

Tiziano betrachtete sich im Badezimmerspiegel. Ein bisschen glich sein Schicksal ja demjenigen der *traurigen Prinzessin*. Irgendwo in einem Dokument hatte er etwas beinahe Identisches gelesen: von einem Bruder, der sich auf die falsche Seite geschlagen hatte und seine kleine Schwester fallen ließ.

Tiziano warf das Duschtuch auf den Toilettensitz und lief ins Wohnzimmer. Er wollte besagte Stelle gleich heraussuchen und seine Gedanken dazu niederschreiben, bevor er sie wieder vergaß.

6

»Hast du eigentlich schon dein Fresschen bekommen?«

Paco sah Arya mit glänzenden Augen an und wedelte mit dem Schwanz. Sie stand in der Küche vor dem Fressnapf, der sinnigerweise seinen Namen trug, und studierte die Notizen, die Signora Durini auf dem Küchentisch hinterlegt hatte. Für das Tier gab es nur morgens und abends etwas zu fressen. Aber hatte Colombini Paco bereits gefüttert? Immerhin war es schon kurz vor einundzwanzig Uhr.

Arya hatte sich die Villa noch nicht zur Gänze angesehen, sondern nur das ihr zugeteilte Zimmer im rechten Flügel bezogen, und war dann schnell unter die Dusche gesprungen. Sie war gespannt, was sie noch alles erwartete. Bevor sie jedoch weiter auf Erkundungstour ging, musste sie etwas essen. Ihr Magen protestierte lauthals gegen die Vernachlässigung der letzten Stunden.

Sie sah auf den bettelnden Labrador hinunter. »Zur Feier des Tages bekommst du jetzt dein Fresschen. Egal, ob du es schon hattest, okay?«

Paco fing an zu hecheln und sie interpretierte das als klare Zustimmung.

Arya hatte noch nie eine Küche gesehen, die sich mit dieser hier vergleichen ließ. Erstens war sie riesig, Großmutters gesamtes Häuschen hätte problemlos darin Platz gefunden, und zweitens sah sie aus wie ein barocker Festsaal. Sie war ganz in Weiß und Gold gehalten und übersät mit seltsamen Stuckverzierungen. Über dem Küchentisch hing ein antiker Kristalllüster und überall standen Arrangements aus Trockenblumen in pompösen Vasen und kitschiger Nippes herum.

Ob das typisch italienisch war? Ihr Geschmack war es jedenfalls nicht. Vermutlich bekam Signora Durini im Gegenzug beim Anblick von Hildes altmodischem Herd und dem wackelnden Küchentisch einen Ohnmachtsanfall. Erneut fragte sich Arya, was die Durinis dazu bewogen hatte, mit ihr das Haus zu tauschen. War das eventuell ein Spleen der italienischen High Society, gemäß dem Motto: Einmal das einfache Leben kosten?

Sie zuckte mit den Schultern, füllte Pacos Napf mit Trockenfutter und gab Wasser dazu, damit es aufquoll.

»Einen Moment«, wandte sie sich an den Hund.

Paco fixierte seine Schüssel, ohne Arya zu beachten, als sie zum Kühlschrank ging und ihn öffnete. Heureka! Er war zwar nur zur Hälfte gefüllt, aber immerhin würde sie nicht Hungers sterben. Morgen konnte sie ins Dorf gehen und frische Lebensmittel einkaufen.

Paco bellte fordernd und Arya stellte den Napf auf den Boden. Er schlang das Futter innerhalb kürzester Zeit hinunter, als hätte er seit zwei Wochen nichts bekommen. Anschließend setzte er sich schwanzwedelnd daneben und wartete offenbar auf Nachschlag.

»Vergiss es!«, sagte sie streng. »Denk an Colombinis Worte bezüglich deiner Leibesfülle.«

Paco stieß einen tiefen Hundeseufzer aus, machte es sich vor der Kochinsel bequem und legte den Kopf auf die Pfoten.

Arya schmunzelte und nahm zwei rote Peperoni und zwei Tomaten aus dem Kühlschrank. Heute gab es Nudeln mit Gemüsesoße – willkommen in Italien!

Arya lehnte sich gesättigt zurück und sah auf den See hinunter. Von der Küche aus gelangte man direkt auf die große Terrasse. In einer kleinen Abstellkammer hatte sie Sitzpolster für die geschmiedeten Gartenmöbel gefunden und es sich mit ihrem ersten Abendessen in der Villa im Freien bequem gemacht. Paco lag zu ihren Füßen und schnarchte leise. Sie hatte sich nicht getraut, ihn frei laufen zu lassen, und deshalb mit der Leine am Tisch angebunden. Sie wollte sich morgen zuerst selbst davon überzeugen, dass das Areal wirklich komplett eingezäunt war. Nicht auszudenken, wenn der Familienhund ausbüxte und ihm etwas passierte!

Mittlerweile war es dunkel geworden. Die Lichter am gegenüberliegenden Seeufer spiegelten sich im dunklen Wasser, zogen orange und weiße Schlieren über die Oberfläche, bis sie sich am Ende wie von Geisterhand auflösten.

Arya griff nach ihrem Handy und googelte die Namen der gegenüberliegenden Ortschaften: Cadenabbia und Tremezzo. Beide von Bellagio aus mit der Fähre zu erreichen. Noch zwei Punkte, die auf ihrer Liste standen. Sie würde in den nächsten Tagen viel zu tun haben.

Paco stand auf, streckte sich und gähnte ausgiebig. Dann begann er nervös, um sie herumzutänzeln.

»Pippi?«, fragte sie, und beinahe sah es so aus, als würde er nicken. »Alles klar«, erwiderte sie schmunzelnd.

Sie hatte wenig Erfahrung im Umgang mit Hunden und vermutlich verstand Paco weder Englisch noch Deutsch, aber so schwer konnte es mit dem ältlichen Labrador ja nicht sein. Sie war überaus dankbar dafür, dass er ein eher ruhiges und freundliches Tier zu sein schien und kein Kläffer oder einer dieser Riesenhunde.

»Na, dann komm!«

Als sie die Leine vom Tisch löste, stemmte Paco sich augenblicklich mit aller Kraft hinein. Die Leine entglitt Aryas Händen und noch ehe sie reagieren konnte, flitzte der Hund davon.

»Paco, halt!« Sie lief die Treppe hinab in den Garten. »Paco«, rief sie, »bleib stehen!«

Verdammt! Siedend heiß überfiel sie die Erinnerung an Signora Durinis Notizen auf dem Küchentisch: *Bitte immer drauf achten, dass das Tor zum Bootssteg verschlossen ist. Paco liebt das Wasser und springt oft in den See, kann dann aber nicht mehr von allein heraus.*

»Dummer Hund!«, stieß Arya erschrocken hervor.

Was, wenn das Tor jetzt gerade offen stand und der Köter sich zu einem nächtlichen Bad entschloss? Was sollte sie dann tun? Ihm hinterherspringen? Aber wie konnte sie das Tier danach wieder an Land bringen? Es brachte bestimmt dreißig Kilo auf die Waage. Das durfte doch nicht wahr sein, dass sie gleich am ersten Tag solchen Mist baute!

»Nein, nein!«, rief sie und stürmte den Pfad hinunter zum See. »Lieber Gott, mach, dass das Tor zu ist! Paco, hierher! Bei Fuß!« Verdammt, was hieß das denn auf Italienisch? Irgendwas mit *piedi* vermutlich. »Paco, *a piedi*!«, schrie sie, doch kein freudiges Bellen erklang, nur das Keuchen ihres eigenen Atems.

Ihr Sprint endete am Seeufer. Wie ein finsterer Laufsteg erstreckte sich der Bootssteg in den See hinaus. Hier gab es keine Solarlampen mehr. Eine Mauer zog sich am Ufer entlang bis zum Bootsanleger. Arya spähte ins dunkle Wasser und horchte, ob sie von irgendwoher ein Planschen hörte. Nichts. Nur das Zirpen der Insekten und das leise Plätschern der Wellen, die sich an der Mauer brachen.

»Paco!«, rief sie noch einmal. Ihre Stimme zitterte.

Endlich erreichte sie das Tor, das den Bootssteg vom Ufer trennte. Geschlossen – dem Himmel sei Dank! Sie blieb stehen und stieß erleichtert die Luft aus.

Doch wo zum Teufel steckte der Hund? Sie sah sich um. Hier liefen zwei Wege zusammen. Derjenige, den sie von der Villa genommen hatte, und einer, der weiter in den parkähnlichen Garten hineinführte. Sie entschied sich für diesen. Vielleicht stöberte das Tier nur ein wenig herum und würde danach von selbst zum Haus zurückkehren. Die Küchentür stand offen und sie musste einfach hoffen, Paco nach ihrer Rückkehr schnarchend in seinem Körbchen vorzufinden.

Am Weg wuchsen mannshohe Büsche, die einen süßlichen Geruch verströmten. Zum Glück war der Pfad mit hellen Steinplatten ausgelegt, sodass sie sich auch im spärlichen Mondlicht orientieren konnte. Wo führte der Weg hin? Vielleicht ein Rundgang durch den Park?

Auf einmal raschelte es neben Arya im Gebüsch und sie quiekte vor Schreck.

»Paco?«, rief sie halblaut.

Keine Reaktion. Bestimmt nur ein nachtaktives Tier. Unvermittelt hörten die Büsche auf und Arya stand auf einer kleinen Lichtung. Schemenhaft erkannte sie die Umrisse eines Gebäudes. Es lag im Dunkeln, nur aus einem Fenster im Erdgeschoss drang ein schmaler Lichtstreifen heraus.

Sie blieb stehen. Signora Durini hatte ihr nicht mitgeteilt, dass sich noch jemand auf dem Gelände befand. Ob man vergessen hatte, das Licht auszuschalten? Oder war möglicherweise ein Fremder eingedrungen?

Arya schluckte. Was, wenn sich irgendwer in dem Nebengebäude eingenistet hatte? Ein Vagabund zum Beispiel oder ein Obdachloser. Sollte sie die Polizei rufen?

Sie hörte ein Winseln.

»Paco?«, rief sie leise.

Ein Schatten kam auf sie zugelaufen, und wenige Augenblicke später rieb der Hund seinen Kopf an ihrem Schenkel. Die Leine war mit Gras und kleinen Zweigen gespickt. Offenbar war das Tier quer durchs Gebüsch gelaufen.

»Na, hör mal, du dummer Hund, was fällt dir ein, mich so zu erschrecken?« Sie griff erleichtert nach der Leine, ging in die Hocke und kraulte Paco hinter den Ohren. »Das tust du kein zweites Mal, verstanden?«

Er leckte ihr übers Gesicht, und sie war viel zu froh darüber, ihn gesund wiedergefunden zu haben, als dass sie sich davor geekelt hätte.

Sie sah erneut zu dem Nebengebäude. Was sollte sie tun? Am besten fragte sie Signor Colombini um Rat. Er würde wissen, wie man vorgehen musste. Vielleicht hatten die Durinis das Gebäude vermietet und vergessen, sie darüber aufzuklären. Und wenn sich tatsächlich ein Fremder darin eingenistet hatte, war es bestimmt keine gute Idee, ihn einfach so zur Rede zu stellen. Mit einem übergewichtigen Labrador an ihrer Seite hätte sie bei einem unverhofften Angriff nicht die besten Karten.

»Wir gehen«, befahl sie leise, doch Paco bewegte sich nicht. »Andiamo!«, probierte sie es, aber auch jetzt machte der Hund keine Anstalten, ihr zu folgen. Im Gegenteil, er zog sie in Richtung Nebengebäude.

»Nein, ganz bestimmt nicht!«, zischte sie und zerrte stärker an der Leine.

Keine Chance. Paco setzte sich einfach hin, und als sie nochmals an der Leine riss, streckte er den Hals durch und ließ einen Rülpser hören. Wenn sie das Tier nicht strangulieren wollte, musste sie ihm seinen Willen lassen.

»Hast du etwa vor, hier zu hocken, bis die Sonne aufgeht?«

Paco wedelte mit dem Schwanz und wandte den Blick erneut sehnsüchtig zum Nebengebäude.

»Ich kann dich einfach an diesem Strauch anbinden, weißt du? Das macht mir gar nichts aus.«

Paco fing an zu hecheln.

»Dummer Hund!«

Natürlich würde sie das Tier nicht die ganze Nacht hier draußen lassen. Aber wie brachte sie es in die Villa zurück? Sollte sie es tragen?

Sie ging in die Hocke und versuchte, Paco hochzuheben, doch das ließ er sich nicht gefallen und wand sich wie ein Aal.

»Paco, echt jetzt!«, stieß sie verzweifelt hervor. »Magst du Leckerli?«

Wie blöd, dass sie nicht daran gedacht hatte. So verfressen, wie das Tier war, würde sie es bestimmt mit Futter dazu bringen, ihr zu folgen.

»Okay, du bleibst hier und ich hole dir ein Leckerli.«

Sie sah sich um. Der Busch neben ihr sah einigermaßen stabil aus. Also befestigte sie die Leine an einem knorrigen Ast und zuckte zusammen, als ein Zweig ihren Arm zerkratzte.

»Bis gleich«, raunte sie und drehte sich um.

Sie hatte kaum zwei Schritte getan, als Paco zu bellen anfing.

»Sei doch still!«

Arya warf einen besorgten Blick zum Nebengebäude. Sie wollte auf keinen Fall, dass die Person darin sie entdeckte. Oder war vielleicht gar niemand dort?

Wie sie es drehte und wendete, es gab nur eine Möglichkeit, das herauszufinden.

7

Vor dem Haus erklang Hundegebell. Tiziano runzelte die Stirn. Paco? Nein, das konnte nicht sein. Die Durinis fuhren wie immer um diese Zeit in Urlaub und würden ihren Hund bestimmt nicht allein zurücklassen. Tiziano rieb sich über die bloßen Arme. Er trug immer noch seine Badehose und fror. Zudem knurrte sein Magen immer lauter. Die letzten Stunden hatte er sich regelrecht in seinem Manuskript verloren und mehr als zehn Seiten geschrieben. Zwar nur stichwortartige Überlegungen, Vermutungen und Rückschlüsse, aber doch auch sehr viel Grundmaterial, das es auszuarbeiten galt.

Erneut erklang das Bellen.

Hatte sich ein fremdes Tier auf das Grundstück verirrt? Oder kam das Bellen von einem Boot, das gerade vorüberfuhr? Egal, Tiziano musste sich jetzt zuerst etwas zu essen machen, bevor er dem Gekläffe nachging. Aber für einen Ausflug über den Zaun fehlte ihm die nötige Energie, also Nudeln mit Tomatensoße. Doch zuerst speicherte er das Geschriebene ab, bevor der Akku seines Laptops den Geist aufgab.

Als Tiziano den Kopf hob und ein Gesicht in dem schmalen Spalt zwischen den Fensterläden erspähte, wäre er vor Schreck fast vom Stuhl gefallen. Er sprang auf, schnappte sich den Feuerhaken neben dem Kamin und stürmte zur Eingangstür.

* * *

»Aber du kommst mit«, redete Arya auf Paco ein, während sie die Leine vom Busch löste. Sie wollte sich dem Nebengebäude vorsichtig nähern, doch der Hund stemmte sich keuchend ins Halsband, und sie stolperte hinter ihm her.

»Das sollte dir unbedingt jemand abgewöhnen«, murmelte sie ärgerlich, weil ihr die Leine schmerzhaft in die Hand schnitt.

Das Nebengebäude entpuppte sich zu ihrer Verwunderung als kleine Kopie der Villa. Sie hatte es bisher nur für einen größeren Schuppen gehalten, sah jetzt aber, dass es aus festem Mauerwerk bestand. Alle Läden waren geschlossen, nur aus einem Fenster im Untergeschoss drang ein schmaler Lichtstreifen.

Arya hatte nicht vor zu klopfen, geschweige denn auszuprobieren, ob die Eingangstür offen war. Sie wollte nur einen kurzen Blick ins Haus werfen.

Paco schnaufte wie eine alte Dampflok, blieb dann vor der Haustür stehen und wedelte mit dem Schwanz. Er sah zu ihr hoch, als erwartete er, dass sie die Tür öffnete. Sie zeigte ihm den Vogel und schüttelte den Kopf.

Sie hatte nicht vor, die Heldin zu spielen. Vor allem, weil sie nicht wusste, was sie in dem Haus erwartete. Also schlich sie vorsichtig auf den Lichtspalt zu. Das Herz klopfte ihr bis zum Hals und ihr Mund wurde trocken. Hoffentlich waren die Durinis einfach nur vergesslich. Zentimeter um Zentimeter schlich sie näher und linste schließlich zwischen den beinahe geschlossenen Fensterläden hindurch ins Haus.

Verblüfft klappte ihr Mund auf.

Arya wusste nicht, was sie erwartet hatte, vielleicht einen Bettler oder eine Bande Jugendlicher, die Alkohol tranken, kifften und knutschten – aber ganz bestimmt keinen nackten Mann.

Und noch dazu einen, der verdammt gut aussah. Er tippte gerade auf einem Laptop, lehnte sich dann auf dem Stuhl zurück und rieb sich die bloßen Arme. Dann hob er den Kopf und sah ihr direkt in die Augen.

* * *

Tiziano riss die Tür auf und schwang den Feuerhaken.

»Stehen bleiben!«, befahl er, als er eine Gestalt davonrennen sah. »Bleiben Sie sofort stehen!«

Dann hörte er ein freudiges Bellen. Was zum Teufel …?

Er sprintete hinter dem Flüchtenden her, trat auf einen spitzen Stein und sog scharf die Luft ein.

»Mannaggia!«, knurrte er und humpelte weiter.

Dann geschahen zwei Dinge gleichzeitig. Ein Tier sprang ihn an, warf ihn zu Boden und eine nasse Zunge leckte über sein Gesicht. Zugleich hörte er eine Frauenstimme, die auf Englisch rief: »Ich habe eine Waffe!«

»Paco?«, fragte Tiziano verwirrt. »Hey, alter Junge, wie geht's?« Er versuchte, das vor Freude winselnde Tier von sich zu schieben. »Ja, guter Hund.« Tiziano lachte und rappelte sich in eine sitzende Position auf.

Während er Paco liebevoll den Hals kraulte und versuchte, seiner Zunge auszuweichen, hielt er nach der Frau mit der Waffe Ausschau und bemerkte eine Gestalt, die etwas abseitsstand.

»Was tun Sie hier und wieso ist Paco bei Ihnen?«, fragte er auf Englisch.

»Ich könnte Sie dasselbe fragen«, kam es wie aus der Pistole geschossen zurück.

Die Stimme klang jung. Ihr Akzent erinnerte ihn an eine Reise in die schottischen Highlands. Eine Touristin? Was tat sie hier? Das ergab alles keinen Sinn.

Tiziano stand auf und warf sicherheitshalber einen Blick zu dem Feuerhaken, der ihm bei Pacos stürmischer Begrüßung entglitten war. Zwar nützte der wenig, sollte die Frau tatsächlich eine Waffe auf ihn richten, aber besser als nichts.

»Also?«, fragte sie forsch. »Was machen Sie hier?« Ihre Stimme zitterte. Offenbar war sie nicht so mutig, wie sie erscheinen wollte. »Ich habe Sie etwas gefragt. Das ist Privatbesitz.«

Tiziano strich sich den Staub von der Badehose und verzog das Gesicht, als er mit dem Fuß auftrat.

»Ich weiß«, entgegnete er ruhig. »Ich bin hier aufgewachsen.«

Das Wasser fing an zu kochen. Tiziano nahm den Topf vom Herd und füllte zwei Tassen. Die junge Frau saß auf dem Sofa und starrte ihn die ganze Zeit nur an.

Sie war ausgesprochen hübsch. Ihre dunkelbraunen Haare hatte sie zu einem Pferdeschwanz zusammengebunden. Sie hatte hellbraune Augen, einen vollen Mund und eine betörende Figur. Eben schlug sie ihre in kurzen Shorts steckenden, wohlgeformten Beine übereinander. Sie trug Turnschuhe und ein schwarzes T-Shirt mit einem roten Löwen darauf, darunter der Aufdruck: *Scotland, Land of the Barbarians.*

Schottland, Land der Barbaren. Er verbiss sich ein Lachen. Also tatsächlich eine Schottin.

Er humpelte mit den beiden Tassen zur Sitzecke, stellte sie auf den Couchtisch und ließ sich stöhnend aufs Sofa fallen.

Nachdem er der jungen Frau eröffnet hatte, dass er in der Villa aufgewachsen war, hatte er ihr vorgeschlagen, ins Gartenhaus zurückzugehen, um ihr unkonventionelles Zusammentreffen auszudiskutieren. Sie war ihm widerwillig und mit genügend Abstand gefolgt, und er hatte bemerkt, dass sie gar keine Waffe trug.

Tiziano hatte sich schnell ein T-Shirt und eine Jogginghose übergezogen, seine Fußsohle verarztet und der Fremden vorgeschlagen, einen Tee zu trinken. Leute von der Insel tranken doch ständig Tee. Auch zu diesem Vorschlag hatte sie nur genickt und seitdem kein Wort mehr gesprochen.

»Also«, begann er und lehnte sich zurück. »Sie hüten Paco, während die Durinis im Urlaub sind, richtig?«

Sie nickte.

»Alles klar.« Er griff nach der Teetasse und nippte daran. »Haben Sie auch einen Namen?«

Ihre Augen wurden schmal und sie sah ihn abschätzend an.

»Das könnte ich Sie ebenfalls fragen.«

»Ja, natürlich, entschuldigen Sie meine Unhöflichkeit. Tiziano Brentano.«

Er wühlte auf dem Couchtisch in den Papieren, zog eine seiner Visitenkarten hervor und reichte sie ihr. Sie betrachtete sie einen Moment und steckte sie in die Tasche ihrer Shorts.

»Arya Folkerts, angenehm.«

Er hob die Augenbrauen. »Arya?«

»Keine Witze darüber, die kenne ich alle. Meine Mutter ist eine glühende Verehrerin von George R. R. Martin.«

Tiziano überlegte ganz kurz. In George R. R. Martins Büchern gab es eine wichtige Figur mit dem Namen Arya Stark. Eine unabhängige, etwas burschikose und absolut bewundernswerte junge Frau. Und ihr Haustier war der Schattenwolf Nymeria. »In Ordnung. Ich werde also nicht anmerken, dass Sie Nymeria gegen einen übergewichtigen Labrador eingetauscht haben.«

Diesen kleinen Seitenhieb konnte er sich nicht verkneifen, weil er ebenfalls ein Liebhaber dieser Fantasy-Reihe war.

Ihre Mundwinkel zuckten. Offenbar war die Schottin für Humor empfänglich. Er wollte sich gut mit ihr stellen, denn immerhin war *er* derjenige, der sich unerlaubterweise auf dem Gelände aufhielt.

»Wir haben die Häuser getauscht«, sagte sie und griff nach der Teetasse. Sie schnupperte daran. »Pfefferminze?«

Sie krauste missbilligend die Nase und sah dabei überaus entzückend aus.

Er räusperte sich. »Ja, tut mir leid, etwas anderes ist nicht vorrätig. Wie darf ich das verstehen, dass wir die Häuser getauscht haben?«

»Ich meine, die Durinis und ich. Sie wohnen für zwei Wochen im Häuschen meiner Großmutter auf Langeoog. Das ist eine Insel in der Nordsee. Und im Gegenzug kann ich hier in der Villa logieren.«

»Ach, tatsächlich? Wie ungewöhnlich, aber durchaus praktisch. Langeoog sagen Sie? Dann sind Sie keine Schottin?«

Sie sah ihn einen Augenblick nachdenklich an. »Sie wollen aber viel über mich wissen. Hat das einen bestimmten Grund?«

Er lachte. »Scusi, eine Berufskrankheit. Ich bin Journalist.«

»Verstehe. Und Sie sind hier aufgewachsen? Haben die Durinis die Villa denn von Ihnen gekauft?«

Er runzelte für einen Moment die Stirn, bis ihm klar wurde, dass sie von seiner Familiengeschichte offenbar nichts wusste.

»Nein, das ist es nicht. Ilaria Durini hat sie von unserem Vater geerbt. Sie ist meine ältere Schwester.«

8

Etwas Feuchtes an ihrem Oberschenkel weckte Arya am nächsten Morgen. Sie fuhr erschrocken hoch. Paco stand vor ihrem Bett und stupste sie nochmals an. Offenbar hieß das, dass er entweder rausmusste oder sein Fressen wollte. Vielleicht auch beides.

»Ja, okay, ich komme«, murmelte sie schlaftrunken.

Es war erst kurz vor sechs Uhr und sie fragte sich, ob sie jetzt jeden Tag so früh geweckt würde. Doch alles hatte eben seinen Preis. Auch eine Supervilla am Comer See.

Arya schlurfte die Treppe hinunter in die Küche, öffnete die Terrassentür, und während Paco hinausflitzte, bereitete sie ihm sein Fressen vor.

Tiziano Brentano hatte ihr gestern noch einmal bestätigt, dass sie den Hund auf dem Gelände problemlos frei herumlaufen lassen könne, nur eben stets darauf achten müsse, das Tor zum Bootssteg geschlossen zu halten.

Während sie an der Kücheninsel lehnte und auf den See hinuntersah, über dem noch der morgendliche Dunst hing, dachte sie an das gestrige Zusammentreffen mit dem Italiener zurück.

Zum Glück hatte sich der erste Eindruck, dass er nackt an seinem Laptop saß, als falsch erwiesen. Die Badehose konnte aber nicht verbergen, dass er einen tollen Körper hatte. Wäre sie über sein plötzliches Auftauchen nicht so erschrocken gewesen, hätte sie vielleicht sogar ein bisschen mit ihm geflirtet. Wieso auch nicht? Sie war Single, er trug keinen Ehering. Und er war wirklich der Bruder der Hausbesitzerin, das hatte er ihr anhand verschiedener Fotos, die an den Wänden des Nebengebäudes hingen, beweisen können. Er gehörte also quasi zum Inventar. Zudem hatte er Grübchen in den Wangen, wenn er lächelte.

Aber weshalb hatte seine Schwester nicht ihn gefragt, ob er die Villa und Paco während ihres Urlaubs hüten könne? Offenbar hatte er gerade Ferien und damit Zeit. Das war doch sehr ungewöhnlich. Und wieso hatte er sich im Gartenhaus, wie er es nannte, einquartiert und nicht in der Villa?

Als Paco zurückkam, stellte Arya seinen Napf auf den Boden. Wie schon gestern stürzte der Hund sich wie ein Verhungernder auf das Fressen.

Sie trat auf die Terrasse und verschränkte die Arme vor der Brust. Die Steinplatten unter ihren nackten Fußsohlen fühlten sich kühl und feucht an. Die Luft roch frisch, nach Seewasser und üppiger Vegetation. Ein paar Möwen balgten sich kreischend um etwas, das auf dem Wasser trieb. Die Sonne war eben aufgegangen und tauchte die Gipfel des Höhenzugs am gegenüberliegenden Ufer in flammendes Licht. Eine wundervolle Gegend!

»Buongiorno, Signorina, haben Sie gut geschlafen?«

Arya zuckte zusammen. Am Fuß der Treppe stand Tiziano und rubbelte sich mit einem Handtuch die nassen Haare.

Ach herrje, sie musste in ihrem labbrigen Schlafshirt und der zerzausten Frisur ja furchtbar aussehen. Rasch fuhr sie sich durch ihre wirren Strähnen und errötete. Hoffentlich sah er ihr nicht an, dass sie gerade an ihn gedacht hatte.

»Sehr gut, danke«, stammelte sie. »Sie sind ja früh auf.«

Er trug wieder eine Jogginghose, sein Oberkörper war jedoch nackt und sie versuchte, nicht auf seine breite Brust mit den gekräuselten Haaren zu starren.

»Ich war schwimmen«, erklärte er. »So früh am Morgen gibt es nichts Schöneres.«

In diesem Moment schoss Paco aus der Küche und begrüßte Tiziano überschwänglich. Er hängte sich das Badetuch um den Hals und ging in die Hocke, um den Hund zu streicheln. Dieser legte sich auf den Rücken und ließ sich den Bauch kraulen.

»Na, du alter Halunke. Kümmert sich die Signorina denn auch gut um dich?«

Tiziano sah hoch und zwinkerte ihr zu. Sie errötete schon wieder. Das passte gar nicht zu ihr, sie ließ sich doch von einem Mann nicht aus der Fassung bringen!

»Die *Signorina* ist extra für Paco in aller Herrgottsfrühe aufgestanden. Besser kann man sich wohl kaum um ihn kümmern«, erwiderte sie schärfer als beabsichtigt.

Tiziano lachte. »Er hält es locker bis acht Uhr aus«, erklärte er und stand wieder auf. »Einfach nicht die Schlafzimmertür offen lassen, sonst springt er aufs Bett und macht es sich dort gemütlich.«

»Danke, das merke ich mir.«

Er nickte und wollte sich umdrehen, hielt dann aber inne.

»Eine Frage: Wäre es unverschämt von mir, Sie um einen Espresso zu bitten? Im Gartenhaus gibt's leider wirklich nur Pfefferminztee.«

»Ähm … natürlich.«

Er lächelte. »Gut, dann in einer Viertelstunde? Ich will mich nur schnell umziehen.«

»Ja, klar.«

Gott sei Dank gaben ihr diese paar Minuten Zeit, sich ihres lottrigen Schlafanzugs zu entledigen. Sie rannte die Treppe hinauf, riss ein frisches T-Shirt und eine dreiviertellange Hose aus ihrem Koffer und versuchte, ihre wilde Mähne mit einem Haargummi zu bändigen. Um Make-up aufzutragen, reichte die Zeit nicht aus, und sie wollte auch nicht den Anschein erwecken, dass sie sich extra für ihn aufbrezelte. Doch ein bisschen Puder und Lipgloss konnten nicht schaden. Schnell noch etwas Parfüm auf Handgelenke und hinters Ohr und wieder zurück in die Küche.

Die Kaffeemaschine entpuppte sich als altertümliches Metallteil mit verschiedenen Knöpfen und zwei Hebeln, in die man gemahlenen Kaffee einfüllen musste. Das Ding passte eher in ein Kaffeehaus als in einen Privathaushalt. Arya stand davor wie der berühmte Ochs vor dem Berg und furchte die Stirn. Wie brachte man es wohl in Gang?

»Klopf, klopf.«

Arya drehte sich betont gelassen um. Tiziano stand im Türrahmen. Jetzt trug er eine Leinenhose und ein blaues Polohemd. Seine noch feuchten Haare hatte er sich aus der Stirn gekämmt. Sie schluckte verhalten.

»Ich weiß nicht, wie ich die Kaffeemaschine zum Laufen bringe«, gab sie zu. »Bei uns steckt man einfach eine Kapsel in den Schlitz … oder geht zu Starbucks.«

Tiziano lachte und trat in die Küche. »Erwähnen Sie das lieber nicht im Beisein meiner Landsleute. Bei uns ist die Zubereitung eines guten Espressos von grundlegender Bedeutung und heiliger als der sonntägliche Kirchgang.«

Er trat vor die Kaffeemaschine und Arya stieg der Hauch eines herben Männerparfüms in die Nase.

»Hier schaltet man sie ein«, erklärte er. »Und dann wartet man, bis das Wasser die optimale Brühtemperatur erreicht hat. Die liegt zwischen 94 und 96 Grad.« Er wies auf ein rundes Ding mit einem Zeiger und einer Skala. »Dieser Doppelmanometer zeigt sowohl Kessel- als auch Brühdruck an.«

Arya nickte, obwohl sie nur Bahnhof verstand.

»Die Tassen müssen zudem vorgewärmt und absolut sauber sein, sonst gibt es keinen Schaum. Alles klar?«

»Sicher doch.«

Tiziano zog amüsiert einen Mundwinkel nach oben. »Dort im Schrank bewahrt meine Schwester den gemahlenen Kaffee auf. Wenn Sie so freundlich wären …«

Arya starrte ihn einen Moment an, bevor ihr bewusst wurde, dass er sie zu etwas aufgefordert hatte. Sie benahm sich wie eine Idiotin. Schnell öffnete sie den Küchenschrank und griff nach einer Vorratsdose, auf der Kaffeebohnen abgebildet waren. Wohl ein Hinweis für ganz Dumme wie sie.

»Grazie«, sagte Tiziano, als sie ihm die Dose in die Hand drückte. Dabei streiften seine Finger die ihren.

Arya hatte schon Sätze in Romanen gelesen wie *»bei seiner Berührung durchfuhr es sie wie ein Blitz«* und das immer als romantischen Kitsch abgetan. Aber sie würde ab sofort nie mehr Witze darüber reißen, denn genau das war ihr gerade passiert.

Schnell trat sie einen Schritt zurück. »Woher wissen Sie eigentlich so gut über das Zubereiten von Kaffee Bescheid?«

Er füllte das Kaffeepulver in die Siebträger und warf ihr über die Schulter einen Blick zu. »Während meines Studiums habe ich in einem traditionsreichen Caffè gearbeitet. Der Barista hat mich unterwiesen.«

Tiziano schraubte die Hebel gleichzeitig in die Maschine und griff nach zwei Espressotassen, die auf dem Gerät standen. »Ich habe viele Qualitäten«, fügte er mit einem Augenzwinkern hinzu.

Das glaube ich dir unbesehen, ging es Arya durch den Kopf.

»Und Sie?«

Sie sah ihn verständnislos an.

»Welches sind Ihre Qualitäten?«

Sag etwas Intelligentes oder wenigstens etwas Witziges! Doch ihr fiel nichts Passendes ein, also entschloss sie sich für die Wahrheit.

»Ich bin Landschaftsgärtnerin«, erklärte sie. »Spezialisiert auf Parks im englischen Stil. Nicht sehr originell, was?« Sie lachte nervös.

»Ach, tatsächlich?«, entgegnete er. »Ich stelle es mir schön vor zu sehen, wie etwas wächst und gedeiht.«

Machte er sich etwa lustig über sie? Doch er sah sie nur aufmerksam an, während die Kaffeemaschine zu zischen begann und die Espressotassen füllte. Aromatischer Kaffeeduft zog durch die Küche, und Arya öffnete den Kühlschrank.

Normalerweise war sie absolut nicht auf den Mund gefallen. Aber dieser Tiziano Brentano brachte sie irgendwie durcheinander. Das musste jetzt sofort aufhören! Entschlossen schnappte sie den Milchkarton und stellte ihn unsanft auf den Küchentisch.

»Zucker?«, fragte sie forsch.

»Unbedingt.« Tiziano warf ihr einen verwirrten Blick zu und stellte die kleinen Tassen auf den Tisch. »Ist etwas?«

Sie schüttelte den Kopf. »Wollen wir uns nicht duzen?«, schlug sie vor. »Ich nehme nicht an, dass zwischen uns ein großer Altersunterschied besteht, oder?«

Er wirkte überrascht. Hatte sie noch ein Fettnäpfchen gefunden? Normalerweise bot die Frau doch das Du an. Also weshalb diese hochgezogenen Augenbrauen? War der Herr etwa zu fein dazu?

Himmel noch mal, Arya! Zuerst schmachtest du den Kerl an und jetzt ärgerst du dich über ihn? Reiß dich mal zusammen!

»Aber gern«, sagte er dann und schenkte ihr ein Grübchenlächeln. Er streckte die Hand aus und sie schlug ein.

Wieder ergriff sie ein seltsames Kribbeln, als sie ihn berührte. Ich finde ihn eben attraktiv, dachte sie trotzig. Was soll's?

9

Nachdem Tiziano sich verabschiedet hatte, wollte sich Arya noch eine Weile hinlegen, doch nach einer halben Stunde gab sie entnervt auf. Der starke Espresso hatte ihre Lebensgeister auf Hochtouren gebracht.

Bei ihrem gemeinsamen Morgenkaffee hatte Tiziano sie gebeten, seiner Schwester nicht zu erzählen, dass er im Gartenhaus wohnte. Er hatte diese Bitte nicht näher erläutert und auf ihr Nachfragen hin ausweichend reagiert.

Das war merkwürdig. Hatten die Geschwister etwa Streit? Das würde erklären, wieso er nicht in der Villa lebte und warum Ilaria Durini nicht ihn gebeten hatte, Hund und Haus zu hüten. Ein Glücksfall für Arya, sonst wäre sie nicht hier. Aber weshalb machte er ein Geheimnis daraus? Es war doch ganz normal, dass Geschwister ab und zu stritten. Oder steckte da etwa mehr dahinter? Seltsam war es auf alle Fälle.

Arya warf die Bettdecke zurück und lief nach unten. Wenn sie schon wach war, konnte sie auch gleich die Villa inspizieren. Das Erdgeschoss kannte sie bereits. Es bestand aus der lang gezogenen Diele, der Küche, einem gemütlichen Wohnzimmer mit gemauertem Kamin, ähnlich dem im Gartenhaus, einer Bibliothek und zwei Toiletten.

Arya wunderte sich abermals über die Ausmaße der Küche. Eine Turnhalle wirkte dagegen geradezu kuschelig. Offenbar hatte man die Villa irgendwann renoviert und dabei zwei Räume zusammengelegt. Vielleicht das Speisezimmer mit der Küche.

Im Untergeschoss entdeckte sie einen aus grob behauenem Naturstein gebauten Keller mit einer stattlichen Weinsammlung, ein Billardzimmer und etwas, das offenbar mal als Fitnessraum konzipiert gewesen war. Im Moment befanden sich jedoch nur ein einsamer Hometrainer, zwei Hanteln plus eine Gymnastikmatte darin. Zudem gab es links und rechts des Korridors diverse Lagerräume mit allerlei Gerümpel.

Im ersten Stock lagen die Schlafräume, die praktischerweise alle in verschiedenen Farben eingerichtet und dadurch gut zu unterscheiden waren. Sie selbst logierte im hellgrünen Schlafzimmer, das Elternschlafzimmer war gelb gestrichen und das von Severino, dem Sohn, in einem satten Blau. Zudem gab es noch ein violettes Zimmer und diverse Nassräume. Und, was sie absolut fantastisch fand, ein separates Ankleidezimmer. Ein eigener Raum nur für Klamotten? Eigentlich verrückt – aber trotzdem großartig.

Der dritte Stock, der über eine kleinere Marmortreppe zu erreichen war und von dem man vermutlich den besten Blick auf den See und die Berge hatte, war abgesperrt.

Arya ruckelte an der Tür, in der Hoffnung, sie wäre nur verzogen, doch sie war tatsächlich verschlossen. Wie seltsam. Wollten die Durinis nicht, dass jemand dort oben herumschnüffelte? Toll. Natürlich interessierte sie sich jetzt doppelt so sehr für diese Räume. Wahrscheinlich gab es einen ganz einfachen Grund, weshalb die Etage verschlossen war. Wenn sie nicht benutzt wurde, konnte man sich so die Heizkosten sparen. Obwohl die Lombardei in südlichen Gefilden lag, wurde es im Winter doch ab und zu kalt und die Villa verfügte möglicherweise über eine schlechte Isolation. Also vermutlich keine eingemauerten Jungfrauen. Wenn sie Tiziano das nächste Mal zufällig über den

Weg lief, konnte sie ihn ja deswegen ausfragen. Trotzdem strich sie mit der Hand über den Türrahmen in der Hoffnung, einen Schlüssel zu finden. Leider fand sie nur eine Menge Staub.

Von unten hörte sie ein Bellen und sah auf die Uhr. Zehn. Das Hündchen verlangte nach seinem morgendlichen Spaziergang. Sie hatte bisher nicht daran gedacht, dass sie Paco mitnehmen musste, wenn sie beabsichtigte, länger unterwegs zu sein. Im Grunde kein Problem, denn er schien sich gut mit Menschen und hoffentlich auch mit anderen Hunden zu verstehen. Aber wenn sie ihn dabeihatte, musste sie immer zwei Fahrkarten lösen.

Sollte sie ihn einfach in der Villa lassen? Nein, dann hätte sie ein schlechtes Gewissen. Sie könnte natürlich Signor Colombini bitten, ihn einen Tag lang zu hüten. Oder Tiziano? Offenbar hatte der ja gerade nichts zu tun, und er und Paco waren ein Herz und eine Seele. Ja, das erschien ihr die bessere Idee, als dem Nachbarn den Labrador aufzuschwatzen.

»Ich komme, Paco!«, rief sie und lief die Treppe hinab.

Wenn sie schon mit dem Hund Gassi ging, konnte sie sich im Ort auch gleich mit Lebensmitteln eindecken.

»Die sind einfach himmlisch!«

Arya schloss genüsslich die Augen. Die üppige Süße des reifen Pfirsichs, den ihr der nette Marktverkäufer zum Probieren angeboten hatte, ließ ihre Geschmacksnerven explodieren. Die Frucht schmeckte nach Sonne, Wärme und Dolce Vita. Das war doch etwas ganz anderes als die Dinger, die sie normalerweise im Supermarkt kaufte.

»Ich nehme gleich ein Kilo, per favore«, sagte sie und der Mann mit den freundlichen Augen und der Schiebermütze auf dem grauen Haarschopf nickte zufrieden.

Sie griff nach ihrer Geldbörse, als Paco plötzlich aufsprang und sie dabei fast umwarf.

»Hey!«, rief sie erschrocken und hielt krampfhaft Leine, Handtasche und Portemonnaie fest.

»Wenn sich doch bloß jeder so unbändig freuen würde, mich zu sehen«, erklang Tizianos amüsierte Stimme neben ihr. Er nahm ihr die Hundeleine ab. »Sitz!«, befahl er und der Hund setzte sich brav zu seinen Füßen.

»Das musst du mir unbedingt beibringen«, sagte sie seufzend. »Mir gehorcht er leider gar nicht.«

Arya versuchte, ihre Freude über Tizianos plötzliches Auftauchen nicht zu zeigen, konnte jedoch nicht verhindern, dass ihr schon wieder eine zarte Röte ins Gesicht stieg. Sie wandte sich ab und bezahlte die Pfirsiche.

»Was machst du hier?«, fragte sie, während sie die Früchte umständlich im Einkaufskorb verstaute.

»Dasselbe wie du«, antwortete er und hielt eine Einkaufstüte in die Höhe. »Von Pfefferminztee kann keiner leben.«

Er lächelte sein Grübchenlächeln, und sie spürte, wie ihre Wangen zu glühen anfingen. So wie er aussah, war er vermutlich ständig von weltgewandten, mondänen Supermodels umgeben. Vielleicht hatte er sogar eine Freundin, die ihn am Wochenende im Gartenhaus besuchte …

»Arya?«

Sie blinzelte. »Bitte?«

»Ich fragte, ob du vielleicht mit mir einen Kaffee trinken gehen möchtest.« Er wies hinunter ans Seeufer. »Oder bist du zu beschäftigt?«

* * *

»Natürlich ist Bellagio der schönste Ort am Comer See, aber Varenna ist auch ganz niedlich. Farbige Häuser, enge, steile Gassen, das normale Programm eben. An der Uferpromenade ist es wie hier, ein Kommen und Gehen, doch abseits der Hotspots herrscht noch eine sehr ruhige, mittelalterliche Atmosphäre. Der Aufstieg zum Castello di Vezio dauert nur dreißig Minuten und der Ausblick von dort oben ist einmalig.«

Sie saßen in einem Lokal an der Uferpromenade und genossen die morgendlichen Sonnenstrahlen. Arya machte sich fleißig Notizen, während Tiziano ihr Tipps für die schönsten Ausflüge gab.

Er hatte ihr Interesse an ihm gleich bemerkt. Sie errötete ständig, wenn er mit ihr sprach. Er fand das süß und hoffte, es zu seinem Vorteil nutzen zu können. Das schlechte Gewissen, das ihn bei dem Gedanken befiel, Arya für seine Zwecke einzuspannen, schob er einfach beiseite. Er hatte nicht vor, die Schottin – oder war sie Deutsche? – zu verführen, sie war ja noch ein halbes Kind. Aber er musste unbedingt in die Villa hinein, um seine Recherchen voranzutreiben.

»Meine Liste wird immer länger«, stöhnte sie in diesem Augenblick und griff nach dem Latte macchiato. »Ob ich das alles in zwei Wochen schaffe?« Sie schürzte die Lippen. »Ich muss ja auch noch auf Paco aufpassen.«

Der Hund hob den Kopf, als er seinen Namen hörte.

»Den nimmst du einfach mit«, erwiderte Tiziano. »Außer in Museen darf er praktisch überall rein.«

Sie nickte, wirkte jedoch nicht glücklich dabei. »Ja, werde ich wohl so machen.« Als sie seinen fragenden Blick bemerkte, fügte sie schnell hinzu: »Nicht, dass er mich stört, aber ich muss für ihn natürlich auch immer ein Ticket lösen.«

Endlich begriff Tiziano. Es ging ihr ums Geld. Offenbar war sie nicht allzu flüssig. Logisch. Sie hatte sich für einen Häusertausch entschieden, das ersparte ihr die Kosten für die Unterbringung.

»Ich kann dich ja begleiten, wenn du möchtest«, schlug er vor. »Mein Wagen steht auf dem Parkplatz vor der Villa. Dann sparst du schon mal die Transportkosten.« Er beugte sich zu Paco hinunter und tätschelte seinen Kopf. »Und dir, du Faulpelz, kommt das sicher auch gelegen, nicht wahr?«

Paco leckte ihm die Hand. Als Tiziano den Blick hob, sah er in Aryas verblüfftes Gesicht.

»Das würdest du tun?«

»Ja, klar.« Er lächelte. »Schließlich habe ich Urlaub, und man sagt nicht umsonst, dass wir Lombarden die charmantesten Italiener sind. Ich fühle mich also quasi verpflichtet, dieses Urteil zu bestätigen. *Always at your service!*« Er deutete eine Verbeugung an.

Bisher redeten sie vorwiegend Englisch miteinander. Ihm fiel das nicht schwer. Als er noch gedacht hatte, das mit ihm und Sheila wäre etwas Ernsthaftes, hatte er eine Zeit lang in London gelebt. Tja, so konnte man sich täuschen.

Er hatte Sheila Carter auf einer Gala des internationalen Journalistenverbandes in Mailand getroffen und sich quasi augenblicklich in die langbeinige Blondine verliebt.

Die Journalistin arbeitete für die *Daily Mail* und hatte es ihm wegen ihrer unkonventionellen Art angetan. Sie war wunderschön, witzig, intelligent und ehrgeizig. So ehrgeizig, dass sie gedacht hatte, er könne ihrer Karriere nützlich sein. Nach nur sechs Monaten hatte sie diese Einschätzung revidiert und ihm den Laufpass gegeben. Gott sei Dank hatte Tizianos Chef seine unüberlegte Kündigung wohlweislich in ein Sabbatjahr umgewandelt, sonst hätte er nach diesem Fiasko weder eine Freundin noch einen Job gehabt …

»Das wäre unheimlich nett, vielen Dank«, sagte Arya.

»Keine Ursache«, erklärte er und fügte dann möglichst beiläufig hinzu: »Ach, würdest du mir bitte den Code des Eingangstors verraten? Ilaria hat ihn offensichtlich geändert und vergessen, es mir mitzuteilen. Ich würde nämlich gern mein Auto in die Garage stellen.«

Arya runzelte kurz die Stirn, nickte aber dann, riss eine Seite aus ihrem Notizblock und schrieb ein paar Zahlen darauf.

10

Die Terrassentür stand offen, trotzdem klopfte Tiziano an. Als niemand antwortete, trat er in die Küche.

»Hallo, Arya? Können wir los?«

Als Antwort hörte er Hundegebell aus dem ersten Stock und nur wenige Momente später flitzte Paco die Treppe herunter und begrüßte ihn enthusiastisch.

»Guter Hund«, sagte er zu dem Labrador und tätschelte seinen Kopf. »Wo ist denn dein temporäres Frauchen?«

Das Tier warf einen Blick zur Treppe, und Tiziano hätte schwören können, dass es dabei die Augen verdrehte.

»Alles klar«, erwiderte er schmunzelnd. »Hat die Dame Probleme mit dem Outfit?«

»Ich bin gleich fertig«, erklang es in dem Moment von oben.

»Fein«, rief er zurück. »Die Fähre wartet nämlich nicht. Und seltsamerweise ist sie meist pünktlich.«

»Jaja, nur keinen Stress!«

Er lehnte sich grinsend an die Kochinsel und schob die Hände in die Taschen.

Er hatte Arya vorgeschlagen, die Autofähre von Bellagio nach Varenna zu nehmen, so wären sie mobil und könnten später am Ufer entlangfahren.

Es war Jahre her seit seinem letzten Besuch in Varenna. Das malerische Dorf lag auf einem Felsvorsprung am Fuße des Sasso di San Defendente am Ostufer des Comer Sees und war von Bellagio aus in nur zehn Minuten mit dem Fährboot zu erreichen. Während seiner Teenagerzeit war er ein paar Monate lang mit einem Mädchen aus Varenna zusammen gewesen. Und um sie zu sehen, hatte er nahezu jeden Tag den See überquert. Immerhin so oft, dass der damalige Kapitän der Personenfähre ihn mit Namen begrüßen konnte.

Tiziano lachte leise bei der Erinnerung. Wie hatte das Mädchen noch geheißen? Ornella? Orietta? Himmel, es fiel ihm nicht mehr ein. Wie beschämend. Mit fünfzehn hatte er gedacht, sie sei die Frau seines Lebens.

»Von mir aus kann's losgehen!«

Tiziano drehte sich um und hob amüsiert die Augenbrauen. Vor ihm stand die strahlende Arya in bequemen Turnschuhen, Shorts und einem hellblauen T-Shirt mit dem Aufdruck: *I'm not angry, that's just my Scottish face* – Ich bin nicht wütend, das ist bloß mein schottisches Gesicht.

»Für jede Gelegenheit den passenden Spruch, was?«, sagte er grinsend.

Sie sah ihn einen Moment verwirrt an und kicherte dann.

»Meinem Ex-Freund gehört ein kleiner Souvenirshop in der Royal Mile in Edinburgh. Er hat mir eine Menge solcher T-Shirts geschenkt.« Sie senkte die Stimme. »Ich trage aber nur die mit den anständigen Sprüchen.«

»Du bist Single?«

Die Frage war Tiziano einfach so herausgerutscht und er bereute sie sofort. Was ging es ihn an, ob die Kleine solo war? Er brauchte sie für seine Recherchen und für nichts sonst.

Sie sah ihn einen Moment nachdenklich an. »Ja, frei wie der Wind.« Dann drehte sie sich um und schulterte einen vollgepackten Rucksack. »Wollen wir?«

* * *

Obwohl Tiziano im Schatten einer Pinie geparkt hatte, staute sich die Hitze im Wagen. Er öffnete Türen und Fenster, um sie entweichen zu lassen. Arya wühlte unterdessen im Rucksack nach ihrer Sonnenbrille.

Wieso hatte Tiziano wissen wollen, ob sie Single war? Hegte er bestimmte Absichten? Sie warf ihm einen schnellen Blick zu.

Er tippte auf seinem Handy herum und strich sich mit der anderen Hand abwesend die Haare aus der Stirn. Eine Geste, die ihr immer vertrauter wurde. Die Bilder, die ihr bei dem Gedanken, was er vorhaben könnte, durch den Kopf schossen, ließen sie erröten und sie senkte eilig den Blick. Sie hätte gar nichts gegen einen Urlaubsflirt gehabt. Der würde zwar nicht helfen, ihre Zukunft zu planen, aber es wäre unterhaltsam und würde sie auf andere Gedanken bringen. Aber sie hatte überhaupt keine Lust, dabei wie ein schüchternes kleines Mädchen zu wirken. Nein, dann lieber kein Flirt.

»Was zum Henker hast du denn alles in deinen Rucksack gestopft?«, fragte Tiziano, als er beobachtete, wie sie in ihrem Rucksack herumwühlte und endlich die Sonnenbrille herauszog. »Wir wollen doch bloß einen Ausflug unternehmen und nicht den Himalaja besteigen.«

Plötzlich ärgerte sie sein Spott. Er nahm sie nicht ernst, sah vermutlich keine begehrenswerte Frau in ihr, sondern lediglich eine dumme Touristin. Und seine Frage vorhin hatte überhaupt nichts zu bedeuten.

»Badetuch, Sonnenmilch, Pacos Wassernapf, Leckerli … solche Dinge eben«, gab sie ungehalten zurück und war froh, dass ihre getönte Sonnenbrille sie vor seinem amüsierten Blick schützte. Sie hatte heute Morgen mit Maike über Tiziano gesprochen und ihr erzählt, als was für ein toller Typ sich der vermeintliche Einbrecher entpuppt hatte. Jetzt bereute sie es gerade, ihr dermaßen von ihm vorgeschwärmt zu haben.

»Ich erstatte dir natürlich die Hälfte des Fahrpreises für die Fähre«, sagte sie daher schärfer als gewollt.

»Sei nicht albern, Arya«, entgegnete er lachend. »Das kostet nicht mehr als zwanzig Euro, und wegen dieser Ausgabe werde ich kaum zum Bettler werden. Zudem war es meine Idee, nach Varenna zu fahren.« Als sie widersprechen wollte, hob er die Hand. »Ich bestehe darauf.«

»Na gut«, lenkte sie ein. »Dann lade ich dich später aber zu einem Eis ein.«

»Gern. Und jetzt sollten wir wirklich los. Einsteigen bitte, der Ofen ist vorgeheizt.«

Arya hielt ihr Gesicht in die Sonne und genoss den lauen Fahrtwind auf der Fähre. Paco hatten sie für die kurze Überfahrt im Wagen gelassen, aber sie selbst wollte unbedingt an die Reling und war ausgestiegen.

»Das ist doch etwas ganz anderes als die raue Nordsee«, wandte sie sich an Tiziano, der an ihre Seite trat und sich mit den Unterarmen lässig aufs Geländer stützte.

Obwohl sich kaum Fahrgäste an Deck aufhielten – für knapp zehn Minuten lohnte es sich wohl wirklich nicht, den Wagen zu verlassen –, rückte er noch ein Stück näher. Ihr stieg wieder sein Duft in die Nase und sie war sich seiner körperlichen Nähe plötzlich mehr als bewusst. Sie atmete tief durch, doch auch das brachte ihren hämmernden Herzschlag nicht zur Ruhe.

»Ich war noch nie an der Nordsee«, sagte Tiziano, ohne sie anzublicken. »Wie ist es da?«

»Abwechslungsreich«, erwiderte sie begeistert. »Aber nicht so lieblich wie hier. Gute Luft, viel Wind, und das Meer ist mal wild und dann wieder brav wie ein Lämmchen. Und etwas ganz Besonderes sind die Gezeiten«, erklärte sie weiter.

Er warf ihr einen fragenden Blick zu.

»Wenn die Flut kommt, steigt das Wasser bis zu dreieinhalb Meter an und die Wattflächen werden überspült. Bei Ebbe zieht es sich wieder zurück und man kann kilometerweit ins Wattenmeer hinauslaufen. Und das geschieht zwei Mal am Tag.«

»Klingt schön.«

Sie nickte. »Die Weite ist einfach sagenhaft. Ein Sprichwort sagt: Hier sieht man heute schon, wer morgen zu Besuch kommt.«

Er lachte. »Und die Touristen?«

»Natürlich, von denen gibt's viele. Die meisten Einheimischen leben vom Tourismus, aber die kilometerlangen Strände sind trotzdem nie überlaufen.«

»Du klingst regelrecht hingerissen«, meinte er und schob die Sonnenbrille in die Haare. »Und doch bist du jetzt hier. Darf ich fragen, wieso?«

Sie zuckte mit den Schultern. »Na ja, ich muss mir über meine berufliche Zukunft ein paar Gedanken machen. Was will ich? Wo will ich hin? Bleibe ich auf Langeoog oder gehe ich nach Edinburgh zurück? Und so weiter. Da erschien mir ein Tapetenwechsel angebracht. Zudem ist es hier wärmer.« Sie lächelte verschmitzt. »Vielleicht war ich in einem früheren Leben eine Eidechse. Um richtig zu funktionieren, benötige ich Temperaturen über zwanzig Grad.«

Die Schiffssirene unterbrach ihr Gespräch. Sie näherten sich der Anlegestelle in Varenna.

»Wir sollten wieder einsteigen«, sagte Tiziano. Dann stupste er sie mit dem Ellbogen an. »Komm, kleine Eidechse, ich will jetzt mein Eis.«

Er drehte sich um und ging auf seinen Wagen zu. Dass sich ihr Puls wegen seiner Berührung erneut beschleunigte, schien er nicht zu bemerken.

»Bilde dir nur nichts ein«, murmelte Arya, als sie ihm folgte. »Er will nur nett sein.«

11

»Ich habe in meinem Leben noch kein besseres Eis gegessen!« Arya verbot sich selbst, den Eisbecher auszulecken.

Sie saßen unweit des Fähranlegers auf der Terrasse eines hübschen Gartenlokals und genossen den unbebauten Blick auf den See.

»Stimmt, darauf verstehen sie sich hier«, erwiderte Tiziano lächelnd. »Übrigens ist der Ort sogar berühmt für einen seiner Einwohner. Ende des neunzehnten Jahrhunderts ist der einheimische Bäckerssohn Giovanni Battista von hier nach Mailand aufgebrochen, um eine Kautschukfabrik zu gründen. Rate mal, wie er mit Nachnamen hieß.«

»Keine Ahnung.«

»Pirelli.«

Sie lachte. »Wie die Reifen? Du verkohlst mich doch!«

Tiziano schüttelte den Kopf, hob die Hand und winkte der Bedienung.

»*Il conto, per favore*«, rief er und wandte sich wieder Arya zu. »Das ist nicht gelogen. Der Gründer stammte tatsächlich aus Varenna. Seinem Vater gehörte die hiesige Bäckerei, der Sohn hat aber studiert. Man kann eben verschiedene Dinge backen.«

Tiziano grinste jungenhaft und sie unterdrückte ein Seufzen, als sie an ihre eigene, unsichere Zukunft dachte.

»Haben wir es eilig?«, fragte sie und holte ihr Portemonnaie aus dem Rucksack.

»Nein. Wir lassen den Wagen aber besser hier stehen und bewältigen den Pfad hinauf zur Schlossruine zu Fuß.« Er wies mit dem Kopf bergaufwärts. »Er ist zwar etwas steil, aber irgendwie müssen wir die vielen Kalorien ja wieder loswerden.«

Arya hätte gern noch etwas länger das bunte Treiben am Hafen beobachtet, aber natürlich hatte Tiziano recht. Das Castello di Vezio wurde in ihrem Reiseführer als wunderbarer Aussichtspunkt gelobt, den man unbedingt gesehen haben musste. Faulenzen konnte sie nach ihrer Rückkehr noch genug.

Sie bezahlte das Eis und sie brachen auf. Tiziano war nicht davon abzubringen, ihren Rucksack zu tragen, und schließlich gab sie schulterzuckend nach. Das war offenbar so ein italienisches Macho-Dings und sie hatte keine Lust, deswegen gleich eine Grundsatzdiskussion über Gleichstellungsfragen anzuzetteln. Zudem hatte er recht gehabt, das Teil war schwer und sie nicht unglücklich darüber, dass sie von der Last befreit war.

Tiziano führte sie durch die pittoreske Altstadt mit den farbenfrohen Häusern, wies sie auf hübsche Kleinigkeiten hin und ließ ihr genügend Zeit, ein paar Fotos zu knipsen. Ein wenig erinnerten sie die Steinhäuser mit den engen Gassen an Edinburghs Altstadt, wobei es hier weitaus bunter zuging und angenehmere Temperaturen herrschten.

Nach ein paar Minuten hatten sie das Dorf hinter sich gelassen und nun ging es steil bergauf. Glücklicherweise war der mit groben Steinen gepflasterte Weg von Schatten spendenden Bäumen flankiert. Trotzdem kamen sie und Paco mächtig ins Schnaufen. Tiziano hingegen schien der Anstieg nicht zu tangieren.

»Du bist wohl Sportler, was?«, japste Arya und blieb einen Moment stehen, um Luft zu holen. Paco nutzte die Gelegenheit, um sich mit einem Grunzen hinzulegen. Offenbar hatte er von der Klettertour bereits genug.

Tiziano lachte geschmeichelt. »Ein bisschen, ja. Weißt du, wenn man wie ich die meiste Zeit am Schreibtisch verbringt, braucht der Körper einen Ausgleich. Ich will ja nicht fett werden.« Er klopfte sich demonstrativ auf seinen flachen Bauch.

Arya schnaubte verdrossen. Sie war zwar wegen ihres gelernten Berufes oft an der frischen Luft, aber mit Sport hatte sie sonst nicht viel am Hut. Ian spielte als Flügelstürmer im Rugby-Klub, und bereits das Zusehen war ihr zu anstrengend gewesen. Doch sie war ein Fan von langen Spaziergängen, wenn sie auch eher flacheres Gelände bevorzugte.

»Apropos Arbeit«, begann sie und wischte sich mit dem Handrücken den Schweiß von der Stirn. »Woran schreibst du gerade?«

Tiziano warf ihr einen schnellen Blick zu. »Was meinst du damit?«

»Na ja, als ich dich durchs Fenster gesehen habe, hast du wie ein Wilder auf deinem Laptop herumgetippt. Ich nehme also an, dass du an einer heißen Story dran bist und … wie nennt man das? … gerade im Flow warst.«

Er schenkte ihr ein Lächeln, das ihr jedoch diesmal ein wenig bemüht erschien.

»Aber ich habe doch Urlaub. Wieso sollte ich denn arbeiten? Das waren bloß … ein paar Ideen. Recherchematerial, so Zeugs.«

Sie nickte, war sich jedoch sicher, dass er sie gerade anschwindelte. Hatte er etwas zu verbergen? Arbeitete er eventuell an einer brisanten Story über einen italienischen Politiker, über die er nicht sprechen durfte? Oder recherchierte er vielleicht gar über die Mafia und jeder Mitwisser schwebte in Lebensgefahr? Quatsch, da spielte ihre überbordende Fantasie ihr einen Streich.

Doch offenbar wollte er nicht weiter darüber sprechen, denn er pfiff nach Paco, der sich widerstrebend erhob.

»Auch kein Bergsteiger, was?«, wandte sie sich an den Labrador, der sie treuherzig und, wie ihr schien, leicht gequält ansah.

Der Pfad führte zwischen knorrigen Olivenbäumen, fleischigen Aloen und schlanken Pinien bergauf und wurde immer enger, sodass sie hintereinandergehen mussten. Es roch intensiv nach trockener Vegetation und warmem Fels. Der Ausblick auf den See, den sie zwischendurch erhaschen konnte, war spektakulär. Wie musste er erst von ganz oben sein? Die letzten Meter führten über eine Steintreppe, und nach etwas mehr als dreißig Minuten erreichten sie das Castello. Sie waren nicht allein, erstaunlich viele Touristen bevölkerten das Areal und standen an den Toiletten oder der Kasse für den Eintritt an.

»Das Castello di Vezio verfügt über eine eigene Falkenaufzucht«, erklärte Tiziano. »Wenn du möchtest, können wir uns eine Show ansehen.«

Sie schüttelte den Kopf. »Lieber nicht, ich bin kein Fan von eingesperrten Tieren. Ich möchte nur auf den Turm hinauf.« Sie wies auf den massigen Bergfried, der über eine funktionsfähige Zugbrücke erreichbar war. »Kann Paco mit?«

Tiziano schlug sich an die Stirn. »Mist! Nein, wegen der Vögel darf er gar nicht aufs Gelände. Ich habe nicht mehr daran gedacht, sorry. Aber kein Problem, ich passe auf ihn auf, während du die Anlage besichtigst, okay?«

»Du kommst nicht mit?«, fragte sie und konnte nicht verhindern, dass ihre Stimme enttäuscht klang.

»Mi dispiace.«

»Ich hüte Ihr Hündchen gern«, meldete sich in diesem Moment eine dunkle Männerstimme hinter ihnen.

Sie wandten sich um. Auf einer Parkbank saß ein massiger Mann mit hochrotem Kopf, der sich gerade mit einem Taschentuch den Schweiß von der Stirn wischte. Sein Gesicht war übersät mit Sommersprossen, und unter einer Baseballkappe lugten kupferfarbene Strähnen hervor. An seinem Akzent erkannte Arya einen schottischen Landsmann.

»Das würden Sie tun?«, fragte sie erfreut.

»Aye, Püppchen. Wir müssen doch zusammenhalten.« Er zwinkerte ihr zu und streckte die Hand nach Pacos Leine aus. »Also rauf mit dir … und fall nicht runter!«

»Sehr freundlich von Ihnen«, sagte Tiziano. »Aber das können wir nicht annehmen.« Er sah den schnaufenden Schotten skeptisch an. Offensichtlich wollte er den Familienhund nicht einem Wildfremden überlassen.

»Mach dir keine Sorgen um Paco«, raunte Arya Tiziano zu. »Die Schotten haben ein starkes Zusammengehörigkeitsgefühl. Vor allem im Ausland. Wir würden nie einen Landsmann im Stich lassen oder ihm schaden.«

Doch trotz ihrer Fürsprache schien er nicht überzeugt und offenbar hatte der Schotte seine Zweifel mitbekommen. Er zog seine Geldbörse hervor und reichte Tiziano eine Visitenkarte.

»Aidan McPherson«, stellte er sich vor. »Mir gehört ein Optikergeschäft in Aberdeen. Sollten Sie je in der Gegend sein, gebe ich Ihnen zehn Prozent Rabatt auf jede Brillenfassung.«

Er zwinkerte Arya abermals zu und sie grinste. Dann sah sie Tiziano fragend an. Der nickte und sie reichte ihrem Landsmann erleichtert Pacos Leine.

* * *

Es war gut zehn Jahre her, seit Tiziano das letzte Mal auf den Turm des Castellos gestiegen war, und er freute sich, es bei diesem schönen Wetter mit Arya zusammen zu tun.

Auf dem Weg zum Bergfried kamen sie an verschiedenen Gespensterskulpturen aus Gips vorbei, die jedes Jahr mithilfe williger Touristen neu hergestellt wurden.

»Die sehen wie die Dementoren aus den Harry-Potter-Filmen aus!«, rief Arya aufgeregt. »Ich muss die unbedingt fotografieren und Maike zeigen. Die sind vielleicht klasse!«

»Maike?«

»Meine Freundin auf Langeoog«, erklärte sie. »Sie ist wohl der größte Potter-Fan der westlichen Hemisphäre und wird mich heftig beneiden.«

Tiziano schmunzelte über ihre Begeisterung. Er selbst fand die Skulpturen eher gruselig.

Arya wirkte überwältigt, als sie auf der Plattform ankamen; der Liebreiz der Gegend hatte sie offenbar stumm gemacht. Der Ausblick vom Turm war auch wirklich grandios. Man musste aber schon schwindelfrei sein, um ihn genießen zu können. Das Castello war auf einer Felskante errichtet worden, die gegen den See hin über dreihundert Meter senkrecht abfiel. Unter ihnen lagen die Dächer von Varenna. Geradeaus erstreckten sich die beiden Seearme des Lago di Como und des Lago di Lecco; Bellagio und Menaggio befanden sich direkt gegenüber. Und auf der Rückseite des Turms bot sich einem ein spektakulärer Rundumblick ins Hinterland. Über dem See schwebte ein leichter Dunst, doch der kobaltblaue Himmel und das Blau des Sees schienen einem Hochglanzprospekt entnommen.

»Und in den Zweigen süßen zarten Wind. Und dort zwei Menschen wie wir beide sind: Und ihre Schönheit drang in mich hinein. Und dann: die Einigkeit von alledem im Sein.«

Sie hatte Deutsch gesprochen, deshalb verstand Tiziano ihre Worte nicht richtig. Dem melodiösen Klang nach musste es sich aber um Lyrik handeln.

»Was heißt das?«

Sie sah zu ihm auf. »Das ist ein Gedicht von Hugo von Hofmannsthal. Ein deutscher Dichter aus dem neunzehnten Jahrhundert. Eigentlich geht es um einen ertrunkenen Hund …«

Tiziano verzog den Mund und sie lachte.

»Ja, etwas makaber, aber er schrieb das Gedicht hier am Comer See. Und mir sind auch nur noch diese letzten Verse im Kopf geblieben.« Sie übersetzte sie ihm ins Englische. »Natürlich reimt es sich in der Übersetzung nicht …«

»Ich finde sie sehr poetisch«, unterbrach Tiziano sie und ihre Augen begannen zu leuchten.

»Schön, traurig und romantisch zugleich, nicht wahr?« Sie seufzte tief, und plötzlich verspürte er den Wunsch, sie zu küssen, um den melancholischen Zug um ihre Lippen zu vertreiben. Vor Schreck trat er einen Schritt beiseite und tat so, als müsse er sein Handy checken.

War er jetzt von allen guten Geistern verlassen?! Sie war ja kaum den Windeln entwachsen, und er benötigte sie wirklich nur, um Zutritt zur Villa zu bekommen. Romantische Anwandlungen waren dabei eher hinderlich.

»Was Wichtiges?« Sie strich sich eine Strähne hinters Ohr.

»Nein, nur eine SMS.«

»Verstehe. Machen wir ein Selfie?«

»Wenn du möchtest.«

»Ja, möchte ich«, erwiderte sie grinsend. »Maike glaubt mir sonst nie, dass ich mit dir hier unterwegs bin.«

Er runzelte die Stirn. »Du hast ihr von mir erzählt?«

»Ja, sicher. Ich musste ihr doch sagen, dass ich dachte, es ist ein Einbrecher oder Landstreicher auf dem Gelände. Und dann stellt sich heraus, dass du zu den Durinis gehörst. Oder stört dich das?«

Er überlegte. Im Grunde war es keine große Sache, dass sie mit ihrer Freundin über ihn sprach. Aber diese Maike fungierte auch als Kontakt zu den Durinis in Deutschland. Was, wenn sie unabsichtlich seinen Namen erwähnte? Ilaria wäre es zuzutrauen, sofort nach Italien zurückzukommen, sollte sie erfahren, dass er sich auf dem Gelände herumtrieb.

»Das Selfie?«

»Ja, natürlich. Wirf dich in Pose, kleine Eidechse.«

12

Paco drehte beinahe durch, als sie ihn eine knappe Stunde später bei dem rotgesichtigen Schotten wieder abholten. Vor Freude, sie wiederzusehen, pinkelte der Hund auf den Boden, was sie alle zum Lachen brachte.

»War er denn brav?«, fragte Arya und kraulte Paco hinter den Ohren.

»Ein Lämmchen«, erwiderte McPherson. »Vermutlich, weil ich mein Sandwich mit ihm geteilt habe.« Er lachte dröhnend, stand von der Bank auf und drückte ihr die Hundeleine in die Hand. »Also dann, Püppchen, viel Spaß noch hier.« Er sah sich suchend um. »Ich muss jetzt erst mal eine Kneipe finden, die ein anständiges Pint ausschenkt. Aber vermutlich muss ich mich mit diesem *vino rosso* zufriedengeben.« Er rollte mit den Augen und marschierte davon.

»Sind alle Schotten so?«, fragte Tiziano amüsiert.

Arya nickte. »Die meisten.« Sie wandte sich um. »Mein Magen knurrt, wir sollten zurück. Ich habe noch Nudeln von gestern, die ich mir aufwärmen will.«

»Hättest du nicht eher Lust auf eine lokale Spezialität?«

Sie biss sich auf die Lippen. Sie hatte schon gestern bemerkt, dass die Lokale rund um den Comer See nicht zu den billigsten gehörten.

»Ich möchte dich gern einladen«, fügte Tiziano schnell hinzu, und als sie zögerte, meinte er: »Das ist das Mindeste, was ich tun kann. Immerhin habe ich dank dir ein deutsches Gedicht gelernt.« Er schürzte die Lippen. »Na ja, eine Strophe wenigstens.«

Arya lachte. »Okay, einverstanden. Vielen Dank. Und wo gehen wir hin?«

Er überlegte einen Moment. »Lass dich überraschen. Du wirst begeistert sein.«

Arya verschlug es tatsächlich die Sprache, als sie eine knappe halbe Stunde später durch die Lobby des *Hotels Belvedere* gingen. Die antike Villa, erzählte ihr Tiziano, war vor ein paar Jahren komplett renoviert worden und seit ihrer Erbauung im neunzehnten Jahrhundert in Familienbesitz.

Hohe, stuckverzierte Räume mit imposanten Deckengemälden, Kristalllüstern, Marmorfußböden und weiß gedeckten Tischen versprühten den Charme einer vergangenen Epoche, als noch Damen in langen Roben und Herren mit Schnurrbart und Monokel ihre Sommerfrische am Comer See genossen.

Arya hatte an eine kleine, gemütliche Pizzeria gedacht und fühlte sich jetzt in Shorts, T-Shirt und Turnschuhen reichlich underdressed. Doch offenbar störte ihr legerer Aufzug das Personal wenig, denn eben führte sie ein formell gekleideter Kellner mit einem Lächeln auf die Sonnenterrasse und wies ihnen einen Tisch gleich an der Balustrade zu.

»Wow!«, war das Einzige, was Arya sagen konnte.

Der Ausblick war überwältigend! Direkt gegenüber lag Lecco mit seinem dominanten Kirchturm, umrahmt von bewaldeten Berghängen und schroffen Felsen. Hinter ihnen erstreckte sich der südöstliche Seearm, der sich bei Bellagio mit seinem nördlichen Bruder traf. Wind war aufgekommen und kräuselte die tiefblaue Wasseroberfläche. Vereinzelt waren bereits weiße Schaumkronen zu sehen, was viele Urlauber dazu veranlasste, die Segel ihrer Boote zu setzen.

»Coole Aussicht, was?«, sagte Tiziano unverkennbar stolz und lehnte sich mit verschränkten Armen im Stuhl zurück.

Sie saßen im Schatten einer mächtigen Kiefer. Nach dem schweißtreibenden Aufstieg zum Castello fühlte Arya sich hier bei der leichten Brise etwa so wohl wie Paco, wenn man ihm den Bauch kraulte. Und sie war froh, dass sie sich offenbar an Tizianos Gegenwart gewöhnt hatte. Sie errötete nicht mehr ständig und konnte langsam auch ganz normal mit ihm reden. Sie hatte sich nur entschließen müssen, nicht mit ihm zu flirten. So war es wirklich besser und viel unverkrampfter.

Arya holte ihr Handy hervor und knipste ein paar Fotos. »Ich wusste zwar, dass diese Gegend eine der schönsten in Oberitalien ist«, meinte sie, »aber das übertrifft wirklich alles, was ich bis jetzt gesehen habe.«

»Was hast du denn bis jetzt gesehen?«, fragte Tiziano und bedankte sich beim Kellner, der Paco einen Napf mit frischem Wasser unter den Tisch stellte.

»Außer der Villa und dem Castello noch nichts«, sagte sie achselzuckend.

Dann vertiefte sie sich in die Speisekarte. Zum Glück war sie sowohl auf Italienisch als auch auf Englisch verfasst, doch als sie die Preise sah, schluckte sie verhalten.

Offenbar hatte Tiziano ihre Reaktion bemerkt, denn er sagte in diesem Moment: »Qualität hat eben ihren Preis.«

Arya hob den Blick. »Es ist mir nicht recht, wenn du ständig alles bezahlst. Ich …«

Er winkte ab. »Kleiner Tipp eines Einheimischen … wenn dich ein Italiener einlädt, dann auf keinen Fall protestieren. Man darf sich zwar ein bisschen zieren, das wird sogar erwartet, doch letztendlich einfach charmant lächeln und sich bedanken.«

»Also gut. Dafür bekommst du aber jeden Morgen einen frischen Espresso. Deal?«

»Deal!« Er schenkte ihr ein Grübchenlächeln, und wider Willen kribbelte es in ihrem Bauch verheißungsvoll.

»Also, Herr Einheimischer, was isst man denn am Comer See?«

»Natürlich Fisch!«, erklärte er. »*Fritto Misto di Lago* zum Beispiel. Bei euch heißt das vermutlich frittierte Fischplatte. Alles fangfrisch und sehr lecker. Überhaupt die Fischgerichte …« Er tippte mit seinem Finger auf ihre Speisekarte. »Hier und hier.«

Als er seine Hand zurückzog, streifte er ihr Handgelenk und ihr wurde heiß. Zum Glück bemerkte er ihr Gefühlschaos nicht, sondern studierte weiterhin die Speisekarte.

»Oder eine Spezialität aus den Hügeln vielleicht? Wie die Polenta Taragna? Oder die Polenta Uncia, nur mit Butter, Knoblauch und Käse zubereitet?« Er sah sie fragend an.

Sie stieß hilflos die Luft aus. »Ich weiß nicht«, erwiderte sie schließlich. »Es ist alles verlockend!«

Tiziano ließ die Speisekarte sinken. »Die Königin unter all diesen Variationen ist natürlich die *Polenta Toc*. Sie wird nur in Bellagio angeboten und ist sehr aufwendig in der Zubereitung.«

»Toc?«

»Der Name kommt von *toccare*. Das bedeutet anfassen, weil man das Gericht früher von Hand aß. Man stellte einfach den Kessel auf einen Tisch und zupfte die Polenta mit Daumen und Zeigefinger von einem Holzlöffel. Als perfekt gilt der *Toc*, wenn sich beim Essen niemand die Finger verbrennt und auf dem Löffel keine Krümel kleben.«

»Klingt witzig.«

Er nickte. »Heute ist die Zubereitung des *Toc* eine Touristenattraktion, aber früher wurde er nur zu Hochzeiten und Taufen zubereitet. Man muss wirklich höllisch aufpassen, dass im Kessel immer die korrekte Temperatur herrscht und man angemessen und stetig rührt, sonst schmilzt das Ganze zu einem ungenießbaren Brei zusammen.«

Er legte die Karte auf den Tisch. »Also, Fisch oder Polenta?«

* * *

»Ehrlich gesagt, ich konnte mein Glück kaum fassen, als deine Schwester den Wohnungstausch bestätigt hat.« Arya tupfte mit dem Finger die letzten Krümel der *Miascia*, einer Tortenspezialität aus der Region, auf und stöhnte. »Jetzt habe ich eindeutig zu viel gegessen!«

Tiziano schmunzelte und rührte Zucker in seinen Espresso.

»Kein Wunder, wenn du dich durch die halbe Speisekarte isst.«

»Entschuldige mal, wer hat mir denn alle diese Köstlichkeiten angepriesen?«

»Die musst du doch aber nicht alle an einem Tag essen!« Er lachte, als er ihr schuldbewusstes Gesicht bemerkte. »War nur Spaß. Ich finde es erfrischend, mal eine Frau zu treffen, die gerne isst. Andere knabbern eine Stunde an einem Salatblatt herum und behaupten dann, satt zu sein.«

Sie schmunzelte und schob den leeren Teller beiseite.

»Tiziano, weshalb ist eigentlich die dritte Etage in der Villa abgesperrt?«

»Wie meinst du das?«

»Na ja, ich habe natürlich nach meiner Ankunft gleich das ganze Haus erkundet und stand plötzlich vor einer verschlossenen Tür.« Sie spielte mit der Leinenserviette. »Hat deine Schwester dort eventuell die letzte Homesitterin eingesperrt? Mich dünkt nämlich, dass man nächtens ein herzzerreißendes Wehklagen von oben hört.« Sie rollte unheilschwanger mit den Augen.

Er lachte. »Ich muss dir wohl den Rotwein wegnehmen, was?«

Es sollte witzig klingen, doch er suchte selbst fieberhaft nach einer Erklärung für Ilarias seltsames Tun. Der dritte Stock war noch nie abgesperrt gewesen. Also weshalb jetzt? Zwar hatte seine Familie ihn nur selten benutzt, einen Teil sogar nie, aber abgeschlossen? Hatte seine Schwester vielleicht befürchtet, dass Arya Folkerts dort oben herumschnüffeln würde? Oder hatte sie vermutet, dass er selbst ihre Abwesenheit ausnützen würde, nachdem sie ihm ausdrücklich verboten hatte, nach Aufzeichnungen zu suchen?

»Tiziano?«

»Bitte?«

Arya sah ihn irritiert an. »Weißt du, weshalb diese Etage verschlossen ist? Oder geht mich das nichts an?«

»Ach was. Soweit ich mich erinnere, muss man den Fußboden ersetzen. Das Holz ist morsch geworden. Und meine Schwester wollte bestimmt nur, dass du dich nicht verletzt.« Das war zwar glatt gelogen, jedoch das Beste, was ihm auf die Schnelle einfiel.

»Okay, verstehe.«

Arya wirkte zwar nicht überzeugt, fragte aber nicht weiter nach. Dann wechselte sie zum Glück das Thema und berichtete, was sie mit dem Garten der Villa anstellen würde, wenn sie von den Durinis einen entsprechenden Auftrag erhielte.

Er hörte ihr jedoch nur noch mit halbem Ohr zu. Es musste einen triftigen Grund geben, weshalb Ilaria die dritte Etage abgesperrt hatte. Hatte sie eventuell etwas gefunden und wollte nicht, dass es an die Öffentlichkeit kam?

Tiziano fuhr sich vor Aufregung mit der Zunge über die Lippen. Er musste unbedingt in die Villa und nachsehen! Und zuallererst natürlich in Catarinas Zimmer.

13

»Hoppla!« Arya kicherte, als ihr der Schlüssel vor der Haustür aus der Hand fiel.

Tiziano bückte sich danach und schloss auf. »*Troppo vino rosso?* Zu viel roter Wein?«, fragte er schmunzelnd und ließ ihr den Vortritt.

»Troppo? Gar nicht!«, meinte sie daraufhin entrüstet. »Ich vertrage eine Menge! Schließlich bin ich zur Hälfte Schottin. Ich habe mich nämlich einbürgern lassen.«

Sie unterdrückte ein Rülpsen. Vielleicht hätte sie doch nicht so viel von dem Roten trinken sollen.

Tiziano hatte, weil er den Wagen fuhr, nur ein Glas genommen und sie den Rest der Flasche daher allein vernichtet.

»Na gut«, gab sie zu. »Vielleicht ein kleiner Schwips. Aber ich habe schließlich Urlaub und kann morgen ausschlafen.« Paco preschte an ihr vorbei und steckte die Schnauze in seinen Wassernapf. »Also, bis mich das Hündchen mit seiner Mädchenblase weckt«, fügte sie kichernd hinzu. Pacos fordernder Blick erinnerte sie an ihre Pflicht und sie servierte ihm umgehend sein Abendessen.

Es war kurz vor zweiundzwanzig Uhr. Die Rückfahrt entlang der Uferstraße hatte länger gedauert als geplant, weil Paco irgendwann vehement darauf bestanden hatte, sein Geschäft zu verrichten. Also waren sie am Ufer entlangspaziert, hatten die Abendstimmung genossen und über Gott und die Welt geplaudert.

Tiziano war mehr als nur attraktiv. Er war tatsächlich ein interessanter Gesprächspartner. Offensichtlich erlebte ein Journalist die außerordentlichsten Dinge. Er hatte zwar zwischenzeitlich ein wenig abwesend gewirkt, als müsse er über etwas scharf nachdenken, war aber mit seiner Aufmerksamkeit immer wieder zu ihr zurückgekehrt. Arya hätte gern mehr über seine Kindheit in Bellagio erfahren, aber sobald sie das Thema anschnitt, wich er geschickt aus.

Hatte er vielleicht doch etwas zu verbergen? Oder sprach er einfach nicht gern über seine Familie? Offenbar verstand er sich ja nicht besonders gut mit seiner Schwester, doch so direkt danach zu fragen, traute Arya sich nicht. Im Grunde ging es sie auch nichts an.

»Möchtest du noch etwas trinken?«, rutschte es ihr heraus. »Wir könnten uns einen Moment auf die Terrasse setzen.«

Sie hatte keine Lust, schlafen zu gehen, und noch weniger, es allein zu tun. Als ihr bewusst wurde, was sie da gerade dachte, errötete sie heftig, trat dann schnell zum Kühlschrank und riss die Tür auf. Hoffentlich hatte Tiziano nicht bemerkt, was ihr durch den Kopf ging. Es wäre ihr unangenehm, wenn er ein schlechtes Bild von ihr bekam. Doch der Mann gefiel ihr nun mal. Und nicht nur wegen seines unwiderstehlichen Grübchenlächelns. Er war höflich, hatte Humor, war kein Dummkopf und besaß einen überaus knackigen Hintern. Wie konnte es sein, dass so einer nicht schon verheiratet war und mindestens zehn Bambini an seinem Bein klebten? War er vielleicht …?

»Gern«, erwiderte er. »Soll ich eine Flasche aus dem Keller holen?«

»Dürfen wir denn einfach so den Wein der Durinis trinken?«

»Eine Flasche weniger wird sie schon nicht gleich in den Bankrott treiben. Im Übrigen trinkt meine Schwester nur selten, und mein Schwager sollte sowieso weniger Alkohol konsumieren. Wir vollbringen damit also eine gute Tat.« Er zwinkerte ihr zu und ging die Treppe hinunter in den Keller.

Arya sah ihm nach. Wie würde es sich wohl anfühlen, ihn zu küssen? Über seine nackte Brust zu streichen? Sich von ihm ausziehen zu lassen?

Sie seufzte tief, öffnete die Terrassentür, holte die Sitzpolster für die Gartenstühle und entzündete eine Kerze, die angeblich die Mücken fernhielt. Zwar widerlegten ihre zerstochenen Beine diesen großspurigen Werbeslogan, aber die Kerze verbreitete ein romantisches Licht und roch angenehm nach Zitrone.

»Ich habe hier einen Rosé gefunden«, rief Tiziano, als er in die Küche zurückkam, und betrachtete das Etikett auf der Weinflasche. Er zog eine Schublade auf und wühlte darin herum, vermutlich auf der Suche nach einem Korkenzieher. »Ein Domasino«, erklärte er. »Benannt nach den Trauben, die im Gebiet oberhalb des Dorfes Domaso wachsen. Schmeckt nach Himbeeren und Kirschen. Sehr lecker. Ich dachte, nach dem schweren Roten …«

»Tiziano«, unterbrach Arya ihn und lehnte sich an den Türrahmen. »Findest du mich eigentlich attraktiv?«

* * *

Tiziano riss überrascht die Augen auf. Aber hallo, die Kleine war ja direkt! Doch offenbar war sie über ihren eigenen Mut erschrocken, denn wieder schoss ihr die Röte ins Gesicht und sie schlug sich die Hand vor den Mund.

»Oh mein Gott«, stammelte sie. »Wie peinlich. Vergiss bitte, was ich gefragt habe. Offenbar doch zu viel Wein.« Sie lachte nervös. Mit gesenktem Kopf wollte sie an ihm vorbeilaufen.

Er erwischte sie gerade noch am Ellbogen.

»Warte«, bat er und stellte die Weinflasche auf den Küchentresen. Sie wagte kaum, ihn anzusehen, und er verbiss sich ein Lachen. »Ich finde dich äußerst attraktiv, *piccola lucertola.*«

Sie hob den Blick, strahlte ihn an und sein Puls beschleunigte sich. Er musste aufpassen, dass er nicht sein Herz an die kleine Eidechse verlor. Er brauchte sie, und das beinhaltete keine amourösen Eskapaden. Das war das Letzte, was er sich in seiner Situation leisten konnte. Doch ihr Mund, der nur noch wenige Zentimeter von seinem entfernt war, erschien ihm plötzlich unwiderstehlich.

»Ich mag diesen Namen«, flüsterte sie und sah ihn unverwandt an.

»Welchen Namen?«

»Lucertola, Eidechse.«

»Er passt zu dir«, raunte er und strich ihr eine Haarsträhne aus dem Gesicht.

Die Haut ihrer Wangen, die er dabei unter seinen Fingerspitzen spürte, war samtweich. Er musste seine Bemerkung revidieren: so gar nicht eidechsenartig. Vielmehr wie ein reifer Pfirsich. Ob sie sich überall so anfühlte? Sein Herz klopfte in doppelter Geschwindigkeit und er hielt es für klüger, sich jetzt zurückzuziehen.

Doch er zögerte. Konnte er das Nützliche nicht mit dem Angenehmen verbinden? Er brauchte unbedingt Zugang zur dritten Etage, und Arya war offensichtlich einem kleinen Techtelmechtel mit ihm nicht abgeneigt. Das war doch *die* Gelegenheit! Aber durfte er sie dermaßen ausnutzen?

Sie muss es ja nicht erfahren, flüsterte ihm eine leise Stimme in seinem Kopf zu. Niemand kommt zu Schaden. In ein paar Tagen trennen sich eure Wege wieder, das weiß sie so gut wie du. Sie ist erwachsen und du bist nicht ihr Vater. Also, was soll's?

»Sagst du mir, worüber du so angestrengt nachdenkst?«, fragte Arya und lachte unsicher.

Er trat einen Schritt zurück und die günstige Gelegenheit, sie zu küssen, war vorüber. Vielleicht war es besser so.

Er räusperte sich. »Ach, nichts.« Er griff wieder nach der Flasche Rosé und hielt sie in die Luft. »Schlummertrunk?«

14

Tiziano lauschte dem monotonen Konzert der Grillen und starrte dabei an die dunkle Zimmerdecke. Er hatte beim Zurückkommen alle Fenster des Gartenhauses aufgerissen, um durchzulüften, und versuchte jetzt einzuschlafen. Zwecklos.

Er zog das verschwitzte T-Shirt aus und öffnete die Tür zum Garten. Nur in seinen Boxershorts genoss er den leichten Wind, der übers Wasser strich. Der See lag glatt wie ein dunkler Spiegel vor ihm. Am wolkenlosen Himmel stand der zunehmende Mond und tauchte die Umgebung in silbernes Licht.

Tiziano fuhr sich mit beiden Händen übers Gesicht und atmete tief durch. Hatte er vorhin zu viel Skrupel gezeigt? Wäre es nicht leichter gewesen, Arya zu küssen, mit ihr nach oben zu verschwinden und später zu versuchen, in den dritten Stock zu gelangen, um dieses eine bestimmte Zimmer zu durchsuchen? Er mochte die kleine Eidechse und sie ihn offenbar auch. Also, was hatte ihn gehindert? Hatte er mit seinem Zögern vielleicht die beste Gelegenheit, die sich ihm bieten würde, vertan? Es nützte ihm nichts, die Lebensgeschichte der *traurigen Prinzessin* anhand von Spekulationen aufzuschreiben und die Lücken mit Fantasie zu füllen. Er wollte keinen Roman, sondern eine Biografie über sie verfassen. Das hatte sie verdient.

Und Catarinas Lebensgeschichte würde nur Beachtung finden, wenn er Fakten vorweisen konnte!

Er trat nach draußen und lehnte sich mit dem Rücken an die Hausmauer. Sie hatte noch die Wärme des Tages gespeichert und fühlte sich tröstlich an auf seiner nackten Haut.

Während er auf den nächtlichen See blickte, überfiel ihn unvermittelt eine viele Jahre alte Erinnerung. Vielleicht war diese Begebenheit der Schlüssel zu seinem Leben und dem Bruch mit seinem Vater. Und später auch mit Ilaria …

Tiziano sprang aus dem Schulhaus und lachte übermütig. Er wollte die gute Nachricht sofort Papà mitteilen und winkte ab, als Timeo ihn fragte, ob er noch mit ihm an den See kam, um ein paar Steine übers Wasser springen zu lassen.

»Keine Zeit!«, rief er und lief die Via Roma hinauf.

Papà würde stolz auf seinen Sohn sein. Filippo Brentano predigte seinen Kindern stets, wie wichtig die Schule war. Nur wer eine anständige Ausbildung besaß, erreichte im Leben etwas.

Für Tizianos Schwester Ilaria war die Schule wie ein Spaziergang, er hingegen hatte Mühe mit dem Schulstoff und brachte selten gute Noten nach Hause. Die ganzen Nachhilfestunden nützten nichts. Vor allem beim Schreiben und Lesen hinkte er hinterher. Das Wort Leseschwäche geisterte durch seine Zeugnisse, was seinem Vater jedes Mal ein Stirnrunzeln entlockte. Dem dreizehnjährigen Tiziano erschien dieser Begriff wie ein Schimpfwort und er schämte sich für diesen Makel. Auch wenn er, gemäß seiner Lehrerin, im Grunde nichts dafürkonnte und er die Schwäche vermutlich irgendwann überwinden würde. Es sei eben angeboren, hatte sie ihm erklärt und versucht, seine Tränen bei dem Gespräch zu ignorieren. Immerhin das. Er wäre vor Scham im Boden versunken, wenn Signorina Fontana ihn auch noch wegen des Geflennes getröstet hätte.

Tiziano kickte grinsend einen Stein ins staubige Gebüsch. Heute würde Papà die Stirn nicht runzeln müssen. Nein, heute würde er seinem Sohn stolz auf die Schulter klopfen und zur Belohnung mit ihm segeln gehen. Nur sie zwei. Ein richtiger Männernachmittag! Tizianos Augen leuchteten bei der Vorstellung. Vielleicht würde Papà ihm sogar einen Schluck Wein anbieten. Zur Feier des Tages! Tiziano hatte in einem Aufsatz nie eine Note über einer Sechs nach Hause gebracht, was gerade noch als genügend galt. Doch heute prangte eine fette rote Neun auf seinem Text: *distinto* – sehr gut! Eine Zehn würde er wohl sein Leben lang nie erreichen, aber das war ihm im Moment herzlich egal.

»Papà!«, rief er, während er die Eingangsstufen zur Villa hinauflief und die Haustür aufriss. »Ich muss dir etwas zeigen!«

»Titti, nicht so laut.« Seine Mutter kam aus der Küche und sah ihren Sohn streng an. »Dein Vater ist auf der Terrasse. Was gibt es denn so Wichtiges?«

»Später!«, rief er lachend, sauste an ihr vorbei und lief durch die Küche.

Filippo Brentano lag unter dem aufgespannten Sonnenschirm, rauchte eine Zigarre und las die *La Provincia di Como*. Er hatte eine Woche Urlaub, was an sich schon erstaunlich war, weil er normalerweise rund um die Uhr arbeitete. »Ein Anwalt kennt keinen Feierabend!«, war einer seiner Lieblingssätze, und er hätte es gerngehabt, wenn sein Sohn die Familientradition der Brentano-Anwälte weiterführte. Doch Tiziano interessierte sich nicht für seine berufliche Laufbahn. Das lag noch so weit in der Zukunft, dass es ihm wie Jahrhunderte erschien.

»Papà, Papà, schau, was ich hier habe!«

Er stoppte schwer atmend vor der Sonnenliege, riss seine Schulmappe auf und zog den Aufsatz hervor. Er hielt ihn seinem Vater vor die Nase und strahlte übers ganze Gesicht. »Eine Neun, Papà, ich habe eine Neun gekriegt!«

Filippo Brentano hob erstaunt die Brauen, legte die Zeitung beiseite und griff nach den beschriebenen Blättern.

»Eine Neun? Bravo, Titti, bravo.«

Tiziano strahlte übers ganze Gesicht. »Signorina Fontana meinte zwar, dass etwas viele Rechtschreibfehler drin sind, aber das hätte der Inhalt wieder wettgemacht.«

Sein Vater nickte und betrachtete wohlwollend die große Neun neben Tizianos Namen in der rechten oberen Ecke.

»Und was war das Thema, Junge? Ach, hier steht es ja: *Ein ungewöhnliches Leben.*« Er musterte seinen Sohn. »Hast du eventuell etwas über deinen lieben Vater verfasst?« Er zwinkerte ihm zu.

Tiziano schüttelte lachend den Kopf. »Nein, Papà, tut mir leid. Ich habe über Catarina geschrieben. Sie ist ja …«

Weiter kam er nicht. Sein Vater sprang von der Liege auf, als hätte ihn ein Insekt gestochen. »Du hast was?!«

Tizianos Lächeln erstarb. Er trat hastig einen Schritt zurück.

»Über Catarina«, stammelte er. »Sie hatte doch ein ungewöhnliches Leben.«

Was war nur in seinen Vater gefahren? Er machte ihm regelrecht Angst.

Filippos Augen flogen nur so über die Zeilen. Sein Mund stand dabei offen und sein Blick wurde immer finsterer. Dann sah er seinen Sohn mit einer solchen Abscheu an, dass es Tiziano kalt über den Rücken lief. Ohne ein Wort zu sagen, zerriss sein Vater den Aufsatz, drehte sich um und stampfte ins Haus. Die Papierfetzen nahm er mit.

15

»*Lullaby, and goodnight, in the sky stars are bright* …« Arya drehte sich auf die Seite und begann, Brahms' Gutenachtlied auf Deutsch zu singen. »Guten Abend, gut Nacht …«

Dieses Spiel hatte sie jetzt schon drei Mal hinter sich, aber der Schlaf stellte sich trotzdem nicht ein.

»Ach, Mist!«

Sie strampelte die Bettdecke bis zum Fußende und stieß genervt die Luft aus. Durch die offenen Vorhänge betrachtete sie den Halbmond am Firmament.

Himmel, sie hätte Tiziano das vorhin nicht fragen sollen. Verdammt! Wie bescheuert konnte man eigentlich sein? Zwar hatte es einen Moment danach ausgesehen, als würde er sie küssen wollen, aber dann war er so schnell wie eine fliegende Untertasse verschwunden. Vielleicht gab es ja doch eine Frau in seinem Leben. Wie vermessen von ihr, zu denken, dass so ein toller Hecht nicht schon irgendwo am Haken zappelte.

Paco schnarchte auf dem Bettvorleger. Sie hatte es nicht übers Herz gebracht, dem Hund die Schlafzimmertür vor der feuchten Nase zuzuschlagen. Als er jedoch Anstalten machte, aufs Bett zu springen, hatte sie ihm mit dem Finger gedroht. Offenbar eine länderübergreifende Geste, denn mit einem tiefen Hundeseufzer hatte er es sich danach auf dem Boden bequem gemacht.

Arya streckte den Fuß über die Bettkante und streichelte mit der nackten Fußsohle seinen Rücken. Es kitzelte angenehm. Dem Hund schien es zu gefallen, denn er gab einen wohligen Laut von sich und rekelte sich genüsslich.

Arya verschränkte die Hände hinter dem Kopf. Würde es morgen peinlich werden, wenn sie Tiziano wiedersah? Oder hätte sie mit dem vielen *vino rosso* eine gute Ausrede für ihre dumme Frage? Aber wieso musste sie sich überhaupt rechtfertigen? Sie hatte ihn immerhin bloß gefragt, ob er sie attraktiv fand, und nicht, ob er ihr eine Niere spenden könne. Auch in Italien hatte man bestimmt schon von Gleichberechtigung gehört.

Sie seufzte nochmals tief und stand auf. Ihre Kehle war komplett ausgedörrt und verlangte nach einem Schluck Wasser. Als sie die Treppe hinabging, folgte ihr Paco bei Fuß. In der Küche pflanzte er sich vor der geschlossenen Terrassentür auf und wedelte mit dem Schwanz.

»Echt jetzt?«

Als Antwort fing er an zu hecheln. Schon wollte sie die Terrassentür öffnen, damit er sein Geschäft erledigen konnte, als sie sich an Signora Durinis Zeilen erinnerte. War das Tor zum Bootssteg geschlossen?

»Warte, ich ziehe mir nur kurz Schuhe an und komme mit.«

Sie trank schnell ein Glas Wasser, holte ihre Turnschuhe aus dem Flur und griff nach der Hundeleine.

Es war eine göttliche Nacht. Die Luft fühlte sich wie Seide auf ihrer Haut an. In den Büschen sangen die Grillen und am wolkenlosen Himmel stand der Mond zum Greifen nah.

Sie atmete tief die kühle Nachtluft ein. Ein fiepender Schatten flog nahe an ihr vorbei und erschreckte sie, bis ihr klar wurde, dass es sich um eine Fledermaus handelte. Paco schien sich nicht entscheiden zu können, wo er sein Geschäft verrichten sollte, und sie vermutete, dass er sie einfach hatte nach draußen locken wollen.

»Na, du bist mir ja ein Spaßvogel«, schimpfte sie. »Aber was soll's, ich kann ja eh nicht schlafen.«

»Dann geht es dir wie mir.«

Sie wirbelte herum. Tiziano trat aus dem Schatten einer Zeder. Er trug nur Boxershorts und wirkte im Mondlicht wie eine italienische Marmorskulptur.

Sag etwas Witziges, schoss es ihr durch den Kopf. Irgendetwas Lockeres, als würden dir ständig halb nackte Männer im Mondschein begegnen. Aber leider fiel ihr nichts Passendes ein.

»Du kannst ihn von der Leine lassen«, sagte Tiziano. »Das Tor beim Bootssteg ist geschlossen. Ich bin eben dort vorbeigekommen.«

»Okay«, erwiderte sie und räusperte sich, weil ihre Stimme klang, als hätte sie seit einem Monat nicht gesprochen.

Sie bückte sich und löste die Hundeleine. Paco sauste davon und verschwand im Gehölz.

»Alles klar?«, fragte Tiziano und neigte den Kopf.

»Sicher.«

»Entschuldige meinen Aufzug«, fuhr er fort. »Ich wollte nur einen kurzen Spaziergang machen und habe nicht erwartet, dir zu begegnen.«

Sie winkte ab. »Fühl dich wie zu Hause.«

Er lachte.

Und auch wenn sie es nicht sehen konnte, wusste sie doch, dass die Grübchen wieder da waren. Ihr Herzschlag verdoppelte sich und ihre Haut fing an zu kribbeln, als würde eine Schar Ameisen darüberkrabbeln. Sie rieb sich die Arme.

»Ist dir kalt?«

»Nein, gar nicht … eher heiß.«

Herrgott noch mal, was schwafelte sie denn da?

»Schade, ich hätte dich sonst ein wenig gewärmt.«

Sie runzelte die Stirn. Machte er sich etwa lustig über sie? Oder war das eine Anmache?

Vielleicht waren es die Nachwirkungen des Weins oder weil Tiziano so verdammt sexy im Mondlicht aussah. Sie trat einen Schritt auf ihn zu und legte ihre Handflächen auf seine Brust. Sie musste ihn einfach berühren!

Etwas klirrte und sie bemerkte, dass sie noch die Hundeleine in der Hand hielt. Sie ließ sie ins Gras fallen, legte den Kopf in den Nacken und schloss die Augen.

* * *

Nein, es ist keine Berechnung, ging es Tiziano durch den Kopf, als er seine Lippen auf die von Arya senkte. Sie fühlten sich genauso an, wie er sie sich vorgestellt hatte: weich, warm und berauschend. Sie schmeckte nach Pfefferminzzahnpasta und nach Rotwein. Als sie ihre Arme um seinen Nacken schlang, bekam er eine Gänsehaut.

Er mochte die kleine Eidechse wirklich. Schon bei ihrem ersten Zusammentreffen hatte er sich vorgestellt, wie es wäre, diese Lippen zu küssen. Zum Teufel mit Catarina und der dritten Etage! Wieso erzählte er Arya nicht einfach alles? Sie war eine Außenstehende und würde seine Ambitionen vielleicht verstehen. Mehr noch, möglicherweise sogar unterstützen.

Sie schmiegte sich an ihn und erwiderte den Kuss leidenschaftlich … und sein Körper reagierte. Als ihr ein Seufzer entwich, löste er sich von ihr, wies mit dem Kopf auf die offene Terrassentür und sie nickte.

Das hellgrüne Zimmer, natürlich! Tiziano unterdrückte ein Grinsen. Das war früher seins gewesen. Offenbar hatte das

Schicksal einen schrägen Humor. Das Bett war zerwühlt, die Decke lag am Boden. Überall lagen Kleider herum. Ilaria wäre durchgedreht, wenn sie das hätte sehen können.

»Ich hätte aufräumen sollen«, sagte Arya an seiner Seite.

»Ach was. Sieht doch sehr gemütlich aus.« Seine Mundwinkel zuckten. »So … authentisch.«

Auf dem Boden lag ein T-Shirt mit dem Aufdruck: *I like my Scottish Terrier and maybe 3 people.* Ich mag meinen schottischen Terrier und vielleicht drei Menschen. Das war zu viel. Er prustete los und Arya stimmte mit ein.

»Ich war eben nicht auf Besuch eingestellt«, rechtfertigte sie sich, schnappte sich das T-Shirt und warf es auf einen Stuhl.

»Und worauf warst du eingestellt?«, fragte er leise und schlang seine Arme um ihre Taille.

»Ach, nur auf Signor Colombini. Ihm ist die Unordnung in meinem Schlafzimmer ziemlich egal.«

Tiziano riss in gespieltem Entsetzen die Augen auf. »Was, ein Nebenbuhler? Wo ist der Schurke? Ich muss meinen Degen schärfen!«

Er strich mit den Lippen an ihrem Hals entlang und bemerkte mit Genugtuung, wie sie unter der zarten Berührung erschauerte.

»Ich dulde keine Konkurrenz, kleine Eidechse«, murmelte er an ihrem Ohr. »Nicht einmal von Methusalem persönlich.«

Sie lachte verhalten. »Alles klar. Dann stelle ich aber auch eine Forderung.«

»Alles, was du möchtest«, erwiderte er und schob seine Hände unter ihr T-Shirt. Er streichelte die warme seidige Haut und Arya stieß erneut einen leisen Seufzer aus, den er überaus erotisch fand.

»Lass uns stets ehrlich zueinander sein, okay?«, forderte sie.

Er sah sie überrascht an.

»Nun ja«, druckste sie herum, während sie ihm aufreizend über die Brust strich und seine Muskeln erkundete, sodass sein Puls sich beschleunigte. »Ich habe schlechte Erfahrungen mit Männern gemacht, die nicht die Wahrheit sagen.« Sie stoppte ihre Streicheleinheiten und reckte das Kinn. »Und darauf kann ich gern verzichten.«

* * *

Arya spürte, wie sich Tizianos Körper für einen Moment versteifte. Was sollte das denn jetzt bedeuten? Gab es etwas, das er ihr verschwieg? Vielleicht doch eine *fidanzata*, eine Braut, in Mailand?

»Natürlich, kleine Eidechse, wir werden immer ehrlich zueinander sein.«

Er schenkte ihr sein Grübchenlächeln, das ihr so angenehme Gefühle in der Magengegend bescherte, und strich ihr zärtlich eine Strähne hinters Ohr.

Der Kuss, der darauf folgte, duldete keinen weiteren Raum für kritische Gedanken. Arya ließ sich einfach in die Emotionen fallen, die er in ihr auslöste.

Tizianos Zunge eroberte ihren Mund, während er sie eng an sich presste, sodass sie spürte, wie sehr er sie begehrte.

Sie hatte ihn schon bei ihrer ersten Begegnung attraktiv gefunden und sich vorgestellt, wie es wäre, ihn zu küssen. Und dass sie das jetzt gerade tat, überraschte und erregte sie gleichermaßen. Normalerweise brauchte sie eine gewisse Zeit, um sich einem Mann zu öffnen oder gar intim mit ihm zu werden. Aber bei Tiziano war das seltsamerweise völlig anders. Ihn hatte sie sofort gewollt, und sie fühlte sich wie die größte Femme fatale aller Zeiten. Eine, die sich nahm, was sie begehrte, und sich nicht darum scherte, was Moral und Anstand forderten. Maike würde ihr auf die Schulter klopfen und sie für ihre neu erwachte Spontaneität beglückwünschen.

O Gott, Maike!

Arya hatte ihr doch versprochen, sich zu melden und ihr mehr über Tiziano und den geplanten Ausflug zu erzählen. Auch die versprochenen Postkarten und Briefe hatte sie komplett vergessen. Das schlechte Gewissen meldete sich zu Wort und sie fühlte sich plötzlich ernüchtert, als wäre sie gerade aus einem Traum erwacht.

»Du wirkst ein wenig abgelenkt«, raunte Tiziano an ihrem Ohr. »Angst vor der eigenen Courage bekommen?« Er lachte leise.

»Nein, ich habe nur … egal.«

Sie legte die Wange an seine breite Brust und atmete tief seinen Duft ein. Er roch nach Duschgel und Mann. Anders konnte sie es nicht ausdrücken. Offenbar versprühte er Pheromone, auf die sie ansprang wie eine brunftige Kuh. Der Vergleich brachte sie zum Lachen.

Er runzelte die Stirn. »Aus dir soll mal einer schlau werden«, sagte er lächelnd und schüttelte den Kopf. Dann sah er zum zerwühlten Bett hinüber. »Bringen wir es noch ein bisschen mehr in Unordnung?«

* * *

Es war ein wenig seltsam, in seinem ehemaligen Jungenbett Sex zu haben. Dieses Zimmer stand für Tizianos Kindheit und seine Teenagerjahre und nicht dafür, mit einem Mädchen rumzumachen, auch wenn er sich das während seiner Pubertät oft sehnlichst gewünscht hatte. Seine Eltern hätten ihm aber nie erlaubt, eine Freundin mit aufs Zimmer zu nehmen. Also waren seine ersten Erfahrungen mit dem anderen Geschlecht genauso abgelaufen wie bei seinen damaligen Kumpels: heimliche Küsse und etwas Gefummel am Seeufer. Und später, als sie älter und mutiger wurden, schon mal ein hastiges Gastspiel auf einer mitgebrachten Decke in freier Natur, immer mit der Angst im Nacken, von jemandem entdeckt zu werden. Und auch wenn er mittlerweile längst erwachsen war, fühlte er sich gerade so, als würde er etwas Verbotenes tun.

Er schüttelte diese seltsamen Gefühle ab und widmete sich lieber der kleinen Eidechse, die sich so verdammt gut in seinen Armen anfühlte. Eng umschlungen und ohne ihre Lippen voneinander zu lösen, stolperten sie durchs Zimmer und fielen zusammen aufs Bett.

Tizianos Vater hatte die Wände zwar nach dem Auszug seines Sohnes frisch streichen lassen, aber das Bett war dasselbe geblieben. Der knarrende Protestlaut, den die Sprungfedern von sich gaben, wirkte für ihn ebenso vertraut wie ein Paar eingetragene Schuhe.

Es war verrückt, wie sich plötzlich längst verloren geglaubte Erinnerungen in seinem Kopf öffneten wie unerwünschte Werbe-Pop-ups in einem Browserfenster. Wie konnte es sein, dass sich solche Gefühle auch noch nach Jahren so anfühlten, als wären sie gerade erst passiert? Würde vielleicht gleich auch noch sein alter Teddy Calimero auftauchen? Dieses Unding von einem Stofftier, dem die Augen und ein Ohr fehlten und das vom vielen Knuddeln beinahe schon kahl geworden war?

Ihm entfuhr bei dem Gedanken, wie der Teddybär plötzlich aus dem Schrank springen würde, ein belustigtes Schnauben, das Arya dazu veranlasste, die Stirn zu runzeln.

»Meine Küsse bringen dich also zum Lachen?«, meinte sie gekränkt. »Toll, wenn auch nicht beabsichtigt.«

Sie verzog ihre hübschen Lippen zu einem entzückenden Schmollmund.

»Entschuldige, aber das hier fühlt sich gerade alles ein bisschen bizarr an.« Seine Aussage vertiefte ihr Stirnrunzeln und er beeilte sich zu erklären: »Das hier war früher mein Jugendzimmer.«

»Tatsächlich?« Sie sah sich um, als würde sie den Raum zum ersten Mal sehen. »War es damals auch schon so … grün?«

»Wie ein Grashüpfer.« Er strich sanft über ihre Augenbrauen. »Oder eine Eidechse.«

Sie lächelte und schlang ihre Arme um seinen Nacken. »Dann passt es ja.« Sie küsste seinen Hals, was ihm einen angenehmen Schauer bescherte. »Du riechst so gut«, raunte sie und drückte ihre kleine Nase in die Kuhle unter seiner Kehle.

Er lachte verhalten, weil es kitzelte, nur um kurz darauf die Luft scharf einzuziehen, als sie ihren Schenkel zwischen seine Beine schob.

Die Lust schoss wie eine Feuerwalze durch seine Adern. Hungrig suchte er Aryas Mund, erkundete ihn mit seiner Zunge und presste sie tief in die Laken. Er musste sich zurückhalten, um sich nicht gleich zu holen, was sie ihm so bereitwillig anbot.

Was war nur los mit ihm? Normalerweise gebärdete er sich beim Sex nicht wie ein Berserker. Aber Arya hatte etwas an sich, das anscheinend seine animalischen Instinkte weckte. Und die wollten sie erobern. Jetzt. Sofort.

Er zog sich ein paar Zentimeter zurück, weil ihn der weiche Körper unter ihm fast um den Verstand brachte. Dann legte er sich an Aryas Seite, streichelte ihren nackten Bauch, bis sich sein Herzschlag einigermaßen beruhigt hatte. Sie schloss bei seinen Berührungen genüsslich die Augen, also wurde er mutiger, schob seine Finger unter ihr T-Shirt und fand ihre Brust. Sie passte perfekt in seine hohle Hand.

Arya stöhnte mit geschlossenen Lidern, als er mit dem Daumen über ihre Brustwarze strich, die sich unter seiner Berührung verhärtete.

Er spürte, dass es schon bald mit seiner Beherrschung vorbei sein würde, und versuchte, an etwas anderes zu denken als an ihre seidenweiche Haut, ihre wundervollen Lippen und die süßen Laute, die sie ausstieß. Doch offenbar war es einfacher, nach einem Marathonlauf ein Glas Wasser auszuschlagen. Denn weder die Gedanken an Catarinas Zimmer im dritten Stock, das er mit Aryas Hilfe erkunden wollte, noch die unangenehmen Erinnerungen an seine Ex-Freundinnen fruchteten. Und wieso sollte er sich auch zurückhalten? Arya wollte es genauso wie er, denn gerade schob sie ihre Hand in seine Shorts und streichelte, was sich ihr so begehrlich entgegenstreckte.

»*Dio mio!*«, stieß er zwischen den Zähnen hervor. »Willst du mich foltern?«

»Vielleicht«, gab sie neckisch zur Antwort und zog zu seinem Bedauern ihre Hand zurück. Sie schälte sich aus ihrem T-Shirt und präsentierte ihm ihre perfekten Brüste. Unter halb geschlossenen Lidern sah sie ihn ernst an. »Liebe mich!«, raunte sie.

In Windeseile entledigte er erst sich selbst seiner und dann sie ihrer Shorts und suchte danach Aryas empfindlichste Stelle. Als er sie berührte, keuchte sie genießerisch auf. Nun war es mit seiner Selbstbeherrschung vorbei.

Geschmeidig rollte er sich auf dieses wunderbare Geschöpf, das ihm der Zufall so unverhofft beschert hatte. Als er ihre Hitze spürte, wurde jeder Gedanke von seinen Empfindungen hinweggespült. Er wollte sie nur noch besitzen und gleichzeitig von ihr in Besitz genommen werden.

Seine Bewegungen wurden schneller, tiefer. Ihr Stöhnen wandelte sich in ein Keuchen. Sie schlang ihre Beine um seine Hüften, um ihm zu signalisieren, dass sie ihm noch näher sein wollte, und wölbte ihm ihren Oberkörper entgegen. Dann spürte er, wie sie erzitterte und mit erstickter Stimme seinen Namen rief. Die letzten Schranken fielen.

Er ließ sich von einer ekstatischen Woge mitreißen, genoss den süßen Schmerz der Erfüllung, bis er schließlich keuchend über ihr zusammenbrach.

16

Ein Knarren weckte Arya und sie öffnete die Augen. Durch das offene Fenster drangen das monotone Gezirpe der Insekten und der blasse Mondschein herein. Sie musste unbedingt auf die Toilette. Während sie sich aufrappelte, überfiel sie die Erinnerung an die vergangenen Stunden. Lächelnd streckte sie die Hand aus … und fasste ins Nichts. Der Platz neben ihr war leer.

Sie setzte sich auf, knipste die Nachttischlampe an und sah sich im Zimmer um. Tizianos Shorts und Turnschuhe lagen nicht mehr auf dem Boden. War der Kerl etwa einfach abgehauen?

»Tiziano?«

Keine Antwort. Das war doch wohl ein Witz!

Natürlich hatte sie nicht angenommen, dass er am nächsten Tag gleich die Hochzeitskapelle buchen würde, aber auch nicht, dass er nach dem Sex einfach so verschwand. Waren seine geflüsterten Liebesworte etwa bloß Mittel zum Zweck gewesen? Und jetzt, da er sein Ziel erreicht hatte, ließ er sie links liegen? Zugegeben, sehr schwer hatte sie es ihm nicht gemacht, und womöglich war das die Quittung dafür. Aber sie hielt nichts von Koketterie. Es widerstrebte ihr, einer Person etwas vorzumachen oder sie hinzuhalten. Zudem war sie nicht die Geduldigste. Lieber ergriff sie die Initiative. Zwar handelte man sich dadurch ab und zu eine schmerzhafte Abfuhr ein, aber immerhin wusste dann jeder, wo er stand.

»Tja«, murmelte sie, während sie durchs Zimmer Richtung Toilette steuerte. »Dann werde ich mir wohl die nächste Zeit Gloria Gaynors *I will survive* anhören müssen.«

Das Lied war der ultimative Song gegen Liebeskummer, und die Lyrics verdeutlichten mehr als jeder andere Text, den sie kannte, dass man eine Enttäuschung überleben konnte.

Aber litt sie denn an Liebeskummer?

Sie furchte die Stirn, als sie sich auf die Toilette setzte. Nein, wohl kaum. Es war eher verletzter Stolz und das Gefühl, benutzt worden zu sein. Hatte der Italiener ihr nicht noch vor ein paar Stunden versprochen, immer ehrlich zu sein? Und jetzt verdrückte er sich einfach wortlos? Offenbar verstand man in diesem Teil Europas unter Ehrlichkeit etwas anderes.

Oder tat sie ihm vielleicht unrecht? Gab es womöglich eine schlüssige Erklärung für seine Abwesenheit? Aber selbst wenn er unbedingt hatte verschwinden müssen, wäre eine kleine Notiz angebracht gewesen. War er vielleicht nur schnell ins Gartenhaus gelaufen, um … Ja, was? Seine Zahnbürste zu holen?

Tiziano war ein zärtlicher Liebhaber und der Sex mit ihm hatte ihr gefallen. Sie waren beide auf ihre Kosten gekommen, und Arya wäre nicht abgeneigt gewesen, das Liebesspiel zu wiederholen. Doch wenn er jedes Mal danach die Flucht ergriff, käme sie sich reichlich blöd vor. Also würde sie die vergangenen Stunden als einmalige Episode abheften. Eine wunderbare Episode zwar, aber mehr eben auch nicht. Sie musste realistisch bleiben. Schließlich war sie hier bloß im Urlaub und hatte ganz andere Sorgen, als sich wegen eines einheimischen Casanovas zu grämen.

Sie betätigte die Spülung und wusch sich die Hände. Dabei summte sie den Refrain von *I will survive* und schlüpfte wieder ins Bett. Die Bettwäsche roch nach Tizianos Aftershave, was ihr ein Flattern in der Magengegend verursachte.

Sie atmete ein paar Mal tief durch. Bedeutete er ihr doch mehr, als sie sich eingestehen wollte? Das fehlte gerade noch, dass sie sich verliebte! Nein, das war absurd und unrealistisch. Liebe auf den ersten Blick? Quatsch, das gab es nicht. Zugegeben, man konnte jemanden auf den ersten Blick attraktiv finden und sich zu ihm hingezogen fühlen, aber das war keine Liebe. Liebe brauchte Respekt, Vertrauen, Ehrlichkeit. Alles Dinge, die sich erst mit der Zeit entwickelten. Sie hatte sich vielleicht ein bisschen in Tiziano Brentano verguckt; eine Urlaubsschwärmerei, die sich auflösen würde, sobald sie die Heimreise antrat. Mehr war das nicht.

Trotzdem griff sie nach ihrem Handy auf dem Nachttisch und checkte ihre SMS. Nichts.

»Alles klar!«, murmelte sie, knipste das Licht aus und starrte an die Zimmerdecke. Hoffentlich würde es nicht allzu peinlich werden, wenn sie sich wieder begegneten.

Sie drehte sich auf die Seite und schloss die Augen.

Dann hörte sie erneut ein Knarren. Sie hob den Kopf. Hatte nicht genau dieses Geräusch sie vorhin geweckt? Sie horchte angestrengt. Da, nochmals! War das Paco? Oder war jemand in die Villa eingedrungen? Hatte sie möglicherweise vergessen, die Terrassentür abzuschließen?

Eine Gänsehaut zog über ihren Körper. Vielleicht hatte Tiziano dasselbe Geräusch gehört und war ins Erdgeschoss gegangen, um nachzusehen. Und der Einbrecher hatte ihn und Paco außer Gefecht gesetzt! Aryas Fantasie gaukelte ihr gerade zwei blutüberströmte Körper auf dem Küchenboden vor. Sie schüttelte sich.

»Reiß dich zusammen!«, murmelte sie.

Selbst wenn Paco kein Wachhund war, hätte er doch sicher angeschlagen, sollte jemand eingedrungen sein. Wo war der Hund überhaupt? Normalerweise brachte sie ihn doch kaum aus dem Zimmer und jetzt glänzte er durch Abwesenheit, obwohl die Schlafzimmertür halb offen stand. Ob ihm doch etwas zugestoßen war?

Erneut erklang dieses seltsame Knarren. Es hörte sich an wie Schritte auf einem Holzfußboden. Aber es kam nicht von unten, sondern von oben! Wie war das möglich? Über ihrem Zimmer befand sich nur die abgeschlossene dritte Etage. Sollte sie aufstehen und nachsehen? Oder sich lieber unter der Bettdecke verstecken?

»Paco«, rief sie halblaut.

Keine Reaktion. Sie traute sich nicht, noch lauter zu rufen, um einem möglichen Eindringling nicht zu signalisieren, dass sie wach war. Aber vorhin hatte sie die Klospülung betätigt. Müsste ein Fremder jetzt nicht schon wissen, dass hier jemand nicht schlief? Sie starrte ängstlich auf die angelehnte Zimmertür.

Arya hatte zwei Möglichkeiten: Entweder wartete sie hier gottergeben, bis der Einbrecher auf die Idee kam, sie abzumurksen, oder sie stand auf und ging dem seltsamen Geräusch nach. Beides behagte ihr nicht sonderlich, doch bei der zweiten Variante konnte sie sich immerhin wehren … gegen was auch immer.

Sie nahm also all ihren Mut zusammen und verließ das Bett, traute sich aber nicht, das Licht anzuknipsen. Angestrengt starrte sie durch den nur schwach vom Mondlicht erhellten Raum. Auf gar keinen Fall wollte sie jedoch unbewaffnet durchs Haus schleichen!

Sie schaute sich um und entschied, dass der silberne Kerzenhalter auf der Kommode am geeignetsten war, um sich zu verteidigen. Ihre Hände fühlten sich eiskalt an, als sie nach dem massiven Leuchter griff. Trotzdem öffnete sie die Zimmertür, spähte in den dunklen Korridor hinaus und lauschte. Wieder hörte sie etwas aus dem dritten Stock. Das waren eindeutig Schritte!

Sollte sie nicht lieber die Polizei rufen, statt hier die Heldin zu spielen? Oder wenigstens versuchen, Tiziano zu erreichen? Er wüsste bestimmt, was zu tun war. Sie selbst kannte ja nicht mal den Notruf der italienischen *Carabinieri*. Wenn da wirklich jemand im dritten Stock herumgeisterte, sollte sie besser nach unten laufen und die Villa so schnell wie möglich verlassen.

Sie wandte sich Richtung Treppe zum Erdgeschoss, setzte möglichst schnell und leise einen Fuß vor den andern. Dann hörte sie einen unterdrückten Fluch und ein Jaulen.

Paco!

Noch ehe sie die Folgen durchdacht hatte, drehte sie sich um, stürmte den Korridor entlang und lief die Treppe hinauf. Sie würde nicht zulassen, dass Paco etwas passierte!

Die Tür oberhalb der Marmortreppe stand offen. Wie hatte der Einbrecher es bloß geschafft, sie aufzusperren? Und was gab es da oben, das einen Einbruch lohnte? In der Villa existierten genug wertvolle Antiquitäten, womöglich sogar ein Safe, wieso also der dritte Stock?

Arya atmete schnell und hektisch, Adrenalin pumpte durch ihren Körper. Trotzdem wurde ihr plötzlich bewusst, dass sie sich womöglich in großer Gefahr befand. Wenn der Eindringling eine Pistole dabeihatte, würde ihn ein Kerzenleuchter kaum erschrecken. Sollte sie nicht besser die Tür versperren und Hilfe rufen?

Als mit einem Mal ein Schatten auf sie zustürmte, schrie sie auf und ließ den Kerzenhalter fallen. Mit ohrenbetäubendem Scheppern kullerte er die Treppe hinunter.

Dann geschahen zwei Dinge gleichzeitig: Paco sprang freudig hechelnd an ihr hoch und jemand leuchtete ihr mit einer Taschenlampe ins Gesicht.

* * *

Tiziano versuchte, so leise wie möglich aufzutreten, trotzdem war es nicht zu vermeiden, dass das alte Holzparkett knarrte. Hier herauf hatte seit Jahren keiner mehr einen Fuß gesetzt und die Dielen waren entsprechend ungepflegt.

Eigentlich hatte er vorgehabt, am nächsten Tag zusammen mit Arya die dritte Etage zu untersuchen, war dann aber mitten in der Nacht aufgewacht und hatte nicht mehr einschlafen können. Also hatte er sich entschlossen, schon mal ein bisschen zu sondieren. Das konnte ja nicht schaden.

Er wusste, wo Ilaria die Schlüssel für die dritte Etage aufbewahrte. Daher war er leise aufgestanden, ins Zimmer seiner Schwester geschlichen und hatte sich den Schlüsselbund aus ihrem Nachttisch und aus der Küche eine Taschenlampe geholt. Der Hund war nicht davon abzubringen gewesen, ihm von dort in den dritten Stock zu folgen, und weil er wusste, dass Paco sofort zu bellen anfing, wenn man ihn irgendwo festband, hatte er ihm seinen Willen gelassen und ihn mitgenommen. Paco stöberte in allen Ecken herum und nieste ab und zu, wenn ihm Staub in die Nase geriet.

»Sei doch still!«, zischte Tiziano und richtete die Taschenlampe auf das Tier. »Du wirst sie noch wecken.«

Pacos Augen leuchteten unheimlich auf, als der Lichtstrahl sie traf. Aber offensichtlich hatte er verstanden und setzte sich brav hin.

Tiziano sah sich weiter in Catarinas Zimmer um. Die Möbel waren mit verblichenen Tüchern abgedeckt. Außer dem kleinen Schreibtisch vor dem Fenster, den er bereits nach einem Geheimfach untersucht hatte, schienen ihm die anderen Einrichtungsgegenstände nicht wirklich interessant zu sein. Vielleicht sollte er später das Bett ein weiteres Mal durchsuchen.

Er hatte nur kurz die schwere Matratze angehoben, darunter aber nichts entdeckt.

Er wischte sich den Schweiß vom Gesicht. Es war stickig in dem Zimmer und roch nach Staub und Moder, doch er wagte es nicht, ein Fenster zu öffnen. Gleich unter Catarinas Kammer lag sein altes Jugendzimmer und darin die schlafende Arya. Er wollte sie auf keinen Fall wecken. Morgen würde er ihr alles erklären, das war früh genug.

Während er die Wände von Catarinas Kammer absuchte, musste er lächeln. Es war wunderschön gewesen, mit Arya das Bett zu teilen, und er hoffte, dass sie das noch öfter tun würden, solange sie hier war. Die kleine Eidechse brachte ihn zum Lachen und war auf jeden Fall immer für eine Überraschung gut. Schade, dass sie in ein paar Tagen schon zurück nach Deutschland fuhr. Aber so war das Leben halt. Nichts dauerte ewig, auch kein Urlaub. Sie würden ihre gemeinsame Zeit hier einfach genießen und sich dann Lebewohl sagen. Schließlich musste er ebenfalls wieder nach Mailand zurück.

»Wo hast du deine Geheimnisse versteckt, Catarina?«, murmelte er, als er mit der Hand die ausgebleichte Rosentapete nach einem Versteck abtastete.

Irgendwo musste doch etwas zu finden sein! Im siebzehnten Jahrhundert schrieben Damen der guten Gesellschaft doch immer Tagebuch, verfassten Briefe oder sonstige Aufzeichnungen. Catarina war da bestimmt keine Ausnahme gewesen. Vor allem, wenn man sich vorstellte, wie lange sie hier oben gelebt hatte.

Tiziano wusste durch seine Recherche, dass Catarina und Pellegrina, die Contessa Adimari, eng befreundet gewesen waren. Und auch wenn sich die Freundinnen nach den fatalen Ereignissen nie mehr persönlich begegnet waren, hatten sie sich bestimmt geschrieben. Aber wo befanden sich diese Briefe? Natürlich war es möglich, dass die Dokumente im Laufe der

Zeit vernichtet worden waren, absichtlich oder unabsichtlich. Doch sein Bauchgefühl sagte ihm, dass sie noch existierten. Nur wo?

Als er von der Wand zurücktrat, stolperte er über Paco und trat ihm auf den Schwanz. Der Hund jaulte auf und verzog sich hinter die Chaiselongue.

»Himmel!«, entfuhr es Tiziano.

Er ruderte mit den Armen und konnte nur mit Mühe verhindern, dass ihm die Taschenlampe aus der Hand fiel.

»Entschuldige, Kumpel«, wandte er sich an das Tier. »Das wollte ich nun wirklich nicht.«

Der Hund sah ihn vorwurfsvoll an, dann schnellte sein Kopf herum. Er lauschte aufmerksam und fing an, mit dem Schwanz zu wedeln. Noch ehe Tiziano reagieren konnte, stürmte das Tier davon. Kurz darauf hörte man einen Schrei und ein lautes Poltern.

Tiziano hastete Paco hinterher und sah eine Gestalt vor der Etagentür stehen. Als er ihr ins Gesicht leuchtete, starrten ihn Aryas weit aufgerissene Augen an.

17

Arya musterte Tiziano. Zwischen ihnen befand sich, gleich einer Barriere, die Kochinsel, darauf zwei dampfende Teetassen. Paco hatte sich in sein Körbchen verzogen und schnarchte leise vor sich hin.

»Hast du sie nicht mehr alle?«, wetterte Arya. »Ich bin vor Angst fast gestorben!«

Tiziano wirkte schuldbewusst.

»Tut mir leid, ich wollte dich nicht wecken. Ich …«

Er brach ab und hob entschuldigend die Schultern. Er trug nach wie vor nur Shorts und Turnschuhe und fror offensichtlich, denn er rieb sich die Arme.

Arya versuchte, nicht auf seine nackte Brust und den flachen Bauch zu starren. Soll er nur frieren, schoss es ihr durch den Kopf, das hatte der Kerl verdient.

»Was wolltest du eigentlich dort oben? Und woher hast du die Schlüssel? Und …« Sie brach ab. Was, und? Schuldete er ihr überhaupt eine Erklärung? Sie verschränkte die Arme und wandte sich ab. »Entschuldige. Du kannst in deinem Elternhaus natürlich zu jeder Tages- und Nachtzeit rumlaufen, wo immer du willst.«

Tiziano seufzte. »Wollen wir uns nicht setzen?« Er wies mit dem Kinn zum Küchentisch. »Es ist eine längere Geschichte. Und ich würde sie dir gern erzählen.«

Sie sah ihn aus schmalen Augen an, nickte dann und sie wechselten die Plätze.

»Ich hole mir nur schnell ein T-Shirt von Emanuele.«

Ohne ihre Antwort abzuwarten, verließ Tiziano die Küche und kehrte kurze Zeit später in einem gelben Polohemd zurück. Offenbar war Emanuele Durini ein gutes Stück kleiner als sein Schwager, denn das Hemd spannte über Tizianos Brust und reichte ihm nur bis zum Bauchnabel.

Eine Weile sagte keiner ein Wort. Arya nippte am Tee und hörte dem Wind zu, der aufgekommen war und an den Fensterläden rüttelte. Offenbar schlug das Wetter gerade um. Ein schlechtes Omen? Sie fröstelte plötzlich.

Endlich hob Tiziano den Blick. »Ich muss ein wenig ausholen, es ist wirklich eine lange Geschichte und ich möchte, dass du meine Intention verstehst.«

Arya nickte, wartete ab.

»Also«, begann er zögerlich. »Im siebzehnten Jahrhundert lebte in dieser Villa Catarina Maddalena Brentano, auch als die *traurige Prinzessin* bekannt. Wie der Name vermuten lässt, war sie eine Vorfahrin meiner Familie. Sie wurde, erst sechzehnjährig, mit Adamo Brentano verheiratet. Er war ein hartherziger Mann und über zehn Jahre älter als sie. Sie war seine zweite Ehefrau. Die erste starb an der Pest, und Catarina sollte den Brentanos endlich den ersehnten Erben schenken. Doch sie wurde lange Zeit nicht schwanger und man munkelte, dass Adamo keine Kinder zeugen konnte. Und dann trat eines Tages der schneidige Vittorio Malatesta in Adamos Dienste. Der junge Mann war ein unehelicher Sohn von … ach, das spielt eigentlich keine Rolle. Die Malatestas, eine italienische Adelsfamilie aus der Romagna, waren zu der Zeit bereits auf dem absteigenden Ast und froh darüber, wenn ihre leiblichen Kinder eine gute Stellung in Rom oder Mailand erhielten. Also blieb für ihre Bastarde nur die Provinz übrig.«

Tiziano breitete die Arme aus, was offenbar die Gegend am Comer See verdeutlichen sollte. »Catarina war zu dem Zeitpunkt, als Vittorio in ihr Leben trat, vermutlich ausgehungert nach Zuwendung, Liebe und Romantik. Vittorio war ein gut aussehender Mann, es gibt ein Gemälde von ihm, ich kann es dir auf meinem Laptop zeigen, und es ist nachzuvollziehen, dass Catarina seinem Charme erlag. Sie gebar in den folgenden Jahren zwei Kinder, einen Jungen und ein Mädchen, und es kamen Gerüchte auf, dass die beiden nicht von Adamo Brentano stammten, sondern von Vittorio Malatesta.«

Arya sog scharf die Luft ein. Sie mochte solche Geschichten, auch wenn sie vermutete, dass diese hier nicht gut ausgehen würde.

»Es kam, wie es kommen musste«, fuhr Tiziano fort. »Catarina und Vittorio verliebten sich ineinander und beschlossen, gemeinsam durchzubrennen. Vittorio hatte entfernte Verwandte aus dem Hause Hannover und die beiden schmiedeten Pläne, nach Deutschland zu fliehen. Natürlich mit den Kindern.«

»Was nicht gelang«, vermutete Arya.

Tiziano nickte. »Catarinas Zofe war als Einzige eingeweiht und verriet ihre Herrin an deren Ehemann.«

»Kacke!«, entfuhr es Arya.

»Genau. Was darauf folgte, kannst du dir vielleicht vorstellen. Oder auch nicht.« Tiziano fuhr sich mit beiden Händen durch die Haare. »Vittorio Malatesta verschwand urplötzlich und wurde nie mehr gesehen. Vermutlich hat ihn Catarinas Ehemann umbringen lassen und seine Leiche im See versenkt.«

Arya stieß entsetzt die Luft aus. »Und Catarina?«

»Sie wurde von ihrem Mann für verrückt erklärt und achtunddreißig Jahre lang bis zu ihrem Tod in dieser Villa eingesperrt. Ihre Kinder hat sie nie wiedergesehen.«

* * *

Tiziano lehnte sich im Stuhl zurück und trank den mittlerweile kalt gewordenen Tee. Er verspürte wie üblich, wenn er Catarinas Geschichte erzählte, eine unbändige Wut über die Ungerechtigkeit, mit der seine Vorfahrin behandelt worden war. Natürlich wusste er, dass Ehebruch zu der Zeit als unverzeihliches Delikt galt. Vor allem, wenn sich eine Frau dazu erdreistete. Dass die Ehemänner munter ihre verschiedenen Geliebten unterhielten, war damals ja an der Tagesordnung und ganz normal.

Was für eine Heuchelei!

Doch hatte man Catarina dermaßen hart bestrafen müssen? Und bis jetzt hatte sich niemand je dazu bemüßigt gefühlt, ihr beklagenswertes Schicksal an die Öffentlichkeit zu bringen und ihren Ruf wiederherzustellen. Sie war nicht verrückt gewesen, sondern nur eine verliebte, unglückliche Frau, und sie verdiente es, nach all den Jahrhunderten Genugtuung zu bekommen.

Er betrachtete Arya, die nachdenklich auf die Tischplatte starrte. Würde sie ihm bei den Nachforschungen helfen, jetzt, da sie die Geschichte der *traurigen Prinzessin* kannte? Es wäre praktisch, bei der Recherche jemanden an seiner Seite zu wissen, der die weibliche Sichtweise vertrat. Vielleicht fielen ihr Dinge auf, die er als Mann übersah.

Arya fuhr mit dem Finger die Maserung des Küchentischs nach. »Und du willst also Catarinas Leben aufschreiben? Ist es das, woran du arbeitest?«

Er nickte. »Die Welt soll von ihrem Schicksal erfahren.«

»Verstehe.« Sie musterte ihn eindringlich. »Und warum erst jetzt? Wieso hat nicht schon früher jemand aus deiner Familie das getan?«

Mist! Sie war cleverer, als er gedacht hatte. Sollte er ihr die ganze Wahrheit erzählen? Er hatte gehofft, dass das nicht nötig wäre. Seine Familie würde dadurch nicht gerade in einem guten Licht dastehen. Doch er hatte Arya versprochen, ehrlich zu sein, also konnte er ihr auch den letzten Teil anvertrauen.

»Tja, es gibt da noch eine Sache, die …« Er brach ab und räusperte sich.

»Ja?«

Er lachte unsicher. »Glaubst du an Flüche?«

»Bitte?«

Er zupfte nervös an Emanueles Polohemd herum. »Es klingt jetzt vielleicht etwas verrückt, aber unsere Familie spricht nie über Catarina.«

»Wieso denn nicht?«

»Na ja, es gibt seit dem siebzehnten Jahrhundert eine Klausel in den Brentano-Testamenten.« Er biss sich auf die Lippen. Wenn man es laut aussprach, hörte es sich wirklich bescheuert an. Würde Arya ihm glauben?

»Klausel?«, fragte sie nach.

»Ja, darin steht, dass der Besitz immer nur an den Erstgeborenen oder die Erstgeborene gehen darf, und auch nur, wenn zu hundert Prozent feststeht, dass es sich um ein leibliches Kind handelt.«

»Okay«, sagte Arya gedehnt. »Und was soll das jetzt mit dem Fluch?«

Er rieb sich den Nacken. »In den Testamenten steht ebenfalls, dass, wenn sich jemals der Besitzer, in diesem Fall meine Schwester, als nicht leibliches Kind entpuppt, das gesamte Vermögen dem Staat zufällt.«

Arya sah ihn verwirrt an. »Ja, und? Ich nehme doch stark an, dass das auf Ilaria nicht zutrifft, oder?«

»Natürlich, sie ist zu hundert Prozent eine Brentano. Aber wenn ich Catarinas Geschichte aufschreibe, sie veröffentliche und dabei herauskommt, dass ihre beiden damaligen Kinder von Vittorio Malatesta stammen, dann …«

»Verliert deine Familie alles«, vervollständigte Arya den Satz.

Tiziano nickte. »Deshalb sprechen wir vom ›Fluch der Brentanos‹. Jeder neue Besitzer muss diese Klausel in sein

Testament aufnehmen, sonst erhält er das Erbe erst gar nicht. Und darum spricht in unserer Familie niemand über Catarina.«

»Ist so eine Bedingung denn rechtens?«

»Ich bin kein Jurist. Aber jeder kann in seine letztwillige Verfügung schreiben, was er will. Und die Erben haben die Wahl, diese Bestimmung anzunehmen oder nicht. Wenn sie es nicht tun … Na ja, dann gehört das alles hier dem lieben Vaterland.«

Arya schwieg einen Moment. Er konnte regelrecht sehen, wie es hinter ihrer Stirn arbeitete.

»Und du würdest also deine Schwester und ihre Familie einfach so ins Messer laufen lassen, wenn sich herausstellt, dass Catarinas Kinder unehelich geboren sind?«

»Diese Frage stelle ich mir jeden Tag«, erwiderte er seufzend. »Ehrlich gesagt, weiß ich es nicht. Aber ich muss unbedingt erfahren, was damals geschehen ist.«

»Versteht ihr euch deshalb nicht?«

»Ja, unter anderem. Es ist kompliziert. Ilaria kennt natürlich meinen Wunsch, Catarinas Biografie zu schreiben, deshalb hat sie mir auch verboten, die Villa zu betreten. Oder nur, wenn sie anwesend ist, weil sie befürchtet, dass ich hier nach Unterlagen suche.«

Arya riss die Augen auf. »Du darfst die Villa gar nicht betreten?«

Er schüttelte den Kopf.

Sie sprang vom Stuhl auf, kreidebleich im Gesicht und leicht schwankend.

»Alles okay?«, fragte er besorgt. »Ist dir nicht gut?«

Sie starrte ihn einen Moment lang an, und was er in ihrem Blick las, verursachte ihm eine Gänsehaut.

»Raus«, befahl sie voller Abscheu. »Verlass auf der Stelle die Villa.«

Verwirrt schüttelte er den Kopf. »Aber ich dachte, jetzt, wo du alles weißt …«

»Ja, jetzt, wo ich alles weiß!«, äffte sie ihn nach. »Das hast du dir ja clever ausgedacht, die Kleine ins Bett zu locken, sich ein wenig mit ihr zu vergnügen, um Zugang zur Villa zu bekommen. Und ich Idiotin habe es dir ja mehr als leicht gemacht. Gott, was bin ich blöd! Aber damit ist jetzt Schluss.«

Er starrte sie mit offenem Mund an. »Arya, nein, so ist es nicht.«

»Raus!«, schrie sie jetzt. »Verschwinde, und lass dich nie wieder hier blicken!«

Paco war durch den Lärm aufgeschreckt und winselte leise. Tiziano stand langsam auf und streckte die Hand aus.

»Arya, bitte, du verstehst das ganz falsch.«

Sie schnaubte verächtlich. »Ja, möglich, aber jetzt habe ich es begriffen. Das mit uns war lediglich Kalkül.« Sie wies mit dem Arm fordernd zur Terrassentür. »Raus jetzt, oder ich rufe die Polizei. Und morgen benachrichtige ich deine Schwester.«

Tiziano schluckte trocken. Verdammt, das lief jetzt alles vollkommen aus dem Ruder. Wie war es nur so weit gekommen?

Natürlich war es ihm wie ein Wink des Schicksals erschienen, Arya kennenzulernen und damit die Möglichkeit zu erhalten, sich in der Villa genauer umzusehen. Aber er hatte das doch nicht geplant. Warum glaubte sie ihm denn nicht? Nach einem Blick in ihr wütendes Gesicht hielt er es jedoch für klüger, jetzt nicht weiter zu argumentieren. Am besten ließ er sie eine Nacht darüber schlafen. Morgen hatte sie sich bestimmt beruhigt und er konnte sie doch noch überzeugen.

»Also gut«, lenkte er ein. »Ich gehe, wir sprechen morgen weiter.«

»Mach dir keine Mühe«, sagte sie trocken. »Wir haben uns nichts mehr zu sagen.«

18

Als Arya am nächsten Morgen die Lider aufschlug, starrte sie in ein Paar bittende Hundeaugen.

»Paco«, murmelte sie verschlafen und tätschelte seinen Kopf. »Ich komme.« Sie rappelte sich gähnend auf.

Sie hatte lange nicht einschlafen können, zu tief schmerzte Tizianos Vertrauensbruch. Niedergeschlagen steuerte sie aufs Bad zu. Heller Sonnenschein fiel durchs Fenster. Das aufkommende schlechte Wetter von gestern Nacht hatte sich wieder verzogen. Immerhin.

Sie setzte sich auf die Toilette und stützte den Kopf in die Hände. Sollte sie jetzt sofort abreisen und dieses schmerzliche Intermezzo hinter sich lassen? Zwar logierten die Durinis noch in Omas Häuschen, aber sie könnte zur Not auch ein paar Tage bei Maike unterkommen. Das Busticket würde man bestimmt umbuchen können. Wie sollte sie jetzt noch ihren Urlaub genießen?

Natürlich hatte Arya nicht vor, die Polizei anzurufen, und noch weniger, Ilaria Durini zu benachrichtigen. Was gingen sie die Probleme der Brentanos an? Sie hatte diese Drohung gestern nur ausgestoßen, damit Tiziano verschwand. Und es hatte ja prächtig funktioniert. Doch möglicherweise wohnte er immer noch im Gartenhaus. Bestimmt sogar. Und sie war wirklich nicht darauf erpicht, diesem Mistkerl nochmals über den Weg zu laufen.

Paco tauchte in der Tür auf und hechelte fordernd.

»Moment, ich komme ja«, knurrte sie und betätigte die Spülung.

In der Küche angekommen, linste sie zuerst durch die Terrassentür, bevor sie sie öffnete. Morgendlicher Dunst lag über dem See, Tiziano schlief bestimmt noch.

»Beeil dich«, wandte sie sich an Paco. »Und keine Ausflüge zum See.«

Der Hund flitzte hinaus, um sein Geschäft zu verrichten, und sie füllte solange seinen Futternapf. Wenig später war das Tier zurück und widmete sich seinem Frühstück. Schnell verriegelte sie die Tür wieder und setzte sich an den Küchentisch. Die beiden Teetassen standen noch darauf. Bei ihrem Anblick wollten Arya Tränen kommen, doch sie atmete tief durch. Auf keinen Fall würde sie wegen dieses Casanovas weinen. Das hatte der Kerl nicht verdient.

Weshalb bloß hatte er ihr nicht von Anfang an von Catarinas traurigem Schicksal erzählt? Wäre er ehrlich zu ihr gewesen, sie hätte das verstanden. Mehr noch, sie hätte ihn bei der Suche nach Unterlagen aus jener Zeit unterstützt. Das wäre doch eine spannende Sache gewesen! Aber nein, er hatte sie lieber benutzt. Sie kam sich so unglaublich dumm vor.

Als Paco seine Schnauze auf ihren Oberschenkel legte, zuckte sie zusammen. Er sah mitleidig zu ihr hoch. Offenbar merkte er, dass es ihr nicht gut ging. Hunde hatten dafür ein feines Gespür. Sie kraulte ihm nachdenklich den Hals.

»Ach, Paco, weshalb hast du mich nicht vor dieser Dummheit bewahrt?«

Als Antwort blies er ihr seinen Hundeatem ins Gesicht. Was wurde aus ihm, wenn sie jetzt abreiste? Sie konnte das Tier ja schlecht allein hier zurücklassen. Ob Signor Colombini bereit wäre, ihn bis zur Rückkehr der Durinis zu hüten? Es gab nur einen Weg, das herauszufinden: Sie musste ihn fragen.

Arya lief nach oben und stellte sich unter die Dusche. Zwar war es erst kurz nach acht, aber ältere Menschen standen ja oft schon im Morgengrauen auf. Sie band sich die feuchten Haare zu einem Pferdeschwanz zusammen und schlüpfte in Shorts und T-Shirt. Als sie die Treppe hinabgehen wollte, fiel ihr Blick auf die offene Tür im dritten Stock. Ein Schlüsselbund steckte noch immer im Schloss.

Tiziano hatte ihr nicht gesagt, von wo er ihn entwendet hatte. Also würde sie ihn einfach abziehen und in der Küche liegen lassen. Vielleicht dachte Ilaria Durini aber dann, dass Arya herumgeschnüffelt hatte. Besser, sie legte noch ein paar erklärende Worte dazu. Sollte Tiziano deswegen ruhig Stress mit seiner Schwester kriegen. Ihr konnte das egal sein.

Arya linste die Treppe hinauf. Sollte sie schnell einen Blick in Catarinas Zimmer werfen? Die Neugier, wie es dort aussah, ließ ihre Hände feucht werden. Was konnte es schon schaden, sich die Räume einmal anzusehen?

Trotzdem fühlte sie einen seltsamen Druck in der Magengegend, als sie langsam die Treppe hinaufging, so als würde sie etwas Verbotenes tun. Und tat sie das nicht auch? Immerhin wollte die Besitzerin der Villa nicht, dass sich jemand dort oben herumtrieb.

»Was sie nicht weiß, macht sie nicht heiß«, murmelte Arya und betrat entschlossen den dritten Stock.

Es roch muffig, als wäre seit Jahren nicht mehr gelüftet worden. Staub lag auf den Zierleisten entlang des Korridors und ein paar Spinnweben prangten in den Ecken. Eine Tür stand offen. Gestern Nacht hatte Tiziano seine heimliche Erkundungstour sofort abgebrochen, als Arya so plötzlich aufgetaucht war. Also musste dies offenbar Catarinas Zimmer sein.

Sie linste in den Raum und erschrak fast zu Tode, als Paco an ihr vorbeistürmte. Sie hatte gar nicht gehört, dass der Hund ihr gefolgt war.

»Herr im Himmel, willst du, dass ich einen Herzinfarkt kriege?«

Er wedelte mit dem Schwanz und nieste mehrmals.

Sie lachte. »Also nein, willst du nicht. Guter Hund.« Dann trat sie ins Zimmer und sah sich neugierig um.

Der Raum war größer als ihr Schlafzimmer und glänzte mit einem bodentiefen, breiten Fenster, das eine fantastische Aussicht auf den See bot. Die Scheiben waren jedoch so schmutzig, dass nur ein fahler Schimmer Tageslicht ins Zimmer fiel. Die Möbel waren mit verblichenen Laken abgedeckt. Nur neben einem kleinen Sekretär und dem ausladenden Himmelbett lagen die Tücher am Boden. Vermutlich hatte Tiziano die beiden Möbelstücke bereits untersucht, bevor sie ihn gestört hatte.

Das Zimmer musste einmal außerordentlich schön gewesen sein. Die Wände waren mit einer mit zarten Rosenranken bedruckten Seidentapete bezogen. Doch auch sie wirkte, wie alles in diesem Raum, verblasst, als hätte die Zeit die Farben ausgewaschen. Am Boden lagen Orientteppiche, von denen Staub aufwirbelte, als Arya weiter ins Zimmer ging. Wieso hatte man nicht wenigstens die Teppiche entfernt? Die mussten doch ein Vermögen wert sein. Aber vielleicht stand in den Brentano-Testamenten neben ›dem Fluch‹ auch, dass man Catarinas Räume so belassen musste, wie sie waren.

Seltsame Familie.

Der Holzfußboden ächzte bei jedem Schritt; dieses Knarren hatte Arya gestern Nacht geweckt.

Die Möbel wirkten sehr feminin. Ob das Rokoko war? Oder Barock? Sie hatte keine Ahnung, vermutete aber, dass das Mobiliar bei einer Auktion ebenfalls ein nettes Sümmchen erzielt hätte. Die Brentanos mussten vermögender sein als gedacht, wenn sie es sich leisten konnten, solche Kostbarkeiten verstauben zu lassen. Ob die anderen Zimmer in dieser Etage ähnlich möbliert waren?

Arya betrachtete den Kristalllüster an der Decke. Auch dieser war über und über mit Staub und Spinnweben bedeckt. Kerzenstummel steckten noch darin, als wären sie nach Catarinas Tod einfach ausgeblasen worden.

Ob die *traurige Prinzessin* in diesem Raum gestorben war? Wie unmenschlich, sie für verrückt erklären zu lassen und für ihr restliches Leben einzusperren. Ganz zu schweigen davon, dass sie ihre Kinder nie mehr hatte sehen dürfen. Was musste die arme Frau gelitten haben! Der Geliebte tot, der Nachwuchs entrissen und sie selbst gefangen in dieser Villa bis zu ihrem Tod.

Arya fröstelte plötzlich und begann zu verstehen, dass Tiziano seine Vorfahrin rehabilitieren wollte. Niemand hatte so ein Schicksal verdient und dass man seine Existenz totschwieg, als hätte es ihn nie gegeben.

Er suchte also nach Dokumenten, die über Catarinas Leben Auskunft gaben. Briefe oder ein Tagebuch. Zu der Zeit gab es noch kein Fernsehen, geschweige denn Internet. Womit hätte die arme Frau auch sonst ihre Tage verbringen sollen, als zu schreiben? Oder zu sticken oder was auch immer Damen im siebzehnten Jahrhundert so taten.

»Wo würdest du hier denn etwas verstecken, das niemand finden darf?«, wandte sich Arya an Paco. Der Hund neigte aufmerksam den Kopf. »Such, Paco, such!«

Das Tier lief zum Fenster, wo der kleine Sekretär stand.

»Wohl kaum, du Dussel«, kommentierte sie sein Tun. »Dort sucht man doch zuerst. Nein, Catarina war bestimmt zu clever, um ihre geheimsten Dinge in einem Schreibpult zu verstecken.«

Arya versuchte sich zu erinnern, ob sie einmal einen Film gesehen hatte, in dem nach Geheimverstecken gesucht worden war. Ihr Blick fiel auf die Orientteppiche. Eine lose Diele?

Sie bückte sich und hob die Ecke eines Läufers hoch. Die Holzdielen sahen ganz normal aus. Aber das musste nichts heißen. Sie schlug den Teppich zur Seite und hustete, als eine Staubwolke aufstieg.

»Super, und ich habe gerade erst geduscht«, knurrte sie, ging in die Hocke und untersuchte das Parkett.

Nichts. Zwar knarrten die Dielen, als sie mit der flachen Hand darauf drückte, aber sie ließen sich nicht lösen. Sie legte den Läufer wieder an seinen Platz und wandte sich dem nächsten zu. Auch unter diesem fand sie kein lockeres Brett. Paco hielt das wohl für ein Spiel, denn er gesellte sich zu ihr und versuchte, nach den Teppichen zu schnappen.

»Lass das!«, befahl sie und lachte, als der Hund wieder nieste. »Aber du hast recht, öffnen wir ein Fenster, damit wir hier nicht ersticken.«

Sie lief zu dem bodentiefen Fenster und versuchte, den Riegel zu öffnen. Er klemmte. Also stemmte sie sich mit beiden Händen dagegen, und jetzt bewegte er sich, aber lediglich einen Zentimeter.

»Mist!«, schimpfte sie. »Ein Königreich für einen Hammer!«

Sie sah sich um. Neben dem gemauerten Kamin lag ein Schürhaken. Bevor sie ihn aufhob, stutzte sie einen Moment. Der Schornstein? Sie bückte sich, spähte in den rußgeschwärzten Schlot und rümpfte die Nase. Eine Dame aus jener Zeit hätte vermutlich ein unbequemes Kleid getragen, damit wäre sie wohl kaum in der Lage gewesen zu klettern. Zudem wurde der Kamin bestimmt benutzt und irgendwelches Papier, hätte man es dort versteckt, wäre verbrannt. Nein, den Schornstein konnte sie abhaken.

Während Arya den Fensterriegel mit dem Schürhaken bearbeitete, lief ihr der Schweiß übers Gesicht. Die Sonne war mittlerweile aufgegangen und heizte den Raum unter dem Dach regelrecht auf. Endlich sprang der Riegel auf. Sie atmete erleichtert die frische Luft ein, blieb einen Moment vor dem offenen Fenster mit dem hüfthohen Gitter stehen und genoss den Ausblick. Von hier oben war die Aussicht auf den See und das gegenüberliegende Ufer grandios. Wenigstens hatte Catarina während ihrer unfreiwilligen Haft einen tollen Panoramablick gehabt. Wie schade, dass Arya beschlossen hatte, abzureisen. Auf ihrer Liste standen noch so viele Sehenswürdigkeiten, die sie jetzt nicht mehr besichtigen konnte.

Als ihr Blick auf das Dach des Gartenhauses fiel, das durch die Baumwipfel zu erkennen war, schnaubte sie abfällig. Möglicherweise stammten die Brentanos ja tatsächlich von diesem Vittorio Malatesta ab. So wie Tiziano sie um den Finger gewickelt hatte, war vielleicht auch Catarina Vittorios Charme verfallen. Der Vergleich drängte sich ja geradezu auf! Nur waren die Verhältnisse heute anders, und Arya hatte zum Glück die Möglichkeit, sich zu wehren.

»Casanovas, allesamt!«, zischte sie mürrisch und wandte sich den übrigen Teppichen zu.

19

Tiziano betrachtete frustriert die gepackte Reisetasche. Dass sein Buchprojekt so schnell enden würde, hätte er nicht vermutet. Dennoch wollte er einen letzten Versuch starten, Arya umzustimmen.

Natürlich verstand er ihre Reaktion auf seine Eröffnung. Aber es war dennoch bloß ein Missverständnis! Ihr unerwartetes Auftauchen gestern Nacht in der dritten Etage hatte alle seine Pläne über den Haufen geworfen. Er hätte mit seiner Erkundungstour besser bis zum Morgen gewartet und ihr davor die Lage erklärt.

Er war so ein Idiot! Natürlich musste sie denken, dass er sie nur dazu benutzt hatte, um in die Villa zu gelangen. Und am Anfang hatte das sogar gestimmt. Aber mittlerweile, vor allem nach ihren gemeinsamen Stunden gestern Nacht, hatte sich das geändert. Es lag ihm mehr an der kleinen Eidechse, als gut für ihn war. Sollte er genau darum nicht besser verschwinden und die Dinge so belassen, wie sie waren? Es gab schließlich keine Zukunft für sie beide. Arya lebte im hohen Norden, er hier, und ihre Interessen lagen weit auseinander. Es war verrückt, sich mehr zu wünschen. Vollkommen verrückt … und unrealistisch!

Zudem hasste sie ihn jetzt. Er schürzte die Lippen. Weglaufen? Bleiben?

Ob sie heute wieder eines ihrer witzigen T-Shirts trug? Er lächelte bei dem Gedanken und sah zum Fenster hinaus auf den See. Wenigstens anständig verabschieden sollte er sich von ihr, wenn sie ihm dazu noch die Chance gab. Ja, das verlangte die Ehre. Also griff er nach der Reisetasche, sah sich ein letztes Mal im Gartenhaus um, ob er nichts vergessen hatte, und schlug den Weg zur Villa ein.

* * *

Arya suchte unter allen Orientteppichen, sogar unter dem Riesending in der Mitte des Zimmers, fand aber nichts. Ihr war heiß, sie hatte Durst und das T-Shirt klebte ihr mittlerweile unangenehm am Rücken. Sie würde nochmals duschen müssen, bevor sie Signor Colombini aufsuchen konnte.

»Das bringt doch nichts«, murmelte sie frustriert vor sich hin, hob das Laken vor dem kleinen Schreibtisch auf und drapierte es wieder über dem Möbelstück. Ihr Blick fiel aus dem Fenster und auf Tiziano, der, eine Reisetasche in der Hand, auf die Villa zusteuerte. Bei seinem Anblick beschleunigte sich ihr Puls. Musste der Kerl so gut aussehen? Und wollte er etwa zu ihr? Oder, nach der Tasche zu schließen, weg von hier? In diesem Moment hob er den Kopf und sie duckte sich instinktiv.

»Zu langsam«, rief er, »ich habe dich gesehen!«

Paco fing an zu bellen, als er Tizianos Stimme vernahm, quetschte seine Schnauze durch das Gitter und wedelte wie ein Schwingbesen.

»Verräter!«, knurrte Arya und rutschte auf dem Hosenboden davon, um Pacos peitschendem Schwanz auszuweichen.

»Lässt du mich bitte rein?«, hörte sie Tiziano rufen.

»Nein!«, rief sie zurück.

»Komm schon, kleine Eidechse«, schmeichelte er unter dem Fenster. »Ich würde ungern an der Fassade hochklettern müssen.«

»Wage es ja nicht!«, entgegnete sie. »Ich hetze sonst Paco auf dich.«

»O ja«, rief Tiziano lachend, »er würde mich glatt zu Tode lecken!«

Unwillkürlich musste Arya grinsen. Doch sie wollte Tizianos Worte nicht lustig finden. Sie wollte überhaupt nichts von ihm, schon gar nicht ihn in ihrer Nähe.

»Na gut«, rief er. »Wenn ich abstürze, rufe bitte die 118 an. Dann kommt hoffentlich ein Krankenwagen.«

Sie erschrak. Er würde doch nicht tatsächlich versuchen, an der Fassade in den dritten Stock hochzuklettern?

Vorsichtig spähte sie durchs Fenster, konnte aber aus ihrer sitzenden Position nicht bis auf den Boden hinuntersehen.

Paco gebärdete sich wie ein Wilder und fing an zu winseln. Sie hörte ein schabendes Geräusch von draußen, einen unterdrückten Fluch und heftiges Schnauben. Offenbar versuchte sich Tiziano tatsächlich als Spiderman. Was, wenn er abstürzte?

Sie rappelte sich hoch und trat ans Fenster. In diesem Moment griff eine Männerhand nach dem Gitter und schon tauchte Tizianos Kopf auf.

»Früher war das auch einfacher«, knurrte er, zog sich am Gitterwerk hoch und stieg darüber. Er wischte sich mit dem Unterarm den Schweiß von der Stirn und stieß erleichtert die Luft aus. »Man wird eben nicht jünger«, meinte er mit einem schiefen Lächeln und tätschelte dem enthusiastischen Paco den Kopf. »Na, du Kampfhund? Wenigstens du freust dich, mich zu sehen, was?«

Arya setzte eine gleichgültige Miene auf, obwohl sie ziemlich beeindruckt war. Am liebsten hätte sie sich an seine Brust geworfen. Aber wenn sie nicht mit ihm redete, würde er hoffentlich bald wieder verschwinden.

»Redest du jetzt nicht mehr mit mir?«, fragte er und sah sich im Zimmer um. Sein Blick fiel auf die verrutschten Teppiche und er hob amüsiert einen Mundwinkel. »Hast du etwa ein bisschen herumgeschnüffelt?«

Sie presste die Lippen aufeinander und zuckte mit den Schultern.

»Etwas entdeckt?«

Automatisch schüttelte sie den Kopf.

Mist, sie wollte doch mit dem Italiener nicht mehr kommunizieren! Oder benahm sie sich etwa gerade kindisch? Vermutlich, aber den Schmerz über seine Hinterlist konnte sie nicht einfach so abschütteln.

»Arya, bitte, sieh mich an«, bat er.

Widerwillig und mit hochgezogenen Brauen betrachtete sie ihn aus dem Augenwinkel.

Er seufzte tief. »Ich war ein Idiot«, gab er unumwunden zu und sie nickte bestätigend. Er lachte leise. »Und ich habe deinen Zorn verdient. Aber ich wollte dir heute Morgen alles erklären. Glaube mir, das ist die Wahrheit. Als ich gestern Nacht aufgewacht bin, konnte ich einfach nur nicht widerstehen, in den dritten Stock hinaufzusteigen. Du hast so tief geschlafen, ich wollte dich nicht wecken. Ich hätte dir aber heute die ganze Geschichte gebeichtet. Das hatte ich mir fest vorgenommen. Ich habe dich nicht dazu benutzt, um in die Villa zu kommen.«

Als sie entrüstet schnaubte, fügte er schnell hinzu: »Ich will ganz ehrlich sein. Zu Anfang hielt ich es quasi für eine Fügung des Schicksals, dass wir uns kennenlernten und ich dadurch Zugang zur Villa bekam. Aber dann …« Er brach ab und hob die Achseln. »Na ja, dann kamen mir meine Gefühle ins Gehege.«

Sie runzelte die Stirn.

Tiziano atmete tief durch. »Also, was ich eigentlich damit sagen will …«

Wieder stockte er, und sie hielt unwillkürlich die Luft an. Ihr Mund war plötzlich staubtrocken. Durfte sie sich der leisen Hoffnung hingeben, dass zwischen ihnen doch mehr als nur körperliche Anziehungskraft und Kalkül bestand? Oder würde sie gleich wieder in ein Jammertal aus Schmerz gestoßen werden?

»Du bist mir ans Herz gewachsen, kleine Eidechse.« Tiziano sah sie mit einem treuen Hundeblick an. »Mehr noch. Ich glaube sogar, dass ich mich in dich verliebt habe.«

20

»Ich denke, alles über einen Meter siebzig können wir vergessen.«

Tiziano stand breitbeinig vor der Wand neben Catarinas Bett und stemmte die Hände in die Hüften. Arya lehnte am Bettpfosten und betrachtete seinen hübschen Hintern.

»Wieso?«, fragte sie, ohne sich wirklich dafür zu interessieren.

Noch immer stand ein Lächeln in ihrem Gesicht, das sie, seit er ihr gestanden hatte, dass er sich in sie verliebt hatte, nicht mehr wegbekam. Sie hatte zuerst ihren Ohren nicht getraut. Doch dann war sie, schmutzig und verstaubt, wie sie war, in seine Arme geflogen. Sie hatten sich zur Versöhnung lange und innig geküsst, bis Paco sich zwischen sie gedrängt hatte, um ebenfalls ein paar Streicheleinheiten abzubekommen.

Der Ärger über Tizianos angebliche Hinterlist war bei seinen ehrlichen Worten einfach durchs offene Fenster hinausgeflogen. Vielleicht war sie zu gutgläubig, aber er wirkte nicht so, als hätte er sich seine Entschuldigung aus den Fingern gesogen, nur um in der Villa weiter nach Dokumenten über Catarinas Leben suchen zu können. Vielleicht wollte sie ihm aber auch nur glauben, weil sie selbst verliebt war. So oder so, ihre Versöhnung erlaubte es ihr, in Italien zu bleiben, ihn weiterhin zu sehen, und selbst Paco war dadurch gedient. Also nur nicht zu viel hinterfragen und die restliche Zeit genießen.

»Gefällt dir, was du siehst?«

Sie hob den Blick und sah in Tizianos spöttisches Gesicht.

»Ja, doch, ganz nett«, entgegnete sie schmunzelnd. »Alles über eins siebzig vergessen. Was meinst du damit?«

Er drehte sich um, setzte sich aufs Bett und zog sie dabei auf seinen Schoß. Zärtlich schlang er die Arme um ihre Taille und legte den Kopf auf ihre Schulter. Ein angenehmer Schauer rieselte ihr über den Rücken.

»Catarina war nicht die Größte«, erklärte er. »Wenn sie ein Versteck hinter der Tapete hatte, dann kaum eines, für das sie eine Leiter oder einen Hocker benötigte, um ranzukommen. Die Gefahr, bei so einer Aktion entdeckt zu werden, wäre viel zu groß gewesen. Zudem eigneten sich die Kleider aus jener Epoche nicht zum Klettern. Also vergessen wir alle Verstecke, die höher als circa eins siebzig liegen.«

»Gut kombiniert, Watson!«

»Ich wäre aber lieber Sherlock«, entgegnete er und hauchte Arya einen Kuss auf den Hals, dann schob er sie sanft von seinen Knien. »Wollen wir?«

Er stand auf und sah sich im Zimmer um.

»Du nimmst am besten den Brieföffner und ich dieses …« Er griff nach einem silbernen Gegenstand, der auf dem Sekretär lag. »Was auch immer das ist.«

»Das ist ein Siegel«, erklärte sie augenrollend. »Das hat man früher auf flüssiges Wachs gedrückt, um damit die Briefe zu verschließen.«

»Danke, Frau Lehrerin. Also los!«

Nach einer Stunde gaben sie frustriert auf. Sie hatten alle Mauern abgeklopft, aber keinen Hohlraum gefunden. Zwar schälte sich die Tapete an einigen Stellen von der Wand, doch auch dahinter fanden sie kein Geheimfach. Sogar die Möbel hatten sie verrückt: nichts.

»Tja«, meinte Arya. »Noch ein Vorschlag, Sherlock?«

Tiziano schürzte die Lippen. »Ich war mir so sicher!« Er schüttelte frustriert den Kopf. »Wenn ich keine Aufzeichnungen finde, kann ich es wohl vergessen.«

Arya legte tröstend die Hand auf seinen Arm. »Komm, ich bin ganz dreckig und du auch. Vielleicht trifft uns unter der Dusche ein Geistesblitz.«

Sie klimperte kokett mit den Wimpern und er lachte.

»Höre ich da etwa eine sexuelle Anspielung heraus?«

»Möglich«, erwiderte sie lächelnd und fühlte bei dem Gedanken, wie sie sich gegenseitig einseiften, ein angenehmes Prickeln auf der Haut.

»Einverstanden. Hilf mir mal, die Kommode wieder an die Wand zu schieben, und dann läuten wir den erfreulichen Teil dieses Morgens ein.«

Mit vereinten Kräften schoben sie das wuchtige Möbelstück wieder an seinen Platz unter dem Bücherregal.

Dabei fiel ein Buch heraus und klatschte aufs Parkett. Ein paar Seiten segelten zu Boden, denen Paco gleich nachjagte.

»Aus!«, rief Tiziano. »Das sind Antiquitäten, dummer Hund.«

Paco ließ von seinem Tun ab und setzte eine beleidigte Miene auf.

»Kein Respekt vor der Literatur«, murmelte Tiziano und sammelte die losen Seiten ein.

Arya bückte sich nach dem alten Buch und hob es auf.

»*Lettres sur divers sujets* von Cyrano de Bergerac«, las sie vor. »Catarina konnte Französisch?«

»Der Adel sprach damals meist Französisch. Es galt als chic.«

»Verstehe.«

Tiziano reichte ihr die Seiten und sie verstaute sie wieder in dem antiken Buch. Dann stellte sie es ins Buchregal.

»Diese Schinken hast du bereits untersucht?«, fragte sie.

»Ja, als Erstes. Keine Attrappen und auch keine versteckten Briefe darin.« Er kratzte sich am Hinterkopf. »Himmel, alles klebt und juckt! Ich fühle mich wie ein mit Staub paniertes Schnitzel. Apropos … ich sterbe außerdem vor Hunger. Du hast sicher noch etwas Leckeres im Kühlschrank, oder? Arya?«

Sie stand vor dem Bücherregal und starrte es an. Irgendetwas stimmte damit nicht, doch sie wusste nicht, was. Es war recht zierlich, aus poliertem Holz gearbeitet, vermutlich Nussbaum, hatte drei Ablagefächer und war, wie alles hier, mit fingerdickem Staub bedeckt. Es standen nur wenige Bücher darin. Offenbar hatte Catarina nicht viel gelesen oder es gab im siebzehnten Jahrhundert, außer theologischen Abhandlungen, kaum Frauenliteratur. Vielleicht hatte sie aber auch die Bibliothek im Untergeschoss benutzt und das hier war nur für aktuelle Schmöker reserviert.

»Erde an Arya!«

»Wie?« Sie drehte sich um.

»Wollte die Signorina nicht mit mir duschen?«

Er wackelte mit dem Hintern und sie schenkte ihm ein flüchtiges Lächeln.

»Findest du nicht, dass mit dem Regal etwas nicht stimmt?«

»Was soll damit nicht stimmen?«

»Ich weiß nicht. Es ist … irgendwie überproportional.« Sie wies mit der Hand auf die Regalbretter. »Schau doch mal. Die zwei oberen Bretter sind etwa fingerdick, das unterste jedoch zweimal so breit. Zudem stehen auf dem die meisten Bücher.«

Er beugte sich vor. »Stimmt. Das ist aber vermutlich nur der Stabilität geschuldet. Lass uns duschen gehen, okay?« Er schnupperte an ihren Haaren. »Du riechst wie ein Staubwedel.«

»Jetzt sei doch mal ernst!«

Sie trat dicht vor das Regal und strich mit den Fingern über das unterste Brett. Dann klopfte sie mit dem Fingerknöchel dagegen – es klang hohl.

Sie drehte sich triumphierend nach Tiziano um. Er sah sie mit großen Augen an.

Hastig begannen sie die Bücher herauszunehmen und stapelten sie auf der Kommode. Vorne an der unteren Kante des Regalbrettes entdeckten sie eine feine Linie. In der Mitte waren Abnutzungsspuren zu sehen, als hätte jemand versucht, das Brett mit einem spitzen Gegenstand aufzuhebeln.

Tiziano eilte zum Sekretär und holte den Brieföffner.

Hatten sie Catarinas Versteck gefunden?

Er setzte den Brieföffner an und drückte ihn vorsichtig nach unten. Zuerst passierte nichts, doch als er etwas mehr Druck ausübte, sprang das Regalbrett mit einem Knirschen auf. Darunter wurde ein kleiner Hohlraum sichtbar, nicht tiefer als vier Zentimeter.

Sie sahen sich verblüfft an. In dem Geheimfach lagen säuberlich gestapelt eine ziemlich große Anzahl vergilbter Briefumschläge.

21

Zwischen ihnen auf dem Küchentisch lag der Stapel vergilbter Briefumschläge, den sie in dem Hohlraum im Bücherregal gefunden hatten. Eine Hummel hatte sich in die Küche verirrt und schlug in unregelmäßigem Rhythmus gegen die Fensterscheibe, ansonsten herrschte andächtiges Schweigen.

Tiziano öffnete das Fenster und scheuchte das Insekt hinaus. Dann setzte er sich wieder hin und faltete die Hände auf dem Tisch.

Arya räusperte sich. »Willst du die Briefe nicht lesen?«

»So schnell wie möglich«, erwiderte er, »aber …« Er schüttelte den Kopf. »Was, wenn sie eine Sackgasse sind?«

»Wie meinst du das?«

»Nun, es können ja keine Briefe sein, die von Catarina stammen. Man schreibt sich ja nicht selbst. Vielleicht sind es einfach irgendwelche alten Nachrichten, die mir überhaupt nicht weiterhelfen.« Er fuhr sich mit beiden Händen durch die Haare. »Dann wäre ich wieder ganz am Anfang.«

»Und wenn es Briefe von Vittorio Malatesta sind?«

»Ja, du hast recht.« Tiziano streckte die Hand nach dem ersten Umschlag aus, hielt aber inne. »Ich lasse dir den Vortritt«, sagte er mit einem schiefen Lächeln. »Du hast das Geheimfach schließlich gefunden.«

»Okay.« Sie griff nach dem obersten Brief und zog sorgfältig zwei Seiten dicht beschriebener Blätter heraus. Sie betrachtete sie eingehend. »Er ist nicht auf Französisch, schade. Das hätte ich möglicherweise verstanden. Aber meine Italienischkenntnisse reichen hier nicht aus, leider.« Sie hielt ihm die Blätter hin. »Signore, bitte übersetzen Sie!«

»Schwer zu entziffern«, erklärte er nach einer Weile. »Das hat mit dem heutigen Italienisch wenig gemeinsam. Zudem hatte der oder die Verfasserin eine richtige Sauklaue.«

Er lachte kurz auf, wurde aber gleich wieder ernst und drehte die zweite Seite um.

»Er ist von Pellegrina«, erklärte er lächelnd. »Du erinnerst dich? Die Contessa Adimari war Catarinas beste Freundin.« Dann fiel ein Schatten auf sein Gesicht. »Leider wurde der Brief vor dem Drama geschrieben.« Er deutete auf das Datum in der rechten oberen Ecke. »1683. Damals arbeitete Vittorio Malatesta zwar schon für Catarinas Ehemann, doch die geplante Flucht fand erst 1684 statt.«

»Aber eventuell steht trotzdem etwas Wichtiges in dem Brief«, vermutete Arya. »Wenn er unverfänglich gewesen wäre, hätte sie ihn ja einfach herumliegen lassen können und nicht verstecken müssen.«

»Du bist gerissen, kleine Eidechse. Vielleicht solltest du den Beruf wechseln und Privatdetektivin werden.«

Sie lachte. »Ich überleg's mir. Und nun lies endlich vor. Ich zerplatze gleich vor Neugier.«

Er überflog kurz den ersten Abschnitt und begann:

»Paris, September 1683

Allerliebste Freundin!

Was bin ich doch für eine unsägliche Person! Du musst mich hassen! Es tut mir fürchterlich leid, dass ich mich so lange nicht bei Dir gemeldet habe, aber Paris ist einfach zu amüsant! Man vergisst die Zeit. Ich vergesse die Zeit und vernachlässige dadurch meine teuerste, liebste Vertraute. Vergibst Du mir noch einmal?

Süße Catarina, wie bin ich meinem Ehemann jetzt dankbar, dass er mich genötigt hat, ihn auf dieser Reise zu begleiten. Nach der unerträglichen Tortur der Herfahrt sind wir wohlbehalten in Paris angekommen und haben Logis im Hôtel de Carnavalet in der Rue Sévigné 23 im Stadtteil Marais genommen. Kurz vor unserer Anreise wurde das Sandsteingebäude mit dem grauen Schieferdach komplett renoviert und jetzt gehört sogar ein Abort zu unserer Zimmerflucht. Stell Dir das vor! So ein bequemer Luxus!

Aber was rede ich vom Abort! Ich will Dir lieber erzählen, womit ich meine Tage verbringe. Maurizio verlässt das Hôtel meist schon in den frühen Morgenstunden und verbringt den ganzen Tag mit seinen Geschäftspartnern. Ich weiß wirklich nicht, was diese Männer so lange miteinander zu parlieren haben. Aber offenbar laufen die Verhandlungen gut, denn mein lieber Ehemann, der sonst so griesgrämig in die Welt schaut, lächelt sogar ab und zu, wenn er von diesen Treffen zurückkommt. Ich folgere daraus, dass die Reise für ihn zufriedenstellend verläuft.

Für mich auf alle Fälle. Ich habe allerlei Putz und Tand gekauft und vier neue Kleider in Auftrag gegeben. Natürlich nach der neuesten Pariser Mode, die der Kleidung am französischen Hof nachempfunden ist.

Ja, ja, hier richtet sich alles nach dem König, seiner Gemahlin und seinen Mätressen. Vielleicht haben wir sogar die Gelegenheit, Ludwig XIV. persönlich zu treffen. Einer von Maurizios Geschäftspartnern geht bei Hofe offenbar ein und aus. Ach, liebste Catarina, ich würde wohl vor lauter Glückseligkeit in Ohnmacht fallen, wenn ich dem König bekannt gemacht würde.

Stell Dir vor, hier trägt man unter einem prachtvollen manteaux, wir nennen das bei uns gemeinhin Rock und Mieder, einen sichtbaren devantière. Ja, Du liest richtig: Der Unterrock muss zu sehen sein! Ob ich mich wirklich getraue, in der Aufmachung bei uns in der Provinz aufzutreten? Womöglich verhaften sie mich dann wegen Erregung öffentlichen Ärgernisses!

Teuerste Freundin, ich bin in Eile, heute Abend besuchen wir die Oper im Palais Royal, und ich muss mich noch ausstaffieren. Allein für meine Frisur braucht das Mädchen eine Stunde! Sie ist aber leider nicht sehr geschickt darin. Das Stück heißt übrigens »Phaëton«, eine Tragédie en musique. Du weißt, ich verstehe nichts von Musik, doch das Bühnenwerk wurde im Januar in Versailles uraufgeführt und vom König gelobt, also wird es für mich gut genug sein.

Allerteuerste Freundin, ich sende Dir die herzlichsten Grüße aus Paris und verspreche, Dir in Zukunft fleißiger zu schreiben.

Tausend innige Küsse!
Deine Pellegrina

PS: Den grünen Seidenstoff mit der passenden Spitze habe ich Dir besorgt und er ist als Eilpaket zu Dir unterwegs. Ich habe Dir auch ein Pariser Schnittmuster dazugelegt.

PPS: Gib Deinen lieben Kleinen einen langen Kuss von ihrer abwesenden Patentante.

PPPS: Glaubst Du wirklich, dass der Habicht dem Pfau etwas antun wird? Vielleicht täuschst Du Dich und es ist nur Reviergehabe. Ich hoffe es!«

»Habicht und Pfau?« Arya sah Tiziano verwirrt an.

Er ließ den Brief sinken. »Vielleicht Codes für Adamo und Vittorio?«

Sie nickte. »Und wer der Habicht ist, können wir uns lebhaft vorstellen.«

»Also lag die Tragödie möglicherweise schon damals in der Luft«, meinte Tiziano. »Catarinas Ehemann hat vermutet, dass seine Frau und Vittorio einander nähergekommen sind, und Catarina befürchtete das Schlimmste.«

»Was dann ja auch eingetreten ist.«

Tiziano nickte. »Ich denke, wir werden in Pellegrinas Briefen immer nur kleine Hinweise auf das Verhältnis zwischen Catarina und Vittorio finden. Offensichtlich war sie sich der Tragweite bewusst, sollte jemand anderer sie in die Hände bekommen.«

Tiziano seufzte. »Ich hatte auf ein Tagebuch gehofft. Aber Catarina war nicht dumm. So ein niedergeschriebenes Zeugnis wäre zu delikat gewesen.«

Arya stand auf und ging ruhelos hin und her. »Wir müssen unbedingt Catarinas Briefe an Pellegrina finden. Möglicherweise steht darin Genaueres.«

Er lehnte sich lächelnd im Stuhl zurück. »Wir?«

»Du hast mich ja quasi zur Komplizin verdonnert. Zudem attestierst du mir ein detektivisches Gespür … und es ist aufregend. Also ja: wir!«

Sie drehte sich um und lehnte sich an den Küchentresen. Sie trug wieder eins ihrer witzigen T-Shirts. *Today's Rain is tomorrow's Whisky* – Der heutige Regen ist der Whisky von morgen. Tiziano verbiss sich ein Lachen und betrachtete dann sinnend Pellegrinas Briefe.

Natürlich hatte er vor, jeden einzelnen davon zu lesen, obwohl er vermutete, dass die Contessa sich darin vorwiegend über Mode, Zerstreuung und sonstige Themen ausließ, die adlige Damen zu der Zeit bewegten. Im Grunde musste er eigentlich immer nur das Postskriptum lesen, denn in diesen wenigen Sätzen deutete Pellegrina das heraufziehende Drama an. Catarina hatte sie also ins Vertrauen gezogen.

»Hast du eigentlich schon mal versucht, dich mit Pellegrinas Nachfahren in Verbindung zu setzen?«

»Die Adimaris sind eine weitverzweigte Familie. Es würde Wochen dauern, die alle zu kontaktieren, um nach Dokumenten aus Pellegrinas Nachlass zu fragen. Mittlerweile sind sie sogar bis nach Amerika und Australien emigriert. Und ob sie bei ihrer

Auswanderung alte Briefe mitgenommen haben, ist mehr als fraglich. Daher hoffte ich, hier schneller zum Ziel zu kommen. Tja … es bleibt mir aber wohl nichts anderes übrig, als in den sauren Apfel zu beißen und eine Telefon- und E-Mail-Aktion zu starten.«

»Ich kann dir dabei helfen. Vorausgesetzt natürlich, die Adimaris sprechen Englisch oder Deutsch.«

»Super, dann überlasse ich dir die Zweige in Übersee, okay?«

»Alles klar. Aber zuerst muss Paco an die frische Luft. Und uns tut eine Pause auch gut. Zudem war da doch noch etwas mit gegenseitig einseifen, nicht wahr?«

Sie lächelte verschmitzt.

22

»Ich glaube, ich habe da was.« Tiziano drehte seinen Laptop, damit Arya auf den Bildschirm schauen konnte. »Und zwar ganz in der Nähe. Ugo und Melitta Adimari in Cernobbio. Das ist mit dem Wagen nur etwas mehr als eine Stunde entfernt.«

Nachdem sie vor zwei Stunden zusammen geduscht hatten, waren sie mit Paco Gassi gegangen. Und nun saßen sie erneut am Küchentisch auf der Suche nach der weitverzweigten Adimari-Familie. Dazu hatte sich Tiziano in die Genealogische Bibliothek eingeloggt, zu der er als Mitarbeiter des *Corriere della Sera* Zugang besaß.

»Das wäre ja fantastisch, wenn wir bereits beim ersten Treffer ans Ziel kämen«, erwiderte Arya strahlend.

Tiziano grinste amüsiert. Sie hatte offensichtlich keine Ahnung von Recherchearbeit. Nie – und wirklich nie! – war der erste Versuch ein Treffer. Meist war es sogar der letzte in einer langen Reihe. Und manchmal brachte nicht einmal der den entscheidenden Hinweis. »Das ist unwahrscheinlich«, sagte er. »Aber man kann natürlich nie wissen …«

Bei seinen Recherchen hatte er bisher zwar einen Stammbaum der Contessa gefunden, der aber nur die männlichen Nachfahren auflistete. Und das waren nicht wenige.

Pellegrina hatte mit ihrem Maurizio sage und schreibe dreizehn Kinder gezeugt. Davon waren jedoch schon fünf im Kindesalter gestorben. Überlebt hatten drei Mädchen und fünf Jungen.

Natürlich war es naheliegend, dass der älteste Sohn Niccolò Adimari die gesamten Besitztümer seiner Eltern geerbt hatte. Und möglicherweise waren darunter auch Catarinas Briefe. Wenn nicht, gab es noch vier weitere männliche Zweige. Wohin es jedoch die Adimari-Mädchen verschlagen hatte, wussten die Götter. Sollte Tiziano sich letzten Endes auf die Töchter konzentrieren müssen, würde er wohl aufgeben. Er kannte ja nicht einmal deren Ehemänner und wusste somit auch nicht, wie sie nach ihrer Heirat geheißen hatten.

Ursprünglich kamen die Adimaris aus Florenz, hatten ihren neuen Stammsitz im siebzehnten Jahrhundert aber in der Nähe von Chiavenna bezogen. Mitte des neunzehnten Jahrhunderts mussten sie jedoch den dortigen Renaissancepalast an einen Mailänder Tuchhändler verkaufen. Die einst einflussreiche Familie verarmte. Damals begann auch der Exodus der Adimari-Nachkommen. Doch es gab immer noch versprengte Familienzweige in der Lombardei. Auf die wollte er sich zuerst konzentrieren.

»Und was machen wir jetzt mit Ugo und Melitta Adimari?«, fragte Arya.

»Ich werde dort gleich mal anrufen.« Tiziano griff nach seinem Handy. »Wie weit bist du mit den E-Mails?«

Arya hatte sich bereit erklärt, eine Nachricht an die Adimaris in Amerika und Australien zu versenden und darin um Mithilfe beim Aufspüren etwaiger Dokumente aus dem siebzehnten Jahrhundert zu bitten.

»Die meisten Nachrichten kommen leider wieder zurück«, verkündete sie und verzog den Mund. »Offensichtlich sind die E-Mail-Adressen in diesem Verzeichnis nicht mehr auf dem neuesten Stand.«

»Willkommen in der Realität eines Journalisten. Nur nicht entmutigen lassen. Wir sind mit Pellegrinas Briefen schon ein gutes Stück weitergekommen. Dank deiner Hilfe.« Er zwinkerte Arya aufmunternd zu und sie lächelte erfreut.

»Es klingelt«, flüsterte er.

Sie stützte den Kopf in die Hand und sah ihn gespannt an.

»Leider nur der Anrufbeantworter.« Er räusperte sich. »Buongiorno, hier spricht Tiziano Brentano vom *Corriere della Sera*. Ich kontaktiere Sie im Zuge einer Recherche zur Contessa Pellegrina Adimari. Ich hätte ein paar Fragen zu Ihrer Vorfahrin. Wenn Sie bitte so freundlich wären, mich unter folgender Nummer zurückzurufen ...«

Er nannte seine Handynummer, bedankte sich und legte auf.

»Wäre auch zu schön gewesen«, murmelte Arya und wandte sich wieder ihrem eigenen Laptop zu.

Tiziano lächelte. Ja, Recherchearbeit war anstrengend und teilweise sehr frustrierend, doch sie konnte zugleich auch spannend sein, und er freute sich, dass Arya sich so eifrig mit ihm hineinstürzte. Neben dem Verfassen von Artikeln war das Forschen nach Fakten seine zweitliebste Beschäftigung.

»Wie wirst du eigentlich die Geschichte schreiben?«, fragte Arya und sah ihn über den aufgeklappten Bildschirm ihres Laptops hinweg an.

»Bitte?«

»Ich meine«, fuhr sie fort, »wird das so ein knochentrockenes Sachbuch mit Unmengen von Jahreszahlen und so Zeugs?«

Er lachte. »Ich hoffe nicht! Aber natürlich muss alles stimmen und belegt sein.«

Sie nickte flüchtig.

»Was?«, fragte er und lehnte sich mit verschränkten Armen im Stuhl zurück. »Du wirkst nicht gerade begeistert.«

»Na ja, ich dachte, dass du einen richtigen Roman schreibst. Liebe, Intrige, Eifersucht, Mord und Totschlag. Und wenn er ein Erfolg wird, wird er auch gleich verfilmt.« Sie überlegte. »Mit Emilia Clarke als Catarina und Henry Cavill als Vittorio«, fügte sie grinsend hinzu.

»Und wer spielt den bösen Adamo?«

»Natürlich George Clooney! Dann kann er in der Drehpause nach Hause fahren und ein Nickerchen halten.«

Tiziano lachte schallend. »Schön wär's. Aber bevor die Buchverfilmung einen Oscar erhält, muss ich sie erst mal schreiben. Und nein, ich wollte eigentlich aus Catarinas Geschichte keinen Roman machen.«

»Nicht? Schade, ich hätte ihn sicher gelesen. Immerhin war ihr Leben derart spannend, dass man es sich kaum besser ausdenken kann.«

Arya wirkte enttäuscht, und Tiziano fragte sich, ob sie nicht vielleicht recht hatte. Catarinas Schicksal würde viel mehr Menschen erreichen, wenn er es in eine Romanbiografie verpackte. Doch wollte er überhaupt so große Aufmerksamkeit dafür? Was, wenn er herausfand, dass Catarinas Kinder von Vittorio stammten? Der Brentano-Fluch würde zuschlagen und der Staat würde das Erbe mit Kusshand annehmen.

»Ich wüsste auch schon den perfekten ersten Satz«, unterbrach Arya seine Gedanken.

»Und der wäre?«

Sie hob die Arme und band ihren Pferdeschwanz neu, und Tiziano durfte dabei bewundern, wie ihre perfekt gerundeten Brüste sich unter dem T-Shirt bewegten. Er unterdrückte ein Seufzen.

»Man nennt mich die *traurige Prinzessin*, und dies ist meine Geschichte.« Sie sah ihn erwartungsvoll an. »Gut, nicht?«

»Klingt das nicht etwas zu sehr nach *Moby Dick*? Nennt mich Ismael.«

»*Rubbish*, das hört sich gar nicht nach Melville an!« Sie verdrehte die Augen. »Der erste Satz ist wichtig, weißt du.«

»Sagt wer?«

»Das ist allgemein bekannt.«

»Spricht da etwa die Expertin?«

»Du kannst dir deinen Spott sparen«, gab sie spitz zurück. »Mein Stiefvater hat vor zwei Jahren ein Buch über die Stewarts geschrieben. Um sieben Ecken oder so ist er nämlich mit Maria Stuart verwandt. Also hat er sich gedacht, wieso das nicht ein bisschen ausschlachten?« Arya grinste. »So richtig gut verkauft es sich allerdings nicht. Wenn du bei ihm einen teuren Wagen mietest, erhältst du sein Buch gratis dazu.«

Tizianos Handy klingelte. »Pronto?«

»Buongiorno, Ugo Adimari am Telefon. Spreche ich mit Signor Brentano?«

»Sì.«

»Sie interessieren sich für meine Vorfahren?«

»Genau, Signore.«

Er schilderte dem Herrn sein Anliegen.

»Verstehe. Wir haben ein paar Kisten auf dem Speicher, die auch alte Briefe und Dokumente enthalten. Aber ob die von der Contessa stammen … keine Ahnung. Wir haben das Zeugs nie gesichtet. Doch Sie dürfen gern vorbeikommen und Ihr Glück versuchen.«

Tiziano hob den Daumen und Aryas Augen leuchteten auf.

»Sehr freundlich, vielen Dank. Wann würde es Ihnen denn passen?« Er sah auf die Uhr. »Perfekt. Also bis dann.«

»Und?«

»Gegen sechs Uhr.« Tiziano grinste zufrieden.

23

»Haben wir noch Zeit, den Park der Villa d'Este zu besichtigen, bevor wir auf einem Dachboden in alten Dokumenten wühlen?« Arya kramte in ihrer Handtasche nach der Sonnenbrille und lehnte sich entspannt zurück.

»Du meinst das Hotel?« Tiziano setzte den Blinker und überholte eine Gruppe Radfahrer in identischen Trikots.

»Genau.«

»Der Park ist leider nicht öffentlich zugänglich. Nur für Hotelgäste«, entgegnete er. »Außer, man würde sich telefonisch voranmelden … soweit ich weiß. Ich bin mir nicht ganz sicher.«

»Ach«, sie rümpfte die Nase. »Jemand hat mir gesagt, ich muss mir unbedingt diesen Park ansehen. Er soll im neunzehnten Jahrhundert im englischen Stil umgestaltet worden sein.«

»Du hast Bekannte, die in dem Luxusschuppen nächtigen? Nach *Forbes* ist es das beste Hotel der Welt und dementsprechend teuer.«

Sie starrte ihn an. »Echt?«

Er nickte und sie überlegte, wer ihr den Tipp gegeben hatte, konnte sich aber nicht mehr daran erinnern. War es eventuell Ilaria Durini selbst gewesen? Wenn ja, hatte Tizianos Schwester wohl eine komplett falsche Vorstellung von der finanziellen Situation einer Homesitterin.

Offenbar bemerkte Tiziano Aryas Enttäuschung, denn er schlug vor: »Wir können später ein bisschen im Dorf herumspazieren und uns in der Gelateria am Hafen ein Eis genehmigen. Vielleicht treffen wir ein paar Promis. Das Luxushotel zieht Persönlichkeiten aus der ganzen Welt an.«

»Ah, die Clooneys!«

Er schmunzelte. »Die wohnen eigentlich in Laglio. Aber ja, möglicherweise sind sie gerade in der Gegend.« Er warf ihr einen schnellen Blick zu. »Ich dachte allerdings, dass du mehr auf jüngere Semester stehst.«

»So gut kennst du mich doch aber gar nicht«, gab sie spöttisch zur Antwort.

Ein Schatten huschte über sein Gesicht und sie legte ihm lachend die Hand auf den Schenkel. »Ich mache nur Spaß. Sei nicht so empfindlich.«

»Ich und empfindlich? Träum weiter!«

Sie erreichten das Dorf Cernobbio, das nur wenige Kilometer von Como entfernt am Fuße des Monte Bisbino lag. Tiziano hatte Arya berichtet, dass der Ort schon seit Beginn des zwanzigsten Jahrhunderts der beliebteste Ferienort der vermögenden Mailänder war. Davon zeugte die große Anzahl Villen und Gärten entlang des Ufers. Ugo Adimaris Haus lag in der Via Regina. Sie hielten vor einer dreistöckigen rosafarbenen Sandsteinvilla mit einem Türmchen an der Breitseite. Die grünen Fensterläden waren wegen der Hitze verschlossen.

Obwohl es schon fast achtzehn Uhr war, zeigte das Thermometer immer noch um die dreißig Grad. Arya lechzte nach einem Sprung in den Comer See und sie hatte wenig Lust auf eine heiße, staubige Suche nach alten Dokumenten in einer dreckigen Dachkammer.

»Wo soll hier eigentlich eine Dachkammer sein?«, murmelte sie beim Aussteigen. Das Dach von Ugo Adimaris Haus war so flach wie das Watt.

Tiziano klingelte und wenig später öffnete ihnen ein älterer Herr mit grauem Bart. Trotz der Hitze trug er einen formellen Anzug mit Krawatte, wenn auch aus dünnem Leinenstoff. Er wirkte wie ein Plantagenbesitzer aus der Kolonialzeit und sah die Gäste aus wässrigen, aber aufmerksamen Augen an.

»Signor Adimari, Tiziano Brentano und meine ... Begleiterin Arya Folkerts. Herzlichen Dank, dass Sie uns empfangen.«

Adimari nickte und trat einen Schritt zur Seite. Arya hatte das unbestimmte Gefühl, dass vielleicht ein Knicks angebracht wäre, doch Tiziano legte ihr die Hand ins Kreuz und schob sie sanft in die Eingangshalle der Villa.

Im Innern war es kühl und roch nach Kaffee. Der Boden war mit marmorierten Steinplatten ausgelegt und auf der linken Seite führte eine Holztreppe in den ersten Stock hinauf. Eine Unmenge Landschaftsgemälde in goldgefärbten Rahmen hingen an den Wänden. Nur ein Porträt war darunter: eine Frau in einem Flamencokostüm. In ihren Händen bemerkte Arya ein Paar Kastagnetten. Die Dame sah den Betrachter über die Schulter hinweg lasziv an, ein kaum merkliches Lächeln auf den rot geschminkten Lippen. Ihr blauschwarzes Haar war zu einem kunstvollen Nackenknoten frisiert. Arya war sofort fasziniert von dem Gemälde.

»Meine verstorbene Gattin«, beantwortete Adimari die unausgesprochene Frage. »Melitta war eine begnadete Tänzerin.«

In seinen Worten lagen Stolz und zugleich Wehmut. Er räusperte sich und wies auf den hinteren Teil der Villa.

»Kommen Sie und erklären Sie mir, weshalb sich der *Corriere della Sera* für meine Familie interessiert.«

Der sogenannte Dachboden entpuppte sich als die gesamte dritte Etage. Sie bestand aus vier vollgestopften Zimmern, darunter: Seekisten, Basttruhen mit alten Kleidern, zerfledderte Bücher, beschädigte Möbel und ein ausgestopfter Pfau, der kaum noch Federn besaß. Es war unglaublich heiß hier oben, zudem stickig, und es roch nach Mäusedreck. Arya fragte sich, ob es in der Lombardei eine Sitte gab, die dritten Etagen der Häuser verfallen zu lassen.

»Weshalb lächelst du?« Tiziano sah skeptisch auf das Tohuwabohu. »Mir ist gerade das Lachen vergangen.«

»Ach, nichts. Wir sollten anfangen.«

Ugo Adimari hatte ihnen bei ihrer Ankunft einen Espresso zubereitet und dabei interessiert Tizianos Erklärungen darüber, was er zu finden hoffte, gelauscht. Von Briefen, die an seine Vorfahrin Pellegrina geschickt worden waren, wusste Adimari jedoch nichts. Leider wusste er ebenfalls nicht, wo sie am besten nach den antiken Briefen suchen sollten. Sie waren also auf sich allein gestellt.

Arya hatte das Gefühl, dass er ihren Besuch genoss. Vermutlich fühlte der ältere Herr sich einsam. Ob sie ihn mit Signor Colombini zusammenbringen sollte? Die beiden hätten sich bestimmt viel zu erzählen.

»Ja, fangen wir an«, unterbrach Tiziano ihre Überlegungen. »Je schneller wir fertig sind, desto besser für unsere Gesundheit.«

Nach einer halben Stunde hatten sie so etwas wie ein System in das Chaos gebracht. Die Kisten, von denen sie sich am meisten erhofften, stapelten sie in einem Raum in der Mitte. Die anderen Dinge beließen sie in den sonstigen Zimmern oder räumten sie auf die Seite. Ihre Gesichter glänzten vor Schweiß, obwohl sie alle Fenster, die sich noch öffnen ließen, aufrissen, um wenigstens den Hauch eines Lüftchens hereinzulassen.

»Ich verdurste«, stöhnte Arya. »Soll ich Adimari fragen, ob er uns eine Karaffe Wasser spendiert?«

Tiziano nickte mit zusammengepressten Lippen, während er einen massigen Seemannskoffer mit vor Alter beschlagenen Messingapplikationen ins Zimmer hievte. Unter seinem mittlerweile verschmutzten T-Shirt zeichneten sich Muskeln ab, und Arya konnte es nicht vermeiden, dass sich bei diesem Anblick ihr Puls beschleunigte. Verschwitzt, schmutzig und offensichtlich genervt fand sie ihn zum Niederknien. Hatte ihr je ein Mann so gut gefallen? Körperlich und auch seines Wesens wegen? Sie konnte sich nicht erinnern.

»Ich dachte, du wolltest Wasser holen?«, knirschte er und drückte sich stöhnend beide Hände ins Kreuz. »Was für eine Plackerei! Hoffentlich lohnt sich das Ganze.«

»Bin schon weg«, rief sie und lief die Treppe hinunter ins Erdgeschoss.

Der Hausherr war nirgends zu sehen.

»Signor Adimari?«, fragte sie laut. »Wäre es möglich, etwas Wasser zu bekommen? Es ist doch eine recht staubige Angelegenheit.«

»In der Küche«, hörte sie ihn rufen. »Bedienen Sie sich.«

Sowohl die Küche als auch das Wohnzimmer lagen auf der Seeseite. Und obwohl Ugo Adimaris Haus nicht direkt ans Ufer grenzte, so wie die Brentano-Villa, bot sie doch ebenfalls einen fantastischen Blick über den Comer See.

Arya blieb einen Moment stehen und schaute sehnsüchtig auf das tiefe Blau des Wassers. Ein paar Motorboote tummelten sich auf der spiegelglatten Fläche und zogen weiße Gischt hinter sich her. Ob die Menschen, die in diesen prächtigen Häusern lebten, diese Aussicht noch genossen? Oder war sie ihnen mittlerweile so vertraut, dass sie sie nicht mehr bemerkten?

Als sie zwei Gläser vom Abtropfbrett nahm und sich nach einem Krug umsah, trat Adimari in die Küche.

»Schon etwas gefunden?«, fragte er in abgehacktem Englisch.

»Noch nicht«, erwiderte sie. »Haben Sie eventuell einen Krug?«

Er öffnete einen Küchenschrank, holte einen aus grünem Glas gefertigten Krug heraus und hielt ihn unter den Wasserhahn.

»Sie und Signor Brentano sind ein Paar?«, fragte er und schmunzelte dabei.

Arya errötete. »Etwas in der Art. Wir kennen uns noch nicht so lange.«

»So kostbar sind mir heute jene Stunden, in denen wir uns Worte von den Lippen küssten; als wir nur mit den Händen sahen, so als müssten sie unsre Körper wie ein neues Land erkunden.«

Bei den Worten schweifte sein Blick an Arya vorbei aus dem Fenster. Ein wehmütiges Lächeln kräuselte seine Lippen.

Sie starrte ihn verblüfft an. »Das ist wunderschön. Wer hat das geschrieben?«

Er seufzte tief. »Ich – für Melitta. Wir lernten uns in Sevilla kennen. Ich wusste vom ersten Augenblick an, dass sie meine Frau wird.« Er lachte verhalten. »Bei ihr dauerte es etwas länger.« Er zwinkerte. »Genießen Sie jeden Tag, Signorina Folkerts, man weiß nie, wie lange das Glück anhält.« Dann drehte er sich um und verließ mit gebeugten Schultern die Küche.

Arya sah ihm aufgewühlt hinterher. Er musste seine Frau sehr geliebt haben. Vielleicht waren seine Worte auf Italienisch sogar noch poetischer als in der Übersetzung. Wenn sie das doch auch könnte! Sie schrieb zwar hübsche Briefe, das sagten alle, aber die Lyrik war eine ganz andere Herausforderung.

Sie stapelte die Gläser ineinander und griff nach dem gefüllten Wasserkrug. Heute Abend musste sie unbedingt Maike schreiben. Sie hatte ihre Freundin in den letzten Tagen sträflich vernachlässigt. Aber es war auch so viel passiert! Arya hatte schließlich kaum eine ruhige Minute gehabt, seit sie in Bellagio angekommen war. Maike würde das sicher verstehen, wenn sie es ihr nach ihrer Rückkehr erklärte.

Arya schluckte. Heimreise? Das Wort schwebte plötzlich wie ein Damoklesschwert über ihrem Haupt. Natürlich dauerte ihr Urlaub nicht ewig, und die Trennung von Tiziano war unumgänglich. Also weshalb die Augen davor verschließen? *Genießen Sie jeden Tag, Signorina Folkerts, man weiß nie, wie lange das Glück anhält.*

Adimari hatte recht!

»Hast du das Wasser aus einem Ziehbrunnen holen müssen?«, empfing Tiziano sie leicht angesäuert. »Ich ersticke hier praktisch im Staub!« Zur Bekräftigung nieste er zwei Mal.

»Du bist so ein Weichei, Brentano«, konterte sie und goss ihm ein Glas Wasser ein. »Ich habe mich an Poesie erquickt und bin nun zu allem bereit.«

Er sah sie an, als hätte sie nicht alle Tassen im Schrank, und sie lachte.

»Also«, sie stellte das Glas und den Krug auf eine Kiste. »Welche zuerst?«

* * *

»Hör dir das an!«

Tiziano saß auf dem Seemannskoffer und hielt eine kolorierte Postkarte in die Höhe.

»Hochverehrter Herr Vater! Ich schätze es als ein großes Glück ein, dass sich Ihr höchst erwünschter Namenstag abermals eingefunden hat, und gratuliere aus kindlicher Schuldigkeit zu dessen glücklicher Erscheinung. Ich verbleibe als Euer untertänigster Diener. Ihr Sohn, Gilberto.«

Arya kicherte. »Das klingt doch erheblich besser als: Was geht, Alter?«

Sie hatten die vergangenen Stunden alle Kisten durchwühlt, aber keine an Pellegrina adressierten Briefe gefunden. Das älteste Dokument, das ihnen in die Finger geraten war, datierte auf das Jahr 1742. Also eine Sackgasse.

Tiziano sah auf die Uhr. »Wir sollten uns auf den Heimweg machen. Paco muss raus und ich brauche dringend eine Dusche und etwas zwischen die Zähne. Am liebsten in der Reihenfolge.«

Arya stand auf und wischte sich den Staub vom Hosenboden. »Ich bringe noch schnell die Gläser und den Krug zurück. Treffen wir uns unten?«

Tiziano nickte, legte die Postkarte auf den Stapel der Dokumente, die sie gefunden hatten, und räumte ihn dann wieder in die Seemannskiste. Er betrachtete noch einen Moment das Zimmer, bevor er das Licht ausschaltete und Arya in die Küche folgte.

Als er die Treppe hinunterging, stieg ihm der Duft von Tomatensoße in die Nase und sein Magen meldete sich zu Wort. Er hörte Arya lachen. Offenbar testete Ugo Adimari gerade seinen Altherrencharme an der kleinen Eidechse. Sie war aber auch zu süß! Und als er sich vorstellte, wie sie sich heute abermals gemeinsam unter die Dusche stellen würden, vergaß er seinen Hunger augenblicklich.

Sie verabschiedeten sich von Adimari, der ihnen versprach, sich in seiner Familie wegen der Briefe umzuhören. Tiziano bedankte sich herzlich und überreichte ihm seine Visitenkarte, auf der neben seiner Handynummer auch die Direktwahl zu seinem Arbeitsplatz beim *Corriere della Sera* stand. Wenn jede Spur wie diese endete, konnten sich die Nachforschungen erheblich länger hinziehen, als er gedacht hatte.

Mittlerweile war die Sonne hinter den Bergrücken verschwunden, doch als Tiziano den Wagen aufschloss, schlug ihm eine Gluthitze entgegen. Das Auto hatte die vergangenen Stunden in der prallen Sonne gestanden.

»Ich habe ein schlechtes Gewissen wegen Paco«, sagte Arya. »Wir hätten ihn nicht so lange allein lassen sollen.«

Tiziano winkte ab. »Mach dir mal keine Sorgen. Er schläft einfach, wenn niemand zu Hause ist. Wir hätten ihn nicht zu Adimari mitnehmen können, das wäre ungehörig gewesen. Und meine Schwester lässt ihn auch ab und zu allein zurück. Er ist das gewohnt. Zudem waren wir ja nur knapp vier Stunden unterwegs.«

Arya wirkte nicht überzeugt, deshalb überschritt Tiziano ein bisschen die Geschwindigkeitsbegrenzung, als sie nach Bellagio zurückfuhren.

Pacos überschäumende Begrüßung, als sie knapp eine Stunde später die Villa aufschlossen, brachte Tiziano zum Schmunzeln. Niemand konnte sich so sehr freuen wie ein Hund, dessen Herrchen nach Hause kamen. Auch wenn diese lediglich eine temporäre Bewohnerin und ein quasi Verbannter waren.

Arya fütterte Paco und schloss die Terrassentür auf, damit der Hund sein Geschäft verrichten konnte. Sie blieb einen Moment davor stehen und sah zum See hinunter.

»Ich gehe jetzt schwimmen!«, verkündete sie.

»Es ist dunkel.«

»Na und? Dann brauche ich wenigstens keinen Badeanzug.« Sie drehte sich zu ihm um und schenkte ihm einen aufreizenden Augenaufschlag. »Kommst du mit?«

Das Seewasser fühlte sich wie die zärtliche Berührung einer Geliebten an. Tiziano genoss die Kühle und tauchte unter. Prustend kam er wieder an die Oberfläche und schüttelte die Haare. Arya hatte schon ein gutes Stück Vorsprung.

»Hey, warte auf mich!«, rief er und kraulte hinter ihr her.

Der Mond wob ein silbernes Band auf der Wasseroberfläche, das nur durch ihre Schwimmbewegungen durchbrochen wurde.

Aryas nackter Körper schimmerte hell im Mondlicht, und Tiziano fühlte, wie Erregung sich seiner bemächtigte.

Wie war es möglich, dass sie solche Empfindungen in ihm wecken konnte? Es war nicht nur sexuelle Lust, die er bei ihrem Anblick verspürte, nein, das ging alles sehr viel tiefer, und er wusste nicht, ob ihm das gefiel.

»Komm schon, Brentano, leg mal einen Zahn zu!«, rief sie übermütig, legte sich auf den Rücken und ließ sich treiben.

»Colombini wird sich freuen, wenn er uns sieht.«

»Was meinst du damit?«

»Na, der alte Spanner liegt doch ständig mit seinem Feldstecher auf der Lauer.«

Tiziano konnte sich nicht erinnern, wann er das letzte Mal nackt schwimmen gewesen war. Vermutlich noch als Teenager bei einer der damaligen alkoholgeschwängerten Strandpartys. Zu jener Zeit war das jugendlicher Leichtsinn gewesen, eine Mutprobe oder einfach Blödsinn, aber jetzt genoss er das Gefühl, sich ohne einengende Badehose bewegen zu können. Seine Schwester würde die Krise bekommen, wenn sie ihn so sähe. Ilaria gab viel auf die Meinung anderer Leute und wusste stets, was sich gehörte und was nicht. Nacktbaden stand bestimmt nicht auf der Liste der gehörigen Tätigkeiten.

Er erreichte Arya und drückte ihr einen Schmatzer auf den nassen Bauch. Sie kicherte und schlang die Arme um seinen Hals. Sie fühlten sich kühl an. Ihre Brüste streiften seinen Oberkörper und plötzlich war er froh darüber, dass es dunkel war und sich sein Unterleib unter der Wasseroberfläche befand. Den Gedanken, die kleine Meerjungfrau jetzt auf seinen Schoß zu heben, fand er überaus erotisch. Er hatte noch nie Sex im See gehabt. Würde sich diese Lücke heute vielleicht schließen?

»Dann lassen wir dem alten Herrn doch den Spaß«, raunte Arya an seinem Hals. »Er sieht ja bloß Schatten.«

»In eindeutiger Position«, gab Tiziano zurück, genoss ihre Zärtlichkeiten und küsste sie leidenschaftlich, sodass sie beinahe zusammen untergingen.

Sie hörten ein Winseln am Ufer.

»Das ist Paco«, erklärte Tiziano seufzend. »Wenn wir nicht wollen, dass er sich in die nächtlichen Fluten stürzt und wir ihn dann mühsam aus dem Wasser heben müssen, sollten wir zurückschwimmen.«

»Schon?« Sie legte ihr Kinn auf seine Schulter und schlang ihre Beine um seine Hüften. Als sie dabei seine Erregung spürte, lachte sie amüsiert.

»Tja«, erwiderte Tiziano grinsend.

»Also gut.« Sie gluckste leise. »Schwimmen wir zurück.«

Sie stieß sich von ihm ab, schwamm in regelmäßigen Zügen Richtung Ufer und gewährte ihm dabei einen erfreulichen Anblick auf ihren süßen Hintern. Dieses Biest! Das tat sie doch absichtlich. Er beeilte sich, ihr zu folgen.

24

Arya erwachte früh am nächsten Morgen. Durchs geöffnete Fenster drang das morgendliche Vogelkonzert ins Zimmer. Tiziano an ihrer Seite schlief noch tief und fest, also stand sie leise auf, versorgte Paco und bereitete das Frühstück vor.

Während sie darauf wartete, dass Tiziano aus seinem Tiefschlaf erwachte, checkte sie ihre Mails. Nichts. Niemand hatte auf ihre Anfrage reagiert.

»Mist!«

Genervt klappte sie ihren Laptop zu, nur um ihn gleich wieder zu öffnen. Maike! Da Arya keine Postkarte zur Hand hatte, musste eben eine Mail reichen.

In der nächsten Viertelstunde berichtete sie ihr, was sich seit ihrer Ankunft alles ereignet hatte. Einen Moment zögerte sie, bevor sie Maike auch die gemeinsame Nacht mit Tiziano gestand. Letzten Endes würde sie eh davon erfahren. Spätestens dann, wenn sie nach Aryas Rückkehr ihr gebrochenes Herz kitten musste.

Einen Moment hielt sie beim Tippen inne und sah nachdenklich auf den See hinaus. Ja, ihr Herz würde bestimmt brechen, wenn sie die Villa, Paco und Tiziano verlassen musste. Alle drei waren ihr in der kurzen Zeit ans Herz gewachsen. Ihre

Kehle wurde eng und sie atmete tief durch, um nicht zu weinen. Dumme Gefühle!

Nach dem Bad im See hatte Tiziano sie gestern Nacht leidenschaftlich geliebt. Und das war nicht nur Sex gewesen, das hatte sie gespürt. Diese Stunden bedeuteten mehr als lediglich körperliche Reibung. Doch trotz der Vertrautheit zwischen ihnen hatte keiner über seine Gefühle gesprochen. Als wäre ihre Beziehung aus filigranem Glas und könnte jederzeit zerbrechen, wenn einer ein falsches Wort benutzte.

Sie riss sich von der wundervollen Aussicht los und beendete die Mail an Maike. Anschließend suchte sie in ihrer Handy-Galerie eine passende Aufnahme der Gegend, lud sie hoch und schickte die Nachricht ab.

Bedenke stets, dass alles vergänglich ist, dann wirst du im Glück nicht so fröhlich und im Leid nicht so traurig sein.

Wo kam das denn jetzt plötzlich her? Arya stutzte. Hatte sie den Spruch irgendwo gelesen? Sie atmete tief durch. Noch war es nicht so weit.

Als sie oben die Tür schlagen hörte, stand sie auf und schaltete die Kaffeemaschine ein. Noch blieben ihr ein paar Tage an diesem wunderschönen Ort und mit diesem tollen Mann, und die wollte sie einfach nur genießen.

»Wie nennt man das Zeugs?«

Tiziano löffelte den Brei in sich hinein, als hätte er seit Tagen nichts mehr gegessen. Seine sonst so akkurat in Form frisierten Haare standen ihm wirr vom Kopf ab und ließen ihn jünger erscheinen.

»Porridge … nach Art der Stewarts«, antwortete Arya und schmunzelte. Die Jahre in Schottland hatten Spuren bei ihr hinterlassen, was sich auch in der Wahl ihrer Lebensmittel niederschlug.

»Ach, *das* ist also Porridge?« Er wirkte überrascht. »Ich dachte immer, das würde wie Holzleim schmecken.«

Er schob sich einen weiteren Löffel in den Mund.

»Man muss ihn nur gut würzen und mit allerlei Süßem verfeinern.«

Sie hatte das Rezept ihres Stiefvaters angepasst und kräftig Marmelade daruntergerührt.

Tiziano trank seinen Kaffee aus und lehnte sich tief zufrieden zurück. »Es geht doch nichts über ein gutes Frühstück. Daran könnte ich mich glatt gewöhnen.« Er zwinkerte ihr zu.

»Bilde dir nur nicht ein, dass ich das jetzt jeden Tag mache, du Macho! Morgen bist du dran. Quid pro quo!«

Er rümpfte die Nase und sie drohte ihm scherzhaft mit dem Zeigefinger.

»Also gut«, lenkte er ein. »Aber erwarte nicht zu viel. Ich bin kein wirkliches Kochgenie, bei uns hat immer …«

Er brach ab und wirkte plötzlich schuldbewusst.

»Ja?«

»Nicht wichtig. Was machen unsere Recherchen?«

Arya hatte das Gefühl, dass Tiziano bewusst versuchte, das Thema zu wechseln, fand aber nicht den Mut, nachzufragen, wer denn »bei uns« normalerweise gekocht hatte. Eine Frau vermutlich. Seine Ex-Freundin? Oder vielleicht sogar seine Noch-Freundin? Nein, so eine Hinterhältigkeit traute sie ihm nicht zu. Er hatte in der Vergangenheitsform gesprochen, und jeder hatte schließlich eine Vergangenheit.

Sie räusperte sich. »Leider bis jetzt noch keine Rückmeldungen. Wie sieht Plan B aus?«

Er fuhr sich mit beiden Händen glättend durch die Haare. »Wenn ich das wüsste!« Er seufzte. »Ich habe mir das einfacher vorgestellt«, gab er zu. »Weil ich absolut sicher war, dass Catarina irgendetwas hier in der Villa zurückgelassen hat.« Er zuckte mit den Schultern. »Zugegeben, das hat sie ja auch, aber nicht die Dokumente, auf die ich gehofft hatte.«

»Und wenn du es doch mit einem Roman versuchst und die Lücken mit Fantasie auffüllst?«

»Nein, keine Fantasie!«

Arya unterdrückte ein Augenrollen. Der Herr war zu allem Überfluss auch noch stur. »Wie du meinst, aber dann leisten wir uns heute einen freien Tag, wenn wir schon keine heiße Spur verfolgen.«

»Und was schwebt dir dabei vor?«

»Moment!« Sie sprang auf, rannte in ihr Zimmer und holte die Liste mit den Sehenswürdigkeiten der Lombardei.

»Also …«, begann sie. »Folgendes will ich mir noch ansehen: die Basilica di Sant'Abbondio und den Dom in Como, die Villa del Balbianello und die Villa Carlotta in Tremezzo, den botanischen Garten der Villa Cipressi in Varenna …« Sie brach ab und runzelte die Stirn. »In Varenna waren wir zwar schon, aber hatten keine Zeit dazu. Also ja, den Garten dort muss ich unbedingt besichtigen.«

Er hob abwehrend beide Hände. »Das willst du alles an einem Tag erledigen?«

»Am liebsten schon. Aber wenn ich wählen muss, dann …«

In diesem Moment klingelte Tizianos Handy.

»Pronto?«

Ein Lächeln schlich sich in sein Gesicht. Offenbar kannte er den Anrufer.

Auch wenn Arya es sich verbot, musste sie sofort an eine Frau denken, was ihr gar nicht behagte. Nicht, dass eine Frau Tiziano anrief, sondern dass ihr dieser Umstand nicht gefiel. Seit wann war sie denn so eifersüchtig? Und mit welchem Recht? Sie hatten einander keine ewige Liebe geschworen, und natürlich würde für ihn das Leben weitergehen, wenn Arya abreiste.

Um sich abzulenken, vertiefte sie sich in ihre Notizen. Sie verstand noch nicht allzu viel von dem, was er mit dem Anrufer – oder der Anruferin? – sprach. Aber immerhin fielen keine Wörter wie *amore* und *ti amo*. Als er sich jedoch mehrmals räusperte, hob sie den Blick.

Er hielt seine Hand vor das Handy und flüsterte: »Es ist Ugo Adimari. Ihm ist noch etwas eingefallen.«

Der Name wirkte wie eine erfrischende Dusche nach einem heißen Tag. Keine Frau! Es war bloß der nette Signor Adimari. Vielleicht eine neue Spur?

Arya rutschte auf dem Stuhl nach vorn. »Was sagt er denn?«

Tiziano hielt den Finger an die Lippen. »Sì, Signore, verstehe. Ja, das Anwesen kenne ich natürlich.« Er sah auf die Uhr. »Das passt wunderbar.«

»Tiziano«, zischte sie, »nun sag schon!«

Als Antwort grinste er sie nur frech an und sie presste genervt die Lippen zusammen, geduldete sich aber, bis er auflegte. Er platzierte sein Handy sorgfältig auf dem Tisch.

»Und?« Sie war versucht aufzuspringen und ihn kräftig zu schütteln. Musste er sie dermaßen auf die Folter spannen?

»Liegt zufällig die Villa Melzi auf deiner To-do-Liste?«

Sie musterte ihren Zettel und nickte. »Sicher. Sie soll angeblich in einem der schönsten Parks der Gegend liegen. Warum?«

»Wunderbar, dann ist das heute dein Glückstag. Nächster Stopp: Villa Melzi. Eine gewisse Candida Fumagalli arbeitet dort. Sie ist eine Großcousine von Ugo Adimari. Offenbar handelt es sich bei der Dame um eine, die nichts wegwerfen kann. Er meinte, wenn irgendjemand etwas aus der Zeit aufgehoben hat, dann sie.«

»Wie alt ist die Dame eigentlich?« Arya löste den Sicherheitsgurt.

Obwohl die Villa Melzi nur knapp eine halbe Stunde zu Fuß entfernt im Ortsteil Loppia lag, hatten sie den Wagen genommen. Später wollten sie noch einkaufen gehen und verspürten wenig Lust, bei der Hitze volle Tüten zu schleppen.

»Keine Ahnung. Vermutlich in Ugo Adimaris Alter. Wieso?«

»Und sie arbeitet noch?«

»Anscheinend.« Tiziano stieg aus und Arya folgte ihm. »Vielleicht ist ihr sonst langweilig.«

Er verriegelte das Auto, setzte seine Sonnenbrille auf und bot ihr den Arm.

Wie konnte er nur so ruhig bleiben? Sie wäre am liebsten gleich losgerannt. Diese Spur war die konkreteste, die sie im Moment hatten. Falsch, die *einzige*, die sie im Moment hatten! Und obwohl die Suche nach Lebenszeugnissen der *traurigen Prinzessin* eigentlich Tizianos Schnitzeljagd war, hatte Arya ein regelrechtes Jagdfieber gepackt. Sie wollte jetzt unbedingt die Hintergründe von Catarinas beklagenswertem Schicksal aufdecken!

Tiziano besaß jedoch mehr Erfahrung im Recherchieren und womöglich war ein überlegtes Vorgehen zielführender. Also zähmte Arya ihre Zappeligkeit und hakte sich bei ihm ein.

Sie befanden sich gegenüber einem weißen Gebäude mit Kuppeldach. Der Eingang war geflankt von Säulen im neoklassizistischen Stil.

»Das ist die Adelskapelle der Melzis«, erklärte Tiziano. »Hier befinden sich die Grabstätten von Francesco Melzi d'Eril und vom Herzog Tommaso Gallarati Scotti. Der Innenraum ist bekannt für seine beeindruckenden Fresken und Stuckarbeiten.«

»Können wir sie uns ansehen?«, fragte Arya und beschirmte ihre Augen mit der Hand.

»Später vielleicht. Signora Fumagalli erwartet uns schon.«

Er wies mit dem Kopf auf ein offenes Metalltor rechts der Kapelle. Bei einem kleinen hölzernen Tickethäuschen stand eine ältere Dame in einem lilafarbenen Kleid und winkte ihnen zu.

»Die ist ja winzig«, raunte Arya.

»Es können ja nicht alle Schnee auf den Schultern haben wie du.«

»Sagt grad der Richtige!«, knurrte sie empört.

Sie passierten das offene Tor, und Tiziano stellte sich Signora Fumagalli vor.

»Ich kannte Ihre Eltern«, erwiderte die Dame daraufhin, die trotz ihrer Zierlichkeit eine verblüffend tiefe Stimme besaß.

»Tatsächlich?«, entgegnete er.

Arya schätzte die Signora auf etwa siebzig. Ihre Haare waren schlohweiß mit einem Stich ins Blaue. Offenbar war sie erst kürzlich beim Friseur gewesen, denn ihre Locken wirkten, als hätte sie jemand mit dem Zirkel gedreht. Sie duftete nach Maiglöckchen und trug an jedem Finger einen Ring mit einem andersfarbigen Stein.

Signora Fumagalli nickte. »Wie bitter, dass beide bereits verstorben sind.« Sie seufzte tief. »Also, Sie interessieren sich für die *traurige Prinzessin*?«

»So ist es. Ich … wir möchten mehr über ihr Leben erfahren. Ugo Adimari meinte, dass Sie uns eventuell dabei behilflich sein könnten.«

Sie hob die Augenbrauen, die sie mit einem Stift nachgezeichnet hatte. Arya betrachtete fasziniert ihre Mimik. Offensichtlich war Candida Fumagalli sehr auf ihr Äußeres bedacht. Doch das zu starke Make up ließ ihre Züge hart erscheinen. Weniger wäre mehr gewesen.

»Ich weiß nur, was alle wissen«, meinte die Signora. »Wie kommt Ugo auf so eine Idee?«

Tiziano räusperte sich. »Er hat angedeutet, dass sich eventuell noch Dokumente aus jener Zeit in Ihrem Besitz befinden.«

Sie lächelte. »Da die alte Schachtel nie etwas wegschmeißt, richtig?« Er biss sich auf die Lippen und sie kicherte. »Schon gut. Es stimmt ja auch.«

Sie drehte sich um und sprach mit dem Mann in dem Tickethäuschen. Dann wandte sie sich wieder an ihre Besucher: »Kommen Sie, wir haben eine Stunde.«

* * *

»Was für ein seltsamer Name, Signorina: Arya … ist er keltisch?«

Sie saßen in Candida Fumagallis Wohnzimmer und tranken heißen Tee. Bei der Hitze! Tiziano wischte sich verstohlen den Schweiß von der Stirn.

Arya schüttelte den Kopf. »Es gibt verschiedene Quellen«, erklärte sie und schlürfte den starken Pfefferminztee, als hielte sie einen eisgekühlten Fruchtsaft in der Hand. »Man kennt ihn in Indien und Persien. Sogar im Kurdischen und Niederländischen ist er vertreten. Bekannt wurde er aber aus den Romanen von George R. R. Martin. Kennen Sie die Bücher?«

»Nein, leider nicht.« Candida wirkte jedoch interessiert. »Und was bedeutet er?«

»Soweit ich weiß ›die Noble‹ oder ›die Edle‹. Ab und zu wird auch ›die Weise‹ erwähnt. Wobei ich mir da nicht so sicher bin.« Arya lachte. »Ich wäre wirklich gern etwas weiser.«

»Ach, machen Sie sich keine Sorgen, meine Liebe. Das kommt mit dem Alter.«

Candida hob die Teekanne und warf Tiziano einen fragenden Blick zu. Er schüttelte kurz den Kopf. »Aber manchmal auch nicht«, fügte sie schelmisch hinzu, wodurch er sich seltsamerweise angesprochen fühlte. Er räusperte sich, um die Signora an den Grund ihres Treffens zu erinnern, doch sie ließ ihn nicht zu Wort kommen.

»Ich interessiere mich sehr für die Onomatologie«, wandte sie sich wieder an Arya, ohne ihn weiter zu beachten. »Namensforschung ist so anregend. Ich bin ja mütterlicherseits eine Adimari, was ›Sohn des Ademaro‹ heißt, und wurde durch

Heirat eine Fumagalli. Kennen Sie die Bedeutung des Namens? Nein? Wörtlich übersetzt bedeutet er Hühnerdieb und bezeichnete früher vor allem Leute von geringem Wert.«

Sie kicherten zusammen wie zwei alte Freundinnen. Tiziano unterdrückte ein Augenrollen.

Candida Fumagalli hatte ihnen vorhin erklärt, dass in einer Stunde eine weitere Führung durch den Garten der Villa Melzi stattfand. Seit ihr Mann gestorben war, erzählte sie interessierten Touristen dabei etwas von der wechselvollen Geschichte des Anwesens.

»Weshalb sprechen Sie eigentlich so gut Englisch?«, fragte Arya.

Offenbar hatte auch sie den Grund ihres Hierseins vergessen.

»*Thank you very much.* Das höre ich natürlich gern. Mein Mann Cosimo, Gott hab ihn selig, arbeitete als Ingenieur und wurde von seiner Firma in die ganze Welt geschickt: Afrika, Australien, Südamerika. Das waren Zeiten!« Sie schüttelte sinnierend den Kopf. »Noch heute spreche ich verschiedene Sprachen, auch wenn ich leider immer mehr davon vergesse.«

Sie strich sich mit ihrer ringbesetzten Hand vorsichtig über die blau getönten Locken. »Das Alter, das Alter …«, murmelte sie betrübt, lächelte dann aber wieder und fuhr fort, sich über ihr Steckenpferd, die Namensforschung, auszulassen.

Tiziano strich die Segel. Offenbar war Candida nicht nur ein Messi, sondern auch eine Plaudertasche und hatte in Arya ein passendes Opfer gefunden.

»Das war ja wohl ein Reinfall«, flüsterte Tiziano Arya frustriert ins Ohr, als sie eine knappe Stunde später hinter Candida das schmale Treppenhaus hinabstiegen und auf die Straße traten. Das Haus der Witwe lag direkt gegenüber der Melzi-Kapelle.

Arya grinste nur, sagte aber nichts, und er ärgerte sich darüber, dass sie ihre gemeinsame Recherche nicht ernst genug nahm.

Auf dem Bürgersteig verabschiedete sich die Signora von ihnen, trippelte über die Straße und verschwand durch das schmiedeeiserne Tor, hinter dem bereits eine Touristengruppe auf sie wartete.

»Dann eben zum Supermarkt!«, knirschte Tiziano und holte den Autoschlüssel aus der Hosentasche. »Ich sollte mich langsam an sinnlose Treffen gewöhnt haben, aber offenbar …«

»Jetzt hör mal auf zu jammern!«, unterbrach ihn Arya lachend. »Greinende Männer sind extrem unsexy.«

Er schnaubte beleidigt.

»Schau mal«, fuhr sie fort und hielt triumphierend einen Schlüsselanhänger in die Höhe.

Es handelte sich dabei um eines dieser kitschigen Plastikdinger mit einem Bild von Bellagio im Abendlicht. Ein kleiner Schlüssel baumelte daran.

»Während du auf der Toilette warst, hat mir Candida den hier in die Hand gedrückt. Es ist der Schlüssel zu ihrem Keller.« Arya drehte sich zur Haustür um. »Ich bin gespannt, was uns dort erwartet.«

Die Kellertür befand sich gleich unter der Treppe im Erdgeschoss. Als Arya sie aufschloss, schlug ihnen der Muff von Feuchtigkeit und Staub entgegen. Eine gemauerte Treppe führte in die Tiefe. Die untersten Stufen lagen im Dunkeln.

»Hoffentlich hausen dort unten nicht zu viele Spinnen.« Arya schüttelte sich und betätigte den Lichtschalter. Eine nackte Glühbirne flammte auf.

»Wer ist jetzt das Weichei?«, neckte sie Tiziano und sie warf ihm einen gequälten Blick zu.

»Allem mit mehr als vier Beinen gehe ich möglichst aus dem Weg.«

»Echt jetzt? Dir als Landschaftsgärtnerin sollten die krabbelnden Viecher doch vertraut sein.«

»Ich stehe aber mehr auf die Pflanzen«, gab sie kleinlaut zu. »In deinem Job gibt es sicher ebenfalls Dinge, auf die du verzichten kannst, oder?«

»Ja, mehr als du denkst. Soll ich vorgehen?«, fragte er grinsend und sie nickte.

»Dann springen sie dich zuerst an.«

»Spinnen springen nicht.«

»Klar tun sie das!«, entgegnete sie energisch. »Es gibt sogar eine eigene Gattung: Springspinnen.« Arya gab ihm einen Stoß in den Rücken. »Vorwärts, lass dich bespringen!« Sie kicherte und er machte sich kopfschüttelnd an den Abstieg.

»Etwas mehr Professionalität, wenn ich bitten darf«, murmelte er und wich einem Spinnennetz aus, das von der Decke hing.

Die Treppe mündete auf einen schmalen Gang, an dessen Ende eine weitere Tür lag. Sie war unverschlossen, und als Tiziano sie öffnete, stieß er entsetzt die Luft aus.

»Was?«, fragte Arya in ängstlichem Ton. »Krabbelt es?«

Als Antwort trat er zur Seite und ließ sie einen Blick in den Kellerraum werfen.

»*Holy moly!*« Sie schaute ihn entgeistert an.

Der Keller von Signora Fumagalli sah aus wie die Lagerräume einer Speditionsfirma. Dutzende Kisten, Schachteln und gefüllte Plastiktüten türmten sich bis unter die Decke. Sie würden Tage brauchen, um das alles durchzusehen!

* * *

Wenn es einen Himmel gab, dann befand sich dort zweifelsohne eine Zweigniederlassung von *Pinos Gelateria.*

Arya versuchte, mit dem Löffel auch noch den letzten Rest Stracciatella-Eis aus dem tulpenförmigen Glas zu löffeln. Als beim besten Willen nichts mehr zu holen war, lehnte sie sich zufrieden zurück und streichelte Pacos Kopf.

Nach dem Schreck, den ihnen Candidas Keller eingejagt hatte, mussten sie sich zuerst eine kleine Sünde gönnen. Also hatten sie ein paar Lebensmittel eingekauft, sie in der Villa verstaut und waren mit Paco bis zur Eisdiele an der Uferpromenade spaziert.

Die Abendsonne verwandelte den See in flüssiges Gold. Eine warme Brise spielte mit Aryas Haaren und ließ das Laub der Platanen entlang der Promenade rascheln. Wo man hinschaute, erblickte man lächelnde Gesichter. Ob es an Pinos himmlischen Eiskreationen oder an der wunderschönen Gegend lag?

Tiziano saß ihr gegenüber und checkte per Handy seine Mails. Er trug immer noch die Sonnenbrille, daher konnte sie seinen Gesichtsausdruck nicht deuten. Aber auch er wirkte gelöst, obwohl sie bis jetzt eigentlich keine heiße Spur aufgetan hatten. Candidas Kellermuseum wollten sie morgen in Angriff nehmen. Und bis dahin hatten sie sozusagen frei und Zeit für … Arya lächelte bei dem Gedanken, wofür sie später Zeit finden würden. Nicht nur die Temperaturen ließen auf eine heiße Nacht schließen.

Am liebsten wäre sie für immer hiergeblieben und hätte mit Tiziano zusammen nach Catarinas Spuren gesucht. Aber natürlich war das kompletter Unsinn. Irgendwann wären die Nachforschungen vorbei. Und das eher, als ihr lieb war. Nicht unbedingt, weil sie etwas finden würden, sondern weil ihr Urlaub zu Ende ging.

Arya glaubte immer weniger daran, dass ihre Suche von Erfolg gekrönt sein würde. Diese Dokumente, denen Tiziano hinterherjagte, waren schon über dreihundert Jahre alt. Wer, außer einem Museum, bewahrte so lange ein paar Briefe auf?

Und auch wenn Catarina ihm viel bedeutete, sie war schließlich nicht Katharina die Große gewesen, deren Briefwechsel mit Voltaire von gesellschaftlichem Interesse war. Nein, die Suche würde enden, wenn Aryas Aufenthalt endete. So einfach war das.

In diesem Augenblick läutete ihr Handy. Maike!

»Hallo, meine Süße«, meldete sich Arya. »Wie geht's im hohen Norden?«

»Es regnet«, grummelte Maike. »Und zwar schon seit drei Tagen.«

»Hier ist es sonnig, warm und eismäßig der absolute Hammer!«

»Du Glückliche! Und vermutlich gefällt dir nicht nur die traumhafte Gegend, nicht wahr?« Maike kicherte vielsagend. »Ist er jetzt bei dir?«

Natürlich wusste Arya, worauf ihre Freundin anspielte. »Ja, er sitzt mir gegenüber. Möchtest du Hallo sagen?«

»Spricht er denn Deutsch?«

Arya runzelte die Stirn. Sie hatte ihn nie danach gefragt.

»Tiziano?«

Er hob den Kopf.

»Sprichst du Deutsch?«

Er hielt Daumen und Zeigefinger zwei Zentimeter auseinander. »Wieso?«

»Meine Freundin würde gern Hallo sagen.« Und noch ehe er reagieren konnte, drückte sie ihm ihr Handy in die Hand. »Sie heißt übrigens Maike Otten.«

»Buonasera, Maike Otten. Wie geht es Ihnen?«

Er sprach langsam und betonte jedes Wort einzeln. Sein Akzent war zum Niederknien. Wenn Arya ihn nicht schon vorher gemocht hätte, in diesem Moment wäre es um sie geschehen gewesen.

Er schob sich die Sonnenbrille in die Haare und lauschte mit konzentrierter Miene dem, was Maike von sich gab. Offenbar verstand er nur die Hälfte von dem Geschnatter ihrer Freundin, aber normalerweise war das Maike eh egal.

»Sì! Ich meine: ja. Was ich an Arya mag?« Er hielt eine Hand über die Muschel und fragte flüsternd: »Was heißt denn ›toller Hintern‹ auf Deutsch?«

Arya klappte der Mund auf und er zwinkerte.

»Sie bringt mich zum Lachen«, sagte er in den Hörer und schmunzelte. »Danke, Maike, ich reiche Sie wieder Arya. Arrivederci.«

Er hielt ihr das Handy hin und sie schnappte danach wie Paco nach einem Leckerli.

»Herr im Himmel, was hast du ihn denn gefragt?«, platzte sie heraus.

Maike ging nicht auf ihre Frage ein. »Der ist ja Zucker!«, rief sie begeistert. »Und dieser Akzent … so süß! Hat er einen Bruder? Cousin? Sohn?«

»Vergiss es! Wie geht's meinen Gästen? Sind sie zufrieden?«

»Ich denke schon«, erwiderte Maike gedehnt. »Abgesehen von dem miesen Wetter gefällt es ihnen offensichtlich hier. Sie frieren jedoch, daher habe ich ihnen gestern gezeigt, wie man den Ofen anfeuert.« Sie kicherte wieder. »Ich glaube aber, dass sie mehr Luxus gewohnt sind.«

Arya nickte. Wer eine Villa in dieser wunderbaren Gegend besaß, der musste unweigerlich Abstriche in Kauf nehmen, wenn er in Omas Häuschen wohnte.

»Und du?«, fragte Maike weiter. »Hast du dir schon Gedanken über deine Zukunft gemacht?«

»Ehrlich gesagt, nein. Es passiert gerade so viel, dass ich kaum eine ruhige Minute habe.«

»Ja, kann ich mir gut vorstellen!« Wieder lachte Maike zweideutig. »Genieß es einfach«, fuhr sie fort. »Der öde Alltag holt dich schnell genug ein.«

Arya brummte etwas Zustimmendes und sie verabschiedeten sich voneinander.

»Sie klingt nett«, meinte Tiziano.

»Ja, ist sie auch.«

Aryas gute Laune war wie weggeblasen. Maike hatte recht. Bald musste sie wieder zurück nach Deutschland. *Ciao, Bella Italia* und *ciao, amore*! Und sie hatte immer noch keine Zukunftsperspektive gefunden.

»Ist was?«, fragte er. »Du siehst aus, als wäre dir gerade das Eis runtergefallen.«

»Nein, alles gut.« Sie versuchte zu lächeln. Er sollte nichts von ihren frustrierenden Gedanken mitbekommen.

Tiziano hakte zum Glück nicht nach, sonst wäre sie am Ende noch in Tränen ausgebrochen. Was war nur los mit ihr?

»Also, ich weiß nicht, wie es dir geht, aber das Eis hat meinen Hunger erst so richtig angestachelt. Wollen wir zurück und etwas Leckeres kochen?«

»Gute Idee.« Sie stand schnell auf und wäre dabei fast über Paco gestolpert. »Verdammt!«, schimpfte sie. »Warum legst du dich auch genau vor meine Füße, du dummes Ding?!«

Sowohl Tiziano als auch der Labrador sahen sie erschrocken an. Zum Glück hatte sie auf Deutsch losgepoltert und keiner hatte die Worte verstanden. Doch ihr Tonfall sagte wohl deutlich genug, dass etwas nicht stimmte. Auf einmal herrschte eine ungute Stimmung und schweigend brachen sie auf.

25

Am nächsten Morgen öffnete Arya die Fensterläden und starrte verdutzt auf den mit bleigrauen Wolken bedeckten Himmel. Das strahlende Sommerwetter hatte sich über Nacht verabschiedet.

»Passt ja«, murmelte sie missmutig und warf einen Blick auf Tiziano, der noch schlief. Seine gebräunte Haut hob sich eindrucksvoll von der blütenweißen Bettwäsche ab. Wie er so dalag, das Laken um seine Mitte geschlungen, einen Arm über dem Kopf, sah er wie ein antiker Held in einem barocken Gemälde aus.

Er war gestern erstaunt und vielleicht auch enttäuscht gewesen, dass sie seinen Verführungskünsten nicht nachgegeben hatte. Doch seit Maikes Anruf kämpfte Arya mit einer seltsamen Melancholie, die sie von sich nicht kannte. Natürlich hatte sie ab und zu schlechte Laune, wie jeder Mensch, fand aber meist schnell zu ihrer humorvollen Art zurück. Wieso jetzt nicht, in dieser coolen Villa mit diesem tollen Mann? Sie hätte doch allen Grund gehabt, glücklich zu sein.

Sie fuhr sich durch die zerzausten Haare. Ihr Haargummi hatte sich über Nacht wie üblich verabschiedet. Sie hörte ein Winseln, also schlüpfte sie in ihre Schlappen und öffnete leise die Schlafzimmertür, um Tiziano nicht zu wecken. Paco begrüßte sie begeistert.

»Na, du?«, flüsterte sie. »Wirst du mich denn vermissen, wenn ich abreise?«

Plötzlich hatte sie einen dicken Kloß im Hals. Der Hund würde ihr Weggehen natürlich bemerken, mehr aber auch nicht. Wenn die Durinis zurückkamen, er sein Fressen und seine Spaziergänge bekam, war sein Leben perfekt.

Und Tiziano? Würde auch er einfach zum normalen Alltag zurückkehren? Natürlich würde sie das kränken, aber was erwartete sie eigentlich von ihm? Dass er sie bat, hierzubleiben? Ja, wenn sie ehrlich war, wollte sie genau das. Doch das waren kindische Träume. Sie musste sich zusammenreißen und der Realität ins Auge sehen. Sowohl für ihn wie auch den Labrador war sie bloß ein Gastspiel.

Während sie in der Küche Pacos Fressen zubereitete, versuchte sie, ihre gute Laune wiederzufinden. Sie wollte die letzten Tage hier nicht mit ihren unrealistischen Vorstellungen verderben. Trotzdem konnte sie nicht verhindern, dass eine Träne kullerte.

»So früh schon auf?«

Sie zuckte zusammen und wischte sich schnell über die Wange.

»Paco bestand auf Frühstück.«

Tiziano schlang die Arme um ihre Taille und legte den Kopf auf ihre Schulter. Er duftete nach schlafwarmem Mann.

»Soll ich uns ein paar Eier in die Pfanne schlagen?«, raunte er an ihrem Ohr und küsste ihren Hals. Ein angenehmer Schauer lief ihr über den Rücken.

»Ich bin nicht hungrig«, erwiderte sie, löste sich aus seiner Umarmung und stellte den Hundenapf auf den Fußboden.

»Was ist eigentlich mit dir los? Seit gestern benimmst du dich seltsam.«

Sie richtete sich auf und zuckte mit den Schultern. »Es ist nichts.« Sie öffnete den Kühlschrank.

»Und weshalb glaube ich dir das nicht?«, hakte Tiziano nach. »Hab ich dich verärgert? Vielleicht mit dem Scherz am Telefon?«

»Quatsch!« Sie griff nach dem Eierkarton und stellte ihn unsanft neben den Herd. »Nimm dich bloß nicht zu wichtig, Brentano. Es dreht sich nicht immer alles nur um dich.«

Er hob beide Hände, als hätte sie ihm eine Pistole auf die Brust gesetzt. »Entschuldige, dass ich gefragt habe.«

Er wandte sich brüsk ab und nahm eine Pfanne aus der Schublade.

Verdammt, sie benahm sich wie ein zickiger Teenager und konnte sich gerade selbst nicht leiden.

»Entschuldige«, sagte sie und legte ihre Hand auf seinen Arm. »Ich wollte dich nicht so anfahren.«

Er warf ihr einen skeptischen Blick zu.

»Wirklich«, fuhr sie fort. Sie stellte sich auf die Zehenspitzen und hauchte ihm einen Kuss auf die Wange. Er hatte sich noch nicht rasiert und die Bartstoppeln kitzelten an ihren Lippen.

»Kein Thema.« Er zwinkerte ihr zu. »Wir sind alle mal schlecht drauf. Sicher keine Eier?«

»Doch, bitte zwei.«

»So sind die Frauen«, murmelte er halblaut. »Zuerst wollen sie nichts und dann futtern sie einem alles weg.«

Sie wusste, er versuchte, die Stimmung aufzulockern, also ging sie darauf ein und lachte, obwohl ihr eigentlich mehr nach heulen zumute war.

* * *

»Ich denke, wir sollten jeder eine Hälfte durchsuchen, so kommen wir schneller voran«, schlug Tiziano vor.

Nach dem Frühstück waren sie losgefahren und standen nun erneut in Candida Fumagallis Keller.

Arya nickte und marschierte auf die linke Kellerhälfte zu, blieb einen Moment vor den Kartonstapeln stehen, hob den obersten herunter und begann, ihn durchzusehen.

Tiziano beobachtete sie, wie sie in dem Pappkarton wühlte. Ihre Haare hatte sie zu einem Knoten frisiert und wegen des Staubes ein farbiges Tuch darumgebunden. Zudem trug sie, gemäß ihrer Aussage, ihre ältesten Kleider. Ein lila T-Shirt mit dem Spruch: *Start the day with intelligence, it irritates people.* Beginne den Tag mit Intelligenz, das irritiert die Leute.

War das etwa eine Anspielung? Obwohl sie vorhin versichert hatte, dass alles in Ordnung sei, spürte er doch, dass etwas sie beschäftigte. Und das hatte vermutlich mit ihm zu tun. Hatte er irgendetwas Falsches gesagt? Oder getan? Aber meist, und das hatte er aus den Vorwürfen seiner Ex-Freundinnen gelernt, ärgerten sich die Frauen eher über etwas, das man *nicht* getan oder gesagt hatte. Also zermarterte er sich das Hirn, was das gewesen sein könnte. Ihm fiel nichts ein.

»Hey, ich mache hier die Arbeit nicht allein!«

Er schreckte hoch. Arya stemmte die Hände in die Hüften und sah ihn mit geneigtem Kopf an.

»Scusa, ich war in Gedanken.«

Er griff nach der ersten Plastiktüte auf seiner Seite. Sie war voller vergilbter Zeitschriften. Trotzdem leerte er sie aus, um nachzusehen, ob sich vielleicht noch etwas anderes darin befand. Natürlich Fehlanzeige – aber sicher war sicher. Er stopfte alle Magazine wieder hinein und griff nach der nächsten Tüte. Langweilig würde ihnen heute bestimmt nicht werden.

»Ich brauche unbedingt eine Pause!«, rief Arya nach zwei Stunden stöhnend. »Und etwas Tageslicht.«

Tiziano blätterte gerade in einem alten Atlas, in dem Deutschland geteilt und Jugoslawien und die UdSSR als eigenständige Länder aufgeführt waren. Vor noch gar nicht allzu langer Zeit hatten die Schulkinder das genau so gelernt. Seltsam, wie schnell die Welt sich veränderte.

»Gute Idee.« Er legte den Atlas beiseite. »Lass uns eine Kaffeepause einlegen.« Und da der Keller kein Fenster besaß, fügte er hinzu: »Vielleicht scheint sogar mittlerweile die Sonne wieder.«

Sie hatten die vergangenen Stunden kaum miteinander gesprochen. Noch immer herrschte eine angespannte Atmosphäre zwischen ihnen, als würde sich in Kürze ein Gewitter entladen. Doch er hatte sich vorgenommen, nicht weiter in Arya zu dringen. Wenn ihr etwas auf dem Herzen lag, wollte er ihr die Möglichkeit lassen, es von sich aus anzusprechen. Zudem wusste er, wie nervig es sein konnte, wenn einen ständig jemand löcherte, was los war, woran man dachte und so weiter. Gloria, seine Verflossene, war genau dieser Typ gewesen. Ihr konstantes Nachfragen, was ihm denn jetzt gerade durch den Kopf ging, hatte ihn mitunter zur Weißglut getrieben. Offenbar war sie der Meinung gewesen, dass er ständig etwas vor ihr verheimlichte. Oder irgendwelche tiefgründigen Gedanken hegte, die mit ihrer Person zu tun hatten. Nichts von alledem hatte gestimmt; er war nur ab und zu erschöpft von der Arbeit gewesen und wollte einfach seine Ruhe haben. Aber das hatte Gloria nicht begriffen. Sie, die den ganzen Tag redete, als hätte sie eine Bibliothek verschluckt, konnte sich nicht vorstellen, dass jemand auch gerne mal schwieg. Also hatte sie ihn pausenlos gedrängt, sich ihr zu offenbaren, bis ihm irgendwann der Geduldsfaden gerissen und hässliche Wörter gefallen waren.

Seit Gloria hatte er keine Frau mehr in sein Herz gelassen, bis … ja, bis ihm Arya Folkerts über den Weg gelaufen war. Doch das alles konnte er ihr natürlich nicht sagen. Nicht mehr lange, und sie reiste ab, und wenn er ihr gestand, wie viel sie ihm bedeutete, trieb er sie damit bloß in die Ecke. Sie war eine bodenständige Person, die sich bestimmt keine Illusionen über ihre Beziehung machte und wusste, dass ihre Liaison beendet sein würde, sobald sie Bellagio den Rücken kehrte.

»Warte mal!«, hörte er sie sagen, als sie die Kellertreppe hinaufgingen.

Er blieb stehen und drehte sich um. »Was denn?«

»Du hast Dreck in den Haaren. Verbeugen Sie sich mal vor der Prinzessin, werter Prinz.«

Er lächelte. Gott sei Dank, sie hatte ihren Humor wiedergefunden. Er beugte sich vor und sie bürstete ihm kurz über den Scheitel.

»Zum Glück nur Staub und kein Krabbeltier.« Sie wischte sich die Hände an den Shorts ab und sah ihn fragend an. »Meinst du, wir finden tatsächlich etwas?«

»Es ist momentan unsere einzige Spur. Vielleicht haben wir ja Glück.«

»Mut steht am Anfang des Handelns, Glück am Ende.«

»Auch eine T-Shirt-Weisheit?«

»Nein, das stammt von einem alten Griechen.« Sie stupste ihn auf die Brust und befahl: »Raus hier, bevor wir noch den Kellerkoller kriegen!«

* * *

Von ihrem Kaffeeausflug in die Trattoria um die Ecke nahm sich Arya ein sündhaft teures Mineralwasser mit. Einen *Supermercato* hatten sie auf die Schnelle nicht gefunden, aber ohne etwas zu trinken würde sie diese staubige Suche keine weitere Stunde durchhalten.

Signora Fumagalli hatte sich, seit sie hier waren, nicht blicken lassen, und Arya vermisste den gastfreundlichen Signor Adimari nicht nur einmal. Bis jetzt hatte sie nichts gefunden. Keine Briefe, keine Dokumente, rein gar nichts. Und Candida hob wirklich alles auf. Modemagazine, die noch aus den Fünfzigern des letzten Jahrhunderts stammten, in denen die Frauen toupierte Haare und Bleistiftabsätze trugen; alte Zeitungen, Lebensmittelcoupons, die seit zwanzig Jahren abgelaufen waren, und, was ihr ein Kichern entlockt hatte, eine Fibel über die Tugenden der perfekten Hausfrau.

Tiziano hatte ebenfalls kein Glück. Er war mittlerweile mit der Durchsicht von zerfledderten Büchern beschäftigt, die meisten davon in einer Schrift gedruckt, die vielleicht ihre Oma noch hätte entziffern können. Langsam verlor Arya die Lust. Draußen herrschte wieder perfektes Postkartenwetter und sie verplemperte hier ihre Zeit auf der Suche nach etwas, das vermutlich gar nicht mehr existierte.

Sie wollte Tiziano schon bitten, für heute Schluss zu machen, als ihr in einem Pappkarton ein Lederfutteral ins Auge fiel. Ihr Geschichtslehrer hatte in so einem Ding immer seine Bücher und Dokumente herumgetragen. Offenbar war er der Meinung gewesen, das würde ihm den besonderen Touch verleihen und ihn vor den Aktentaschen tragenden Kollegen auszeichnen.

Sie griff nach dem Leder, das vor Alter brüchig und trocken geworden war, und hörte, wie es darin knisterte. Vorsichtig holte sie das Futteral aus dem Karton. Es war kaum größer als ein Buch, und als sie es aufschlug, brach ein Teil davon ab und fiel zu Boden. In der entstandenen Lücke schimmerte Papier. Ob sie etwas Wichtiges entdeckt hatte?

»Tiziano, schau mal.«

»Ja?«

Sie hielt das Lederfutteral hoch. »Das Teil ist uralt, ich traue mich kaum, es anzufassen.«

Mit zwei Schritten war er an ihrer Seite und beäugte das Gefundene neugierig. »Früher hat man oft wichtige Dokumente in Lederhüllen aufbewahrt«, sagte er. »Möglich, dass Fortuna uns gerade ihre Gunst schenkt.«

Arya strahlte. »Und ich habe es gefunden!«

»Freuen wir uns nicht zu früh.«

Er zog eine Holzkiste heran und bedeutete Arya, das Futteral daraufzulegen. Tiziano ging in die Hocke und versuchte, es aufzuklappen. Wieder zerfiel ein Teil davon.

»Das Futteral selbst ist nicht mehr zu retten«, kommentierte er. »Aber uns interessiert ja der Inhalt, nicht wahr?«

Arya nickte stumm. Vor Aufregung musste sie ihre Lippen mit der Zunge befeuchten. Waren es Briefe von Catarina? Oder wenigstens Dokumente, die von ihr berichteten? Möglicherweise handelte es sich aber nur um irgendwelches altes Zeugs, das überhaupt nichts mit der *traurigen Prinzessin* zu tun hatte. Unwillkürlich hielt sie den Atem an.

»Möchtest du nachsehen?«, fragte Tiziano. »Immerhin bist du darauf gestoßen.«

»Himmel, nein! Ich bin viel zu aufgeregt.«

Er lachte leise und zog behutsam die Papiere aus dem zerbröselnden Leder. Es handelte sich tatsächlich um Briefumschläge. Die Schrift darauf war verblasst, jedoch noch zu entziffern.

»Tja«, seine Stimme klang enttäuscht. »Sie sind nicht an Pellegrina adressiert. Wäre ja auch zu schön gewesen.«

Die Enttäuschung trieb Arya die Tränen in die Augen. Himmel noch mal, wieso ging ihr das so zu Herzen? Sie tickte vermutlich nicht mehr richtig.

Tiziano hauchte ihr einen Kuss auf die Wange und meinte: »Sei nicht traurig. Wir nehmen alles mit in die Villa und lesen es durch. Unter Umständen beinhalten die Briefe doch noch einen Hinweis.«

Arya nickte tapfer, hatte aber plötzlich jegliche Lust verloren, weiter in dem Gerümpel herumzukramen. Tiziano schien es ebenso zu ergehen. Er sah auf die Uhr und schlug vor, die Suche für heute abzubrechen.

»Okay, lass uns zurückfahren«, sagte sie erschöpft. »Ich brauche dringend eine Dusche, und dann lege ich mich unter einen schattigen Baum oder gehe schwimmen. Oder lese ein Buch. Schließlich habe ich Urlaub.«

26

Tiziano tupfte sich mit dem Handtuch einen Wassertropfen von der Stirn, sorgsam darauf bedacht, dass er nicht auf die alten Briefe fiel. Sie waren eben mit Paco schwimmen gewesen, und jetzt saß Tiziano auf der Terrasse der Villa und versuchte, die Worte vor sich zu entziffern.

Arya döste auf einer Liege im Schatten der großen Zeder. Das Buch, das sie mitgenommen hatte, lag auf ihrem Bauch. Entweder war es nicht interessant genug oder sie war zu müde zum Lesen.

Noch in Candida Fumagallis Keller hatte Tiziano einen Brief aus dem Umschlag gezogen und das Datum geprüft. Sie datierten alle aus dem Jahr 1717. Also knapp dreißig Jahre zu spät, und sie stammten weder von Catarina noch von ihrer Freundin, der Contessa Adimari. Die war nämlich 1716 im Alter von vierundfünfzig Jahren verstorben. Arya hatte sich danach nicht mehr für die Dokumente interessiert, doch weil sie die Schreiben schon mal gefunden hatten, wollte er sie jetzt auch lesen.

Er betrachtete nachdenklich die Adresse auf dem Umschlag. Der Brief war an eine Signora Rosalia Locatelli in Bellagio adressiert. Geschrieben hatte ihn eine Ludovica. Der Nachname der Briefeschreiberin war nirgends erwähnt.

Tiziano furchte die Stirn. Die beiden Frauennamen kamen ihm vage bekannt vor. Wo hatte er sie schon einmal gelesen? Und in welchem Zusammenhang? Er zermarterte sich das Hirn, kam aber nicht drauf. Also holte er seinen Laptop aus der Küche. Er öffnete die Datei, in denen er die Ahnentafeln der Brentanos, der Malatestas und auch der Adimaris gespeichert hatte. Hastig überflog er die Einträge und stieß dann überrascht die Luft aus.

* * *

Aus halb geöffneten Lidern schaute Arya über den See. Die Sonne spiegelte sich glitzernd auf der Wasseroberfläche. Musik und Gelächter drangen von einem vorbeifahrenden Dampfschiff zu ihr herüber. Vielleicht eine Hochzeitsgesellschaft? Paco an ihrer Seite jaulte kurz auf und scharrte im Schlaf mit den Pfoten. Wem jagte er im Traum hinterher? Zwitschernd sausten Schwalben durch die Luft, der Gesang der Insekten wirkte einschläfernd. Es war so friedlich hier, ein wahres Paradies. Langsam fielen ihr die Augen zu.

»Bei allen Heiligen!«

Arya zuckte erschrocken zusammen und wandte den Kopf. Tiziano sprang vom Stuhl auf und fuhr sich mit den Händen durch die Haare.

»Komm schnell her! Ich habe etwas entdeckt!«

Sie rappelte sich auf und musste einen Moment innehalten, weil ihr schwarz vor Augen wurde. Dann lief sie über den Rasen, gefolgt von Paco, der das vermutlich für ein Spiel hielt, und hetzte die Terrassentreppe hoch.

»Etwas von Catarina?«, fragte sie atemlos und strich sich eine feuchte Haarsträhne hinters Ohr.

»Nicht direkt«, erwiderte Tiziano grinsend. »Aber es wäre möglich.« Sie sah ihn verwirrt an. »Setz dich mal.«

Sie zog einen Stuhl an seine Seite, und er hielt ihr einen der Briefe vor die Nase.

»Du weißt ganz genau, dass mein Italienisch dafür nicht ausreicht«, murrte sie ärgerlich.

»Ja, sorry.« Er räusperte sich. »Also, diesen Brief hat eine Ludovica einer Rosalia Locatelli geschrieben. Und zwar im Jahr 1717.«

Er sah sie Beifall heischend an und sie hob verständnislos die Schultern.

»Dazu musst du wissen, dass Pellegrina Adimari ein Jahr zuvor verstorben ist«, erklärte er.

Noch immer verstand Arya nur Bahnhof. »Komm zur Sache, Brentano!«, knurrte sie.

Wieder grinste er unverschämt und sie war versucht, ihm in die Rippen zu boxen.

»Ludovica und Rosalia waren zwei von Pellegrinas überlebenden Töchtern!«

Ihr Gesicht hellte sich auf. »Tatsächlich?«

Er nickte eifrig. »Und hier…«, er wies mit dem Finger auf eine Stelle in dem Dokument, »fragt Ludovica ihre Schwester Rosalia, was sie denn mit den zahlreichen Briefen, die ihre Mutter besessen hat, tun soll. Offenbar hat Ludovica Pellegrinas Nachlass gesichtet. Ludovica Adimari hat nämlich nie geheiratet und lebte bei ihrer Mutter bis … im Grunde nicht wichtig.«

»Du meinst, Catarinas Briefe könnten dabei gewesen sein?«

»Das ist anzunehmen.«

»Und was hat Rosalia geantwortet?«

Er zuckte mit den Schultern. »Keine Ahnung. Diese Briefe hier sind nur von Ludovica.«

Aryas aufkeimende Hoffnung, dass sie einen Schritt weitergekommen wären, fiel wieder in sich zusammen. »Mist! Dann sind wir also genauso schlau wie vorher?«

Tiziano lächelte spitzbübisch. »Nicht unbedingt.« Er kramte in den Briefen und griff nach einem anderen. »Denn hier«, wieder wies er auf eine Stelle, »schreibt Ludovica, dass es wohl das Beste sei, den umfangreichen Schriftverkehr ihrer Mutter dem ältesten Bruder, sozusagen dem neuen Oberhaupt der Adimaris, zu übersenden, damit er entscheiden kann, was damit geschehen soll.«

* * *

»Ist das derselbe Zweig wie die Familie von Ugo Adimari?«

Arya hatte sich ein weites T-Shirt aus ihrem Zimmer geholt und versuchte nun, darunter ihr feuchtes Bikini-Oberteil auszuziehen.

Tiziano beobachtete mit gerunzelter Stirn ihr Tun.

»Falls du es nicht mehr wissen solltest«, sagte er amüsiert. »Ich habe dich schon mal nackt gesehen. Du kannst dir also diese Verrenkungen ersparen.«

»Nur nicht so frech!«, gab sie zurück. »Im Gegensatz zu anderen Personen habe ich mir mein natürliches Schamgefühl bewahrt.«

Tiziano rollte mit den Augen und drehte den Bildschirm seines Laptops so, dass sie einen Blick darauf werfen konnte. Endlich hatte sie das feuchte Oberteil ausgezogen und warf es achtlos auf einen Stuhl.

Er wies auf eine Ahnentafel, die wie ein großer Baum mit weitverzweigten Ästen aussah.

»Schau, das ist der Stammbaum der Adimaris. Ugos Linie stammt von Pellegrinas jüngstem Sohn ab. Wenn also im Brief vom ältesten die Rede ist, muss es sich um Niccolò Adimari handeln. An ihn habe ich sogar als Erstes gedacht, als ich mir überlegt habe, wo die Familiendokumente der Adimaris geblieben sein könnten. Aber ich habe keine Hinweise gefunden, um meinen Verdacht zu bestätigen. Doch diese Korrespondenz«, er wies mit dem Kinn auf die Briefe, »erhärtet meine Vermutung.« Tiziano lehnte sich zufrieden zurück und verschränkte die Hände am Hinterkopf.

»Und wo finden wir nun die Nachkommen von Niccolò?« Arya folgte dem entsprechenden Zweig bis ans Ende des Eintrages. »Nazzario und Fiammetta Adimari-Tettamanti«, las sie vor. »Sie haben eine Tochter: Marcella. Hübscher Name.«

»Das, meine kleine Eidechse, wird wohl das Schwerste an unserer Recherche sein.« Tiziano zog den Laptop zu sich, gab einen Befehl ein und lachte. »Hier!«

Sie äugte auf das Display und schnalzte mit der Zunge. »Sehr clever, Sherlock. Die *Pagine Gialle*, das elektronische Telefonbuch von Italien.«

27

»Hast du deinen Pass dabei?« Tiziano warf Arya einen schnellen Blick zu.

»Das fragst du mich jetzt schon das zweite Mal«, entgegnete sie amüsiert. »Ich bin erst in den Zwanzigern und mein Gedächtnis funktioniert noch einwandfrei.«

»Ist das so?« Er schmunzelte und sie verdrehte die Augen. »Normalerweise muss man seine Papiere an der Grenze zwar nicht mehr vorzeigen«, erklärte er, »aber vielleicht halten dich die Schweizer Zollbeamten ja für eine flüchtige Verbrecherin.«

»Das sagt der Richtige! Ohne Rasur siehst du wie ein waschechter Mafioso aus.«

Er fuhr sich mit der Hand über sein Stoppelkinn und beäugte sich dabei kritisch im Rückspiegel und sie verbiss sich ein Lachen.

Die Strecke führte zunächst entlang des Comer Sees und bot immer wieder kurze Einblicke in wunderschöne Gärten mit prächtigen Villen. Eine Landschaftsgärtnerin würde hier sicher leicht Arbeit finden, dachte Arya. In der Gegend blühte es nahezu das ganze Jahr über, und wenn sie diese Häuser so betrachtete, konnten sich deren Besitzer bestimmt einen

Gärtner leisten. Oder eben eine Gärtnerin! Eventuell könnte sie hier sogar einen eigenen Betrieb aufziehen. Schließlich …

Sie rief sich zur Ordnung. Was für kindische Träume! Ein eigenes Geschäft in einem Land aufzubauen, dessen Sprache sie kaum verstand, war idiotisch. Und Tiziano lebte sowieso in Mailand, also was fantasierte sie hier rum?

Nazzario Adimari lebte mit seiner Familie in der Ortschaft Luino am Lago Maggiore, das hatten sie aus dem Telefonbuch erfahren und waren jetzt auf dem Weg dorthin. Luino lag zwar in Italien, doch ein Weg dorthin führte ein Stück weit durch die Schweiz. Gemäß Tiziano war diese Strecke landschaftlich reizvoller. Statt über die *Autostrada* zu fahren, hatten sie sich also für diese Route entschieden. Sie rechneten mit zwei Stunden Fahrzeit für eine Strecke, also insgesamt vier Stunden. Paco wollten sie eine so lange Fahrt nicht zumuten und hatten ihn glücklicherweise an Signor Colombini abgeben können.

Der alte Herr freute sich, den Labrador wieder einmal hüten zu dürfen, aber Arya kämpfte mit dem schlechten Gewissen. Sie klingelte schließlich nur bei ihm, weil sie etwas von ihm wollte. Doch die Ereignisse überschlugen sich gerade und ließen ihr kaum Zeit für nachbarschaftliche Aktivitäten.

Nachdem sie Nazzarios Adresse gefunden hatten, hatte Tiziano ihn angerufen und nach Briefen im Familienbesitz aus dem siebzehnten Jahrhundert gefragt. Catarina hatte er bei dem Gespräch nicht erwähnt. Aus Kalkül? Oder wollte er nicht mit der Tür ins Haus fallen?

Zuerst sei Adimari recht erstaunt über diese Frage gewesen, hatte Tiziano ihr berichtet, bestätigte ihm dann aber, dass sich in seinem Familienarchiv tatsächlich diverse Schriften und Dokumente aus jener Epoche befanden. Und er hatte auch nichts dagegen, dass sie ihn am nächsten Tag besuchten, um sie sich anzusehen. Arya vermutete, dass Nazzario es aufregend fand, wenn ein Journalist und seine ›Assistentin‹ ihn deswegen aufsuchten.

Sie hatte schon früher bemerkt, dass man offensichtlich zwei Arten von Leuten kennenlernte, wenn man sich als Pressevertreter outete: diejenigen, die sich wie Austern verschlossen, und die anderen, die kaum aufhören konnten zu reden. Offenbar musste man in diesem Metier Nerven wie Drahtseile besitzen. Sie bewunderte Tiziano für seine Engelsgeduld mit den einen und die dicke Haut im Umgang mit den anderen. Für sie wäre das auf die Dauer nichts gewesen. Dazu war sie viel zu ungeduldig und impulsiv. Aber die Jagd nach Catarinas Spuren war für sie schließlich auch nur ein Urlaubsvergnügen.

Der Zollübergang vor Chiasso entpuppte sich als problemlos. Tiziano wurde einfach durchgewinkt. Offenbar erschien den Schweizern der potenzielle Mafioso doch nicht so gefährlich.

Arya konzentrierte sich erneut auf die Landschaft. Sie unterschied sich kaum von der Gegend um Bellagio: bewaldete Berge, fruchtbare Täler, einzig der See fehlte. Und die Autobahnschilder waren jetzt grün anstatt blau.

»In Kürze erreichen wir den Luganersee«, erklärte Tiziano. »Über den Damm von Melide führt die Straße dort ans andere Seeufer. Wie wär's mit einer Kaffeepause?«

»Haben wir denn Zeit dafür?«

»Sicher, warum nicht?«

Er setzte den Blinker, als vor ihnen ein Ausfahrtsschild auftauchte. Im Dorf Bissone suchten sie ein Café mit Blick auf den Luganersee und genossen einen Cappuccino und ein süßes Hörnchen im Schatten von Palmen. Arya überlegte, dass sie es lediglich einem glücklichen Zufall verdankte, nicht hier, sondern in Bellagio gelandet zu sein.

Sie warf Tiziano einen kurzen Blick zu. Er hatte seine Sonnenbrille aufgesetzt, wie so oft die Hände hinter dem Kopf verschränkt und genoss den leichten Wind am Seeufer.

Was wäre geschehen, wenn sie anstatt in Italien an diesem See eine Tauschwohnung gefunden hätte? Oder in Frankreich, Spanien oder Portugal? Hätte sie dort auch einen Einheimischen mit einem Familiengeheimnis kennengelernt, mit dem sie alten Dokumenten nachjagte? Wohl kaum. Vermutlich würde sie faul in einem Liegestuhl liegen, ellenlange Briefe schreiben, wie sie es versprochen hatte, und über ihre Zukunft nachdenken. Vielleicht hätte sie sogar schon eine Lösung gefunden.

»So in Gedanken?«

Arya schreckte zusammen. Tiziano sah sie über seine Brille hinweg aufmerksam an. Sie fühlte sich ertappt und beeilte sich zu sagen: »Nur überwältigt von der Schönheit der Gegend.«

»Ja, schön hier, aber nicht so schön wie in der Lombardei, oder?« Er schob sich die Sonnenbrille in die Haare. »Wollen wir weiter?«

Arya nickte und er beglich die Rechnung.

Bevor sie abfuhren, ging sie zur Toilette. Beim Händewaschen betrachtete sie sich im Spiegel. Sie war braun geworden, wirkte erholt, doch ein melancholischer Ausdruck lag in ihren Augen. Wann hatte sie ihre Unbeschwertheit verloren? Und wodurch? Immerhin lagen noch mehrere Ferientage mit Tiziano vor ihr, sie hätte allen Grund, glücklich zu sein. Oder wenigstens zufrieden.

Sie atmete tief ein und straffte die Schultern. »Hör auf mit diesen albernen Träumen!«, befahl sie sich. »Es ist, wie es ist.« Dann setzte sie ein Lächeln auf und folgte Tiziano zum Auto.

* * *

Gegen elf Uhr erreichten sie ihr Ziel. Luino war die größte Stadt am Ostufer des Lago Maggiore und lag in der Provinz Varese. Tiziano war noch nie hier gewesen und verließ sich daher auf sein Navigationssystem, um Adimaris Adresse zu finden.

Was sich als Segen erwies, denn in dem Ort wimmelte es von Einbahnstraßen, die jeden Ortsfremden in den Wahnsinn treiben mussten.

Das Haus der Familie Adimari war ein ockerfarbenes, dreistöckiges Gebäude in der typischen Bauweise der Gegend und lag in der Via Pellegrini. Ein schmiedeeisernes Tor versperrte die Einfahrt. Palmen und eine Buchsbaumhecke bildeten einen natürlichen Sichtschutz zur Straße hin.

Tiziano quetschte seinen Wagen hinter eine Nobelkarosse mit ausländischem Kennzeichen an den Straßenrand. Weil sie beide im Parkverbot standen, hoffte er, dass nicht gerade jetzt ein Verkehrspolizist auf der Suche nach Parksündern vorbeikam.

»Bereit?« Er warf Arya einen fragenden Blick zu.

»Ich bin richtig aufgeregt«, gestand sie, kontrollierte im Beifahrerspiegel ihr Make-up und stieß hörbar die Luft aus.

Auch er spürte dieses Kribbeln im Bauch, das sich oft einstellte, wenn er einer heißen Spur nachging. Das war ein gutes Zeichen. Hoffentlich trog das Gefühl ihn gerade heute nicht. Immerhin war Nazzario bislang ihr letzter konkreter Anhaltspunkt. Sollte sich auch der als Sackgasse entpuppen, würde Tiziano vermutlich aufgeben müssen.

Er beugte sich über die Mittelkonsole und hauchte Arya einen Kuss auf die Wange. »Wird schon«, sagte er zuversichtlich und zwinkerte ihr aufmunternd zu.

Das Tor war nicht verschlossen, und als sie die Klingel drückten, erklang eine melodiöse Klangfolge im Innern des Hauses. Gleich darauf öffnete ihnen ein Mann in den Fünfzigern. Er trug seine grau melierten Haare kurz geschnitten. Auf der Nase saß eine silbrige Brille, die ihm ein aristokratisches Aussehen verlieh, was jedoch durch ein verwaschenes T-Shirt, halblange Cargo-Shorts und gelbe Flip-Flops abgeschwächt wurde.

»Signor Brentano?«, fragte er, und als Tiziano nickte, streckte ihm der Mann die Hand entgegen.

Tiziano stellte Arya vor und Nazzario Adimari nickte ihr lächelnd zu.

»Kommen Sie herein«, bat er und trat beiseite. »Und entschuldigen Sie bitte meinen Aufzug. Ich wusste zwar, dass Sie bald eintreffen, habe aber im Garten gearbeitet und die Zeit darüber vergessen.«

Er ging ihnen voran durch einen langen Korridor, der mit terrakottafarbenen Bodenplatten ausgelegt war. Sie erreichten ein geräumiges Wohnzimmer, das die gesamte Längsseite des Hauses einnahm. Eine zweiflügelige Glastür stand offen und dahinter führte eine breite Steintreppe in den Garten hinab.

»Wollen wir nach draußen gehen?«

Als sie zustimmend nickten, geleitete Adimari seine Gäste zu einer weißen Laube mit einer gemütlichen Sitzgarnitur. Es roch nach frischer Farbe.

»Sie ist zwar hübsch«, sagte er und wies mit dem Kinn auf das Häuschen. »Aber man muss jedes Jahr die Holzlatten neu streichen. Eine richtige Plage.«

Tiziano bemerkte ein paar dünne Gartenhandschuhe auf dem Boden, übersät mit weißen Klecksen, daneben stand ein Eimer Farbe mit einem Pinsel.

»Irgendwo treibt sich auch meine Frau herum«, murmelte Adimari und spähte hinüber zu einer Reihe Büsche. »Fiammetta, unsere Gäste sind da!«, rief er und legte dabei die Hände an den Mund, als müsse er den Alpsegen übers Tal rufen. Tiziano fragte sich amüsiert, wie groß der Garten wohl sein mochte.

»*Che pasticcio!* Wie spät ist es denn?«

Im gleichen Moment kam eine kleine, zierliche Dame hinter den Büschen hervor. Sie trug einen zerfransten Strohhut, unter ihrem Arm klemmte ein Buch.

»Offenbar elf, meine Teure«, erwiderte Adimari. »Sofern unsere Gäste pünktlich sind.« Er wandte sich wieder an seine Besucher. »Am Wochenende tragen wir keine Uhren. Wir sind beide Ärzte und ständig in Zeitnot. Da genießen wir es doppelt, mal nicht nach der Zeit schauen zu müssen.«

Tiziano übersetzte schnell für Arya und sie lachte.

Adimari hob die Augenbrauen. »Möchten Sie lieber, dass wir Englisch sprechen?«, wandte er sich an sie. Seine Aussprache war nahezu akzentfrei.

»Das ist sehr freundlich. Vielen Dank.«

»Kein Problem. Nehmen Sie doch bitte Platz, wir gehen uns schnell umziehen. Und keine Angst, ich habe erst außen gestrichen.«

Eine halbe Stunde später saßen sie zu viert, jeder ein Glas gekühlte Zitronenlimonade vor sich, in der Gartenlaube.

»Sie interessieren sich also für Dokumente aus dem siebzehnten Jahrhundert?«, begann Adimari das Gespräch.

Tiziano bejahte und hielt es jetzt für angebracht, sein Buchprojekt vorzustellen.

Als im Zusammenhang mit Pellegrina der Name Catarina Maddalena Brentano fiel, sah sich das Ehepaar überrascht an, und er vermutete, dass sie den Namen kannten.

Sein Herz schlug sofort schneller. Sollten sie heute tatsächlich mit ihrer Suche weiterkommen? Als er geendet hatte, blieb es erst einen Moment still, bevor sich Adimari räusperte.

»Sie haben praktisch alles so wiedergegeben, wie es vermutlich geschehen ist«, sagte er. »Mein Vorfahre, Pellegrinas ältester Sohn, hat damals den Haushalt seiner verstorbenen Mutter übernommen. Zu der Zeit lebte meine Familie ja noch auf dem Familiensitz in Prosto di Piuro, der um einiges größer ist als unsere bescheidene Hütte, und hatte genügend Platz.«

Fiammetta lachte leise.

»Nicht, dass wir neidisch wären«, fügte Nazzario schnell hinzu und drückte die Hand seiner Gattin. »So alte Häuser verschlingen Unsummen für die Instandhaltung. Aber natürlich ging bei der Aufgabe des Stammsitzes vieles verloren. Meine Vorfahren hatten zudem mit ihren Unternehmungen wenig Glück, und was sie zu Geld machen konnten, wurde verkauft oder …«

»*Caro*, bitte keine Vorträge«, unterbrach seine Ehefrau ihn lächelnd. »Deswegen sind unsere Gäste nicht gekommen.«

Adimari lachte. »Richtig. Entschuldigen Sie. Lange Rede, kurzer Sinn: Pellegrinas umfassende Korrespondenz ist tatsächlich zum Teil erhalten geblieben.«

Aryas Augen leuchteten. »Wirklich?« Sie griff nach Tizianos Hand und zerquetschte ihm beinahe die Finger. »Hast du gehört? Wir haben Glück! Ist das nicht fantastisch?«

Er konnte nur nicken. Plötzlich fehlten ihm die Worte. Endlich würde er erfahren, ob der Brentano-Fluch tatsächlich eine Bedrohung war oder ob er nur auf der Einbildung eines eifersüchtigen Ehemanns fußte.

»Können …« Er brach ab und holte tief Luft. »Dürften wir die Briefe sehen und sie kopieren?«

Wieder warf sich das Ehepaar einen eigentümlichen Blick zu, und Tiziano hatte schlagartig das Gefühl, dass er kurz vor dem Ziel doch noch scheitern würde.

Das durfte nicht sein! Irgendwo in dem Haus hinter ihm lag der Schlüssel zu Catarinas Schicksal … und vielleicht auch zu seinem. Ein Nein würde er nicht akzeptieren! Und wenn die Adimaris sich sträubten, ihm die Briefe zu zeigen, würde er ihnen die Hölle heißmachen. Immerhin waren Catarinas Briefe ein Teil *seiner* Familie! Er hatte das Recht, sie wenigstens lesen zu dürfen. Auch wenn das Ehepaar ihm noch so sympathisch war, sollten sie sich weigern, dann …

Adimari lehnte sich lächelnd zurück und sagte: »Sie müssen sie nicht kopieren, Signor Brentano. Es wäre mir eine Freude, sie Ihnen zu Studienzwecken zu überlassen.«

28

Bis kurz vor der Schweizer Grenze hielt Tiziano es aus, dann bog er rasant in einen Parkplatz ein und stoppte. Er streckte fordernd die Hand aus und Arya überreichte ihm grinsend den wattierten Umschlag, in dem sich Catarinas Briefe befanden. Seit sie Adimaris Haus in Luino verlassen hatten, hatte sie sie auf ihrem Schoß aufbewahrt.

»Ich muss sie lesen«, sagte Tiziano. »Wenigstens einen!«

»Erstaunlich, dass du so lange warten konntest. Ich an deiner Stelle hätte sie noch vor Ort gelesen.«

Sie beobachtete ihn, als er vorsichtig den Umschlag öffnete und die Briefe herausnahm. »Findest du es nicht seltsam, dass Adimari sie dir einfach so überlässt?«

»Aber er bekommt sie doch wieder, das habe ich ihm versprochen.«

»Trotzdem.« Sie wiegte den Kopf hin und her. »Ich an seiner Stelle würde solche Dokumente nicht so ohne Garantien in fremde Hände geben.«

»Fremd? Hey, Catarina war immerhin meine Vorfahrin! Und ich sehe eben vertrauenswürdig aus«, entgegnete Tiziano mit Schalk in der Stimme. »Aber im Ernst, er hat meine

Visitenkarte, er weiß, wo ich wohne und arbeite. Sehr groß ist das Risiko also nicht.«

Arya schwieg. Vielleicht war sie zu skeptisch, und in Italien vertraute man Fremden schneller als in Deutschland oder Schottland. Trotzdem fand sie Adimaris Zutrauen eigenartig. Doch sie wollte Tizianos Freude über den Fund nicht schmälern, deshalb unterdrückte sie weitere Unkenrufe.

»Also, was schreibt sie?«

Mittlerweile hatte Tiziano die Briefbögen aus dem wattierten Umschlag gezogen. Rein äußerlich waren sie kaum zu unterscheiden und in erstaunlich gutem Zustand, doch alle Kuverts fehlten.

Wie seltsam, dass Catarina jedes Mal dasselbe Briefpapier benutzt hatte. Arya besaß mindestens dreißig verschiedene Briefarten: geblümte, gestreifte, farbige. Solche mit Wasserzeichen, geprägte, handgeschöpfte, mit und ohne Initialen, aus Recycling-Papier und sogar welches, das aus Gras hergestellt war. Doch vielleicht waren Catarinas Briefe alle während einer zusammenhängenden Zeitspanne geschrieben worden und sie hatte nur dieses Briefpapier. Adimari hatte ja gesagt, dass durch die Jahrhunderte viel verloren gegangen war.

»Tiziano«, hakte sie nach, »was schreibt sie denn?«

»Wie?« Er hob verwirrt den Kopf, als hätte er vergessen, dass er nicht allein im Auto saß. Wäre sie nicht selbst so gespannt gewesen, hätte sie sich jetzt wohl gekränkt gefühlt.

»Ich muss die Briefe erst nach Datum sortieren«, erklärte er. »Sodass eine fortlaufende Korrespondenz ersichtlich ist.«

»Verstehe. Aber du kannst mir ja schon mal einen vorlesen, oder? Ich bin nämlich auch neugierig. Nicht nur du.«

Er lächelte. »Natürlich, kleine Eidechse. Entschuldige. Ich bin nur gerade etwas überwältigt.«

Seine Stimme bebte, und sie nickte verständnisvoll.

Dann räusperte er sich. »Also gut, ich lese dir diesen hier vor. Himmel, Catarinas Klaue war noch schlimmer als die von Pellegrina!«

Er befeuchtete die Lippen:

»Bellagio, Januar 1684

Geliebte Schwester im Geiste!

Das Weihnachtsfest ging adäquat und wie die vergangenen Jahre ohne größere Blessuren an Haus und Bewohnern vorbei. Mir war am Stephanstag etwas unwohl, aber sorge Dich nicht, es war nur eine vorübergehende Unpässlichkeit. Nachdem alle Gäste wieder abgereist sind, erscheint es mir im Haus jetzt jedoch seltsam ruhig. Als würde sich ein Sturm zusammenbrauen, der mich bald verschlingen wird. Doch bestimmt sind diese Empfindungen nur die törichten Gedanken einer Frau, die ihre liebste Freundin vermisst und sich langweilt.

Herzlichen Dank, teuerste Pellegrina, für den wundervollen Stoff aus Paris! Ich habe ihn gleich der Schneiderin im Ort bringen lassen, und wenn Du am Osterfest endlich wieder zu Hause bist, werde ich vor Dir in dem neuen Kleid herumstolzieren wie der eitelste Pfau in unserem Garten.

Wie herrlich sind Deine Beschreibungen von Paris! Wie köstlich, dass Du in so mannigfaltiger Weise von einer Lustbarkeit in die nächste wandelst. Wäre es keine Sünde, ich würde Dich darum beneiden und wünschte, dies alles mit Dir erleben zu dürfen.

Den Kleinen geht es prächtig, danke der Nachfrage. Sie sind mein ganzer Stolz und mein Mutterherz jubelt, wenn ich ihre täglichen Fortschritte sehe. Sie sind vom Christkind mit Geschenken geradezu überhäuft worden. Ich bedanke mich also bei ihrer Patentante in ihrem Namen für das farbenprächtige Schaukelpferd und die herzallerliebste Puppenstube. Du hast damit natürlich genau ihren Geschmack getroffen. Fühle Dich gedrückt und aufs Liebste geherzt!

Teure Pellegrina, verzeihe mir, wenn ich heute nur sehr wenig von den beiden schillernden Vögeln in unserer Voliere spreche, aber ich bin geneigt zu glauben, dass einer der zwei mich stets im Auge behält. Wieder das Hirngespinst einer Gelangweilten? Man sollte sie einfach fliegen lassen, wenigstens einen davon. Das Leben in einem Käfig ist so überaus traurig und schmerzvoll und gegen die Natur, findest Du nicht auch? Am liebsten würde ich mit ihm davonfliegen. Wie herrlich muss es sein, sich in die Lüfte zu schwingen, über Berg und Tal zu segeln und in einem fernen Land anzukommen.

Ich zähle die Stunden, bis Du wieder zurückkommst, damit wir uns von Angesicht zu Angesicht begegnen und unsere kleinen

Geheimnisse austauschen können. Die Zeit ohne Dich vergeht träge, aber sei unbesorgt, ich bleibe stark, auch wenn ich Dich und Deine weisen Ratschläge vermisse. Bis dahin, und in sehnlicher Erwartung Deines nächsten Briefes, verbleibe ich mit tausend guten Wünschen an Dich,

Deine Catarina

PS: Grüße Deinen Mann bitte ganz herzlich von mir.«

»Wieder diese Vogelmetapher.« Arya runzelte die Stirn. »Ein weiterer Hinweis auf ihren Ehemann und den Geliebten? Offenbar hat Catarina befürchtet, dass ihr Mann ihre Briefe liest, und verwendete einen Code.«

»Das denke ich auch«, pflichtete Tiziano bei, faltete den Briefbogen sorgsam wieder zusammen und schob ihn mit den anderen in den wattierten Umschlag. »Eine Vorsichtsmaßnahme. Sie war clever.«

In seiner Stimme schwang Stolz mit, und Arya verkniff sich die Bemerkung, dass ihr das alles am Ende doch nichts genutzt hatte.

»Was ist mit den anderen Briefen? Willst du sie nicht auch noch lesen?«

Er schüttelte den Kopf. »Die spare ich mir auf. Ich muss sie mit der nötigen Ruhe studieren und dabei gleich katalogisieren. Zudem will ich die Originale schonen. Ich mache mir in Bellagio lieber Kopien davon.«

»Sehr vernünftig. Wobei ich jetzt natürlich darauf brenne, alles zu erfahren.« Sie strich sich eine Strähne hinters Ohr. »Aber wenn Catarina so vorsichtig sein musste, könnte es durchaus sein, dass wir in den Briefen überhaupt keinen Hinweis finden, ob die Kinder von Vittorio oder doch von Adamo stammen.«

Tiziano seufzte. »Ja, das ging mir auch schon durch den Kopf. Aber wir wollen nicht schwarzmalen. Vielleicht erwähnt sie an einer Stelle etwas, das uns weiterbringt.«

»Hoffentlich.«

In diesem Moment klingelte Aryas Handy. Maikes Nummer stand auf dem Display.

»Hallo, Süße, wie geht's dir?«

»Arya?« Es knirschte in der Verbindung. »... du mich hören?«

»Schlecht. Sprich lauter.«

»Zu viel Regen ...«

»Was? Was ist mit dem Regen?«

»Zettel gefunden ... enttäuscht und ...«

Die Verbindung brach ab. Arya betrachtete verblüfft das Gerät.

»Was wollte deine Freundin denn?« Tiziano startete den Wagen.

»Keine Ahnung. Ich habe kaum etwas verstanden. Sie sprach von einem Zettel und Regen. Mein Akku ist beinahe leer. Ich rufe sie zurück, sobald wir in der Villa sind.«

29

Auf der Heimfahrt musste sich Tiziano zusammennehmen, um das Tempolimit einzuhalten. Mit aller Macht zog es ihn nach Bellagio, um sich endlich Catarinas Korrespondenz widmen zu können. Nur einmal hielten sie an, aßen ein Sandwich und suchten die Toiletten auf. Selbst dieser kurze Stopp erschien ihm zu lange, und er unterdrückte den Reflex, Arya lautstark zur Eile zu mahnen, als sie vor der Raststätte ein paar Fotos der Landschaft knipste. Es fühlte sich an, als wäre seine Ungeduld der Vorbote eines Unwetters, das sich gerade über ihren Köpfen zusammenbraute.

Seltsamerweise stand das Eingangstor offen, als sie am späten Nachmittag die Villa erreichten. Hatte er vergessen, es abzuschließen? Er stoppte gleich vor der Haustür. Vor lauter Ungeduld, endlich die Briefe zu lesen, krampfte sich sein Magen zusammen. Oder war das lediglich das labberige Sandwich, das sich zu Wort meldete?

»Soll ich gleich Paco holen?«, fragte Arya, als sie ausstiegen. Sie streckte den Rücken durch und stöhnte genüsslich.

Er sah auf die Uhr. »Später, vor dem Abendessen. Danach machen wir noch einen langen Spaziergang mit ihm.«

»Ist gut. Wir werden die nächsten Stunden vermutlich sowieso keine Zeit haben, uns um ihn zu kümmern, nicht?«

Arya reichte Tiziano den Hausschlüssel, als die Tür mit einem Ruck aufgerissen wurde. Sie quiekte vor Schreck. Verblüfft starrte Tiziano auf die zierliche Person in dem eleganten Hausdress, die jetzt die Arme in die Hüften stemmte und ihn wütend anfunkelte.

»Ilaria«, stotterte er entgeistert. »Was machst *du* denn hier?«

Instinktiv warf er einen Blick auf den wattierten Umschlag in Aryas Hand. Ilaria durfte ihn nicht in die Finger bekommen. Aber zum Glück wusste sie ja nicht, was er enthielt.

»Das könnte ich dich auch fragen«, kam es spitz zurück. Dann neigte sie den Kopf und betrachtete Arya von oben bis unten. »Arya Folkerts, nehme ich an. Darf ich fragen, wo unser Hund steckt?«

Arya öffnete den Mund, brachte aber keinen Ton heraus.

Tiziano schien es angebracht, helfend einzuspringen. »Darf ich vorstellen? Ilaria Durini, meine Schwester.«

Im Garten tobte Tizianos Neffe Severino mit Paco herum. Der Hund bellte wie verrückt, Severino lachte, die beiden schienen einen Heidenspaß zu haben. Ganz im Gegensatz zu den vier Personen im Wohnzimmer, die sich in eisigem Schweigen gegenübersaßen. Im Kamin brannte trotz der angenehmen Temperaturen ein Feuer und Tiziano fühlte, wie ihm ein Schweißtropfen den Rücken hinunterlief.

Wieso war seine Schwester wieder da? Sie hatte doch vorgehabt, länger an der Nordsee zu bleiben. Hatte das etwas mit dem Anruf von Aryas Freundin zu tun?

Sein Schwager Emanuele wirkte leicht betreten, hatte aber offenbar nicht den Wunsch, das ungemütliche Schweigen zu brechen.

Tiziano atmete tief durch. »Ilaria, ich …«

»Wie kannst du es wagen, in die Villa zu kommen, obwohl ich es dir verboten habe?!« Und an Arya gewandt, ins Englische wechselnd: »Und Sie! Wie können Sie ihn einfach in mein Haus lassen? Ich bin wirklich sehr enttäuscht von Ihnen!«

Arya schluckte trocken. »Ich habe ja nicht gewusst, dass …«

Ilaria wedelte ungeduldig mit der Hand. »Ersparen Sie mir die Rechtfertigungen. Packen Sie bitte Ihre Sachen zusammen und verlassen Sie augenblicklich mein Haus. Unseren Haustauschvertrag sehe ich hiermit als beendet an.«

»Weshalb seid ihr denn schon wieder hier?«, wagte Tiziano einzuwerfen.

Seine Schwester warf ihm einen giftigen Blick zu. »Das kommt dir ungelegen, nicht wahr?« Sie schnaubte. »Es hat ständig geregnet … und es war kalt.« Zur Untermalung rieb sie sich die Arme. »Ich bin jetzt noch ganz durchgefroren.«

Also deshalb das Kaminfeuer.

»Verstehe. Aber Arya trifft keine Schuld. Ich habe ihr nichts von unserem Zwist erzählt.« Das stimmte zwar nicht, doch er wollte sie um jeden Preis aus der Schusslinie halten.

»Das ist mir egal!«, fauchte Ilaria. »Wir sind jetzt wieder hier und sie muss gehen. Sollte ihr dadurch ein finanzieller Schaden entstehen, kann sie mir ja eine Rechnung schicken.«

Emanuele räusperte sich. »*Cara*, ist es nicht ein bisschen unhöflich, Signora Folkerts einfach so hinauszuwerfen? Immerhin ist es schon spät und …«

»Sie kann sich ja ein Hotelzimmer nehmen, wenn sie weiter in Bellagio bleiben will«, entgegnete Ilaria patzig und reckte trotzig das Kinn.

Ihr Ehemann warf Tiziano einen entschuldigenden Blick zu und hob die Schultern, was offenbar so viel wie *Ich habe es versucht* bedeuten sollte.

»Redet ihr über mich?«, fragte Arya ungehalten. »Wenn ja, wäre es überaus freundlich, beim Englischen zu bleiben.«

»Wie Sie wollen«, entgegnete Ilaria, stand auf und stellte sich mit dem Rücken vor den Kamin. »Sollten Sie es nicht wissen, meinem Bruder ist es nur gestattet, sich in der Villa aufzuhalten, wenn wir anwesend sind. Vielleicht haben Sie das nicht gewusst, dann tut es mir leid, aber das ändert nichts daran, dass Sie das Haus augenblicklich verlassen werden. Und ihn«, wieder machte sie diese abfällige Handbewegung und deutete dabei auf Tiziano, »können Sie gleich mitnehmen.«

Aryas Blick verfinsterte sich. Eine steile Falte bildete sich über ihrer Nasenwurzel. Offenbar stand sie kurz vor einem Gefühlsausbruch.

Zwar freute sich Tiziano darüber, dass sie auf seiner Seite stand, aber ein Streit würde die Fronten nur noch verhärten. Deshalb erhob er sich schnell und streckte Arya die Hand hin.

»Komm, lass uns zusammenpacken.«

Widerwillig nickte sie. »Ich bleibe nirgends, wo ich nicht willkommen bin und wo die Höflichkeit offenbar vor der Tür mit den Schuhen ausgezogen wird«, entgegnete sie von oben herab.

Ilarias Augen verengten sich. »Ach, was wissen Sie denn schon!«, zischte sie. »Mein Bruder kann sehr charmant sein. Er hat Sie anscheinend gehörig um den Finger gewickelt.«

Tiziano drückte Aryas Hand und sah sie dabei beschwörend an. Mit den Lippen formte er lautlos das Wort »nicht« und schüttelte kaum merklich den Kopf. Doch offenbar war das ein Ding zwischen zwei aufgebrachten Frauen, denn Arya warf den Kopf in den Nacken und riss sich los.

»Jetzt hören Sie mir mal ganz genau zu, Signora Durini. Ich bin vielleicht nicht so weltgewandt wie Sie, aber ich kann sehr wohl zwischen aufgeblasenen Wichtigtuern und charaktervollen Menschen unterscheiden. Und wenn Sie nur einen Funken Familienbewusstsein oder gar Anstand in Ihrem Herzen hätten, würden Sie Ihren Bruder nicht auf diese Weise behandeln.«

Emanuele senkte den Kopf und schien sich plötzlich intensiv für den Orientläufer vor dem Couchtisch zu interessieren.

Ilaria blieb der Mund offen stehen. Vermutlich hatte so noch niemand mit ihr gesprochen.

Und Arya war noch nicht einmal fertig. »Wissen Sie was, Signora Durini? Ich würde keine Nacht länger in der Villa bleiben, auch wenn Sie mich auf Knien darum bäten. Es zieht übrigens ganz fürchterlich durch die Fenster im Gästezimmer. Anstatt sich also Sorgen um einen lächerlichen Familienfluch zu machen, kümmern Sie sich lieber mal um das Hier und Heute und um einen anständigen Zimmermann.«

Plötzlich war es totenstill im Raum. Tiziano schloss erschöpft die Augen. Verdammt!

»Du hast ihr davon erzählt?«, presste Ilaria schließlich ungläubig hervor.

Er nickte seufzend. »Du weißt, wie sehr mir Catarinas Schicksal am Herzen liegt und …«

»Schweig!«, unterbrach ihn seine Schwester. »Kein Wort mehr davon!« Ihre Stimme hatte einen hysterischen Ton angenommen. »Ich werde es nicht zulassen, dass du unsere Familie in den Schmutz ziehst!«

»Ilaria, bitte«, begann er. »Es gibt neue Erkenntnisse. Wir haben …«

»Ich will nichts hören!« Wie ein Kind legte seine Schwester beide Handflächen über die Ohren.

»Signora, schauen Sie doch!«, rief Arya aufgeregt.

Tiziano wandte sich zu ihr um. Mit Entsetzen sah er, dass Arya den wattierten Umschlag mit Catarinas Briefen in Ilarias Richtung hielt.

»Wir haben Briefe der *traurigen Prinzessin* gefunden«, fuhr Arya mit leuchtenden Augen fort. Sie hielt den Umschlag triumphierend in die Höhe. »Die Nachkommen der Adimaris hatten sie die ganze Zeit. Endlich werden wir herausfinden, ob …«

Weiter kam sie nicht. Tiziano fühlte sich plötzlich wie in einer Zeitlupensequenz. Alles geschah vermutlich in Windeseile, doch für ihn schienen sich die Augenblicke zu dehnen, als wären sie ein Gummiband.

Seine Schwester hechtete mit weit aufgerissenen Augen durch den Raum, entriss der verblüfften Arya den wattierten Umschlag, lief zurück zum Kamin und warf ihn ins Feuer.

30

Beim vierten Hotel hatten sie endlich Glück. Das Doppelzimmer war zwar klein und lag auf der Bergseite, entpuppte sich aber als sauber und gemütlich.

Arya setzte sich aufs Bett und beobachtete Tiziano, als er das Fenster öffnete und stumm hinausstarrte.

»Wie oft soll ich noch sagen, dass es mir leidtut?« Ihre Stimme klang belegt und sie räusperte sich.

Er antwortete nicht, atmete nur tief ein, und ihre Kehle wurde eng. Er hatte allen Grund, wütend zu sein, aber hätte sie denn ahnen können, dass seine verrückte Schwester die Briefe gleich ins Feuer werfen würde? Trotz seiner schnellen Reaktion waren sie nicht mehr zu retten gewesen. Die alten Dokumente gingen samt dem wattierten Umschlag augenblicklich in Flammen auf.

»Was soll ich bloß Adimari sagen?«

Endlich drehte sich Tiziano um und musterte Arya mit resigniertem Blick.

»Ich werde es ihm erklären«, meinte sie tapfer. »Immerhin war es mein Fehler.«

»Aber *mir* hat er die Briefe anvertraut.« Er schüttelte den Kopf. »Ich war so nahe dran. *Porco cane!*«

Sie stand auf und schlang die Arme um seine Taille. Er versteifte sich, was ihr einen Stich versetzte. Offensichtlich war er noch nicht bereit, ihr zu verzeihen. Würde er es je tun? Sie wagte nicht, ihm in die Augen zu schauen, weil sie befürchtete, in Tränen auszubrechen, wenn sie darin Ärger entdeckte. Doch ihre Ängste waren unbegründet, denn sein Körper entspannte sich, er drückte sie fest an sich und küsste ihren Scheitel.

»Arme, kleine Eidechse«, raunte er. »Mach dir keinen Kopf deswegen. Du konntest ja nicht ahnen, dass meine Schwester derartig ausflippt. Und wie du mich in Schutz genommen hast …« Er lachte leise. »Das hat schon lange niemand mehr für mich getan. Danke.«

Arya fiel ein Stein vom Herzen. Und womöglich würde doch noch alles gut und sie fanden weitere Briefe von Catarina. Vielleicht in der Familie eines anderen Nachkommen von Pellegrina? Es waren ja schließlich nur ein paar Briefe gewesen, wenn auch aus der gesuchten Zeitspanne. Vielleicht existierten aber noch weitere. Irgendwo.

»Es tut mir wirklich sehr leid«, sagte sie abermals.

»Ist schon gut.«

Tiziano küsste sie. Erst behutsam, dann immer fordernder. Sie spürte, wie die Lust sie ergriff. Sie schmiegte sich an seine Brust, fuhr mit den Händen unter sein T-Shirt und strich über seinen nackten Rücken. Seine Haut glühte, wie seine Küsse. Er drängte sie rückwärts zum Bett.

Dieses Mal lag nichts Sanftes in ihrem Liebesspiel, als müssten sie ihren Frust über den Verlust der Briefe aneinander abreagieren. Hastig entledigten sie sich ihrer Kleider. Tiziano drückte sie mit seinem Gewicht in die Matratze, strich mit fiebrigen Händen über ihren Körper und saugte an ihren Knospen, bis sie sich keuchend unter ihm wand. Sie biss ihn in die Schulter, er zuckte zusammen und knurrte etwas auf Italienisch, ließ sich aber nicht beirren.

Es gab keinen Platz für Zärtlichkeit, keine Zeit für gestammelte Liebesworte, es ging nur um Lust und die Begierde, sie zu stillen. Tiziano drängte sich zwischen ihre Schenkel, hielt einen Moment inne und füllte sie dann mit einem kräftigen Stoß aus, sodass ihr ein heiserer Schrei entfuhr. Sie krallte sich an ihm fest in dem Versuch, ihm noch näher zu kommen. In ihrem Kopf wirbelte alles durcheinander: die Briefe, das lodernde Feuer, Tiziano. Wie ging es jetzt weiter? Wie ging es mit *ihnen* weiter?

Doch mit jeder Bewegung lösten sich ihre Gedanken weiter auf, bis nichts mehr übrig blieb als pures Verlangen. Sie spürte jede Faser ihres Körpers, jeden Muskel, jede Nervenzelle, als läge alles bloß. Als wäre sie nicht nur nackt, sondern jeglichen körperlichen Schutzes beraubt. Dieser Mann, der sie mit einer Intensität liebte, als müsse er sich und ihr etwas beweisen, würde ihr alles nehmen und gleichzeitig alles geben. Eine versengende Hitze stieg in ihr hoch, die sie auf den Gipfel der Empfindungen trug. Dort, wo nichts mehr von Bedeutung war, aber alles möglich und voller Verheißung.

Als sie seinen Namen stöhnte, verschlang der Strudel sie bereits. Sie ließ sich fallen, egal, wohin er sie brachte. Sie würde irgendwo ankommen, vielleicht an einem Platz, wo er auf sie wartete: der Mann, den sie liebte.

Irgendwann erwachte Arya, weil ihr kalt war. Durch das Fenster fiel fahler Mondschein herein und erhellte das Zimmer notdürftig. Tiziano hatte sich die gesamte Decke gekrallt. Sie griff nach einem Zipfel und versuchte, eine Ecke zurückzuerobern. Keine Chance. Der Kerl lag wie ein Stein im Bett und gab keinen Millimeter nach.

Sie stand auf und suchte ihre Kleider auf dem Boden zusammen, um wenigstens in T-Shirt und Slip zu schlüpfen. Um in ihrem Gepäck nach dem Schlafanzug zu wühlen, war sie zu müde, und sie wollte Tiziano auch nicht wecken.

Sie entdeckte ihren Kulturbeutel auf dem Stuhl neben dem Eingang, griff danach und ging ins Bad. Sollte sie schnell duschen? Aber selbst dafür war sie zu erschöpft. Also schminkte sie sich ab, wusch sich mit einem Waschlappen und putzte die Zähne. Blöderweise war sie jetzt hellwach … und hungrig! Zur Bestätigung knurrte ihr Magen. Seit dem Sandwich auf der Rückreise von Luino hatte sie nichts mehr gegessen. Das Abendessen war wegen einer durchgedrehten Italienerin und danach wegen ihres Bruders ausgefallen. Arya lächelte bei der Erinnerung daran, wie sie übereinander hergefallen waren. Wie zwei Sexbestien! Mit Ian war der Sex ganz anders gewesen. Gemütlicher, absehbarer, langweiliger. Mit Tiziano hingegen: *Mamma mia!*

Sie seufzte und band sich die Haare zusammen. Vielleicht waren sie aber lediglich so gierig aufeinander, weil schon der kommende Abschied lauerte. Als müssten sie noch jede Minute miteinander auskosten, bis auf den letzten Tropfen. Denn möglicherweise würde sie morgen bereits abreisen müssen. Ein Aufenthalt in der Hauptsaison in einem von Bellagios Hotels, auch wenn es zu den günstigeren gehörte, lag absolut nicht in ihrem Budget. Und sie wollte auch nicht, dass Tiziano ihr alles bezahlte. Das fühlte sich falsch an und traf ihren Stolz. Doch der Gedanke, ihn jetzt schon verlassen zu müssen, verursachte ihr ein Brennen in den Augen.

Wie hatte sie nur so schnell ihr Herz verlieren können? Der Wunsch, ihre Mutter anzurufen und sich auszuheulen, wurde übermächtig. Aber die bekäme glatt einen Herzinfarkt, wenn sie sie um diese Uhrzeit anrief. Und Maike? Ja, die würde ihr, trotz der nächtlichen Stunde, zuhören und sie bemitleiden. Jedoch lag Aryas Handy im Zimmer in ihrer Handtasche. Zudem war sie nicht dazu gekommen, es aufzuladen. Und obwohl sie sich vorgenommen hatte, nicht zu weinen, liefen jetzt plötzlich doch die Tränen.

31

Kaffeegeruch stieg Tiziano in die Nase, und er schlug die Augen auf. Wo zum Teufel war er? Er sah sich um, erkannte das Hotelzimmer, und die Erinnerung an gestern überfiel ihn siedend heiß. Ilarias Rückkehr, die brennenden Briefe!

Er wandte den Kopf. Von Arya, die neben ihm schlief, sah man nur ein zerzaustes Haarbüschel, alles andere lag verborgen unter der Bettdecke. Er selbst hatte natürlich wieder ohne schlafen müssen und rieb sich fröstelnd die Arme. Er musste für die nächsten Nächte an der Rezeption unbedingt um eine zweite Decke bitten, sonst würde er sich noch den Tod holen.

Tiziano streckte sich genüsslich. Er hatte trotz der gestrigen Ereignisse seltsamerweise wie ein Toter geschlafen und fühlte sich ausgeruht. Doch als er daran dachte, dass er Adimari das Unglück mit den Briefen beichten musste, sank seine Laune. Hätte er die Briefe nur gleich in Luino kopiert!

Er unterdrückte einen Seufzer. Ob es nicht klüger wäre, das ganze Projekt um die *traurige Prinzessin* aufzugeben? Was hatte er denn bis jetzt Konkretes herausgefunden? Im Grunde nichts, was er vorher nicht schon gewusst hatte. Und bald war sein Urlaub zu Ende, dann blieb ihm sowieso keine Zeit mehr, um aufwendige Recherchen anzustellen.

Arya murmelte etwas im Schlaf. Er verschränkte die Hände hinter dem Kopf und betrachtete sie. Sie war wirklich süß und bedeutete ihm viel, aber ihre Beziehung hatte keine Zukunft. Trotz aller Gefühle trennte sie eben mehr, als sie verband. Er musste realistisch bleiben. Sollte er jetzt nicht lieber die restlichen Tage mit ihr genießen, statt hinter etwas herzujagen, das seine Familie womöglich – wenn auch nach Jahrhunderten – in Misskredit brachte?

Sein angespanntes Verhältnis zu Ilaria war vermutlich nicht mehr zu kitten. Ihre gestrige Aktion hatte ihn schwer getroffen. Nicht nur, weil er jetzt nie erfahren würde, was in Catarinas Briefen stand, sondern weil Ilaria ihm mit ihrer Tat die Möglichkeit genommen hatte, selbst zu entscheiden, was er mit dem Wissen um ihr Familiengeheimnis tun würde. Sie hatte ihm diese Entscheidung einfach abgenommen, so wie es früher sein Vater getan hatte, weil der seinem Sohn nichts zutraute. Und doch, Ilaria, Emanuele und Severino waren immer noch Tizianos Familie. Konnte er sie einfach so fallen lassen? Und war Catarina ihm das wirklich wert?

»Ich rieche Kaffee«, nuschelte Arya, kämpfte sich unter der Bettdecke hervor und gähnte hinter vorgehaltener Hand.

Er zog sie in die Arme und küsste ihre schlafwarme Wange.

»Gut erkannt, Watson«, scherzte er. »Hast du auch so einen schrecklichen Hunger?«

»Himmel, ja!«

Er lachte. »Dann lass uns schnell aufstehen und das Frühstücksbuffet plündern.«

Beim Frühstück war Arya ungewöhnlich schweigsam. Tiziano versuchte, ein Gespräch in Gang zu bringen, doch als sie ihm nur einsilbig antwortete, verlor er die Lust und schwieg ebenfalls. Nach seinem dritten Espresso hielt er es jedoch nicht mehr aus.

»Was ist los, Arya? Bedrückt dich etwas?«

Sie stocherte lustlos in dem Müsli herum, das sie sich am Buffet zusammengestellt hatte.

»Nichts ist«, erwiderte sie, sah ihn dabei aber nicht an. »Ich habe bloß Kopfschmerzen.«

»Oh, das tut mir leid. Soll ich schnell zur Apotheke laufen und …«

»Nee, lass mal«, wiegelte sie ab, »so schlimm ist es nicht.«

Sie schob das kaum berührte Müsli von sich und hob endlich den Kopf. Sie war tatsächlich etwas blass und dunkle Ringe lagen unter ihren Augen. »Was willst du jetzt wegen Catarinas Biografie unternehmen?«

»Keine Ahnung. Offenbar steht das alles unter einem schlechten Stern.« Er lachte freudlos. »Das Beste wird sein, wenn ich die Vergangenheit ruhen lasse.«

Sie runzelte die Stirn. »Du willst aufgeben?«

»Ja. Im Grunde ist es doch eine Schnapsidee. Wer interessiert sich denn schon für eine so alte Geschichte? Zudem verkaufen sich heutzutage Happy Ends wesentlich besser.« Er verzog den Mund zu einem halbherzigen Lächeln und meinte: »Dass die Briefe verbrannt sind, war vielleicht ein Zeichen.«

Sie starrte ihn entgeistert an. »Bullshit!«, rief sie aufgebracht, sodass die anderen Gäste verdutzt die Köpfe nach ihnen umdrehten. Etwas leiser fügte sie hinzu: »Das war doch nur ein blöder Zufall. Du darfst jetzt nicht aufgeben! Wir haben schon so viel erreicht.«

Ihre heftige Reaktion auf seine Entscheidung forderte seinen Widerspruch heraus. Auch wenn er ihr dankbar war, dass sie ihm so bereitwillig geholfen hatte, Catarina war schließlich *seine* Vorfahrin. Und ob er ihre Biografie schrieb – oder eben nicht –, war ebenfalls seine ganz persönliche Entscheidung. Zudem würden die Briefe noch existieren, wenn Arya gestern nicht so impulsiv gehandelt hätte. Er atmete tief durch, um ihr keine patzige Antwort zu geben.

»So viel habe ich … haben wir aber doch gar nicht erreicht. Das meiste sind lediglich Spekulationen, und wie ich dir schon gesagt habe, will ich keinen Roman schreiben.« Er schüttelte den Kopf. »Mein Urlaub und deine Zeit hier sind bald vorbei, dann trennen sich unsere Wege sowieso für immer, oder? Wir können also gleich die Flinte ins Korn werfen.«

Er sah, wie sie trocken schluckte.

Herrgott, was erwartete sie denn von ihm? Dass er sie auf Knien anflehte, in Italien zu bleiben? Sie war jung, noch unentschlossen, was sie mit ihrem Leben anfangen wollte. Er konnte sie doch nicht an sich binden, nur weil er sie mochte und sie sich im Bett gut verstanden. Das war doch Wahnsinn! Irgendwann würde sie gehen. Entweder nach Deutschland oder zurück nach Edinburgh. Er kannte sich gut genug, wenn er sich auf eine Frau einließ, dann nur mit Haut und Haaren, ohne Vorbehalte oder Sicherheitsleine. Arya würde ihm also früher oder später das Herz brechen. Und darauf konnte er weiß Gott verzichten. Die Katastrophe mit Gloria lag noch nicht lang zurück, nur ein Idiot würde sich gleich wieder Hals über Kopf in etwas Neues stürzen, bevor die alten Wunden verheilt waren.

Er griff über den Tisch hinweg nach Aryas Hand. Sie war kalt. Mit dem Daumen rieb er sanft ihren Handrücken.

»Lass uns die verbleibende Zeit doch einfach genießen, kleine Eidechse. Es gibt so viele wunderschöne Flecken in der Lombardei, die ich dir gern noch zeigen möchte. Wir müssen also weder weitere staubige Keller voller Spinnen durchsuchen noch gefräßige Hunde hüten.«

»Ich mochte Paco«, murmelte sie trotzig. »Er fehlt mir.«

»Aber die Krabbeltiere doch wohl nicht, oder?«

Sie zog ihre Hand zurück und schaute ihn vorwurfsvoll an. In ihren Augen lag Enttäuschung und noch etwas, das er nicht zuordnen konnte. Wut? Weshalb war sie denn wütend? Etwa auf ihn? Nein, das war absurd. Er versuchte sein Bestes, ihr den restlichen Urlaub so angenehm wie möglich zu gestalten. Schätzte sie das gar nicht?

Unvermittelt wallte Ärger in ihm auf. Offenbar konnte er es Frauen einfach nicht recht machen, egal, was er tat! Ilaria, Gloria und nun Arya, alle drei grollten ihm. Vielleicht sollte er sich in Zukunft vom weiblichen Geschlecht fernhalten und über ein Leben als Mönch nachdenken. Doch bevor er jetzt etwas von sich gab, was die Fronten noch verhärtete, verließ er besser den Raum.

»Ich werde Adimari anrufen und ihn um ein weiteres Treffen bitten. Die Nachricht, dass Catarinas Briefe vernichtet sind, will ich ihm nicht am Telefon mitteilen. Ich denke, er hat es verdient, dass ich ihm dabei in die Augen sehe.«

Arya nickte stumm. Es hatte nicht den Anschein, dass sie sich dazu äußern wollte. Nun gut, vielleicht brauchten sie eine Verschnaufpause. Die vergangenen Tage waren sie ununterbrochen zusammen gewesen. Etwas Abstand tat ihnen bestimmt gut. Doch weshalb fühlte er sich dann so mies, als er sich mit einem kurzen Nicken verabschiedete und sie allein im Frühstücksraum zurückließ?

* * *

Arya sah Tiziano nach, wie er mit hölzernen Schritten den Frühstücksraum verließ. In ihren Augen brannten Tränen.

Alles aus!

Sie unterdrückte ein Schluchzen. Zwar hatte er sich dazu herabgelassen, ihr die letzten Tage hier noch versüßen zu wollen, aber sie brauchte keine Almosen. Er hatte aufgegeben. Nicht nur die Suche nach Catarinas Vermächtnis, sondern auch die Hoffnung auf eine gemeinsame Zukunft.

Sei doch nicht so dumm, Arya!, flüsterte eine fiese Stimme in ihrem Kopf. *Märchen gibt's nur zwischen zwei Buchdeckeln.*

Sie strich sich müde über die Augen und trank den mittlerweile kalt gewordenen Kaffee aus. Am Nebentisch diskutierte ein Pärchen mit zusammengesteckten Köpfen, was sie heute unternehmen wollten. Immer wieder berührten sich dabei ihre Hände, warfen sie sich verliebte Blicke zu und lächelten einander an. Vielleicht befanden sie sich auf der Hochzeitsreise. Wie schön für sie!

Arya schluckte mehrmals. »Reiß dich zusammen!«, murmelte sie entschlossen und stand auf.

Wie hatte sie nur so naiv hoffen können, dass Tiziano sie bitten würde zu bleiben? Sie war doch kein Kind mehr! Träume starben jung, das hätte sie in ihrem Liebestaumel nicht vergessen sollen. Und sie würde sich nicht dazu erniedrigen, ihn anzubetteln. Wenn er sie nicht wollte, sollte er es eben lassen! Ganz einfach.

Obwohl der Gedanke allein ihr beinahe den Atem nahm, entschloss sie sich, ihre Sachen zu packen und nach Hause zu fahren. So würde zwar der Abschied früher kommen, aber weshalb das Leiden noch verlängern? Irgendwann würde sie die Enttäuschung verschmerzen.

32

Tiziano blies die Backen auf. Adimari ging nicht ans Telefon. Einerseits war er erleichtert, doch andererseits verzögerte sich dadurch die unangenehme Beichte nur.

Er sah sich im Hotelzimmer um. Wo hatte er nur den Laptop hingestellt? Mist, der lag noch auf der Rückbank des Autos. Der Rauswurf aus der Villa hatte ihnen kaum Zeit gelassen, ordentlich zu packen. Zum Glück stand sein Wagen in der hoteleigenen Tiefgarage. Dass der Computer geklaut wurde, war also hoffentlich unwahrscheinlich.

Er schnappte sich die Autoschlüssel und verließ das Hotelzimmer. Er würde zuerst den Laptop holen und danach wollte er nochmals versuchen, mit Arya zu sprechen. Sie würde bestimmt mit nach Luino kommen wollen, und möglicherweise hatte sich bis dahin ihre Laune auch wieder gebessert. Ungeduldig drückte er im Flur auf den Liftknopf.

* * *

Arya ging langsam die Treppe hinauf und drehte dabei die Schlüsselkarte gedankenverloren zwischen den Fingern. Was sollte sie Tiziano sagen? Wäre er enttäuscht darüber, dass sie frühzeitig abreiste? Oder eventuell sogar froh? Wie auch immer, die kommenden Minuten würden nicht angenehm verlaufen. Hoffentlich konnte sie Haltung bewahren und fing nicht an zu flennen.

In ihrem Bauch rumorte es heftig, als sie vor der Zimmertür stand. Das halb aufgegessene Müsli lag ihr tonnenschwer im Magen. Aber sie hatte sich entschieden und würde jetzt keinen Rückzieher machen.

Sie atmete tief ein, straffte die Schultern und zog die Schlüsselkarte durch den Schlitz.

* * *

»So ein Vollpfosten!«

Jemand hatte Tizianos Wagen auf der Fahrerseite zugeparkt. Nur mit Mühe konnte er die Autotür überhaupt öffnen. Die Beifahrerseite war keine Option, weil sich daneben eine Mauer befand. Also quetschte er sich seitwärts durch den schmalen Spalt und hangelte mit einer Hand nach dem Laptop. Hoffentlich fuhr der Schwachkopf neben ihm bald weg. Wie sollte er sonst einsteigen? In diesem Moment klingelte Tizianos Handy.

»Super!«, knurrte er, nicht minder erstaunt darüber, dass er in der Tiefgarage überhaupt Empfang hatte. Er fingerte das Gerät aus der Hosentasche. »Pronto?«

»Ciao, Dottore! Wie kommst du voran?«

Nando, sein Arbeitskollege von der *Corriere della Sera*, war am Apparat. »Ich dachte mir, wenn du schon nicht anrufst, muss ich es eben tun.«

»Nando, jetzt ist es grad schlecht. Kann ich dich später zurückrufen? Ich …«

Tiziano brach ab. Er musste zuerst darüber nachdenken, was er seinem Freund alles erzählen wollte. Bestimmt nichts von

Arya, denn Nando war ebenfalls mit Gloria bekannt und würde schnurstracks zu Tizianos Ex laufen, um ihr über eine neue Liebe im Leben ihres Verflossenen zu berichten. Und bei Gloria wusste man nie, wie sie reagierte. Eine leidvolle Erfahrung, die er nicht zu wiederholen gedachte.

»Was? Ich höre dich schlecht. Wo bist du denn? In einem Bunker?« Nando lachte.

»Tiefgarage«, knurrte Tiziano, klemmte sich das Handy zwischen Wange und Schulter und versuchte erneut, die Laptoptasche auf dem Rücksitz zu erreichen.

»Ihr habt in der Villa jetzt eine Tiefgarage?«

»Lange Geschichte. Ich ruf dich später zurück, okay?«

Ohne eine Antwort abzuwarten, beendete Tiziano das Gespräch. Als er schon meinte, sich die Schulter auszukugeln, bekam er den Laptop endlich zu fassen.

Während er zum Aufzug marschierte, lockerte er seine verspannten Muskeln. Eine Karriere als Schlangenmensch war bei ihm definitiv nicht drin.

Das bevorstehende Gespräch mit Adimari lag ihm schwer im Magen. Wie würde der Arzt reagieren? Möglicherweise verklagte er ihn sogar. Ein Spaziergang würde das Treffen auf alle Fälle nicht werden. Hoffentlich hatte sich Arya wenigstens wieder beruhigt. Es gefiel ihm nicht, dass sie sich stritten. Obwohl, ein Streit war das eigentlich nicht gewesen, eher eine Disharmonie. Trotzdem überlegte er, was er tun konnte, um ihr eine Freude zu machen. Blumen? Standen Landschaftsgärtnerinnen überhaupt auf Schnittblumen? Oder gab es bei ihnen vielleicht einen Kodex, dass nur Vegetation mit Wurzeln annehmbar war? Er schmunzelte. Er würde es herausfinden.

Tiziano warf zuerst einen Blick in den Frühstücksraum. Der Tisch, an dem sie gesessen hatten, war leer. Eine Kellnerin deckte gerade neu auf, also lief er die Treppe hinauf und zückte die Schlüsselkarte.

»Arya?«, rief er beim Eintreten. »Ich habe mir überlegt, ob …« Er stockte, als er bemerkte, dass niemand da war. »Bist du im Bad?«

Keine Antwort.

Hatte sie sich etwa zu einem Spaziergang aufgemacht? Er wollte schon nach draußen laufen, um sie zu suchen, als ihm auffiel, dass sowohl ihre Handtasche wie auch der Rollkoffer fehlten. Beides hatte gleich neben dem Bett gestanden.

Was war denn hier los? Er stürmte ins Bad. Zahnbürste, Schminksachen, Duschgel, alles weg!

Er blieb wie angewurzelt stehen und starrte auf seine eigene Zahnbürste, die einsam im Zahnputzglas stand und ihn regelrecht zu verhöhnen schien. Als er endlich begriff, was das bedeutete, musste er sich erst einmal aufs Bett setzen.

Sie hatte sich also entschieden, zurückzufahren, und es nicht einmal für nötig befunden, sich von ihm zu verabschieden. Vor Enttäuschung zog sich sein Magen schmerzhaft zusammen.

33

Arya starrte zum Busfenster hinaus auf den Comer See. Das Wasser funkelte einladend in der Morgensonne, als sei es mit Diamanten gespickt. Sie blinzelte, griff in ihre Handtasche und holte die Sonnenbrille hervor.

Das Glück war ihr hold gewesen. Als sie an der Bushaltestelle angekommen war, stiegen gerade die Fahrgäste in den Bus nach Como ein. Sie löste ein Ticket und setzte sich ganz hinten ans Fenster. Als ihr Handy piepste, ignorierte sie es und stellte es aus. Tiziano hatte zwar eine Erklärung verdient, aber sie brauchte zuerst einen gewissen Abstand: zeitlich und geografisch.

Von Como aus würde sie ihn anrufen, wenn sie sich traute, ansonsten musste eben eine Kurznachricht reichen.

»Du bist so ein Feigling!«, murmelte sie vor sich hin.

Ja, das war sie, und froh darüber, dass er nicht im Zimmer gewesen war, als sie vom Frühstück kam. Es war ihr wie ein Zeichen erschienen und eine günstige Gelegenheit, das Weite zu suchen. Hätte sie das auch gekonnt, wenn er ihr gegenübergestanden hätte? Vermutlich nicht. Er hätte sie bestimmt umgestimmt. Mit seinem Grübchenlächeln, einem Kuss, seiner körperlichen Nähe.

Sie unterdrückte ein Schniefen. So hatte sie sich ihre Abreise weiß Gott nicht vorgestellt. Doch es war für alle Beteiligten besser so. Ein kurzer, schmerzhafter Schnitt, um schnell wieder nach vorne schauen zu können.

Tiziano war sicher enttäuscht und vielleicht sogar wütend, dass sie sich wie ein Dieb davongeschlichen hatte, aber er würde sie schnell vergessen. Schließlich war sie ihm nicht wichtig, das hatten seine Worte am Frühstückstisch ja deutlich gezeigt. Dass sie naive Träume über eine gemeinsame Zukunft hegte, konnte er ja nicht wissen. Zum Glück! Er hätte sie womöglich ausgelacht, und Spott war wirklich das Allerletzte, das sie von ihm ertragen konnte. Nein, sie hatte schon richtig gehandelt.

»Hier, Signorina.«

Arya schreckte zusammen. Vor ihr stand eine ältere Dame und hielt ihr eine Packung Taschentücher hin. Arya hatte nicht einmal bemerkt, dass ihr die Tränen übers Gesicht liefen.

»Grazie«, krächzte sie und griff danach.

»Das wird schon wieder, *piccola*«, sagte die Italienerin und lächelte sie aufmunternd an.

»Was heißt denn bitte schön in zwei Tagen?«

Arya stand am Schalter des Fernbusses und glaubte, sich verhört zu haben.

»Sì. Heute Morgen Bus schon weg, Abend Bus voll, *domani* ist nur ein Teil Bus und ein Teil mit Zug. Manchmal nicht pünktlich. Dann über Straßburg, geht lange. Sie wollen so?«

Der Mann hinter dem Schalter, dessen Englisch so schlecht war wie Aryas Italienisch, sah sie fragend an.

Sie wollte eigentlich einfach nur ihr Ticket umbuchen. Aber offenbar war das nicht so einfach. Sie musste eine Umbuchungsgebühr bezahlen und, wenn sie eine direkte Verbindung wollte, bis übermorgen warten.

Der Rucksacktourist hinter ihr räusperte sich mehrmals. Offensichtlich ging ihm das alles zu langsam, und Arya unterdrückte den Wunsch, ihm eine gehässige Bemerkung um die Ohren zu hauen.

»Nein«, sagte sie schließlich ergeben. »Dann nehme ich eben das Ticket für übermorgen.«

»Übermorgen? Come?«

»In zwei Tagen! Due giorni!«

»Va bene, Signorina.« Der Mann lächelte zufrieden und stellte ihr eine neue Fahrkarte aus.

Niedergeschlagen verließ Arya den Ticketschalter und sah sich um. Die Straßen wimmelten von Touristen. Hoffentlich bekam sie noch ein günstiges Hotelzimmer für zwei Nächte. Ihr unfreiwilliger Aufenthalt in der Hauptstadt der Provinz würde ihr wenigstens ermöglichen, den Ort zu erkunden. Ein kleiner Lichtblick in ihrer verfahrenen Lage.

Como war einst durch die traditionelle Seidenindustrie zu Wohlstand gekommen und im Mittelalter galt die Stadt als bedeutendster Standort für die Seidenraupenzucht. Die Geschäfte in den Gassen, die Produkte aus Seide verkauften, zeugten immer noch von ehemaligem Glanz. Ob sie ihrer Mutter und Maike ein entsprechendes Souvenir mitbringen sollte?

Arya warf einen Blick in ihren Reiseführer. Como war schon durch die Kelten und Römer besiedelt worden. Und die Kirchen Sant'Abbondio, San Fedele, der Stadtturm Porta Vittoria und der Bischofspalast waren sicherlich einen Besuch wert. Zudem konnte sie mit der Seilbahn hinauf nach Brunate fahren. Offenbar genoss man von dort oben einen grandiosen Blick über das Comer Seebecken. Bei guter Sicht sah man das Monterosa-Massiv im Westen und sogar das Matterhorn im Norden. Langweilig würde ihr also nicht werden. Und wenn sie sich beschäftigte, dachte sie weniger an Tiziano.

Was er jetzt wohl tat? War er auf dem Weg nach Luino, um Adimari den Verlust der Briefe zu beichten?

Arya kaute auf ihrer Unterlippe, während sie mit ihrem Rollkoffer durch die Gassen wanderte und nach einer günstigen Unterkunft Ausschau hielt. Im Grunde wäre es ja ihre Aufgabe gewesen, Adimari das Missgeschick zu gestehen. Immerhin hatte Ilaria *ihr* die Briefe aus der Hand gerissen und sie vernichtet. Und jetzt musste Tiziano für Arya den Kopf hinhalten. Sie verabscheute sich wirklich für ihre Feigheit. Wenn sie immer davonlief, sobald ein Problem auftauchte, wie sollte sie dann ihre Zukunft meistern? Abrupt blieb sie stehen. Nein, es wurde Zeit, dass sie endlich mal etwas Rückgrat zeigte und für ihren Fehler geradestand!

Sie erspähte ein Café, das gratis Internet anbot. Entschlossen betrat sie die *Pasticceria* und bestellte einen Cappuccino. Dann holte sie ihr Handy hervor, um die Zugverbindung nach Luino aufzurufen.

* * *

Tiziano hatte Nazzarios Frau kurz vor Mittag erreicht, ihr am Telefon jedoch nicht erklären wollen, dass es Catarinas Briefe nicht mehr gab. Fiammetta hatte ihm mitgeteilt, dass ihr Mann gegen fünfzehn Uhr zu Hause anzutreffen sei. Also war Tiziano nach Luino gefahren und stand jetzt abermals in der Via Pellegrini.

Er blieb noch einen Moment im Wagen sitzen und überlegte, mit welchen Worten er Adimari das Unglück mit den Briefen am besten gestehen sollte. Aber er fand keinen angenehmeren Weg als den, die ungeschönte Wahrheit einfach auszusprechen. Er atmete tief durch und stieg aus.

Während der Fahrt hatte er immer wieder auf sein Handy gelinst, doch Arya schwieg. Sie nahm weder seine Anrufe entgegen noch reagierte sie auf die Kurzmitteilungen.

Zuerst hatte er im Hotelzimmer fieberhaft nach einem Brief oder wenigstens einem Zettel Ausschau gehalten, der ihm eine Erklärung lieferte, weshalb sie sich einfach so verdrückt hatte. Doch nachdem er nichts gefunden hatte, musste er sich eingestehen, dass es wohl endgültig vorbei war.

Nur warum bedrückte ihn das dermaßen? Es war doch von vornherein klar gewesen, dass ihr Beisammensein enden würde. Gingen seine Gefühle für die kleine Eidechse wirklich über eine flüchtige Verliebtheit hinaus? Und wenn ja, wie dämlich konnte er eigentlich sein? Er war bald dreißig und drauf und dran, sich in eine Liebe ohne Zukunft zu stürzen. Doch konnte man seinem Herzen wirklich befehlen? War die Liebe nicht gerade deshalb so großartig, weil sie sich nicht vom Kopf leiten ließ?

»Du wirst zwar älter, Junge«, murmelte er vor sich hin, als er auf Adimaris Haus zuging, »aber klüger auf keinen Fall.«

Einen Moment starrte er auf den Klingelknopf, dann straffte er die Schultern und drückte ihn.

* * *

Die Zugfahrt von Como nach Luino war, trotz Aryas düsterer Stimmung, landschaftlich überwältigend. Sie führte über Stabio, Chiasso und Varese nach Süden bis Gallarate, dann schwenkte der Zug nach Norden ein und fuhr entlang des Lago Maggiore bis Luino. Die etwas mehr als zwei Stunden Fahrzeit nutzte Arya, um mit Maike zu telefonieren und ihre frühzeitige Rückkehr anzukündigen.

Tizianos Kurznachrichten, die auf ihrem Handy ankamen, ignorierte sie mit fast übermenschlicher Willenskraft. Sie zu löschen, brachte sie jedoch nicht übers Herz.

Natürlich wollte Maike sofort wissen, weshalb sie früher zurückkam und was mit dem appetitlichen Italiener sei, doch Arya wimmelte sie ab und versprach, ihr später alles zu erzählen.

An ihrer zittrigen Stimme merkte ihre Freundin wohl, dass es um Aryas Gefühlsleben nicht zum Besten stand, und hakte, ganz gegen ihr sonstiges Naturell, nicht weiter nach. Danach rief Arya ihre Mutter und ihren Stiefbruder an, und plötzlich überfiel sie brennendes Heimweh.

Wollte sie wirklich in Großmutters Häuschen zurückkehren? Was erwartete sie denn auf Langeoog schon? Ein leeres Haus und keine Möglichkeit, ihrem gelernten Beruf nachzugehen. Die Rückkehr nach Edinburgh und zu ihren dortigen Freunden erschien ihr gerade wie die Aussicht auf das gelobte Land. Ja, vielleicht war es klüger, die Segel zu streichen und heimzugehen. Sie hatte zwar versucht, ihr Leben in Deutschland in den Griff zu bekommen, war aber nun mal gescheitert. Zeugte es nicht von wahrer Größe, dies offen zuzugeben? Vielleicht fing sie doch langsam an, erwachsen zu werden.

Und genau deshalb würde sie sich bei dem Ehepaar Adimari entschuldigen. Vermutlich wussten sie schon, dass Catarinas Briefe verloren waren, sie musste ihnen die Hiobsbotschaft also hoffentlich nicht selbst überbringen. Gleichwohl hatten sie ein Recht auf eine persönliche Abbitte. Sie konnte nur hoffen, dass die Adimaris überhaupt zu Hause waren. Das Schicksal würde also entscheiden, ob ihr Gang nach Canossa von Erfolg gekrönt sein würde oder nicht. Und Como lief ihr nicht weg. Morgen blieb ihr noch genug Zeit, sich die Sehenswürdigkeiten anzusehen. Und übermorgen ging es ab nach Hause.

Arya deponierte ihr Gepäck am Bahnhof in einem Schließfach und schlug den Weg zum Haus der Adimaris ein. Zur Via Pellegrini brauchte sie nicht mehr als eine Viertelstunde. Der Weg führte entlang der Seepromenade, an wunderschönen, bonbonfarbenen Palazzi vorbei. Trotz der leichten Brise fing sie an zu schwitzen und wurde immer nervöser. War es wirklich so eine gute Idee, den Adimaris gegenüberzutreten? Was, wenn sie ausfällig wurden, sie beschimpften oder gar verhaften ließen?

Sie schluckte. Was, wenn ihre geplante Heldenreise zum Fiasko wurde? Offensichtlich war sie doch nicht so mutig, wie sie es sich wünschte. Ihre Schritte wurden langsamer. Sie könnte einfach wieder umkehren, niemand würde es bemerken.

Arya blieb stehen und sah auf den See hinaus. Eben legte ein Dampfschiff an, dem fröhliche Touristen entstiegen. Die hatten es gut. Deren größtes Problem bestand in der Wahl eines netten Lokals fürs Abendessen.

Sie schaute erneut nach vorn. Dort, hinter dem rosafarbenen Gebäude, begann die Via Pellegrini. Bis zu Adimaris Haus waren es dann nur noch wenige Meter. Umkehren oder weitergehen?

34

»Signor Brentano, wie schön, Sie so bald wiederzusehen.«

Fiammetta Adimari reichte Tiziano lächelnd die Hand und bat ihn herein. Aus dem oberen Stock erklang der aktuelle Sommerhit der Gruppe *Thegiornalisti:* ›Riccione‹. Der Frontmann sang gerade: »*Parlami d'amore …*« – erzähle mir von der Liebe. War das ein Zeichen?

»Unsere Tochter«, erklärte Fiammetta die laute Musik. »Sie hört das Lied rauf und runter.« Sie zuckte entschuldigend mit den Schultern. »Kann ich Ihnen etwas zu trinken anbieten? Mein Mann wird sicher gleich eintreffen.«

Tiziano nickte stumm.

Wie gestern führte ihn die Hausherrin nach draußen in den Pavillon. Es roch immer noch nach frischer Farbe, die Malutensilien waren jedoch weggeräumt.

»Ein Glas Limonade? Oder lieber etwas Stärkeres?«

Sie sah ihn fragend an.

»Gegen etwas Alkoholisches hätte ich nichts einzuwenden«, erwiderte Tiziano und setzte sich auf die Bank in der Gartenlaube.

»Ein *Aperitivo*, kommt sofort.«

Kurz darauf stellte sie ein Tablett mit drei Gläsern, einer Flasche Campari, Soda und einem Schälchen frischer Oliven auf den Tisch.

»Oder hätten Sie lieber ein Glas Wein?«

Obwohl er Campari nicht besonders mochte, schüttelte er den Kopf.

»Vielen Dank. Campari ist wunderbar.«

»Heute so ganz allein?«, fragte sie und mixte zwei Campari Soda.

»Ja, Arya musste ... ihr Urlaub ist zu Ende.«

Fiammetta warf ihm einen schnellen Blick zu. »Verstehe«, meinte sie. »Wie schade. Sie scheint eine außergewöhnliche junge Frau zu sein.«

Tiziano zog es vor, darauf nicht zu antworten. In diesem Moment hörte er die Eingangstür zufallen und danach einen hitzigen Wortwechsel, worauf die Musik leiser wurde.

Nazzario kam die Stufen in den Garten herunter und schüttelte genervt den Kopf.

»Fiammetta, ich bewundere deine Langmut. Ich kann dieses Lied nicht mehr hören! Oh, Signor Brentano, Sie sind schon hier?«

Tiziano stand auf und gab ihm die Hand. »Entschuldigen Sie, dass ich Sie schon wieder belästige, doch ...«

»Kein Thema«, unterbrach ihn Adimari, schnappte sich den Drink seiner Gattin und prostete ihnen zu. »Verzeihen Sie meine Unhöflichkeit, aber den kann ich jetzt wirklich gebrauchen.« Er nahm einen großen Schluck, setzte sich dann neben seine Frau und küsste ihre Wange. »Danke, mein Schatz.«

Sie rollte mit den Augen und bereitete für sich einen neuen Aperitif zu.

Adimari schnappte sich eine Olive und lehnte sich zurück.

»Womit kann ich Ihnen diesmal dienen? Weitere Briefe sind leider nicht in meinem Besitz. Ich glaube, das habe ich gestern schon erwähnt.«

Tiziano nickte. Er konnte den beiden kaum in die Augen sehen, doch was sein musste, musste sein. Am besten brachte er es so schnell wie möglich hinter sich.

»Es ist so«, begann er zögerlich. »Die Briefe, die Sie mir gestern freundlicherweise zur Verfügung gestellt haben.« Er brach ab und räusperte sich. »Was ich eigentlich sagen will, ist …« Wieder stockte er.

Herrgott, es war wirklich schwerer, als er es sich vorgestellt hatte.

»Signora Adimari, Signor Adimari«, begann er von Neuem. »Ich muss Ihnen zu meinem Bedauern mitteilen, dass Catarinas Briefe zerstört sind. Jemand hat sie gestern unglücklicherweise ins Feuer geworfen. Sie waren nicht mehr zu retten. Es tut mir furchtbar leid.«

* * *

Als Arya um die Ecke bog, blieb sie abrupt stehen. Tizianos Auto parkte auf dem Bürgersteig direkt vor Adimaris Haus. Verdammt, damit hätte sie rechnen sollen! Ihr ganzer Mut fiel wie ein Kartenhaus in sich zusammen. Schnell versteckte sie sich hinter einem ausladenden Bougainvillea-Strauch, dessen Blütenzweige über eine Hausmauer wucherten.

Ihr Herz klopfte wild. Sie konnte Tiziano jetzt unmöglich gegenübertreten! Ihr erster Reflex war, umzukehren und so schnell wie möglich zum Bahnhof zu laufen. Oder sollte sie warten, bis er wegfuhr, und danach bei den Adimaris klingeln, um ihre Entschuldigung vorzubringen? Doch wie peinlich würde es sein, wenn sie gleich nach Tizianos Auftritt auftauchte? Dann musste sie dem Ehepaar, nebst ihrer Abbitte, vermutlich auch noch erklären, weshalb sie unmittelbar nach ihm auf der Matte stand. Nein, das war zu beschämend.

Sie wandte sich um und lief zum Bahnhof zurück. Sie würde dem Ehepaar einen Brief schreiben und ihnen darin alles erörtern. Manchmal musste man im Leben eben den Lift nehmen, auch wenn man sich im Grunde entschlossen hatte, den Turm mühsam zu Fuß zu besteigen.

* * *

Nazzario runzelte die Stirn, seine Gattin hingegen sah Tiziano mit hochgezogenen Augenbrauen verblüfft an.

Er wand sich unter ihren Blicken. Warum sagten sie denn nichts? Ein Donnerwetter wäre leichter zu ertragen gewesen als dieses eisige Schweigen.

»Zerstört?«, fragte Adimari schließlich.

»Ja, leider.«

»Ins Feuer geworfen? Habe ich das richtig verstanden?«

Tiziano nickte. Er hatte nicht erwähnt, dass Ilaria Catarinas Briefe vernichtet hatte und weshalb. Das ging nur die Familie etwas an, aber er würde auch nicht lügen, wenn Adimari ihn konkret nach dem Grund fragte. Durch Lügen waren schon immer die schlimmsten Dinge geschehen. Das zeigte die Familiengeschichte der Brentanos zur Genüge.

»Ich kann nur wiederholen, dass es mir unendlich leidtut«, sagte Tiziano. »Und natürlich ist der Verlust solcher Dokumente nicht mit Geld aufzuwiegen, aber ich würde Ihnen selbstverständlich einen finanziellen Ausgleich anbieten. Sagen Sie mir einfach geradeheraus, wie viel ich Ihnen schulde.«

Um Nazzarios Mundwinkel zuckte es. Er warf Fiammetta einen amüsierten Blick zu. Tiziano wusste nicht, was an seinem Angebot so erheiternd war.

»Sie wollen uns Geld dafür geben?«, fragte Adimari spöttisch.

»Nun … ja«, stammelte Tiziano und fing an zu schwitzen. Er rieb sich den Nacken. »Ich bin nicht sehr vermögend, aber ja, natürlich würde ich das.«

Nazzario warf seiner Frau abermals einen Blick zu, dann brachen beide in haltloses Gelächter aus. Zwischen zwei Lachern presste er hervor: »Die Briefe sind nichts wert. Es handelte sich lediglich um Abschriften.«

Tiziano sah mit offenem Mund von Nazzario zu Fiammetta. Das Ehepaar konnte sich nicht mehr fangen vor Lachen. Sobald der eine aufhörte, fing der andere wieder an. Offenbar trug Tizianos verblüffte Miene das ihre dazu bei, denn jedes Mal, wenn sie ihn ansahen, kicherten sie erneut los.

»Sie scherzen, oder?«, krächzte er schließlich. Er griff nach dem Campari und stürzte den bitteren Drink hinunter.

»Mitnichten, Signor Brentano«, erwiderte Adimari zwischen zwei Glucksern. »Ich habe Ihnen lediglich Kopien gegeben. Aber wenn Sie mir dafür Geld geben wollen, nur zu! Marcella wird sich sicher darüber freuen.«

Fiammetta fing wieder an zu kichern, was in einem Schluckauf endete. »*Mi dispiace*«, nuschelte sie. »Doch Sie sollten Ihr Gesicht sehen.«

Tiziano schüttelte ungläubig den Kopf. »Kopien? Ich verstehe nicht. Die Briefe sahen so echt aus. Das sind unmöglich Repliken gewesen!« Das Gekicher zerrte an seinen angespannten Nerven. »Wie konnten Sie derart täuschend echte Kopien herstellen? Und vor allem, weshalb?«

Nazzario holte ein Stofftaschentuch aus der Hosentasche und wischte sich damit die Lachtränen aus den Augen. Er stand auf, ging ins Haus und kam wenig später mit einer hübschen jungen Frau am Arm wieder heraus.

»Darf ich vorstellen? Meine Tochter Marcella.«

Tiziano erhob sich. »Angenehm, Tiziano Brentano.«

»Er ist ein Nachfahre von Catarina Brentano«, erklärte Nazzario ihr, woraufhin sie Tiziano abschätzend musterte. »Marcella, *cara*, erzähl dem Herrn doch bitte, weshalb wir so wunderschöne Briefkopien aus dem siebzehnten Jahrhundert hatten.«

Marcella sah ihren Vater mit gerunzelter Stirn an. »Hatten?«

»Tja, sie gingen buchstäblich in Rauch auf.« Er lachte wieder. »Ein Missgeschick, nehme ich an?« Er warf Tiziano einen fragenden Blick zu.

»Ja, leider.«

»Verstehe«, erwiderte Marcella. »Macht nichts, wir haben sie ja doppelt angefertigt. Julias Exemplare liegen noch irgendwo rum.« Sie zuckte die Schultern. »Und natürlich sind da noch die Originale im Safe.«

Tiziano starrte sie ungläubig an.

»Ich glaube, Signor Brentano braucht eine vollumfängliche Erklärung, Liebes«, mischte sich Fiammetta ein. »Erzähl ihm doch von eurem Projekt.«

Marcella nickte, sah dabei aber so sehnsüchtig zum Haus zurück, was ihn vermuten ließ, dass ihre Lust, ihn aufzuklären, gegen null tendierte. Doch offenbar war sie zu gut erzogen, um dem Wunsch ihrer Eltern nicht nachzukommen.

»Wie Sie vielleicht wissen, studiere ich Kunst.«

»Sie ist eine der Besten!«, warf Nazzario stolz ein.

»Papà!« Sie verdrehte die Augen. »Er wird nicht müde, das jedem auf die Nase zu binden«, wandte sie sich an Tiziano.

»Aber wenn es doch wahr ist!«, erwiderte ihr Vater entrüstet.

Marcella knuffte ihn liebevoll in die Rippen.

»Von einem Professor haben wir eine ungewöhnliche Aufgabe bekommen«, erklärte sie. »Wir sollten bewusst etwas fälschen. Ein Bild, ein Möbelstück, Schmuck oder Ähnliches. Meine Freundin Julia und ich haben uns entschlossen, die

Briefe, die schon ewig in Papàs Safe liegen, nachzumachen.« Sie warf ihr langes Haar zurück und lachte. »Das war vielleicht eine Plackerei, das Papier so zu bearbeiten, bis es einigermaßen die Patina der Originale aufwies.«

»Das stimmt«, unterbrach sie Fiammetta. »Die beiden haben unsere gesamten Kaffee- und Teebeutelvorräte aufgebraucht.«

Tiziano runzelte verwirrt die Stirn und Marcella erklärte: »Es gibt drei Möglichkeiten, Papier antik aussehen zu lassen. Entweder, man zerknüllt es und bespritzt es mit Wasser, Tee oder Kaffee. Oder man tunkt es in dieselben Flüssigkeiten und trocknet es dann im Ofen. Man kann es auch für etwa vierzehn Tage in der Erde vergraben. Wir haben alle drei Methoden ausprobiert.«

Sie seufzte. »Am authentischsten wäre natürlich gewesen, wir hätten Briefpapier aus der Zeit, als die Originale geschrieben wurden, gehabt. Aber wir haben einfach nichts aus dem siebzehnten Jahrhundert gefunden.«

»Und wer hat den Inhalt verfasst?«, fragte Tiziano vollkommen fassungslos.

»Also, die Zeilen sind authentisch, die haben wir nicht erfunden«, erklärte Marcella. »Julia hat sich zuerst Kopien von unseren Originalen gemacht und danach die Briefe nachgeschrieben. Sie hat die Spannung in der Schrift wunderbar hinbekommen, mitsamt den Arkaden, Winkeln und Girlanden. Wirklich täuschend echt.«

Adimari nickte zustimmend. »Wenn Julia die Prüfungen verpatzt, kann sie immer noch eine Karriere als Kunstfälscherin anstreben.«

»Papà!« Marcella schüttelte betreten den Kopf.

Tiziano stieß die Luft aus. Was für eine Geschichte! Und erst jetzt sickerte die Erkenntnis in ihn ein, was das bedeutete: Catarinas Briefe existierten noch! Er konnte sie also lesen und auswerten. Das musste er gleich Arya mitteilen …

»Signor Brentano«, meinte Fiammetta erschrocken. »Ist Ihnen nicht gut? Sie sind ganz blass geworden.« Sie wandte sich an ihren Ehemann. »Wir hätten es ihm vorher sagen sollen, Nazzario.«

Tiziano hob die Hand. »Nein, alles gut.«

Auf keinen Fall würde er den Adimaris gestehen, dass Arya nicht mehr mit ihm sprach. Er atmete tief durch. »Dann sind Catarinas Originalbriefe also noch in Ihrem Besitz?«

Nazzario nickte. »Wie gesagt – gut verwahrt in unserem Safe. Zum Glück, nicht?« Er zwinkerte und Tiziano wurde rot.

»Ja, zum Glück«, gab er unumwunden zu. »Dürfte ich sie also lesen?«

Bevor Nazzario antworten konnte, meinte Marcella: »Sie können Julias Kopien haben. Die liegen oben irgendwo und wir brauchen sie nicht mehr. Das Projekt ist ja abgeschlossen und benotet.«

»Und zwar sehr erfolgreich!«, bestätigte Adimari und warf sich in die Brust. »Die zwei haben dafür die Bestnote erhalten.«

Marcella schüttelte auf die Prahlerei ihres Vaters hin wieder nur den Kopf, drehte sich um und verschwand im Haus. Kurz darauf kam sie mit einem großen Briefumschlag zurück.

»Viel Spaß damit«, meinte sie und drückte ihn Tiziano in die Hand. »Ihre Vorfahrin hatte es ja faustdick hinter den Ohren.«

35

Arya kaufte in einem *Supermercato* einen Schreibblock und einen Kugelschreiber, setzte sich auf eine freie Bank ans Seeufer und formulierte ein Entschuldigungsschreiben für die Adimaris. Sie brachte zwar nicht den Mut auf, bei dem Ärztepaar zu klingeln, solange sich Tiziano bei ihnen aufhielt, aber sie wollte sich auch nicht vor ihrer Verantwortung wegen des Missgeschicks drücken. Schließlich war sie genau deswegen nach Luino gefahren, um sich zu entschuldigen, und das würde sie tun. Wenn auch nur schriftlich.

Sie hielt beim Schreiben einen Moment inne. Würde Tiziano den Adimaris erzählen, dass seine eigene Schwester die Briefe vernichtet hatte? Möglicherweise hielt er Ilaria aus dem Ganzen heraus, also würde sie sie ebenfalls nicht erwähnen und nur ihre eigene Schuld an dem Schlamassel gestehen – ohne Angabe von Gründen.

Am einfachsten wäre es natürlich, wenn sie den Brief mit der Post verschicken könnte, doch da sie schon mal hier war, beschloss sie, ihn dem Ärzteehepaar in den Briefkasten zu werfen. Vielleicht hatte sie Glück und Tiziano war bereits wieder abgefahren. Doch als sie abermals in die Via Pellegrini einbog, stand sein Wagen immer noch vor dem Haus.

Mist, hoffentlich kam er nicht gerade in dem Moment aus der Tür, wenn sie sich am Briefkasten zu schaffen machte.

Arya ging langsam auf das Haus zu und nutzte dabei jede Deckung, die sich ihr bot. Für einen Betrachter musste ihr Gebaren reichlich seltsam anmuten, doch darauf konnte sie jetzt keine Rücksicht nehmen.

Endlich erreichte sie das Gartentor mit dem Briefkasten, schob ihr Schreiben hastig in den Schlitz und rannte davon. Geschafft!

Während der Rückfahrt nach Como drehten sich Aryas Gedanken im Kreis. Hätte sie doch besser bei den Adimaris klingeln sollen? Wenn Tiziano ihr auch keine echten Gefühle entgegenbrachte, wäre es auf alle Fälle respektvoller gegenüber dem Ehepaar gewesen, die Hiobsbotschaft gemeinsam zu überbringen. Aber zu einer Konfrontation mit Tiziano, noch dazu unter fremden Augen, wäre sie nicht imstande gewesen. Nicht jetzt. Nein, sie hatte schon richtig entschieden. Der Brief musste als Entschuldigung ausreichen.

Arya fuhr sich müde über die Augen. Sie fühlte sich vollkommen erschlagen von dem ständigen Aufenthalt in öffentlichen Verkehrsmitteln. Zuerst von Bellagio nach Como, dann weiter nach Luino und jetzt wieder zurück. Vielleicht sollte sie ein wenig dösen. Der Zug fuhr Richtung Mailand, und sie musste erst in Gallarate umsteigen. Bis dahin war es noch über eine Stunde. Sie lehnte sich seufzend zurück und schloss die Augen.

* * *

Dieses Mal konnte sich Tiziano nicht zurückhalten. Noch bevor er losfuhr, sah er im Auto die Kopien durch, überflog ein paar Stellen, blätterte zum nächsten Brief und las dort ein, zwei Sätze.

Was hatte Marcella damit gemeint, dass seine Vorfahrin es faustdick hinter den Ohren hatte? Auf die Schnelle fand er keine Passage über Catarinas Geliebten. Tiziano würde sich wohl oder übel gedulden müssen, bis er alle Briefe gelesen und den Überblick hatte.

Er zog das Handy hervor. Nichts. Arya hatte weder angerufen noch seine Kurzmitteilungen beantwortet. Wie man sich doch in einem Menschen täuschen konnte. Eine weitere qualvolle Erfahrung. Vielleicht hätte er es vorausgesehen, wenn sie länger zusammen gewesen wären. Sie hatten einfach zu wenig Zeit gehabt. Und wie jemand wirklich tickte, merkte man sowieso erst, wenn sich der Alltag einschlich. Doch etwas mehr Rückgrat hätte er der kleinen Eidechse schon zugetraut. Nun denn, er musste nach vorne schauen. Zuerst mal nach Mailand zurück. Er vermisste sein Bett und die große Dusche. Die in der Villa war für seine Körpergröße viel zu klein. Und irgendwann würde er bestimmt auch Arya vergessen.

Entschlossen startete er das Auto und brauste los.

* * *

»Signorina, scusi. Porta Garibaldi, Stazione terminale. Per favore, scendi!«

Arya schreckte hoch und sah in das bärtige Gesicht eines Zugbegleiters. Er trug ein dunkelblaues Jackett und eine rote Krawatte und sah sie auffordernd an.

»Wie bitte?«, fragte sie auf Englisch und sah sich verwirrt um.

»Aussteigen, Miss!«, erwiderte der Mann jetzt ebenfalls auf Englisch. »Wir befinden uns im Bahnhof Porta Garibaldi. Endstation. Weiter fährt der Zug nicht.«

»Endstation?«, wiederholte sie erschrocken. »Aber … wo sind wir denn?«

»Natürlich im wunderschönen Mailand, meine Dame.«

* * *

Tiziano stellte die Reisetasche neben die Tür und griff in die Hosentasche nach dem Wohnungsschlüssel. Er wollte nur noch duschen, etwas essen und endlich in aller Ruhe Catarinas Briefe durchsehen. Als er den Schlüssel ins Schloss steckte, spürte er einen Widerstand.

»Was soll denn dieser Mist?«

Hatten etwa die Kinder seiner Nachbarn schon wieder Zündhölzer hineingesteckt? Er hatte deswegen schon einmal den Schlüsseldienst bestellen müssen.

Tiziano ging in die Knie und beäugte das Schloss. Keine Streichhölzer. Auf der anderen Seite steckte jedoch ein Schlüssel.

»Nicht das auch noch!«, murmelte er erschöpft. Er sammelte sich einen Moment, bevor er die Klingel betätigte.

* * *

Arya stand orientierungslos in der aus Glas und Stahl erbauten Bahnhofshalle und hätte beinahe geweint. Wie hatte sie nur so blöd sein können, einzuschlafen? Natürlich hatte sie in Gallarate niemand geweckt, damit sie den Zug wechseln konnte. Glücklicherweise hatte man ihre Fahrkarte nicht nochmals kontrolliert, sonst hätte sie womöglich auch noch wegen Schwarzfahrens bezahlen müssen. Was sollte sie jetzt tun? Der nächste Zug von Mailand nach Como fuhr erst in anderthalb Stunden.

Das Gewimmel der Reisenden und der hohe Lärmpegel im Bahnhof verursachten ihr Kopfschmerzen. Sie würde erst spät in Como ankommen, und ob sie dann auf die Schnelle noch ein Hotelzimmer fand, war fraglich. Sollte sie in Mailand übernachten und lieber morgen zurückfahren? Was für ein furchtbarer Tag! Sie strich sich über die schmerzende Stirn. So musste sich Odysseus bei seiner zehnjährigen Irrfahrt zurück nach Ithaka gefühlt haben.

In ihrem Hals kratzte es und ihre Kehle war komplett ausgedörrt, also nahm sie ihr Gepäck, fuhr die Rolltreppe hinauf in die zweite Etage des Bahnhofs und setzte sich in ein Café. Sie bestellte einen Cappuccino, ein Mineralwasser und ein süßes Gebäck, schluckte eine Kopfschmerztablette, und während sie aß, überlegte sie, weshalb ihr der Name *Porta Garibaldi* so bekannt vorkam. Wo hatte sie ihn schon mal gehört? Als es ihr einfiel, blieb ihr beinahe der Bissen im Hals stecken. Tiziano wohnte hier in der Nähe! Er hatte ihr erzählt, dass seine Wohnung nur unweit des zweitgrößten Bahnhofs in Mailand lag.

Bei dem Gedanken, dass er sich jetzt vielleicht nur wenige Gehminuten von ihr entfernt aufhielt, wurde ihr heiß und kalt. Die Sehnsucht, ihn wiederzusehen, überrollte sie wie eine mächtige Woge. Sie sehnte sich nach seinem Grübchenlächeln, seinem Humor, seinen Händen auf ihrem Körper.

Deprimiert stieß sie die Luft aus. Das Leben war so verdammt ungerecht! Da lernte man jemanden kennen, der sich quasi als *der* Traummann entpuppte, und dann fühlte dieser einfach nicht dasselbe wie man selbst. Sie dachte daran, was ihre Mutter gesagt hatte, als die Beziehung mit Ian zerbrochen war: »Weißt du, Kind, manchmal denken wir, dass wir dazu verurteilt sind, immer die falschen Menschen zu treffen. Aber wenn wir dann endlich den Richtigen finden, der unsere Leidenschaft erwidert und teilt, können wir dieses Geschenk erst wirklich schätzen.«

»Ach, Mama«, murmelte Arya. »Was, wenn mir das nie passiert?«

* * *

»Tiziano, wie schön, dich zu sehen!«

Gloria schenkte ihm ein strahlendes Lächeln. Sie trug einen hellen Hosenanzug und darunter einen spitzenbesetzten schwarzen Body. Ihre dunkle Mähne hatte sie zu einem lockeren Knoten hochgesteckt. Sie war sorgfältig geschminkt und trug die zweireihige Perlenkette, die er ihr geschenkt hatte.

»Was tust du hier?«, schnauzte Tiziano seine Ex-Freundin an und quetschte sich an ihr vorbei in die Wohnung. Glorias Parfüm hing wie ein Damoklesschwert im Raum.

»Sei doch nicht so unfreundlich, Liebster«, säuselte sie. »Ich hole nur meine restlichen Sachen und wollte dir den Schlüssel zurückbringen.«

Sie wies mit dem Kopf auf den Esstisch, wo sich CDs, Toilettenartikel und ein paar Kleider auftürmten.

»Fein, dann nimm das Zeug und gib ihn mir.« Er streckte die Hand aus. »Und nenn mich nicht so!«

Gloria ignorierte seine Aufforderung, schloss die Tür und lehnte sich mit verschränkten Armen dagegen. Sie warf ihm unter halb geschlossenen Lidern einen lasziven Blick zu.

»Früher mochtest du es, wenn ich dich Liebster genannt habe. Vor allem, während wir …« Sie brach ab und lächelte vielsagend.

»Gloria, bitte. Für so was habe ich jetzt keinen Nerv.« Er stellte die Reisetasche aufs Sofa und öffnete ein Fenster. Ihr Parfüm bereitete ihm plötzlich Übelkeit.

»Ilaria hat mich angerufen«, sagte Gloria. »Du hast mich ja sehr schnell ersetzt.«

Auch das noch! Er unterdrückte ein Seufzen. Seine Schwester und Gloria hatten sich stets wunderbar verstanden, was ihm immer ein wenig suspekt erschienen war.

»Das geht dich nichts mehr an.«

Gloria trat auf ihn zu und hob kämpferisch das Kinn. »Ach ja? Wer hat mir denn ewige Liebe geschworen?«

Er runzelte die Stirn. Was sollte das jetzt? War sie etwa eifersüchtig? Die Trennung war schließlich auf ihrem Mist gewachsen. Glaubte sie im Ernst, er würde ihr sein Leben lang nachtrauern?

Als er nicht antwortete, zischte sie: »Du hast mir einen Heiratsantrag gemacht. Schon vergessen?«

»Den du in deiner unnachahmlichen Weise abgeschmettert hast.«

Er trat zum Kühlschrank und öffnete ihn. Gähnende Leere. Also ging er zur Spüle und füllte ein Glas Wasser. Ohne abzusetzen, trank er es aus.

»Vielleicht wollte ich einfach, dass du um mich kämpfst«, erwiderte Gloria schmollend.

Er drehte sich zu ihr um. »Echt jetzt? Das ist deine Entschuldigung für die verletzenden Worte, die du mir an den Kopf geworfen hast?«

Sie zuckte mit den Schultern. »Frauen mögen es, wenn man sie hofiert.«

»Und Männer mögen es gar nicht, wenn man sie im Kreis ihrer Freunde als unreifen Träumer und Mann ohne Ambitionen bezeichnet. Vor allem, wenn dieser träumerische Idiot gerade vor seiner Freundin kniet und einen verdammten Verlobungsring in der Hand hält!«

Sie schürzte wie ein bockiges Kind die Lippen. »Willst du mir das jetzt ein Leben lang vorwerfen, *caro*? Ich hatte getrunken und habe vielleicht etwas zu impulsiv reagiert.«

Er starrte sie fassungslos an. Das durfte doch nicht wahr sein! In was für eine irrwitzige Komödie war er hier hineingeraten?

Sie legte ihre Hand an seine Wange. »Vergessen wir einfach diesen Abend, amore. Ich habe dich vermisst. Sehr sogar. Und wen auch immer du in Bellagio getroffen hast, das war bloß ein

Abenteuer, nicht wahr? Sonst wäre diese … Dame doch mit dir hergekommen. Ich verzeihe dir also deinen kleinen Fehltritt.«

Sie stellte sich auf die Zehenspitzen und küsste ihn.

Im ersten Moment war er zu perplex, um zu reagieren. Als sie jedoch ihre Zunge zwischen seine Lippen schob, riss er sich los.

»Sag mal, hast du sie noch alle? *Du* verzeihst mir? Ich fasse es einfach nicht!« Er schüttelte den Kopf. »Ich muss hier raus!« Er schnappte seine Schlüssel und riss die Tür auf. Dann drehte er sich nochmals um. »Wenn ich zurückkomme, bist du weg. Endgültig. Verstanden?«

Tiziano schlug die Tür zu und hetzte die Treppe hinab.

36

Die Via della Moscova lag nur sieben Gehminuten vom Bahnhof entfernt. Arya stand vor dem Haus mit der Nummer 68 und steckte Tizianos Visitenkarte, die er ihr bei ihrem ersten Treffen überreicht hatte, in die Gesäßtasche.

Beim Anblick des Gebäudes klopfte ihr das Herz bis zum Hals, und einen Moment lang wollte sie einfach sofort zum Bahnhof zurücklaufen. Doch der Gedanke, Tiziano ein letztes Mal zu sehen und ihm zu erklären, weshalb sie ohne ein Wort verschwunden war, war stärker als ihr Fluchtinstinkt. Genau wie die Adimaris hatte auch er eine Erklärung verdient. Sie konnte nicht immer einfach weglaufen, irgendwann einmal musste Schluss damit sein. Schließlich war es nicht sein Fehler, dass er sie nicht so liebte, wie sie es sich erhofft hatte. Aber sie würde es womöglich ein Leben lang bereuen, ihm das nicht wenigstens gesagt zu haben.

Das Haus, in dem er wohnte, war ein imposantes Sandsteingebäude mit aufwendig verzierten, schmiedeeisernen Balkonen. Unten im Haus befand sich ein Stoffladen, der aussah, als hätte er schon existiert, als Italien noch eine Monarchie gewesen war.

Sie sah an dem sechsstöckigen Gebäude hoch und überlegte, welche Wohnung ihm wohl gehörte. Er hatte ihr erzählt, dass das Viertel zwischen dem Garibaldi-Bahnhof und der Lanza-Bahnstation bei vielen VIPs immer beliebter wurde. Oft sah man in den Cafés des Stadtteils die italienische Prominenz, die sich bei einem *Aperitivo* von den Strapazen ihres öffentlichen Lebens erholte. Den berühmten Zuwanderern folgten exklusive Boutiquen, schicke Supermärkte und angesagte Bars. Das und die Nähe zum Parco Sempione, der Lunge Mailands, trieben die Quadratmeterpreise entsprechend in die Höhe. Tiziano hatte seine Wohnung jedoch noch vor dem großen Boom gekauft. Heutzutage, hatte er berichtet, wäre sie für Normalverdiener praktisch nicht mehr bezahlbar.

Sie suchte auf den Klingelschildern seinen Namen. Seltsamerweise gab es zwei mit der Aufschrift ›T. Brentano‹. Den oberen oder den unteren Knopf?

Sie drückte spontan den unteren. Nach einem Moment, der ihr wie eine Ewigkeit erschien, knarrte es in der Gegensprechanlage.

»Sì?« Eine ältere Frauenstimme.

»Guten Tag, mein Name ist Arya Folkerts. Ich suche Tiziano Brentano.«

»Come?«

Sie dachte nach. »*Buongiorno. Il mio nome è Arya Folkerts. Tiziano Brentano? È qui?*«

»*Cosa vuole?*«

Sie seufzte. Wenn sie doch nur besser Italienisch spräche! Aber bevor sie ihr Sprüchlein wiederholen konnte, summte der Türöffner. Erleichtert trat sie in einen lang gezogenen, dämmrigen Flur, in dem es nach Putzmittel und Essen roch. Linkerhand führte eine Treppe in die oberen Stockwerke.

Eine Tür am Ende des Ganges öffnete sich und Arya ging mutig darauf zu. Möglicherweise hatte sie eben mit Tizianos

Putzfrau gesprochen. Sollte es jedoch die falsche Wohnung sein, würde Arya einfach bei der anderen klingeln. Bevor sie endgültig der Mut verließ.

Im Türrahmen tauchte eine klein gewachsene Frau mittleren Alters auf. Sie war ganz in Schwarz gekleidet und hielt einen Kochlöffel in der Hand, an dem Tomatensoße klebte. Als Arya näher kam, fing die Italienerin an zu wettern. Offensichtlich hatte sie sie beim Kochen gestört. Oder erwartete sie jemand anderen?

»Tut mir leid, aber ich verstehe Sie leider nicht«, erklärte Arya hilflos, was die Frau nicht zu interessieren schien, denn sie hörte nicht auf, auf sie einzureden.

Im oberen Stockwerk krachte eine Tür ins Schloss und hastige Schritte erklangen im Treppenhaus.

Arya wandte sich erneut an die ältere Italienerin.

»Ich suche Tiziano Brentano«, sagte sie und betonte den Namen deutlich.

Die Haustür ging auf und fiel wieder ins Schloss. Arya drehte sich um, sah aber nur noch eine dunkle Silhouette hinter der Scheibe der Eingangstür verschwinden. Sie wandte sich erneut an die schimpfende Italienerin.

»Tiziano Brentano?«, wiederholte sie. »*È qui?*«

Endlich stoppte die Dame ihren Sermon und runzelte die Stirn. »Tiziano?«, fragte sie.

»Sì!« Erleichtert nickte Arya.

»*Sopra*«, erklärte die Frau und wies mit dem Daumen zur Decke. Dann drehte sie sich um und schloss missmutig brummend die Tür.

»Sehr freundlich«, bedankte sich Arya bei der geschlossenen Tür, kehrte um und stieg die Treppe hinauf.

* * *

Das *Radetzky*, eines von Tizianos Lieblingslokalen am Corso Garibaldi, war wie immer gut besucht. Die Plätze vor dem Restaurant waren allesamt besetzt. Fröhliche Leute, die ihren Feierabend bei Wein und leckerem Essen genossen.

Er schlängelte sich durch die Reihen, betrat das Lokal und ergatterte einen freien Hocker an der Bar. Bei Maurizio, dem Barkeeper, bestellte er einen Mojito. Rum auf nüchternen Magen war bestimmt keine gute Idee, doch Tiziano brauchte jetzt etwas Starkes.

Gloria wollte also ihre Beziehung wieder aufnehmen. Vor ein paar Tagen hätte er sich vermutlich dazu bereit erklärt. Aber da hatte er Arya noch nicht gekannt. Und obwohl es mit der kleinen Eidechse vorbei war, hatte ihm ihre kurze Romanze verdeutlicht, dass es mit Gloria nie wirklich klappen würde. Man hatte ihnen zwar immer wieder gesagt, wie perfekt sie zueinanderpassten, aber das hatte sich nur auf ihr Äußeres bezogen. Ja, Gloria und er gaben ein attraktives Paar ab. Aber was nutzte ihm das, wenn außer einer hübschen Hülle nichts existierte, auf das man eine Zukunft aufbauen konnte?

Obwohl Gloria seinen Heiratsantrag ins Lächerliche gezogen hatte, war er nach dem ersten Schock froh darüber, dass sie Nein gesagt hatte. Er konnte sie sich nämlich immer weniger als lebenslange Partnerin vorstellen. Geschweige denn als Mutter. Und beides war ihm wichtig. Er wollte unbedingt eine Familie und hoffte darauf, sich nur einmal fest zu binden. Waren das altmodische Träume?

Möglicherweise hatte es Glorias verletzende Worte gebraucht, damit ihm endlich die Augen über ihren wahren Charakter geöffnet wurden. Sie wollte einen reichen Mann, der ihr alle materiellen Wünsche erfüllen konnte, wie es ihr Papà schon ihr ganzes Leben lang getan hatte. Tizianos Journalistengehalt reichte dazu nicht aus, und während ihrer Beziehung hatte sie immer wieder versucht, seinen Ehrgeiz für eine besser bezahlte Stelle anzustacheln. Doch er mochte seinen Job und wollte in der Firma ihres Vaters keinen Posten annehmen, wie sie es ihm vorgeschlagen hatte. Tiziano wollte es aus eigener Kraft schaffen. Auch wenn er dann nie einen Maserati fahren oder eine Villa auf Capri besitzen würde.

Und Gloria wusste das. Woher also plötzlich ihr Sinneswandel? War es wirklich nur Eifersucht, die sie zur Rückkehr getrieben hatte? Konnte sie es nicht verwinden, dass eine andere Frau ihren Platz eingenommen hatte? Wenn auch nur für kurze Zeit, aber das konnte sie eigentlich nicht wissen. Oder liebte sie ihn tatsächlich noch und die Trennung hatte ihr gezeigt, wie wichtig er für sie war?

Er hob das leere Glas und Maurizio nickte.

Es war alles so verwirrend. Je mehr Tiziano darüber nachdachte, desto weniger verstand er Glorias Intention. Nein, er würde nicht einknicken und zu ihr zurückkehren! Auch wenn Aryas wortloser Abgang ihn verletzt hatte, sich über jemanden mit einer anderen Person hinwegzutrösten, war respektlos und feige. Er hatte schon ein paar Blessuren in seinem Leben überlebt, diese würde er ebenfalls ertragen. Und man wusste schließlich nie, was das Schicksal für einen noch bereithielt.

»Hast du etwas zu feiern oder etwas zu vergessen?«, fragte Maurizio, als er ihm den frischen Mojito servierte.

Tiziano lächelte bitter. »Möglicherweise von beidem etwas.«

* * *

Im obersten Stockwerk erspähte Arya endlich das gesuchte Türschild. Offenbar bewohnte Tiziano das Penthouse. Nobel!

Sie strich sich glättend über die Haare und kontrollierte in ihrem Handspiegel das Make-up. Sie sah zwar nicht gerade wie nach einem Wellnesswochenende aus, aber durchaus manierlich.

Ihr Magen zog sich vor Aufregung jedoch zusammen und ihr Mund war plötzlich staubtrocken. Zögerlich streckte sie den Finger nach dem Klingelknopf aus und zog ihn gleich wieder zurück. Hätte sie Tiziano nicht vorwarnen müssen, dass sie bei ihm auftauchte? Und war er überhaupt zu Hause? Vielleicht wohnte er immer noch in Bellagio in dem kleinen Hotel. Beinahe hoffte sie, dass es so war. Sie hätte es dann wenigstens versucht und müsste sich keine Vorwürfe machen.

»Komm schon!«, sprach sie sich selbst Mut zu. »Dass du im Zug eingeschlafen bist, ist eindeutig ein Hinweis des Schicksals.«

Sie straffte die Schultern, setzte ein Lächeln auf und drückte auf die Klingel.

* * *

Tiziano sah auf die Uhr. Seit seiner Flucht war erst eine halbe Stunde vergangen. Wie lange brauchte eine Frau, um ihren Kram einzupacken? Und was, wenn er zurückging und Gloria immer noch da war? Er konnte sie schließlich nicht aus der Wohnung tragen. Der Gedanke, wie er seine keifende Ex-Freundin vor die Tür stellte, erheiterte ihn. Möglicherweise lag das jedoch an den zwei Mojitos, die er bereits intus hatte. Vielleicht sollte er es etwas langsamer angehen lassen.

»Maurizio, was gibt's denn zu essen?«

»Kalt oder warm?«

»Kalt.«

»Dann empfehle ich dir das Carpaccio di Bresaola: luftgetrockneter, zarter Rinderschinken, nur mit ein paar Tropfen unseres exquisiten Olivenöls und dem Saft einer frischen Zitrone beträufelt. Dazu gemahlener Pfeffer und einige dünn gehobelte Späne Parmigiano.« Er küsste seine Fingerspitzen.

»Schon überredet. Und viel Brot bitte.«

»Wie üblich, ich weiß.« Maurizio grinste und gab in der Küche die Bestellung auf.

Tiziano sah sich um. Er liebte dieses Lokal mit der hohen Decke, den Marmorsäulen, den dunklen Holzmöbeln und der gedämpften klassischen Musik. Obwohl es meist proppenvoll war, konnte er sich hier gut entspannen. Doch dieses Mal schien es nicht zu funktionieren. Er sah wieder auf die Uhr. Ein unbestimmtes Gefühl, dass gerade etwas Schicksalhaftes vor sich ging, erfasste ihn. Empfing er jetzt auch noch mysteriöse Schwingungen aus dem Universum? Offenbar vertrug er den Rum nicht.

»Maurizio, eine Flasche Mineralwasser, per favore!«

* * *

Aryas Lächeln verflüchtigte sich, als eine attraktive Frau in einem eleganten Hosenanzug die Tür öffnete. Hatte sie schon wieder die falsche Wohnung erwischt? Nein, an der Klingel stand eindeutig *Tiziano Brentano*. Aber diese Dame sah nun wirklich nicht wie eine Putzfrau aus. Wer war sie?

»Sì?«

Die rassige Italienerin wirkte gestresst. Sie musterte Arya von oben bis unten, dabei fiel ihr Blick auf das Gepäck und sie runzelte die Stirn.

»Scusi, sprechen Sie vielleicht Englisch?«

Die Frau nickte. »Was wollen Sie?«, fragte sie in beinahe akzentlosem Englisch.

Arya atmete auf. »Ich suche Tiziano. Ist er hier?«

Sie linste an der Italienerin vorbei in die Wohnung. Was sie sah, gefiel ihr: helle Farben, edles Parkett, an den Wänden moderne Kunst in eleganten Rahmen. Er hatte einen guten Geschmack, wenn er das Appartement selbst eingerichtet hatte. War die attraktive Italienerin vielleicht seine Innenarchitektin? Aber wieso sollte die gerade heute hier sein?

»Nein, ist er nicht«, erwiderte sie gelangweilt.

Dann ging plötzlich eine Veränderung mit ihr vor. Als hätte jemand einen Schalter umgekippt, verwandelte sich ihr Gesichtsausdruck zuerst in Verblüffung, dann in Unglauben und schließlich zu einer überaus finsteren Miene.

»Sie sind die Deutsche!«, stieß die Dame fassungslos hervor. »Diese …«, sie wedelte mit der Hand. »Diese Homesitterin, nicht?«

Arya verzog den Mund. Hatte Tiziano der Frau von ihr erzählt? Und wenn ja, was?

»Ja, genau«, sagte sie schließlich. »Arya Folkerts, angenehm. Ich habe eine Zeit lang in der Villa La Perla der Familie Durini gewohnt.« Sie straffte die Schultern. »Wann kommt Tiziano denn wieder? Ich würde gern mit ihm sprechen.«

Die Italienerin lachte höhnisch, was Arya eine Gänsehaut verursachte. Die Situation wurde immer skurriler. Wer war diese Frau? Was tat sie in Tizianos Wohnung? Und wieso sah sie sie an, als würde ihr das personifizierte Böse gegenüberstehen?

Eine Ahnung, die sich ihrer plötzlich bemächtigte, ließ Aryas Atem stocken. Nein, das konnte nicht sein. Das durfte nicht sein! Aber wenn es so wäre, ergäbe natürlich vieles einen Sinn. Tizianos Zurückhaltung, seine demütigenden Worte, seine …

Und dann wurde aus dem schrecklichen Gedanken auch schon schmerzhafte Gewissheit, denn die Italienerin sagte: »Tiziano hat mir alles gebeichtet. Sie kennen ja den Ruf der Italiener. Die sind einer kleinen Liaison nie abgeneigt. Aber am Ende weiß mein Verlobter stets, wo sein Platz ist. Tut mir leid, wenn Sie sich romantischen Illusionen hingegeben haben. Sie sind nicht die Erste.« Sie strich sich ihr glänzendes Haar zurück. »Ich bitte Sie, jetzt zu gehen und uns in Ruhe zu lassen. Addio!«

Sie lächelte boshaft und schloss die Tür.

37

»Hat's geschmeckt?« Maurizio räumte den leeren Teller ab.

Tiziano nickte. »Vorzüglich. Einen Ristretto und die Rechnung bitte.«

»Kommt sofort!«

Er sah auf die Uhr. Anderthalb Stunden waren vergangen, seit er die Wohnung verlassen hatte. Das sollte Gloria reichen, ihre Sachen zusammenzupacken und zu verschwinden.

Er zückte seine Kreditkarte, und während er darauf wartete, dass das Lesegerät eine Verbindung aufbaute, schielte er kurz auf sein Handy. Nichts. Insgeheim hoffte er immer noch, dass Arya sich meldete und ihr Verschwinden mit einer logischen Erklärung rechtfertigte: plötzlicher Gedächtnisverlust, Einweisung in die Notaufnahme – selbst eine Entführung hätte er ihr abgenommen. Aber es war letztendlich so einfach wie verletzend: Er bedeutete ihr nichts!

»Du musst schon den Pin eingeben.«

»Bitte?« Er hob den Blick und sah in Maurizios grinsendes Gesicht.

»Oh Mann, was ist heute bloß los mit dir?«, fragte der Kellner. »Wenn ich dich nicht kennen würde, würde ich vermuten, dass du verliebt bist.«

»Träum weiter!«, zischte Tiziano verdrießlich, gab die Geheimzahl ein, legte ein Trinkgeld auf die Theke und verließ das Lokal.

Der Menschenauflauf vor dem Radetzky war noch größer geworden. Er quetschte sich an fröhlichen Gästen vorbei, die in Gruppen beieinanderstanden und sich lauthals unterhielten. Gelächter und Gläserklirren folgten ihm, als er die Straße überquerte und den Heimweg einschlug.

Eine samtige Nacht senkte sich über Mailand. Die Luft war geschwängert vom Duft nach Parfüm und Autoabgasen.

Tiziano lebte nun schon seit mehreren Jahren hier, sah sich als Städter und liebte die Hektik der Großstadt. Doch unvermittelt sehnte er sich nach dem beschaulichen Comer See, der Villa, den Bergen und der bodenständigen Art der Einheimischen zurück. Seltsam, woher kam plötzlich diese Anwandlung? Nahm vielleicht die Gegend, in der man aufgewachsen war, immer einen besonderen Platz im Herzen ein?

Wunderbar, jetzt wurde er auch noch sentimental!

Er strich sich durch die Haare und schüttelte den Kopf. Es war Zeit, sich dem Alltag zu stellen. Er hatte zwar noch ein paar Tage Urlaub, aber vermutlich wäre es besser, gleich morgen wieder zur Arbeit zu gehen. Wenn er beschäftigt war, hatte er keine Zeit, sich über die Widrigkeiten des Lebens Gedanken zu machen. Oder über eine Eidechse, die seltsame T-Shirts trug.

Als Tiziano in die Via della Moscova einbog, stellte er zu seiner Zufriedenheit fest, dass die Wohnung dunkel war. Wenigstens ein Problem weniger. Er wollte jetzt endlich diese Briefe durchsehen! Obwohl er sich nicht mehr sicher war, ob er das Buch über Catarina wirklich schreiben würde, so musste er trotzdem wissen, was ihre Korrespondenz beinhaltete und ob die Anschuldigungen gegen sie berechtigt gewesen waren. Das war er ihr schuldig.

* * *

Das Rattern der Zugräder wirkte hypnotisch. Arya straffte die Schultern. Sie wollte nicht schon wieder einschlafen. Womöglich landete sie sonst noch auf irgendeinem Abstellgleis.

Sie lachte bitter, als ihr bewusst wurde, dass der Gedanke eine ganz gute Metapher auf ihr Leben war. Zwar hatte sie sich sehr undamenhaft von Tiziano verabschiedet, aber er hatte ihr die ganze Zeit einfach verschwiegen, dass er verlobt war. Und manchmal war verschweigen noch schlimmer als lügen.

Sie schniefte leise und suchte in ihrer Handtasche nach einem Taschentuch. Sie kam sich so dumm vor! Wie hatte sie nur annehmen können, dass ein Mann wie er Single war? Sie war wirklich mehr als bescheuert. Vor ihrem geistigen Auge baute sich die Gestalt seiner Verlobten auf, eine der attraktivsten Frauen, die sie je gesehen hatte. Kein Wunder, dass die beiden ein Paar waren. Zusammen konnten sie glatt als Models für ein Hochglanzmagazin auftreten. Was war sie dagegen? Eine nette Abwechslung … und, wie die Verlobte gesagt hatte, offenbar nicht die Einzige.

Tapfer schluckte Arya die aufsteigenden Tränen hinunter. Sie wollte jetzt nicht weinen, lieber wollte sie wütend sein. Wut war so viel besser als Selbstmitleid. Wenn sie doch schon auf Langeoog wäre, dann könnte sie Maike ihr Herz ausschütten und mit ihr gemeinsam über die Männer herziehen. Diese herzlosen, hinterhältigen Kreaturen, die …

»Mi scusi, è ancora libero questo posto?«

Sie sah hoch. Vor ihr stand ein junger Kerl in Anzug und Krawatte. Unter einem Arm klemmte ein Laptop, in der anderen Hand hielt er eine Ledermappe.

Obwohl er Italienisch gesprochen hatte, war seine Frage eindeutig, denn er deutete mit dem Kinn auf den Platz neben ihr, auf dem ihre Handtasche lag. Er strich sich mit einer affektierten Geste die vollen dunklen Haare aus der Stirn und lächelte sie gewinnend an.

Noch so ein Schönling, der sich vermutlich für ein Geschenk Gottes an die Frauen hielt. Das hatte ihr gerade noch gefehlt!

»Sì«, antwortete Arya schnippisch, griff nach ihrer Handtasche und platzierte sie auf ihrem Schoß.

Der junge Mann ließ sich aufseufzend aufs Polster fallen und streckte die Beine aus. Bevor er seinen italienischen Charme an ihr ausprobieren konnte, drehte sie sich demonstrativ zum Fenster und starrte in die Nacht hinaus. Außer ihrem leicht verzerrten Spiegelbild war jedoch nichts zu sehen. Nur ab und zu huschten ein paar Lichter vorbei.

In der Fensterscheibe bemerkte sie, wie der junge Mann einen Moment ihren Rücken musterte, dann mit den Schultern zuckte und seinen Laptop öffnete.

Gut, diese Italiener konnten ihr weiß Gott gestohlen bleiben!

Kurz nach zweiundzwanzig Uhr erreichte der Zug Como. Mit einem knappen Nicken verabschiedete sich Arya von ihrem Mitreisenden und stolperte aus dem Abteil.

Vor dem Bahnhofsgebäude blieb sie einen Moment stehen, marschierte dann aber entschlossen zum Taxistand. Sie fragte einen Fahrer, der rauchend an seinem Wagen lehnte, nach der nächstgelegenen Unterkunft. Sie hatte keine Energie mehr, das günstigste Angebot aus dem Internet herauszusuchen, und wollte nur noch schlafen und den ganzen Mist hinter sich lassen. Morgen ging es ab nach Hause und Italien war Gott sei Dank Geschichte.

* * *

Tiziano fragte sich, ob er klingeln sollte, fand das dann aber doch zu albern. Immerhin war das *sein* Appartement! Trotzdem öffnete er die Tür leise und lauschte, ob verräterische Geräusche aus der Wohnung drangen. Alles blieb ruhig, und er atmete erleichtert auf. Gloria war weg und würde es hoffentlich auch bleiben. Sein zweiter Wohnungsschlüssel lag einsam auf dem Esszimmertisch. Den vergoldeten Schlüsselanhänger in Form einer Katze, den er Gloria dafür gekauft hatte, hatte sie offenbar nicht zurücklassen wollen.

Er griff nach seiner Reisetasche, die immer noch auf dem Sofa stand. Der Reißverschluss war geöffnet, Gloria hatte also geschnüffelt. Hastig kontrollierte er, ob Catarinas Briefkopien noch darin lagen. Der Gedanke, sie abermals zu verlieren, trieb ihm den Schweiß auf die Stirn.

Gott sei Dank, sie waren da!

Sorgfältig legte er den Briefumschlag auf den Tisch, räumte die Tasche leer und warf die Schmutzwäsche auf den Boden. Darum würde er sich später kümmern. Obwohl er eigentlich zuerst hatte duschen wollen, konnte er jetzt nicht mehr länger warten. Also holte er aus der Küche ein Glas Wasser, atmete tief durch und zog die Kopien aus dem Briefumschlag.

Bellagio, Februar 1684

Herzallerliebste Pellegrina!

Die Winterstürme haben das Haus gehörig durchgerüttelt. Die hübsche Pergola im Garten wurde hinweggefegt und meine geliebten Rosenstöcke sind arg zerzaust. Ich bin mir nicht sicher, ob sie überleben. Sonst geht es jedoch allen bestens, danke der Nachfrage in Deinem letzten Brief. Ich zähle die Stunden, bis Du zurückkommst, mir fehlt meine allerliebste Freundin! Aber ich tröste mich mit dem Gedanken, dass Du am Osterfest zurück bist, und bete, dass die Straßen bis dahin wieder einigermaßen passierbar sind. Nicht auszudenken, sollte ein nochmaliger Wintereinbruch Eure Heimreise verzögern!

Es tut mir außerordentlich leid zu hören, dass Louis-Isaac Lemaistre de Sacy im Januar verstorben ist. Ich weiß, wie sehr Dein Ehemann sein Werk »Stundenbuch von Port-Royal« bewundert. Vermutlich hat sich der arme Theologe während der Inhaftierung in der Bastille die Schwindsucht geholt. Man weiß ja, wie schnell so etwas vonstattengeht. Hoffentlich habt Ihr Euch nicht angesteckt!

Du bittest mich in Deinem letzten Brief um Neuigkeiten aus der Heimat. Liebste Pellegrina, mir kommt überhaupt nichts zu Ohren, verzeih. Mein Gemahl hält alles, was er für feine Damenohren nicht geeignet hält, von mir fern, damit ich nicht in Hysterie verfalle. Er ist einfach zu fürsorglich! Du kennst ihn ja.

Was ich Dir jedoch berichten kann, ist, dass die Zugvögel dieses Jahr vermutlich früher über die Alpen ziehen werden. Warum ich das weiß, fragst Du? Ich beobachte sehr genau unsere Vögelchen in der Voliere und mir scheint, dass sich ein bestimmtes Exemplar ganz aufgeregt reisefertig macht. Es wüsste seinen Weg bestimmt ganz genau, sollte es durch einen Zufall die Freiheit erlangen. Ich hoffe natürlich, dass dies nicht geschieht, bevor Du nach Bellagio zurückkehrst, und Du es noch bewundern kannst. Ich bin mir sicher, dass Du es gewiss genauso schillernd findest wie ich.

Lass bald wieder von Dir hören, geliebte Freundin!
Tausend Küsse
Catarina

Tiziano ließ den Brief sinken. Offenbar versuchte Catarina darin, ihrer Freundin die geplante Flucht anzukündigen. Ob Pellegrina das herausgelesen hatte? Und wenn ja, was war ihre Reaktion darauf gewesen? Hatte sie vielleicht probiert, Catarina davon abzubringen? Wie schade, dass nicht die ganze Korrespondenz der beiden Frauen vorlag.

Leider war den Zeilen wieder nicht zu entnehmen, ob Catarinas Kinder von Vittorio stammten. Bargen die nächsten Briefe möglicherweise einen entsprechenden Hinweis? Oder war diese Information zu delikat, als dass Catarina in der Vermutung, ihr Ehemann könne ihre Zeilen lesen, so etwas niederschrieb? Hatte sie womöglich einen neuen Code verwendet, den er nicht erkannte? Und was, wenn er gar nichts fand?

Er stieß entmutigt die Luft aus. Noch hatte er Hoffnung. Es gab fünf weitere Briefe, die anderen hatte er zunächst beiseitegelegt, da sie alle aus dem Jahr 1683 stammten und er annahm, dass seine Vorfahrin erst kurz vor ihrer geplanten Flucht die Karten auf den Tisch gelegt hatte. Oder fand er möglicherweise gerade in der früheren Korrespondenz einen Hinweis? Es wäre aber auch möglich, dass Catarina Pellegrina überhaupt nichts gebeichtet hatte, aus dem einfachen Grund, weil es nichts zu beichten gab. Vielleicht hatten sich die Brentanos durch die Jahrhunderte völlig unnötig verrückt gemacht und die beiden Kinder waren ehelich.

Tiziano rieb sich über die brennenden Augen. Sowohl Catarinas wie auch Pellegrinas Schrift – oder Julias Kopie davon – waren schwer zu entziffern. Die altmodische Schreibweise erforderte Konzentration, und als er auf die Uhr sah, ging es schon auf Mitternacht zu. Er würde morgen weiterlesen. Jetzt freute er sich auf eine heiße Dusche und sein bequemes Bett.

Als er aufstand, warf er einen letzten Blick auf sein Handy: nichts.

38

Arya zuckte erschrocken zusammen und öffnete die Augen. Nochmals erklang ein lauter Knall, dann ratterte ein Motorroller unter dem Fenster vorüber. Sie blinzelte und sah auf ihr Handy. Erst sieben Uhr morgens. Sie drehte sich um und versuchte, wieder einzuschlafen. Doch mit der Ruhe schien es vorbei zu sein. Wie auf Kommando erklang ein mehrstimmiges Hupkonzert vor dem Bed & Breakfast. Reifen quietschten, die vom tiefen Brummen eines Lastwagens begleitet wurden. Arya stieß entnervt die Luft aus und schwang die Beine aus dem Bett.

Der Taxifahrer hatte ihr gestern wie verlangt die nächstgelegene Unterkunft gezeigt, und die befand sich leider genau gegenüber dem Hauptbahnhof an einer viel befahrenen Straße. Doch trotz der Lage war Arya froh gewesen, so schnell überhaupt noch ein freies Zimmer zu ergattern. Schließlich war Hochsaison und Como voller Touristen.

Der Schnellbus fuhr um 13.50 Uhr vom Busbahnhof ab; sie hatte also genügend Zeit, gemütlich zu frühstücken und sich danach noch ein wenig die Stadt anzusehen. Sie sprang unter die Dusche, packte ihre Sachen zusammen und schrieb Maike eine SMS, wann sie voraussichtlich auf Langeoog eintraf. Sie konnte nicht darauf hoffen, dass ihre Freundin sie in Bremen abholen würde, es war schließlich mitten in der Woche.

Gegen zehn Uhr stellte Arya ihr Gepäck in einen dafür vorgesehenen, abschließbaren Raum und verließ das Bed & Breakfast. Auf ihrer Liste standen der Comer Dom, der Tempio Voltiano mit seiner Sammlung von außergewöhnlichen Instrumenten und natürlich die im neoklassischen Stil erbaute Villa Olmo, deren englischer Garten sich bis zum See erstreckte. Für die Besichtigung des von Friedrich Barbarossa errichteten Castello Baradello aus dem zwölften Jahrhundert blieb ihr leider keine Zeit mehr, denn sie wollte irgendwo noch eine Kleinigkeit essen, bevor sie sich zum Busterminal begab. Auch die Seilbahnfahrt hinauf nach Brunate musste sie zu ihrem Bedauern von der Liste streichen. Wäre sie gestern nicht so sinnlos mit dem Zug herumgefahren, hätte sie das alles noch sehen können. Am besten, sie vergaß den gestrigen Tag und strich ihn aus ihrem Leben.

Die Sonne schien von einem wolkenlosen Himmel, als Arya den nur knapp zehnminütigen Weg zum Dom einschlug. Sie schlenderte die Via Giuseppe Garibaldi entlang, blieb vor den Auslagen stehen und bewunderte die alten Palazzi mit ihren kunstvoll bemalten Fassaden und den schmiedeeisernen Balkonen. Es herrschte bereits reges Treiben in den Gassen: Waren wurden angeliefert, Ladenbesitzer fegten vor ihren Geschäften und geführte Touristengruppen kreuzten ihren Weg. In der Luft hing der Geruch nach frischen Backwaren, Kaffee und Gewürzen.

Auf der Piazza Alessandro Volta machte Arya ein Foto von der Statue des gleichnamigen Physikers. Laut Reiseführer baute er im Jahr 1800 die Voltasäule – die erste Batterie, mit der man dauerhaft elektrischen Strom erzeugen konnte –, und Napoleon war davon so begeistert gewesen, dass er Volta den Grafentitel verlieh und die Maßeinheit für elektrische Spannung nach ihm benannte.

Arya musterte eine Weile das nachdenkliche Marmorgesicht des Physikers, der hoch oben auf seiner Säule thronte, in der einen Hand ein Buch, die andere auf etwas gestützt, das wie eine große Spirale aussah. Offenbar versinnbildlichte das Ding die Voltasäule. Sie überlegte, ob man die Intelligenz eines Menschen in seinen Gesichtszügen erkennen konnte. Wenn dem so wäre, müsste in ihren abzulesen sein, dass es mit ihrem Intellekt nicht weit her war. Sie hatte Tiziano alles geglaubt, was er ihr aufgetischt hatte. Der beste Beweis für ihre Dummheit! Ihre Mutter hatte schon recht, wenn sie sagte, dass Arya viel zu leichtgläubig war.

Arya bog in die schmalen Sträßchen der Altstadt ein und folgte der Wegbeschreibung ihrer Handyapp Richtung Dom. Plötzlich öffnete sich die enge Gasse und sie stand auf dem Domplatz. Sie beschirmte ihre Augen mit der Hand und sah an der reich verzierten Fassade hoch.

»Nun denn«, murmelte sie halblaut und ging Richtung Eingang. »Etwas Ruhe und Besinnlichkeit kann nie schaden.«

* * *

»Buongiorno, Signore!«

Tullia Brentano sah Tiziano mit leuchtenden Augen an. Sie hievte gerade einen vollen Wäschekorb die Kellertreppe hinauf, als er auf dem Weg nach unten war, um seine Reisetasche zu verstauen. Die Hausmeisterin, die zufälligerweise ebenfalls Brentano hieß und über die gleichen Initialen wie er verfügte, strahlte ihn bei jeder Begegnung wie einen verloren geglaubten Sohn an.

»Buongiorno, Signora«, erwiderte er und deutete eine Verbeugung an. »Sie sehen heute wieder großartig aus! Man könnte meinen, Sie werden jeden Tag jünger.«

Tullia winkte kichernd ab. »Wie immer übertreiben Sie maßlos«, gluckste sie und sah ihn strafend an.

Er lachte. Er mochte die alte Dame. Sie konnte zwar recht gereizt reagieren, wenn ihr etwas nicht in den Kram passte, aber sie hatte ebenso eine Schwäche für Komplimente und es machte ihm Spaß, sie ein bisschen zu necken.

Sie sahen sich regelmäßig, weil der Postbote gelegentlich ihre Post in den falschen Briefkasten warf. Manchmal verwechselten Besucher auch ihre Klingelschilder. Doch leider war die Verwaltung nicht dazu zu bewegen, die Vornamen auf den Schildern auszuschreiben, und zog sich mit dem Hinweis auf ›Datenschutz‹ aus der Pflicht.

»Warten Sie einen Moment«, sagte er. »Dann trage ich Ihnen den Korb in die Wohnung. So ein zartes Persönchen wie Sie sollte keine schweren Lasten schleppen.«

Wieder kicherte Tullia wie ein junges Mädchen, nickte jedoch erfreut und stellte den Wäschekorb ächzend auf eine Stufe. »Aber beeilen Sie sich, Sie Süßholzraspler, ich habe nicht den ganzen Tag Zeit!«

»Urlaub?« Die Hausmeisterin schenkte mit einem Seufzer rabenschwarzen Espresso in hauchdünne Porzellantassen ein. »Ich weiß gar nicht mehr, wie man das Wort schreibt.«

Sie saßen in Tullias Küche, in der es stets nach Tomatensoße roch, ob ein Topf auf dem Herd stand oder nicht.

»Nur noch diese Woche«, räumte Tiziano ein. »Dann geht's zurück in den Stollen.«

Er nippte an dem Gebräu, das so stark war, dass man es problemlos zum Ausbessern von Schlaglöchern hätte verwenden können.

»Ach, übrigens, Gloria wird Sie nicht mehr aus dem Schlaf klingeln, wenn sie den Schlüssel vergessen hat.«

Tullia hob die Augenbrauen. »Sie haben sich getrennt?«

»Es hat … einfach nicht gepasst.«

»Gut!« Die Hausmeisterin wirkte zufrieden. »Die Dame war nichts für Sie. Mehr sage ich dazu nicht.« Zur Bestätigung verschränkte sie die Arme vor der Brust.

Er unterdrückte ein Schmunzeln. Gloria und Tullia hatten sich nie verstanden und sich bei jedem zufälligen Zusammentreffen wie Raubkatzen angefaucht, als hätte jede ein Revier zu verteidigen.

Tullia stand auf und holte eine Blechbüchse aus dem Küchenschrank. Darin lagen selbst gebackene Kekse, die verführerisch nach Amaretto dufteten. Sie hielt sie ihm unter die Nase. Lächelnd nahm er zwei der Köstlichkeiten und ließ sie sich schmecken.

»Ach, fast vergessen«, sagte Tullia und setzte sich wieder an den Tisch. »Hat die nette Dame von gestern Sie noch angetroffen?«

»Dame?«, fragte Tiziano mit vollem Mund.

»Na, diese hübsche Ausländerin. Sie hat zuerst bei mir geklingelt, wollte aber zu Ihnen. Ich habe sie anfangs für eines dieser jungen Dinger gehalten, die einem irgendwelche Cremes andrehen wollen.«

Er runzelte die Stirn. »Wann war das denn?«

Tullia sah zur Decke hinauf, als würde dort oben die Zeit angezeigt. »Ich habe gerade Tomaten eingekocht. Sie ist dann die Treppe hoch, kam aber recht schnell wieder runter.«

Er verschluckte sich am Keks und begann zu husten. Ausländerin? Könnte das … aber nein, das war bloß Wunschdenken. Als er zu Atem kam, fragte er: »Wie sah sie denn aus?«

»Wie sie aussah? Dunkle Haare, Pferdeschwanz, hellbraune Augen. Hübsch, wenn auch für meinen Geschmack etwas zu dünn. Vor allem hier!« Sie wölbte beide Hände vor der Brust und grinste verschmitzt.

Tiziano blieb der Mund offen stehen. Arya! Sie beschrieb eindeutig Arya! Aber warum war sie nach Mailand gekommen? Woher kannte sie seine Adresse? Und was am wichtigsten war: Wo steckte sie jetzt?

Plötzlich wurde ihm eiskalt. War sie etwa gerade aufgetaucht, als Gloria noch in seiner Wohnung gewesen war? Bei allen Heiligen, wenn ja, war das ein verdammt schlechtes Timing! Er hatte ihr nichts von seiner Ex-Freundin erzählt. Warum auch? Schließlich war dieses Kapitel für ihn abgeschlossen. Aber was musste Arya gedacht haben, als statt ihm Gloria die Tür geöffnet hatte?

Verflucht!

»Ist Ihnen nicht gut?«, fragte Tullia erschrocken. »Sie sind plötzlich etwas käsig im Gesicht.«

»Signora, ich bitte Sie, denken Sie nach. Wann genau war diese hübsche Signorina hier? Es ist wirklich sehr wichtig!«

39

Arya stand verzückt vor der prächtigen Villa Olmo, lief dann ein paar Schritte zurück, um sie komplett zu fotografieren. Selbst von hier aus musste sie die Panoramafunktion ihres Handys einschalten, um das gesamte Gebäude aufnehmen zu können. Der ockerfarbene Bau war perfekt symmetrisch und ähnelte mehr einem Palast als einer Villa.

Olmo, so hatte sie gelesen, bedeutete Ulme. Angeblich ging der Name des Anwesens auf eine riesige Ulme zurück, die der Legende nach Plinius der Jüngere, ein römischer Anwalt, Senator und Schriftsteller, hier gepflanzt hatte. Zu schade, dass man danach nicht eine Tradition daraus gemacht hatte. Das weltweite Ulmensterben war nämlich wirklich alarmierend. Dabei konnten Ulmen bis zu vierhundert Jahre alt werden, wenn sie nicht von diesen Ulmensplintkäfer-Scheißern befallen wurden.

Arya schnaubte erbost. Sie hatte alle Ungezieferarten während ihrer Ausbildung auswendig lernen müssen und hegte für sie genauso wenig Sympathie wie für Spinnen. Sie wusste aber natürlich, dass auch sie zur Natur gehörten und im Kreislauf des Lebens ihre Berechtigung hatten. Die meisten Pflanzen konnten sich gegen einheimische Schädlinge wehren. Bedrohlich wurde es nur, wenn Schädlinge eingeschleppt wurden, was durch die Reisefreudigkeit und den weltweiten Warentransport tatsächlich immer häufiger der Fall war. Und wenn eine Pflanzengattung ausstarb, stellte das nur die Spitze des Eisberges dar. Denn dadurch wurde anderen Lebewesen die Nahrungsgrundlage entzogen, diese verschwanden ebenfalls, und so weiter … Eine tödliche Spirale, die am Ende auch die Menschen treffen würde. Solche Gedanken machten Arya immer wieder traurig, und sie schüttelte wieder einmal den Kopf darüber, dass es der Bevölkerung offenbar immer noch nicht bewusst war, wie nahe sie am Abgrund stand. Warum nur zerstörten Menschen so leichtfertig und achtlos die Natur? Das machte sie traurig und wütend zugleich.

Genau wie der Gedanke an Tiziano, der sich trotz ihrer Anstrengung, an Ulmen und nicht mehr an ihn zu denken, jetzt doch wieder in ihren Kopf schlich. Vergnügte er sich gerade mit seiner heißen Verlobten? Und machten sie sich dabei über die dumme Touristin lustig, die ihm bis nach Mailand nachgelaufen war?

Die Demütigung lastete schwer auf Aryas Brust. Sie versuchte, die aufkommenden Tränen zu unterdrücken, doch das Bild der Villa Olmo verschwamm vor ihren Augen und sie blinzelte. Es würde vermutlich noch eine Weile dauern, bis sie dieses unerfreuliche Kapitel hinter sich gelassen hatte. Doch wie sagte man so schön: Aus Erfahrung wird man klug. Oder aus Enttäuschung? Es kam wohl auf die Sichtweise an.

Sie wischte sich über die Augen und marschierte entschlossen auf den Eingang zu. Ablenkung war das beste Mittel, um nicht mehr an diesen Idioten denken zu müssen, und der viel gerühmte englische Park des Anwesens würde sie hoffentlich auf andere Gedanken bringen.

* * *

»Die genaue Zeit wollen Sie wissen?« Tullia sah ihn mit geneigtem Kopf neugierig an. »Warum ist das denn so wichtig?«

Tiziano schwieg. Er mochte die Hausmeisterin zwar, doch sie war auch eines der größten Klatschmäuler im Viertel, und er hatte nicht vor, ihr die Sache mit Arya zu beichten. Sein Herz schlug viel zu schnell. Einerseits vor Angst, dass Arya Gloria getroffen hatte, andererseits voller Hoffnung, dass doch noch nicht alles verloren war, wenn sie tatsächlich nach Mailand gekommen war, um ihn zu sehen.

»Sie mögen sie!«, rief Tullia unvermittelt.

Als er darauf errötete, grinste sie verstehend.

»Alles klar, Signore, sie ist ja auch ein hübsches Ding.« Sie rollte vielsagend mit den Augen. »Also lassen Sie mich einen Moment nachdenken. Ich habe Tomaten eingekocht, das sagte ich ja bereits. Sie waren schon fast fertig. Die Pelati hatte ich noch vorrätig. Wissen Sie, wenn ich sie zuerst noch hätte besorgen müssen, hätte das länger gedauert.«

Tiziano unterdrückte den Wunsch, Tullia zu schütteln, damit sie endlich zur Sache kam. Er beugte sich vor und wedelte mit der Hand.

»Jaja«, erwiderte sie ungnädig. »Um etwa fünfzehn Uhr habe ich mit dem Einkochen begonnen. Die Soße muss drei Stunden lang köcheln, sonst wird das nix.« Sie runzelte die Stirn. »Nachdem die Signorina gegangen ist, habe ich den Topf vom Herd genommen und die Tomatensoße in die Einmachgläser gefüllt. Danach habe ich mir *Tempesta d'Amore* angesehen.« Sie blinzelte ein wenig verschämt, dann verkündete sie voller Stolz: »Achtzehn Uhr! Die hübsche Signorina hat um sechs geklingelt!«

»Mist, Mist, Mist!«

Tiziano rannte die Treppe hinauf. Das Schicksal hatte aber auch einen verdammt bösartigen Humor. Um achtzehn Uhr herum hatte er mit Gloria gestritten, war dann aus dem Haus gestürmt und hatte sich im Radetzky versteckt. Vielleicht war Arya genau zu der Zeit bei Tullia gewesen und sie hatten sich nur um Minuten verpasst. Auf alle Fälle aber war sie Gloria begegnet.

Er wollte sich gar nicht vorstellen, was seine Ex bei diesem Aufeinandertreffen vom Stapel gelassen hatte. Gloria konnte ganz schön gehässig sein. Und er hatte sie kurz vorher nicht gerade charmant vor die Tür gesetzt. Wenn sie den Zusammenhang zwischen Ilarias Klatsch und Arya hatte herstellen können, dann … Ihm brach der Schweiß aus.

Schwer atmend blieb er im Treppenhaus stehen und versuchte zum hundertsten Mal, Arya anzurufen. Keine Reaktion. Vermutlich hatte sie seine Nummer blockiert. Oder sogar gelöscht? Er konnte es ihr nicht einmal verdenken. Sollte er aufgeben? Den ganzen Ärger einfach hinter sich lassen und sich auf die Zukunft konzentrieren? Auch wenn er sie irgendwann doch noch erreichen würde, war zwischen ihnen nicht schon zu viel zu Bruch gegangen? Oder konnte er den Riss vielleicht wieder kitten? Aber wie?

Plötzlich kam ihm eine Idee. Wie war noch der Name gewesen? Er durchforstete sein Gedächtnis. Ah, ja, genau!

»Wenn der Berg nicht zum Propheten kommt …«, murmelte er vor sich hin und rief im Internet das internationale Telefonbuch auf.

40

Gegen halb zwei Uhr traf Arya beim Busbahnhof ein und staunte nicht schlecht, als sie eine Menge lauthals diskutierender Leute davor fand. Was war denn hier los? Überall stand Gepäck herum. Eine Rucksacktouristin mit wilden Rastalocken saß auf dem Bordstein und weinte, daneben warf ein untersetzter Italiener die Hände in die Luft und rief die Heilige Mutter Gottes an. Mit seinem dicken Schnauzer sah er aus wie Super Mario.

Ein junger Mann schrieb eifrig auf seinem Handy und stieß zwischendurch immer mal wieder ein »Holy shit!« aus.

Arya tippte ihm auf die Schulter. »Sorry, was ist denn hier los?«, fragte sie auf Englisch.

Der Mann drehte sich um, offensichtlich erstaunt darüber, dass ihn jemand in seiner Muttersprache ansprach.

»Streik!«, knurrte er und wies mit dem Kinn zum Schalter des Fernbusses. »Unangekündigt. Nichts geht mehr.«

Sie starrte ihn mit offenem Mund an. »Wie bitte?«, krächzte sie. »Die Busfahrer streiken?«

»Die und die Lkw-Fahrer dazu. Die meisten Autobahnen sind deswegen blockiert. Am Zoll soll auch nichts mehr gehen.« Er schnaubte ärgerlich. »Ich versuche gerade, ein Bahnticket zu ergattern. Aber da bin ich offenbar nicht der Einzige. Die Internetseite stürzt ständig ab.« Er drehte den Kopf. »Ich laufe jetzt zum Hauptbahnhof. Vielleicht habe ich dort mehr Glück. Kommst du mit?«

Als Arya nicht antwortete, zuckte er mit den Schultern und machte sich ohne Gruß davon.

Sie schaute ihm entgeistert nach. Das durfte doch wohl nicht wahr sein! Hatte sich denn die ganze Welt gegen sie verschworen?!

Sie bahnte sich einen Weg durch die schimpfende Menge zum Schalter, hinter dem der Angestellte des Fernbusunternehmens mit verzweifelter Miene den aufgebrachten Passagieren dasselbe mitteilte, was sie eben von dem Engländer erfahren hatte. Der Mitarbeiter tat ihr fast leid. Im Grunde konnte er ja nichts dafür, dass seine Kollegen sich gerade den heutigen Tag für einen Streik ausgesucht hatten.

Er wischte sich über die Stirn, sein hellblaues Hemd war bereits durchgeschwitzt und eine ungesunde Röte färbte seine Pausbacken wie ein sonniger Herbst die letzten Äpfel.

»Ja, Sie erhalten den Kaufpreis natürlich erstattet«, erklärte er eben in gebrochenem Deutsch einem Paar mit einem Kleinkind an der Hand. »Sie alle!«, rief er den anderen Wartenden mit leichter Panik in der Stimme zu. Offenbar befürchtete er, dass die verärgerte Menge seinen Schalter stürmen würde.

»Wir bekommen das Geld zurück«, wandte sich eine ältere Dame neben Arya an die anderen Passagiere. »Ist ja wohl das Mindeste!«

Einige nickten und gaben die Nachricht an die Wartenden hinter ihnen weiter. Der Geräuschpegel beruhigte sich leicht.

Auch Arya war froh, dass sie den Fahrpreis zurückerhielt. Doch wie kam sie jetzt nach Hause? Sollte sie ebenfalls zum Hauptbahnhof pilgern und versuchen, ein günstiges Zugticket zu ergattern? Oder sollte sie noch einen Tag in Como anhängen?

Vielleicht war der ganze Spuk morgen schon wieder vorbei. Wie lange dauerte so ein Streik überhaupt? Über so etwas hatte sie noch nie nachgedacht.

Im Grunde war es ja egal, wann sie in Langeoog ankam. Sie war arbeitslos, hatte keine Pläne für die Zukunft und niemand erwartete sie. Na ja, Maike natürlich. Aber sonst?

Bei dem Gedanken, dass es der Welt vollkommen schnuppe war, wo sich Arya Folkerts aufhielt, überfiel sie eine heftige Traurigkeit. Wunderbar, jetzt wurde sie auch noch rührselig!

Sie atmete tief durch. Es gab genug Menschen, denen sie etwas bedeutete: ihrer Mutter, ihrem Stiefvater, Ethan, Maike, allen ihren Freunden und Freundinnen in Edinburgh. Sie konnte sich überhaupt nicht beklagen. Dass ein gewisser Italiener nicht dazugehörte, war eben Schicksal.

Arya schloss zum Vordermann auf. Zuerst mal die Rückerstattung einsacken, und danach würde sie sich darüber Gedanken machen, wie sie nach Hause kam.

* * *

»Nun fahr schon, du Blödmann!«

Tiziano hupte entnervt, was den Fahrer vor ihm nicht zu beeindrucken schien. Durch das geöffnete Autofenster schob sich eine behaarte Hand, die ihm freundlich winkte.

»Witzbold!«, knurrte Tiziano und warf einen Blick auf die Uhr. Noch fünf Minuten! Hoffentlich kam er nicht zu spät.

Maike hatte ihm die Abfahrtszeit von Aryas Fernbus verraten. Er hatte sie tatsächlich ausfindig machen können und sie angerufen. Auf sein Gestammel hin, das sie aber offenbar verstanden hatte, hatte sie ihm in belustigtem Tonfall Aryas Rückreisepläne mitgeteilt. Zudem hatte sie ihm versprochen, ihrer Freundin nicht zu verraten, dass er vorhatte, sie in Como abzufangen. Sie hatte gemeint, dass seine Idee wahnsinnig romantisch sei und Arya bestimmt überrascht sein würde.

Ja, das würde sie vermutlich tatsächlich. Selbst wenn sie nicht mit ihm sprechen wollte, wenigstens konnte er sich dann anständig von ihr verabschieden. Natürlich hoffte er, dass sie ihm gleichzeitig die Gelegenheit gab, die Sache mit Gloria zu erklären. Vielleicht würde sie danach sogar in Italien bleiben. Wenigstens diese paar Tage noch. Doch sein wunderbarer Plan drohte zu scheitern, wenn er zu spät kam.

Er sah in den Rückspiegel. Keine Chance zu wenden. Die Straße war komplett verstopft, und wie lange der Lieferwagen sie noch blockierte, war ungewiss.

Kurzerhand fuhr Tiziano auf den Gehsteig, stellte den Motor ab, die Warnblinkanlage an und ließ den Wagen einfach stehen. Was bedeutete schon die Gebühr fürs Abschleppen, wenn das Glück auf dem Spiel stand?

Er sprintete die Via Venini entlang, wich einer alten Matrone mit zwei vollen Einkaufstaschen aus und bog in die Bahnhofsstraße ein, wo die Fernbusse abfuhren.

Er sah sich hektisch um: kein Bus! Verdammt, das konnte doch nicht sein?!

Tiziano drehte sich um die eigene Achse. Im Schatten der Bahnhofshalle standen zwar eine erhebliche Menge Leute mit Gepäck, aber kein Bus. War er eventuell noch gar nicht eingetroffen? Hoffnungsvoll schritt er durch die Menschenmenge auf der Suche nach einer Frau in einem witzigen T-Shirt und mit wunderschönen dunklen Haaren. Nichts. Wo zum Teufel steckte sie?

»Scusi«, wandte er sich an einen stämmigen Mann, der Tiziano an irgendeine Comicfigur erinnerte. »Sprechen Sie Italienisch?«

»Certo! Kann ich Ihnen helfen?«

»Ist der Fernbus Richtung Deutschland schon abgefahren?«

Er hoffte so sehr auf ein Nein.

Der Mann sah ihn einen Moment verblüfft an und fing dann an zu lachen. Sein dicker Schnurrbart wackelte dabei auf und ab. »Mein Freund, der fährt heute gar nicht«, gluckste er.

Tiziano sah ihn verwirrt an. »Wie?«

»Streik, mein Guter. Wir sitzen fest, dabei wollte ich doch meine Schwester in …«

Tiziano hörte ihm nicht weiter zu. Streik? Fantastisch! Das bedeutete, dass Arya noch hier sein musste. Aber wo?

Er wandte sich um, ließ seinen Blick über die Menge schweifen, konnte sie aber nirgends entdecken. War sie schon wieder gegangen? Und wenn ja, wohin?

Wenn sie doch bloß seine Anrufe entgegennehmen würde. Was musste sie auch so ein Sturkopf sein! Oder war er der Sturkopf? Wenn er ihr gesagt hätte, was sie ihm bedeutete, wäre sie dann geblieben? Aber nein, er hatte ja den Unnahbaren spielen müssen, aus Feigheit, wieder verletzt zu werden. Es war alles seine Schuld.

Das mit Gloria wäre sicher früher oder später zur Sprache gekommen. Jeder hatte schließlich eine Vergangenheit, und womöglich hätten sie sogar zusammen über seinen abgelehnten Heiratsantrag gelacht. Die Erkenntnis, dass er Arya liebte und sie nicht gehen lassen wollte, ihm die Möglichkeit zu einem klärenden Gespräch jedoch verwehrt blieb, raubte ihm fast den Verstand. Er atmete tief durch. Er durfte jetzt nicht aufgeben und musste eine Lösung finden.

Tiziano lief zur Eingangstreppe des Bahnhofes, kletterte auf das Geländer, führte die Finger zum Mund und stieß einen schrillen Pfiff aus. Die Menschenmenge verstummte und drehte sich verblüfft nach ihm um.

»Arya, bist du hier?«, schrie er über die Köpfe hinweg. »Es tut mir leid. Ich liebe dich!«

Er sah in grinsende Gesichter.

»Ich liebe dich auch, mein Süßer!«, rief eine ältere Dame neben einem riesigen Koffer. »Und wenn du mich nach Bellinzona bringst, heirate ich dich sogar.«

Lautes Gelächter erklang und Tiziano errötete. Offenbar befand sich Arya nicht mehr hier. Auf so ein Coming-out hätte sie sicher reagiert. Aber einen Versuch war es wert gewesen. Er kletterte vom Geländer und kehrte beschämt zu seinem Wagen zurück. Getuschel, Gekicher und auch ein paar mitleidige Blicke folgten ihm. Es war vorbei, seine eigene Dummheit hatte ihn schachmatt gesetzt.

41

»Das glaubst du jetzt nicht, Maike, die streiken hier! Den Fahrpreis habe ich zwar zurückbekommen, aber die Züge sind vollkommen ausgebucht. Da passt keine Sardine mehr rein. Ich bleibe also in Como, bis der Spuk vorüber ist.«

Arya hörte ihre Freundin lachen.

»Hey, das ist nicht witzig!«, erwiderte sie verärgert. »Meine Barschaft schwindet wie Eis in der Sonne.«

»Natürlich«, sagte Maike. »Das ist wirklich blöd.« Dann blieb es einen Moment still. »Und wo bist du jetzt?«

»Auf einer schattigen Bank an der Seepromenade. Ich brauche eine Pause von dem ganzen Trubel.«

Arya legte den Kopf in den Nacken und sah zum Blätterdach hinauf, durch das der blaue Himmel zu sehen war. Hinter ihr rauschte der Verkehr vorbei. Im Schatten war die nachmittägliche Hitze jedoch erträglich und vom See her wehte ein laues Lüftchen und ließ die Blätter der Platanen rascheln.

»Was ist eigentlich mit Tiziano?«, fragte Maike weiter.

Arya schnaubte ärgerlich. »Was soll mit ihm sein? Er ist verlobt. Muss ich noch mehr sagen?«

»Bist du dir da sicher?«

»Worauf willst du hinaus?«

Maike räusperte sich. »Manchmal ist es ja nicht so, wie es scheint, nicht wahr? Vielleicht solltest du noch einmal mit ihm sprechen.«

»Ist das dein Ernst?«, fragte Arya entgeistert. »Sag mal, auf wessen Seite stehst du eigentlich? Er ist ein Lügner und hat mir die ganze Zeit nur etwas vorgemacht. Zudem hat er seine Verlobte mit mir betrogen.« Sie schüttelte energisch den Kopf. »Der Kerl hat es nicht verdient, dass ich ihm die Möglichkeit gebe, mich weiter anzulügen. Er kann sich seine Rechtfertigungen sonst wo hinstecken!«

Auf der anderen Seite blieb es still.

»Maike? Bist du noch da?«

»Ja«, sagte ihre Freundin gedehnt. »Natürlich verstehe ich dich, aber …« Sie brach ab.

Arya verstand die Welt nicht mehr. Wie konnte Maike diesen Weiberhelden noch in Schutz nehmen? Waren denn alle verrückt geworden? Sie hatte plötzlich keine Lust mehr, mit ihr zu telefonieren. Maikes Haltung ärgerte sie maßlos. Zudem musste sie sich bald auf die Suche nach einer billigen Unterkunft machen, damit sie ihr Gepäck abladen und ihr Handy aufladen konnte.

»Ich muss jetzt los«, sagte sie daher kurz angebunden.

»Ja, klar. Gib mir Bescheid, wo du untergekommen bist, okay?«

»Mach ich, tschüss.«

Sie beendete das Gespräch und starrte betrübt vor sich hin. Der Trost, den sie sich von Maike erhofft hatte, war ausgeblieben. Stattdessen fühlte sie sich jetzt selbst an den Pranger gestellt, als ob der ganze Schlamassel ihr Fehler wäre. Das war doch nicht fair!

Die fröhlichen Leute auf der Seepromenade gingen ihr plötzlich auf die Nerven. Alle schienen glücklich zu sein, nur sie bekam wieder kein Stück davon ab. Und wenn doch, entpuppte sich dieses kurze Glück als Farce.

Aber Selbstmitleid hatte noch nie bei irgendwas geholfen, also loggte sie sich erneut in das kostenlose Netzwerk des Restaurants auf der anderen Straßenseite ein und suchte im Internet nach einer günstigen Unterkunft.

* * *

»An der Seepromenade?« Tiziano stöhnte. »Wo genau hat sie nicht gesagt?«

Maike verneinte.

»Die ist kilometerlang«, entgegnete er frustriert. »Es wäre schon ein riesiger Zufall, wenn ich sie dort finde.«

»Sie will sich ein günstiges Zimmer suchen und gibt mir später Bescheid, wo es ist.« Maikes Stimme klang mitfühlend. »Mehr weiß ich nicht. Ich konnte ihr ja nicht erzählen, dass du … Tja, sie reagierte etwas zickig auf meine Vermittlungsversuche, deshalb habe ich's gelassen. Soll ich ihr nicht doch die Wahrheit sagen?«

»Nein, das muss ich selbst tun. Trotzdem, vielen Dank für deine Hilfe.«

Sie beendeten das Gespräch und Tiziano legte die Stirn aufs Lenkrad. Sollte er in Como bleiben und darauf warten, dass Maike ihm Aryas Aufenthalt mitteilte? Hatte das wirklich einen Sinn? Oder hetzte er bloß einer Illusion hinterher? Selbst wenn er sie nochmals sehen und ihr alles erklären konnte, wer sagte, dass nicht schon zu viel Geschirr zu Bruch gegangen war? Vielleicht sollte es einfach nicht sein.

* * *

Die Basilica di Sant'Abbondio lag abseits des Stadtzentrums. Die aus unverputzten Mauersteinen erbaute Kathedrale wirkte mit ihren zwei Glockentürmen trutzig wie eine mittelalterliche Burg. Sie war älter als der Dom, aber nicht so bekannt und daher auch nicht dermaßen überlaufen. Den Namen hatte sie vom heiligen Abbondio erhalten, dessen Urne im Hochaltar aufbewahrt wurde.

Arya beschirmte ihre Augen mit der Hand und sah an der Front hoch. Sie mochte Gotteshäuser. Die Ruhe in ihrem Inneren tat ihr gut; eine friedliche Oase in der Hektik des Lebens. Und etwas Ruhe konnte sie im Moment weiß Gott gebrauchen!

Die Suche nach einer günstigen Unterkunft hatte sich als schwierig erwiesen. Sie hatte verschiedene Pensionen abgeklappert, jedoch kein freies Zimmer gefunden. Dann hatte sie sich auf billige Hotels konzentriert und war quer durch die ganze Stadt gelaufen. Ebenfalls Fehlanzeige. Und als sie schon befürchtete, auf einer Parkbank übernachten zu müssen, hatte ihr zum Glück eine Hotelangestellte hinter vorgehaltener Hand ein Zimmer bei ihrer Tante vermittelt, die in der Via Teresa Ciceri ein Gästezimmer vermietete. Offenbar hatte Arya ihr leidgetan.

Signora Parini hatte sie freundlich empfangen, was Arya beinahe in Tränen hatte ausbrechen lassen. Die schick gekleidete Mittvierzigerin mit dem grellroten Lippenstift hatte ihr daraufhin einen Teller Minestrone und ein Glas Rotwein vor die Nase gesetzt. Es gab eben doch noch Engel auf Erden! Danach hatte Arya lange geduscht, sich hingelegt und war erst um vier Uhr nachmittags wieder aufgewacht.

Als sie die Kathedrale mit ihrem Handy fotografierte, bemerkte sie eine Reihe Kurznachrichten von Maike. Arya hatte das Gerät auf stumm geschaltet gehabt, um in Ruhe schlafen zu können.

Sie ärgerte sich immer noch, dass ihre Freundin fand, sie sollte noch mal mit Tiziano sprechen. Was hatte das für einen Zweck? Sie hatte ihn schließlich darum gebeten, ehrlich zu ihr zu sein. Sie schnalzte ärgerlich mit der Zunge, als sie an sein Versprechen dachte, ihr stets die Wahrheit zu sagen. Wer einmal lügt … Nein, er hatte seine Chance gehabt, basta!

Wo bist du jetzt? Hast du ein Zimmer gefunden?

Einen Moment war Arya versucht, Maike zurückzuschreiben, unterließ es aber. Sollte sie ruhig etwas schmoren. Vielleicht besann sie sich ja wieder und ergriff Aryas Partei, wie sich das für eine Freundin gehörte. Zudem würde sie in zwei Tagen sowieso in Langeoog ankommen, dann konnte sie persönlich mit ihr sprechen.

Signora Parini hatte ihr berichtet, dass der Streik morgen schon wieder beendet sein würde. Also hatte Arya bei einem anderen Fernbusunternehmen schnell ein Ticket nach Bremen gebucht, bevor die alle vergeben waren. Zwar etwas teurer als das ursprüngliche, aber dafür ohne Umsteigen. Sie würde leider erst spät nachts in Bremen ankommen und musste dort noch einmal übernachten. Doch am darauffolgenden Tag würde sie per Zug und Fähre endlich wieder auf Langeoog eintrudeln. Was für eine umständliche Fahrt. Vom Reisen hatte sie für die nächste Zeit wirklich die Nase voll!

Im Kircheninneren herrschte eine angenehme Kühle. Es roch nach Weihrauch und altem Stein. Mächtige graue Granitpfeiler erhoben sich zu beiden Seiten, die den Blick in die Höhe lenkten.

Arya setzte sich ganz vorne in eine der abgenutzten Holzbänke und bewunderte die farbigen Reliefs im Altarraum, die das Leben Jesu Christi darstellten. Direkt vor ihr stand ein beleuchteter Reliquienschrein, in dem die bekleideten Gebeine dreier Heiliger lagen, die Gesichter mit goldfarbenen Masken bedeckt. Ob einer davon der Namenspatron der Basilika war? Sie verzog das Gesicht. Das war echt gruselig. Wie in Madame Tussauds Wachsfigurenkabinett.

Ein Stück von ihr entfernt saß eine ältere Frau, ganz in Schwarz gekleidet, mit einem Rosenkranz in den Händen. Ihre Lippen bewegten sich stumm. Perle um Perle glitt zwischen ihren runzligen Fingern hindurch. Wofür sie wohl betete? Um Glück? Gesundheit? Oder trivialere Dinge, wie zum Beispiel, dass ihre Enkel sie nicht ständig ärgerten?

Plötzlich drehte die alte Frau den Kopf und lächelte Arya aus einem zahnlosen Mund an. Arya wandte sich ab. Wie peinlich, sie hatte sie vermutlich die ganze Zeit angestarrt.

Mit einem Ächzen erhob sich die Frau, ließ den Rosenkranz in ihre Rocktasche gleiten, knickste vor dem Hochaltar und schlug das Kreuz. Als sie an ihr vorbeikam, nickte sie Arya kurz zu.

»*Tutto il meglio e la benedizione di Dio!*«

Alles Gute und Gottes Segen!

»Grazie«, erwiderte Arya, verblüfft darüber, dass sie jedes Wort verstanden hatte.

* * *

Es war lediglich ein Geistesblitz und die Chance, dass er Arya dort traf, verschwindend gering. Aber er musste es versuchen.

Nachdem Tiziano eine Stunde die Seepromenade auf und ab marschiert war, ohne Arya zu entdecken und ohne dass Maike ihm mitgeteilt hatte, wo ihre Freundin untergekommen war, erinnerte er sich plötzlich wieder an Aryas To-do-Liste, auf der sie alles notiert hatte, was sie in der Lombardei noch besichtigen wollte. Er hoffte inständig, dass sie diese Liste jetzt gerade abarbeitete. Sie konnte zwar im Dom sein oder einen der wunderschönen Parks besuchen, mit der Seilbahn fahren oder einfach mit tausend anderen Touristen im See baden. Doch er glaubte, sie gut genug zu kennen, um zu ahnen, dass sie sich sicherlich lieber abseits des Trubels und der Touristenmassen bewegte. Und das bedeutete, sie würde sich die Kathedrale des heiligen Abbondio ansehen.

Ein Strohhalm. Völlig verrückt, eindeutig! Aber sein Gefühl sagte ihm, dass er recht hatte. Zumindest musste er es versuchen! Also rannte er zu seinem Wagen zurück und fuhr Richtung Westen. Die Basilika Sant'Abbondio lag in einem schäbigen Industrieviertel Comos, was den Vorteil hatte, dass er gleich einen Parkplatz fand.

Die Sonne stand schon tief, als er die Via Regina Teodolinda entlanglief, trotzdem war es immer noch heiß und der Schweiß lief ihm den Rücken hinunter. Die mächtigen Zwillingstürme der Kirche warfen lange Schatten auf die Straße. Er musste sich beeilen. Wie die meisten Gotteshäuser schloss die Basilika um achtzehn Uhr ihre Pforten.

Schwer atmend kam er beim Eingangstor an. Gerade verließ eine ältere, schwarz gekleidete Frau die Kirche und schenkte ihm ein freundliches Lächeln. Er nickte ihr zu und wollte eintreten, als ihn ein Räuspern zusammenzucken ließ. Ein junger Mann mit einer runden Brille und dem Talar eines Geistlichen tippte auf seine Armbanduhr.

»Wir schließen gleich, Signore.«

»Verstehe«, gab Tiziano atemlos zurück und wischte sich über die Stirn. »Nur einen Moment, Pater. Bitte.«

Der Priester nickte und trat zur Seite.

* * *

Auf der anderen Seite des Mittelgangs saß jetzt eine junge Frau mit einem Baby auf den Knien. Arya hatte gar nicht bemerkt, wie sie hereingekommen waren. Die Frau sah gedankenverloren zu den Fresken hinauf, während ihr Kind mit der Kette spielte, die sie um den Hals trug. Dabei stieß es glucksende Laute aus. Arya lächelte. Sie mochte Kinder. Sie waren so herrlich unkompliziert. Sie zwinkerte der süßen Maus zu, die sie daraufhin mit großen Augen musterte und für einen Moment ihr Spielzeug vergaß. Dann steckte sie die Kette in den Mund.

Arya sah auf die Uhr. Die Kirche schloss gleich ihre Pforten. Sie beschloss, zu Fuß ins Stadtzentrum zurückzukehren und irgendwo etwas zu essen. Größere Ausgaben konnte sie sich jedoch nicht mehr leisten. Ihre unfreiwillige Odyssee hatte ihr Ferienbudget beinahe aufgezehrt. Sie griff nach ihrer Handtasche und stand auf. Unglücklicherweise hatte sie vergessen, den Reißverschluss der Tasche zu schließen, und der ganze Inhalt ergoss sich auf den Steinfußboden. Der Lärm erschreckte das Baby und es brach in ohrenbetäubendes Brüllen aus. Die Mutter warf Arya einen tadelnden Blick zu, stand auf und verließ hastig die Kirche.

»War ja keine Absicht«, murmelte Arya zerknirscht, ging zwischen den engen Bankreihen auf die Knie und sammelte ihre verstreuten Utensilien ein.

* * *

Tiziano blinzelte ein paar Mal, bevor sich seine Augen an das dämmrige Licht in der Basilika gewöhnt hatten. Die letzten Sonnenstrahlen brachen sich in den Kirchenfenstern und warfen ein Kaleidoskop aus Farben auf den Steinfußboden.

Plötzlich ertönte ein markerschütterndes Gebrüll. Eine Frau mit einem sich windenden Baby auf dem Arm hastete den Mittelgang entlang auf ihn zu. Sie warf ihm einen entschuldigenden Blick zu, strich dem Baby beruhigend über den Kopf und verließ die Basilika.

Tiziano sah wieder nach vorn. Die Bankreihen waren leer. Von Arya keine Spur. Das war's also.

Mit hängendem Kopf verließ er die Basilika und machte sich auf den Weg zu seinem Wagen. Es wäre ja auch ein enormer Zufall gewesen, wenn er sie hier getroffen hätte. Offenbar verlor er langsam den Verstand.

42

Arya ließ aufatmend den Griff des Rollkoffers los und streckte den Rücken durch.

Endlich zu Hause!

Das Häuschen ihrer Großmutter sah noch genauso aus wie an dem Tag, als sie Langeoog Richtung Süden verlassen hatte. Obwohl es ihr jetzt viel kleiner erschien … seltsam.

Sie kramte den Hausschlüssel aus ihrer Handtasche und schloss auf. Es roch abgestanden und ein wenig nach Ilaria Durinis süßlichem Parfüm.

Arya rümpfte die Nase, riss alle Fenster auf und atmete tief die frische Seeluft ein, die nach Salz und Algen duftete. Am Horizont hatten sich bizarre Wolkenformationen gebildet, die von einer aufkommenden Brise über das Wattenmeer gejagt wurden. Das war doch etwas ganz anderes als der ewig blaue Himmel in Italien!

Sie drehte sich um, ließ ihren Blick durchs Wohnzimmer schweifen und seufzte. Auch die vielen Kilometer, die hinter ihr lagen, hatten ihren Ärger auf Tiziano ebenso wenig vertreiben können wie die Sehnsucht nach ihm. Wieso nur dachte sie ständig an ihn? War sie denn übergeschnappt? Sie sollte sich besser endlich um ihre Zukunft kümmern. Statt sich im Süden einen konkreten Plan auszudenken, hatte sie bloß … Ja, was? Sich in einen Frauenhelden verliebt?

Sie seufzte abermals und begann, ihren Koffer auszupacken. Später musste sie ein paar Lebensmittel besorgen, und Maike würde bestimmt auch bald auftauchen, wenn sie Licht im Häuschen bemerkte.

Arya stopfte die Schmutzwäsche in die Waschmaschine und griff nach dem Einkaufskorb. Ihr Handy hatte in Como ständig vibriert, da Tiziano ihr immer wieder Kurzmitteilungen gesendet hatte, in denen er sie bat, mit ihm zu sprechen. Sie hatte alle kommentarlos gelöscht. Seit sie die Lombardei verlassen hatte, blieb das Gerät jedoch stumm. Offenbar hatte er endlich aufgegeben. Gut! Aber wieso enttäuschte sie das auf einmal? Sie sollte doch froh sein.

Sie schüttelte genervt den Kopf und bog in die Hauptstraße ein. Sie war wirklich nicht mehr ganz bei Trost.

»Wahnsinn, wie braun du geworden bist!« Maike starrte Arya an, als käme sie vom Mars. »Beneidenswert. Ich werde nur rot wie ein Krebs.« Ihre Freundin warf sich aufs Sofa und verschränkte die Hände hinter dem Kopf. »Und jetzt erzähl mal.«

Arya unterdrückte ein Augenrollen. Noch immer hatte sie Maike nicht vergeben, dass sie sich auf Tizianos Seite geschlagen hatte. Wo blieb da die weibliche Solidarität? Also beschäftigte sie sich weiter mit dem Wasserkocher und zuckte lediglich mit den Schultern.

»Im Grunde gibt's gar nichts zu erzählen. Tiziano ist verlobt. Er hat mich die ganze Zeit angelogen. Mir wäre es deshalb lieber, wir lassen das Thema. Ist grüner Tee okay?« Als Maike nicht antwortete, drehte sie sich um. »Was?«, fragte sie unwirsch.

Ihre Freundin schürzte die Lippen. »Ich dürfte es dir eigentlich gar nicht sagen. Aber er ist nicht verlobt.«

»Aha, und wie kommst du darauf?«

Maike zögerte einen Moment. »Er hat mich angerufen und …«

»Er hat was?!« Arya blieb der Mund offen stehen. »Ich … wie? Er kennt deine Nummer doch gar nicht.«

»Der Mann ist clever. Er hat sich an meinen Namen erinnert und uns via Festnetz kontaktiert. Meine Mutter hat ihm dann meine Handynummer gegeben. Ihm liegt wirklich viel an dir.«

Arya schnaubte. »Ja, klar.«

»Wieso hätte er sich sonst solche Mühe machen sollen?«

Arya zuckte mit den Schultern und stellte die Teetassen hart auf den Couchtisch, sodass heißes Wasser auf die Tischplatte schwappte.

»Sein Ego hat es vermutlich nicht ertragen, dass ich ihn wortlos abserviert habe. Was weiß ich …«

»Blödsinn. Ruf ihn an und sprich mit ihm, dann klärt sich das Missverständnis sicher auf.«

»Vergiss es. Ich habe seine Zukünftige getroffen – in seiner Wohnung! Wie erklärst du dir das?«

Maike griff nach der Teetasse. »Ich weiß nur, was er mir gesagt hat. Und er versicherte mir überzeugend, dass er nicht gebunden ist.«

Arya lachte bitter. »Und das glaubst du ihm?«

»Ja, wer mit so einem süßen Akzent spricht, ist kein Lügner.« Sie zwinkerte. »Komm schon, gib ihm eine Chance. Du magst ihn doch. Und er dich offensichtlich auch.«

Arya pustete in ihre Tasse. Da hatte sich der Italiener ja wirklich reichlich Mühe gegeben, sie zu kontaktieren. Aber ein Journalist war eben mit allen Wassern gewaschen. Das musste nichts heißen. Trotzdem und gegen ihren Willen breitete sich ein kleiner Hoffnungsschimmer in ihrem Herzen aus. Hatte sie ihm vielleicht unrecht getan? Doch was hatten dann die verletzenden Worte im Hotel zu bedeuten? Die hatte er ernst gemeint. Und, was noch wichtiger war, weshalb hatte sich diese Schönheit in seiner Wohnung als seine Verlobte ausgegeben, wenn das nicht stimmte?

Als Arya an deren gehässige Worte zurückdachte, verlosch der Hoffnungsschimmer wie eine defekte Silvesterrakete. Das war doch Schwachsinn! Auch wenn sie mit Tiziano sprach und sich vielleicht ein paar Annahmen als falsch herausstellten, er lebte in Mailand und sie auf Langeoog. Das hatte alles keine Zukunft.

»Stell dir doch mal vor, wie cool das wäre, wenn du in Mailand in seinem schicken Appartement wohnst. Ich könnte dich regelmäßig besuchen und du würdest mir die besten Schuhgeschäfte zeigen. Italienische Schuhe, Arya!« Sie stieß genießerisch die Luft aus.

»Und wovon soll ich deiner Meinung nach leben?«

»Keine Ahnung. Als Journalist verdient man doch recht gut, oder?«

Arya starrte Maike mit offenem Mund an. »Ich soll mich von ihm aushalten lassen? Sag mal, tickst du noch richtig?«

Maike sah sie unschuldig an. »Was ist denn schon dabei? Du machst dir mit dem leckeren Schnittchen eine schöne Zeit und genießt es, so lange es dauert.«

»Das ist jetzt ein Witz, oder?«

Als Antwort hob Maike nur grinsend die Schultern und widmete sich wieder ihrem Tee.

Arya war zu schockiert, um entsprechend zu reagieren. Vielleicht kannte sie Maike doch nicht so gut, wie sie immer gedacht hatte. Umgekehrt war es das Gleiche, denn wenn Maike sie gut kennen würde, hätte sie ihr nie so etwas vorgeschlagen. Das grenzte ja an Prostitution!

Eine Zeit lang sagte keine von ihnen ein Wort und lediglich das Ticken der Kuckucksuhr war zu hören. Die Missstimmung, die plötzlich zwischen ihnen herrschte, war beinahe greifbar.

Arya hoffte, dass Maike sich jetzt verabschiedete. Doch ihre Freundin schien die schlechte Stimmung gar nicht zu bemerken. Als das Schweigen langsam unangenehm wurde, sagte sie, als wäre nichts vorgefallen: »Du, diese Durini ist ja ein richtiger Drachen. Vielleicht ist es doch keine so gute Idee, sich mit ihrem Bruder einzulassen.«

43

Es war schon nach zwanzig Uhr, als Tiziano in Mailand ankam. Vor Monza war er in einen Stau geraten, der ihn mehr als eine Dreiviertelstunde gekostet hatte. Normalerweise regte er sich fürchterlich auf, wenn das passierte, aber heute hatte es ihn seltsamerweise völlig kaltgelassen. Seine Gedanken waren während des Stop-and-go-Verkehrs abgeschweift: zu Arya, zu Catarina, zu allem, was in den vergangenen Tagen geschehen war.

Er fühlte sich müde und ausgelaugt. Der Urlaub, den er sich so spannend vorgestellt hatte, war zu einem regelrechten Albtraum mutiert. Nicht nur, dass er mit Catarinas Lebensgeschichte nicht weiterkam, nein, er Hornochse hatte sich unbedingt auch noch verlieben müssen. In eine Frau, die ihn nur als Ferienflirt benutzt hatte.

Er stieg aus und streckte den Rücken durch. Von der nahe gelegenen Kirche Santa Maria degli Angeli erklang das Abendgeläut. Zwei Jugendliche lungerten an der Straßenecke herum, teilten sich ein Paar Kopfhörer und wippten synchron mit den Köpfen. Durch das offene Fenster einer Parterrewohnung drang das eingespielte Gelächter einer Sitcom. Der Gestank nach Autoabgasen lag in der Luft. Alles war wie immer. Es hatte sich nichts geändert. Die Welt drehte sich weiter, ohne auf Tizianos chaotisches Gefühlsleben Rücksicht zu nehmen. Und wieso auch?

Er schloss den Wagen ab, öffnete die Haustür und lief die Treppe hoch. Er würde es überstehen, das hatte er noch immer.

* * *

Arya saß auf dem Fußboden, kaute an einem Butterbrot und zappte lustlos durch die Fernsehkanäle. Bei einem Beitrag über das Artensterben unter den Insekten blieb sie hängen. Sie seufzte tief, als der Moderator erklärte, dass in den letzten dreißig Jahren drei Viertel des globalen Insektenbestandes bereits verschwunden waren. Viele Arten waren für immer verloren. Das Ausmaß war so beträchtlich, dass einige Forscher fürchteten, der Kreislauf des Lebens könnte ins Wanken geraten. Erschreckend! Wann wachte die Menschheit endlich auf?! Arya hatte sich bei ihrer Arbeit stets dafür eingesetzt, dass in den Parks und Gärten, in denen sie arbeitete und die sie entwarf, auf die Vielfalt der Pflanzen geachtet wurde. Es sah zwar nett aus, wenn alles akkurat gestutzt, getrimmt und in Form gebracht wurde, aber wem nützte eine tote Landschaft?

Hatte sie nicht immer davon geträumt, eine eigene Gärtnerei zu besitzen? Dann könnte sie ihre Kundschaft auf die Wichtigkeit der Biodiversität aufmerksam machen. Es gab Mittel und Wege, die Leute dafür zu sensibilisieren. Und die meisten waren für entsprechende Ratschläge sogar dankbar.

Am einfachsten wäre es natürlich, wenn Arya ein bestehendes Geschäft mit entsprechendem Kundenstamm übernehmen könnte, um ihre Vision umzusetzen. Es gab schließlich immer wieder Inhaber, die in Rente gingen und keinen Nachfolger fanden. Aber ob die einer Frau in ihrem Alter eine Chance gaben? Arya seufzte. Das waren alles nur Träume. Es würde Jahre dauern, bis sie das Geld für ein eigenes Unternehmen zusammengekratzt hätte. Und selbst wenn sie es schaffte, wer sagte ihr, dass sie dann auch Erfolg hatte? Auf Langeoog hatte so etwas sowieso keinen Sinn. Hier wohnte nicht die Klientel für das, was ihr vorschwebte. Tja. In der Lombardei mit ihrem warmen Klima wäre das etwas anderes gewesen. Oder sonst wo im Süden. Dort spross die Natur in Windeseile und die zahlkräftige Kundschaft gleich mit dazu.

Die Dokumentation war zu Ende und wurde von einer Sendung übers Bierbrauen abgelöst. Arya schaltete den Fernseher aus, lauschte dem Wind, der im Gebälk ächzte, und ließ ihren Blick nachdenklich durchs Wohnzimmer wandern. Sosehr sie Omas Häuschen liebte, hier würde sie keine Zukunft finden. Die Sehnsucht nach glücklichen Kindertagen hatte ihr vorgegaukelt, dass auf Langeoog ihre Bestimmung wartete. Doch sie war jetzt erwachsen und musste der Realität ins Auge blicken. Die Insel würde immer einer ihrer Lieblingsplätze bleiben, wohin das Schicksal sie auch verschlug. Aber es war an der Zeit, sich dem Leben zu stellen. Und das wartete nicht auf der Nordseeinsel. Entschlossen stand Arya auf und holte ihren Laptop vom Küchentisch.

* * *

Catarinas und Pellegrinas Briefe lagen ausgebreitet auf Tizianos Küchentisch, sorgfältig nach Datum und Namen sortiert. Er hatte sie alle überflogen, aber auf den ersten Blick keinen Hinweis auf die Abstammung der Kinder entdeckt. Hatte er etwas übersehen? Wenn er den Zweifel an der legitimen Herkunft der Nachkommenschaft weder bestätigen noch widerlegen konnte, blieb es beim Brentano-Fluch … ob jetzt berechtigt oder nicht. Es war zum Verzweifeln!

Sollte er Catarinas Biografie trotzdem schreiben? Aber ohne die Wahrheit zu kennen, fehlte ihm die Motivation dafür. Und auch ein plausibler Grund. Ilaria hatte vermutlich recht, dass man die Vergangenheit besser ruhen ließ.

Tiziano stand auf, trat ans Fenster und sah auf die nächtliche Straße hinunter. Der Verkehr hatte nachgelassen, trotzdem war auf der Via della Moscova eine Menge los: Gruppen schick gekleideter Yuppies zogen vorbei, auf dem Weg in einen der angesagten Nachtclubs. Eng umschlungene Pärchen suchten sich eine lauschige Ecke, um etwas Privatsphäre zu finden, und eben bogen Fans des Fußballclubs AC Mailand in die Straße ein. Sie skandierten laut und reichlich unmusikalisch das Südkurvenlied ihres Lieblingsclubs und schwenkten rotschwarz gemusterte Schals und Fahnen.

Er wandte sich ab und las nochmals Catarinas letzten Brief an Pellegrina. Er datierte auf den 26. März 1684. Das war eine Woche, bevor Vittorio Malatesta spurlos verschwunden war, und eine Woche vor Ostern. Nach Tizianos Ermessen hatten Vittorio und Catarina diesen hohen Feiertag für ihre Flucht gewählt, die dann so erbärmlich scheiterte.

Warum Ostern? Catarina hatte sich doch so auf dieses Fest gefreut, weil sie Pellegrina von ihrer Parisreise zurückerwartete. Hatte es bei der Rückreise der Freundin eine Verzögerung gegeben? Oder war sonst etwas passiert?

Er rief im Internet den ewigen Kalender auf und kontrollierte das Datum. Im Jahr 1684 lag Ostern Ende März. Waren die Straßen und Pässe zu dem Zeitpunkt schon schneefrei gewesen? Er googelte die Öffnungszeiten der Alpenpässe. Alle nach Norden führenden Routen waren normalerweise von Mai bis Oktober passierbar. Ostern wäre also zu früh gewesen. Doch möglicherweise war der Frühling in jenem Jahr zeitiger gekommen, und deshalb hatten Vittorio und Catarina das Osterfest gewählt. Ja, das ergäbe Sinn.

Tiziano wusste zwar nicht, welche Strecke die Liebenden für ihre Flucht ausgetüftelt hatten, aber sie führte gezwungenermaßen über die Alpen. Vielleicht über den Gotthardpass, der zu jener Zeit der bequemste, weil kutschentaugliche Weg nach Norden gewesen wäre. Doch etwaige Verfolger hätten mit Gewissheit die Flüchtenden ebenfalls als Erstes dort vermutet. Wahrscheinlicher war daher, dass das Paar entweder den Malojapass nach St. Moritz oder die Route über den Splügenpass gewählt hatte. Beide Strecken waren damals bloß Saumpfade gewesen, die Letztere sogar gefährlich. Aber der Splügen lag Bellagio am nächsten, war der kürzeste Weg und verband die Provinz Sondrio mit dem heutigen Schweizer Kanton Graubünden.

Doch hatten Vittorio und Catarina wirklich dieses Risiko auf sich genommen, in Begleitung zweier Kinder und dazu noch auf Pferderücken? Das war verwegen, strapaziös … aber machbar. Sie hätten, außer Proviant und ein paar Wertsachen, vermutlich kein Gepäck bei sich gehabt. Im Grunde spielte die Reiseroute der beiden aber keine Rolle, da ihre Flucht dank der illoyalen Zofe vereitelt worden war.

Tiziano nahm nochmals Catarinas letzten Brief zur Hand. Er unterschied sich wesentlich von den anderen. In den früheren Mitteilungen hatte sie sich meist über alltägliche Dinge ausgelassen: Wetter, Kleider und kleinere Begebenheiten mit ihren Kindern. Auch hatte sie immer wieder die Vogelmetapher verwendet. Doch der letzte Brief erschien wirr, schon beinahe verrückt. Hatte seine Vorfahrin unter Stress gestanden? Das wäre verständlich gewesen, immerhin hatte sie vor, ihr Leben komplett umzukrempeln und mit einem Mann in eine ungewisse Zukunft zu fliehen. Am Anfang war der Brief nicht besonders auffällig. Erst gegen Ende hin driftete er in eine merkwürdige Form ab. Tiziano las die Zeilen abermals:

Lass uns zum Schluss noch kurz die Tragödie mit den Göttern beleuchten, über die wir schon so

viel diskutiert haben. Hier also meine Gedanken zu Deinem Theaterstück.
Sei mir jedoch nicht böse, wenn sie vielleicht etwas harsch klingen, Dich womöglich verletzen und traurig zurücklassen, doch die Wahrheit ist oftmals schmerzlich und zwischen Komödie und Tragödie liegt nur ein schmaler Grat! Ich bin mir sicher, dass Du mich verstehst. Denk daran, dass jedes zweite Wort von Herzen kommt! Und jetzt schnell, bevor mir die Tinte ausgeht:

Frisch, innovativ, liebste Pellegrina! Urkomisch! Doch Cupido selbst hätte diese Tragödie noch alberner gemacht. Magst Du keine solchen Albernheiten mehr? Reicht es für Dich: Reisen … und Essen gar? Immer am Tändeln und aus auf Geplänkel?
Süße, treue Pellegrina, das liegt Dir überhaupt nicht. Gib es ehrlich zu! Neidisch blickt mein altes Ebenbild auf Lustbarkeiten, Feste. Doch glaube eins, Freundin: Mir selbst ist doch Ceres lieber!

Herzliche Grüße!
Catarina

PS: Und um Deine unausgesprochene Frage zu beantworten, die Dir doch immer so am Herzen lag und die ich Dir nie beantwortet habe … vielleicht aus Koketterie? Wer weiß … hier meine – zwar reichlich philosophisch angehauchten – Überlegungen dazu. Du wirst sie, wie die obigen, sicherlich verstehen:

Bevor die Erde das Innerste der Dunkelheit nicht erreicht, wird Sünde und Irrglauben das Nichts erfüllen. Die Menschheit, einst die höchste Lebensform Erdens, mit Liebe gesegnet, ist dem Chor des Hasses verfallen. Glaube und ein beispielloses, bußfertiges Leben, ohne Stolz, reichen dem Einen jedoch nicht restlos.

Tiziano kratzte sich am Hinterkopf. Er wurde nicht schlau aus diesen Zeilen. War das wieder ein Code, den nur Catarinas Freundin verstanden hatte? Und wenn ja, wie konnte er ihn knacken?

Plötzlich fielen ihm Marcella Adimaris Worte ein: »Ihre Vorfahrin hatte es ja faustdick hinter den Ohren.« Was hatte sie damit gemeint? Hatte sie eventuell etwas aus den Briefen herausgelesen, das ihm entgangen war? Er sprang auf und holte sein Handy. Es war zwar schon spät, doch die Adimaris gingen bestimmt nicht mit den Hühnern zu Bett.

»Signor Adimari? Hier Tiziano Brentano. Entschuldigen Sie bitte die späte Störung, aber ist Ihre Tochter zu Hause? Ja? Kann ich sie eventuell kurz sprechen?«

44

Edinburgh empfing Arya, wie sie es verlassen hatte: bewölkt und windig. Ihre Mutter und ihr Stiefvater hatten ihr angeboten, sie vom Flughafen abzuholen, doch da der Shuttlebus regelmäßig fuhr und der Verkehr um diese Uhrzeit mörderisch war, hatte sie dankend abgelehnt. Der Flughafenbus würde sie in einer halben Stunde zur Waverley Station, Edinburghs Hauptbahnhof, bringen, und danach war es nur noch ein kurzer Fußmarsch bis nach Hause.

Als sie am Bahnhof ausstieg, schweifte ihr Blick automatisch zum trutzigen Schloss auf dem Castle Rock hinauf, das sie willkommen zu heißen schien, denn genau in diesem Moment stahl sich ein einzelner Sonnenstrahl durch die Wolkendecke.

Arya lächelte. Obwohl sie es sich nicht eingestehen wollte, hatte sie Schottland vermisst. Offenbar gehörte sie zu der Sorte Mensch, die immer das begehrte, was sie gerade nicht hatte. Ob sie je lernen würde, mit dem zufrieden zu sein, was sie besaß? Andererseits … war die Menschheit nicht durch das Streben nach Veränderung erst zu dem geworden, was sie heute war? Hätten sich die Steinzeitmenschen mit dem begnügt, was ihnen in den Schoß fiel, würden sie vermutlich immer noch in Felle gehüllt durch die Highlands streifen.

Arya fasste ihren Rollkoffer fester und machte sich auf in die Holyrood Road, wo ihr Elternhaus stand.

Die Stadt wimmelte von Touristen aus aller Herren Länder, die sich mit Kilts, karierten Schals und Whisky eindeckten. Schottland war schon seit einer Weile ›in‹, und Edinburgh war für die Massen der Ausgangspunkt für ausgedehnte Reisen quer durchs Land bis zu den vorgelagerten Inseln. Vor allem die Highlands hatten es den Touristen angetan. Filme wie *Braveheart* und *Highlander* sowie Serien wie *Outlander* spielten dabei natürlich keine unwesentliche Rolle. Loch Ness war natürlich das beliebteste Ziel der Mythenjäger. Und wenn Nessie beschließen sollte, sich endlich zu zeigen, müsste sie, anders als in den vergangenen Jahrhunderten, heute wohl mit einem beträchtlichen Publikum rechnen. Vielleicht besser, das arme Ungeheuer hielt sich weiter verborgen.

Es war verrückt! Schottland brauchte zwar die Devisen, doch wenn der Massentourismus überhandnahm und man sich an den schönsten Orten nur noch auf die Füße trat, worunter die Tier- und Pflanzenwelt zwangsläufig litt, würden die Touristen irgendwann ganz ausbleiben.

Das vierstöckige Haus der Familie Stewart erhob sich an der Kreuzung der Holyrood Road und St Mary's Street, wo das Viertel Southside begann. In dieser Gegend tummelten sich rund um die Universitätsgebäude Studenten, die an dem Stadtviertel vor allem die vielen Secondhand-Geschäfte und ethnischen Lokale mit ihren ausländischen, günstigen Speisen schätzten. Zudem fand hier im August jeweils das Comedy- und Kunstfestival *Fringe* statt, das weit über die Landesgrenzen hinaus bekannt war und wie ein Magnet auf junge Leute wirkte. Und dann gab es noch die beiden Parks: The Meadows und der Holyrood Park. The Meadows boten weitläufige, ebene Flächen, ideal für Rugby, Cricket, Krocket oder Golf. Und vom östlich gelegenen Holyrood Park, der urtümlicher war als sein Bruder, begann der Aufstieg zum Arthur's Seat, Edinburghs Hausberg und eines der Wahrzeichen der schottischen Hauptstadt. Arya mochte die Gegend, weil sie zentral lag, ohne überlaufen zu sein.

Die Stewarts lebten seit Generationen in dem georgianischen grauen Steinhaus mit seinen Erkern. Das Erdgeschoss hatte ihr Stiefvater an Mister Patel vermietet, der in seinem Lokal indische Köstlichkeiten anbot. Deshalb roch es im Treppenhaus auch immer ein wenig nach Curry und frisch gebackenem Chapati, und als Arya die Treppe hinaufging, knurrte ihr Magen begehrlich. Ihre Mutter hatte bestimmt ihr Lieblingsessen gekocht, und das war keine schottische Spezialität wie Haggis, sondern grüne Bohnen mit Speck. Arya war eben das Kind zweier Welten.

Sie schloss die Wohnungstür auf, ließ ihr Gepäck auf den Boden fallen und rief: »Mama, die verlorene Tochter ist zurück!«

* * *

»Zurück nach Schottland sagst du?« Tiziano setzte sich verblüfft aufs Sofa.

»Ja, urplötzlich!« Maike schnaubte ärgerlich durchs Telefon. »Sie hat sich ganz komisch benommen, als sie wieder hier war. Irgendwie ...« Sie brach ab.

»Ja?«

»Ich weiß nicht, wie ich es erklären soll. Wir haben uns immer gut verstanden, aber ich denke, unsere Freundschaft ist nicht mehr dieselbe wie während der Kinderzeit.«

Er nickte, obwohl Maike ihn natürlich nicht sehen konnte. Die Deutsche plapperte weiter, doch er hörte ihr nicht mehr zu.

Also hatte Arya ihr Experiment, in Deutschland eine Zukunft aufzubauen, aufgegeben und war nach Schottland zurückgekehrt. Verständlich. Ihre Mutter lebte dort, samt

Stiefvater und Stiefbruder. Und vielleicht war Arya sogar wieder mit ihrem Ex-Freund zusammen. Diesem Rugby spielenden Schotten mit dem T-Shirt-Laden.

Obwohl Tiziano eigentlich froh darüber sein sollte, dass ihn jetzt noch mehr Kilometer von der kleinen Eidechse trennten, fühlte er einen nagenden Schmerz in der Brust. Trotz allem hatte er immer noch darauf gehofft, dass sich die Sache mit ihr wieder einrenken würde, sobald etwas Zeit vergangen war. Er hätte dieses blöde Missverständnis gern aus der Welt geschafft. Und vielleicht wäre Arya danach wieder einmal in die Lombardei gekommen. Doch sie hatte sich offenbar definitiv dagegen entschieden.

»Wie bitte?«, fragte er, weil er Maikes Frage nicht verstanden hatte.

»Ich habe dich gefragt, ob ich bei dir pennen kann, wenn ich in Mailand bin.«

»Du kommst nach Italien?«

»Ja, ich habe bald Urlaub und brauche unbedingt neue Schuhe!«

Er verzog den Mund. »Nein, tut mir leid, das wird nicht möglich sein, weil …« Er überlegte fieberhaft. »Bei mir gerade renoviert wird.«

»Ach, wie blöd. Na ja, ich finde schon eine günstige Unterkunft. Ich rufe dich an, wenn ich in Mailand aufschlage, dann unternehmen wir was zusammen, okay?«

Obwohl er nicht vorhatte, mit Aryas Freundin um die Häuser zu ziehen, bejahte er und legte schnell auf.

Er drehte das Handy nachdenklich zwischen den Fingern. Also nichts mit der großen Aussprache samt anschließender Versöhnung.

Wieso nur fiel es ihm so schwer, einen Schlussstrich zu ziehen? Es war schließlich nicht das erste Mal, dass eine seiner Beziehungen scheiterte. Die demütigendste Trennung war sicher die von Gloria gewesen. Und mit ihr war er immerhin ein paar Jahre liiert gewesen und hatte sie sogar heiraten wollen. Also weshalb gingen ihm die wenigen Tage mit dieser seltsamen Gärtnerin nicht aus dem Kopf?

Er stand auf und betrachtete seinen Schreibtisch mit dem aufgeklappten Laptop, den Notizen, Catarinas und Pellegrinas Briefen und den Bildern, die es von den Frauen, ihren Ehemännern und der Villa La Perla aus jener Epoche noch gab.

Was würde Arya wohl dazu sagen, dass er Catarinas Geschichte jetzt trotzdem aufschrieb? Er hätte zu gern ihr Gesicht gesehen, wenn er ihr das, was Marcella Adimari ihm verraten hatte, zeigte; wie sich ihre ungläubige Miene in ein glückliches Lachen verwandelte, wenn ihr klar wurde, was das bedeutete. Anschließend hätten sie sich leidenschaftlich geküsst, geliebt und die Nacht zusammen verbracht. Er seufzte tief, als ihm bewusst wurde, dass das alles nun nie passieren würde.

Tiziano setzte sich wieder hin, betrachtete die letzten Sätze, die er geschrieben hatte, überlegte einen Moment und tippte weiter.

Sechs Monate. So lange würde er für das Manuskript sicher brauchen. Mindestens! Es würde natürlich schneller gehen, hätte er den ganzen Tag Zeit, aber er musste schließlich arbeiten, daher blieben ihm nur die Abendstunden und die Wochenenden. Und auch wenn er jetzt die wichtigsten Fakten kannte, musste er noch eine Menge recherchieren. Sein Ehrgeiz tolerierte keine Fehler, weder in den Jahreszahlen noch den Details jener Epoche, die für die Stimmung des Buches bedeutsam waren. Er war Aryas Tipp gefolgt, Catarinas Leben als biografischen Roman aufzubauen. Wer brauchte schon ein weiteres Sachbuch? Und tatsächlich machte es ihm Spaß, den verschiedenen Figuren eine eigene Stimme zu verleihen. Eigenlob stank zwar, doch er fand, dass er durchaus ein Händchen für Tragödien besaß. Und Catarinas Schicksal strotzte nur so vor Drama, er musste nicht einmal etwas dazuerfinden. Manchmal schwirrte ihm sogar der Gedanke durch den Kopf, den Journalistenjob an den Nagel zu hängen und sich als Romanschriftsteller zu versuchen. Das würde ihm gefallen. Er könnte sich seine Arbeitszeit selbst einteilen und nach interessanten Themen suchen, auch wenn der Unterschied zwischen einem Roman und einem Zeitungsartikel so groß war wie die Distanz von der Lombardei bis nach Apulien.

Möglicherweise hegte jedoch jeder Hobbyschriftsteller diesen Traum, vom Schreiben leben zu können. Doch wer konnte sich das schon leisten? Vermutlich nur die Bestsellerautoren!

Er hatte bereits versucht, die Idee für Catarinas Geschichte einem Verlag schmackhaft zu machen, und war grandios gescheitert. Niemand interessierte sich für das Leben seiner Vorfahrin. Offenbar war er nicht der Einzige, der dachte, die persönliche Familiengeschichte sei etwas Besonderes und müsse der Menschheit unbedingt in Form eines Buches mitgeteilt werden. Der Literaturbetrieb hatte nicht auf ihn gewartet. Also würde er den Roman selbst veröffentlichen. Das war in der heutigen Zeit nicht mehr so schwierig. Lektorat, Korrektorat und Cover musste er jedoch aus eigener Tasche bezahlen. Ob er die Kosten dafür mit den Verkäufen wieder hereinbrachte? Tiziano hatte zwar etwas Geld auf die Seite gelegt, aber reich würde er mit Catarinas Buch nicht werden. Egal, er war jetzt schon so weit gekommen, daher konnte er das Ganze auch durchziehen.

Zwar schrieb er gerne, aber er war sich nicht immer ganz sicher, dass er den passenden Ton traf. In die Männerfiguren konnte er sich noch einigermaßen einfühlen, doch ob er das bei den Frauen auch schaffte? Eine weibliche Sichtweise wäre wirklich hilfreich gewesen, und dabei hatte er natürlich an Arya gedacht. Aber das Schicksal hatte offensichtlich kein Einsehen.

Tiziano rieb sich den Nacken. Er sollte sich unbedingt einen ergonomischen Stuhl für zu Hause besorgen. Seine verkrampften Muskeln würden es ihm danken. Er hätte sich gewünscht, dass wenigstens Ilaria einmal in das Manuskript hineinlas. Doch sie sprach kein Wort mehr mit ihm, seit er ihr mitgeteilt hatte, Catarinas Geschichte nun doch aufzuschreiben. Und wenn sie sich trotzdem einmal am Telefon meldete, vielleicht, weil sie nicht auf die Anruferkennung geachtet hatte, legte sie wortlos auf, sobald er seinen Namen nannte. Wie unversöhnlich sie war! Sie wurde ihrem Vater immer ähnlicher.

Tiziano schüttelte betrübt den Kopf.

Er hatte sie gleich nach dem Gespräch mit Marcella informieren wollen, um ihr die neu gewonnenen Erkenntnisse mitzuteilen, doch Ilaria hatte wie üblich bockig reagiert und war nicht ans Telefon gegangen, also hatte er es irgendwann aufgegeben. Er zwang niemanden zu seinem Glück, und schließlich hatte er auch seinen Stolz. Sie würde früh genug erfahren, was es mit dem Brentano-Fluch tatsächlich auf sich hatte. Aber dass ihr Verhältnis jetzt so zerrüttet war, schmerzte ihn. Immerhin waren die Durinis seine einzigen Familienangehörigen.

Er seufzte tief, speicherte das Manuskript ab und schaltete den Laptop aus. Wenn er Glück hatte, würde er irgendwann eine eigene Familie haben, und dann würde er sich bestimmt weniger einsam fühlen.

45

Sechs Monate später

Über dem Comer See hingen dunkle Wolken. Von den Bergen wehte ein scharfer Wind übers Wasser und ließ die weißen Schaumkronen tanzen. Das Thermometer zeigte nur acht Grad an.

Tiziano schaute skeptisch zum Himmel. Vielleicht hätte er doch bis zum Sommer warten sollen, oder wenigstens bis zum Frühling, um sein Buch vorzustellen. Aber dank Candida Fumagallis Fürsprache hatte man ihm schon im Februar die Tore der Villa Melzi geöffnet und ihm einen kleinen Saal für sein Event bereitgestellt. Eine große Ehre, denn die Villa begann ihre Saison normalerweise erst Ende März.

Tiziano fröstelte in seinem dünnen Hemd. Das elegante Sakko hatte er über eine Stuhllehne gehängt und war einen Moment an die frische Luft gegangen. Das Lampenfieber machte ihm mehr zu schaffen, als er gedacht hatte. Jetzt ging es nicht um einen Zeitungsartikel, der morgen bereits wieder vergessen sein würde, sondern um ein gedrucktes Buch, das die modernen Kommunikationsmittel im besten Fall um

Jahrhunderte überlebte. Für alle Zeit wusste man ab heute, was er über Catarina geschrieben hatte.

Er schluckte schwer. Himmel, war er denn verrückt geworden? Man würde ihn auslachen und Catarinas Romanbiografie in Grund und Boden stampfen. Welcher Teufel hatte ihn bloß geritten, sein Geschreibsel auch noch so großspurig anzukündigen? Am besten, er nahm das Buch schnell wieder aus dem Online-Verkauf, bevor es zu spät war. Bis jetzt hatte er noch kein einziges Exemplar verkauft. Er könnte die Buchvernissage absagen und sich mit Unwohlsein aus der Affäre ziehen. Es würde ja sowieso niemand kommen.

Wie zum Hohn hörte er Gelächter vom Bootssteg her. Durch die kahlen Äste der Platanen erspähte er ein buntes Grüppchen Gäste, das gut gelaunt den Weg zum Haupteingang einschlug. Es kamen also tatsächlich Besucher zu der Lesung.

Ihm war plötzlich übel.

Er drehte sich um und stolperte durch die angelehnte Terrassentür ins Innere der Villa. Neben seiner Aktenmappe lag das Exemplar, aus dem er vorlesen wollte. Er würde verschiedene Szenen aus der Geschichte zum Besten geben und dazu jeweils etwas sagen oder erklären. Die entsprechenden Textstellen hatte er mit gelben Klebezetteln markiert. Das war ihm wie eine Superidee vorgekommen, aber schlagartig fühlte es sich an, als würde er nachher kein Wort herausbringen. Er räusperte sich und war versucht, mit ein paar Sprechübungen zu starten, als die Tür aufging und Signora Fumagalli eintrat. Sie lächelte zufrieden unter ihrer akkurat gedrehten, blaugrauen Dauerwelle.

»Es kommen immer mehr Gäste, Signor Brentano«, sagte sie mit ihrer dunklen Stimme, die so gar nicht zu ihrem zierlichen Äußeren passte. »Wir werden schnell noch zusätzliche Stühle organisieren.« Sie klatschte in die Hände, dabei schlugen ihre diversen Ringe aneinander, was einen metallenen Ton verursachte. »Das wird großartig!«

Tiziano nickte säuerlich.

»Und ich will später natürlich das erste Exemplar für mich. Signiert und gewidmet, versteht sich«, fuhr sie fort. »Das sind Sie mir schuldig.« Sie zwinkerte ihm zu, sah auf die Uhr. »Noch fünf Minuten. Bereit?«

Wieder nickte er, zu mehr war er nicht fähig. Das würde eine Weltpremiere werden: Der Buchautor ohne Stimme hält eine Lesung.

»Also.« Sie öffnete die Tür zum kleinen Saal, aus dem Stimmengewirr drang. »Ich kündige Sie an, dann kommen Sie rein und fangen an, d'accordo?«

»Ja, alles klar«, krächzte er.

Candida warf ihm einen amüsierten Blick zu. »Das wird schon. Selbst Cicero litt unter Lampenfieber. Sie sind also in bester Gesellschaft.« Sie kicherte, schlüpfte aus dem Zimmer und schloss die Tür.

Tiziano atmete tief durch, wischte sich die schweißigen Hände an der Hose ab und griff nach dem Buch. Fürs Cover hatte er das einzige Gemälde gewählt, das von Catarina existierte. Es war noch vor ihrer Hochzeit von ihrem Vater in Auftrag gegeben worden und zeigte sie im Alter von fünfzehn Jahren. Eine schöne junge Frau, in deren Augen Neugier und Übermut blitzten. Wie hart doch das Schicksal mit ihr umgegangen war.

»Ich hoffe, dass ich dir mit der Geschichte gerecht werde«, murmelte er. »Ich habe mein Bestes gegeben.«

Dann straffte er die Schultern, ignorierte seinen rasenden Puls, den trockenen Mund und das Bedürfnis, noch einmal zur Toilette zu rennen, und betrat den Saal.

Es lief besser, als Tiziano gedacht hatte. Nach anfänglichem Stocken kam er gut in die Geschichte rein. Das Publikum, zahlreicher als in seinen kühnsten Träumen erwartet, lachte und seufzte an den richtigen Stellen, und langsam machte es ihm Spaß.

Er hatte Nando mit seiner Frau im Publikum entdeckt. Und ein paar weitere Arbeitskollegen aus Mailand. Himmel, die würden ihn vielleicht hänseln, wenn er am Montag wieder zur Arbeit erschien! Ansonsten bestand das Publikum hauptsächlich aus Einheimischen.

In der ersten Reihe hatte er Plätze für alle reserviert, die bewusst oder unbewusst zum Gelingen des Buches beigetragen hatten. Die Adimaris hatten extra den weiten Weg von Luino nach Bellagio angetreten und strahlten jedes Mal, wenn er zufällig ihrem Blick begegnete. Neben ihnen saßen Ugo Adimari und Candida Fumagalli. Sogar der alte Colombini war gekommen, obwohl Tiziano vermutete, dass er gerade ein Nickerchen hielt. Nur drei Stühle blieben leer: Ilaria und ihre Familie waren nicht erschienen. Damit hatte er zwar gerechnet, ihnen aber trotzdem eine Einladung geschickt und für sie die besten Plätze reserviert. Er versuchte, nicht zu enttäuscht zu sein. Alles hatte eben seinen Preis.

Am spektakulärsten wäre es natürlich gewesen, die Buchvernissage in einem Zelt im Garten der Villa La Perla abzuhalten. Quasi am Ort des Geschehens. Aber das war eine Utopie. Ilaria hätte dem niemals zugestimmt, außer wenn sie gewusst hätte, dass …

Plötzlich entstand Unruhe.

Er hob den Blick und registrierte verblüfft, wie seine Schwester versuchte, unauffällig in den Saal zu schlüpfen. Sie trug einen Jogginganzug, was leicht deplatziert zwischen all den herausgeputzten Besuchern wirkte, und hielt Paco an der Leine. Das Tier winselte leise, als es Tiziano bemerkte, was ihn freute. Er hatte den Kerl schon über sechs Monate nicht mehr gesehen. Der Mann, der den Einlass geregelt hatte, sprach eindringlich auf Ilaria ein. Offenbar waren Hunde hier nicht gestattet, doch seine Schwester wischte den Einwand mit einer herrischen Handbewegung beiseite und setzte sich in die hinterste Reihe. Der Mann suchte Tizianos Blick und zuckte hilflos mit den Schultern. Tja, wenn Ilaria sich etwas in den Kopf gesetzt hatte, war sie nicht mehr davon abzubringen. Tiziano schenkte dem Angestellten ein besänftigendes Lächeln und nickte als Zustimmung, dass Paco bleiben durfte.

Obwohl es ihn freute und zugleich überraschte, dass seine Schwester doch noch aufgetaucht war, fragte er sich, was sie damit bezweckte. Wollte sie die Veranstaltung stören und eine Möglichkeit suchen, die Veröffentlichung von Catarinas Lebensgeschichte doch noch zu vereiteln? Oder hatte sie sich damit abgefunden, dass das bestgehütete Geheimnis der Familie Brentano nach über dreihundert Jahren doch noch ans Tageslicht kam und sie Gefahr lief, die Villa an den Staat zu verlieren? Wie auch immer, Ilaria würde bald eine riesengroße Überraschung erleben.

Tiziano räusperte sich und nahm den Faden wieder auf.

»Wie ich Ihnen schon erzählte, reiste Pellegrina, die Contessa Adimari und Catarinas engste Vertraute, im Jahr 1683 mit ihrem Gatten von Bellagio nach Paris. Zu der Zeit war eine so lange Kutschfahrt äußerst beschwerlich. Es gab nur vereinzelt gepflasterte Straßen. Wegelagerer lauerten an jeder Ecke und die Unterkünfte entlang der Route waren meist mehr Stall als Herberge. Um das zu verdeutlichen, lese ich Ihnen aus einem Brief vor, den Pellegrina Catarina von unterwegs schrieb:

In einer unbehaglichen Kutsche im Nirgendwo vor Nizza, des genauen Datums entsinne ich mich nicht; 1683

Teuerste Freundin!

Bitte verzeih, dass meine Schrift noch unleserlicher ist als für gewöhnlich. Ich versuche, das schwindende Tageslicht auszuschöpfen und notiere diesen Brief rasch in dieser vermaledeiten Kutsche, damit ich ihn bei der nächsten Poststation abgeben kann …«

Paco bellte unvermittelt wie ein Berserker. Tiziano und das gesamte Publikum zuckten erschrocken zusammen. Ein ärgerliches Zischen erhob sich unter den Anwesenden. Ilaria versuchte, das Tier zu bändigen, das sich beim Zerren an der Leine beinahe selbst strangulierte.

Als Tiziano den Kopf wandte, um den Grund des Tumults zu erfahren, klappte ihm die Kinnlade hinunter.

Im Türrahmen stand Arya Folkerts!

Sie trug ein abscheuliches grün-gelb gemustertes T-Shirt mit dem Aufdruck »Be yourself or be nobody!« – sei du selbst oder sei niemand – und grinste schief. Dann hob sie die Hand und winkte ihm zu wie die Queen.

46

Arya war dieses Mal mit dem Flugzeug nach Como gereist. Das war praktischer, da sie lediglich zweieinhalb Stunden von Edinburgh bis in die Lombardei brauchte. Zwar explodierte dadurch ihre Ökobilanz, aber sie hätte sonst ihren Termin nicht geschafft. Arya hatte sich gestern Abend in Como ein Zimmer genommen und fuhr jetzt mit einem Mietauto am Comer See entlang Richtung San Giovanni. Die Landschaft besaß auch zu dieser Jahreszeit ihren Reiz. Ohne die vielen Touristen wirkte alles beschaulicher, ursprünglicher. Zwar nieselte es leicht und über den Bergen hingen dicke Wolken, aber die Luft war klar und frisch. Sie genoss den kühlen Luftzug, der durch das halb geöffnete Fenster drang und nach See und nassem Laub roch.

Es war ein seltsames Gefühl, wieder hier zu sein. Nicht nur, weil jetzt Winter war, sondern weil Tiziano hier lebte. Im Sommer hatte sie noch ständig an ihn gedacht und oft von ihm geträumt. Und manchmal hatte sie sich vorgestellt, dass sie ihn wohl nie vergessen könnte. Aber in der letzten Zeit gab es sogar Tage, an denen er ihr gar nicht mehr durch den Kopf spukte. Doch jetzt, in dieser Umgebung, schlich er sich wieder mit einer Vehemenz in ihre Gedanken, die sie verunsicherte.

War es wirklich so eine gute Idee gewesen, ausgerechnet dieses Angebot in die engere Wahl zu nehmen? Zwar lebte Tiziano in Mailand, was auch nicht gleich um die Ecke lag, aber möglicherweise lief sie ihm doch zufällig über den Weg, wenn er die Durinis besuchte. Immerhin gehörte San Giovanni zum Gemeindegebiet von Bellagio. Wie würde sie reagieren, wenn sie ihn mit seiner Verlobten – vielleicht jetzt sogar schon seiner Frau! – traf?

Arya schaute auf die Digitalanzeige. Ihr Treffen mit Luigi Pini war erst um fünfzehn Uhr, sie hatte also noch reichlich Zeit, sich San Giovanni anzusehen und irgendwo etwas zu essen. Als sich abgezeichnet hatte, dass das Geschäft mit Pini tatsächlich realisierbar sein könnte, hatte sie intensiv Italienisch gepaukt. Der Lehrer an der Volkshochschule war beeindruckt gewesen von ihrem Engagement und Talent, und sie verstand jetzt nahezu alles und konnte sich bestens unterhalten. Nur mit dem Schreiben haperte es noch. Aber auch das würde sie hinbekommen, wenn sie sich mit Pini einigte.

Ihr Stiefvater hatte sie zu dem Treffen begleiten wollen, weil er dachte, wenn ein Mann die Verhandlungen führte, würde seine Stieftochter nicht über den Tisch gezogen. Doch Duncan Stewart sprach kein einziges Wort Italienisch und sie hätte alles übersetzen müssen. Das erschien ihr zu umständlich und überhaupt, sie war erwachsen und wusste, wo ihr Limit lag. Wenn sie sich jetzt schon auf Hilfe verließ, würde das nichts werden.

Als ihr der Gedanke, eine eigene Gärtnerei irgendwo im Süden aufzumachen, das erste Mal durch den Kopf gegeistert war, hatte sie an die Lombardei wirklich als Letztes gedacht. Doch alle Angebote, die sie gefunden hatte, hatten sich als unrealisierbar entpuppt. Manche Betriebe lagen zu abgelegen, andere waren zu teuer oder die Inhaber wollten nicht an eine junge Ausländerin übergeben. Am Ende blieben nur noch die

Geschäfte von Luigi Pini in San Giovanni und das von Donatella Sarfatti in der Nähe von Genua. Es wäre kindisch gewesen, die Firma in San Giovanni grundlos von der Liste zu streichen, nur weil sie zufällig neben Bellagio lag. Vor allem, da Pinis Betrieb um einiges günstiger war als der von Signora Sarfatti.

Aryas Stiefvater hatte angeboten, ihr das Geld für den Kauf vorzustrecken, das sie ihm dann zu einem moderaten Zins zurückzahlen konnte. Darauf hatte sie eigentlich nie spekuliert, aber sowohl er wie auch ihre Mutter fanden die Geschäftsidee großartig. Also hatte Arya den beiden Inhabern geschrieben und nun ging es ans Eingemachte.

Verrückt! Nie hätte sie gedacht, dass ihr Traum wirklich wahr werden könnte. Doch sie war hier, auf dem Weg, eine Gärtnerei zu kaufen. Wie abgefahren war das denn!?

Sie bog von der Hauptstraße ab und parkte den Leihwagen neben der Kirche San Giovanni Battista. Das barocke Gotteshaus befand sich im historischen Kern des Dorfes unweit der Uferpromenade.

Als Arya ausstieg, pfiff ihr ein frischer Wind um die Nase und sie griff hastig nach ihrer Jacke. Nur wenige Leute schlenderten durch die Gassen oder führten ihre Hunde aus.

Sie sah sich suchend um. Sie brauchte unbedingt einen Cappuccino! Sie war zwar schon nervös genug, aber italienischer Kaffee ging immer. Es war jedoch gar nicht so einfach, ein geöffnetes Lokal zu finden. Die meisten hielten Winterpause und machten erst wieder im Frühling auf.

Auch sie würde in den Wintermonaten weniger Kundschaft haben. Doch selbst in der kalten Jahreszeit gab es in einer Gärtnerei zu tun: Bäume und Sträucher mussten zurückgeschnitten werden, bevor die Nist- und Brutzeit der Vögel begann; auf den Friedhöfen wartete Arbeit, und in der Vorweihnachtszeit gab es zahlreiche spannende Aufgaben, um den Kunden beim Schmücken ihrer Innenräume behilflich zu sein. Aber ob ihr das alles über die Runden half? Hastig schob sie die negativen Gedanken beiseite. Noch hatte sie kein eigenes Geschäft, also weshalb sich auf Vorrat sorgen?

Auf einer kleinen Piazza hinter der Kirche fand Arya endlich ein geöffnetes Restaurant. Erleichtert ließ sie sich auf einen der geflochtenen Stühle fallen und schälte sich aus ihrer Jacke. Bei dem herbeieilenden Kellner bestellte sie einen Cappuccino, ein Mineralwasser und eine Käseplatte mit Spezialitäten der Region. Dazu wurden frisches Brot und ein Schälchen Oliven serviert. Wenn sie tatsächlich hier Wurzeln schlug, würde sie bald ein paar Kilo mehr auf die Waage bringen. Das hiesige Essen war einfach unwiderstehlich!

Während sie die verschiedenen Käsesorten genoss und die bevorstehende Verkaufsverhandlung in Gedanken nochmals durchging, fiel ihr Blick auf einen Werbeflyer an der gegenüberliegenden Wand. Er zeigte das Bild einer Dame in einem historischen Kostüm. Das Porträt kam ihr seltsam bekannt vor. Sie konnte die Schrift auf dem Flyer jedoch nicht entziffern, also stand sie auf und trat näher. Als sie begriff, wer die Frau war und wofür der Flyer warb, schnappte sie nach Luft.

Die Villa Melzi war noch genauso beeindruckend wie im Sommer. Es fehlten lediglich die Touristenmassen, und kurz dachte Arya, dass sie sich vielleicht im Datum geirrt hatte. Doch der Flyer in ihrer Hand war eindeutig. Die Lesung fand gerade jetzt statt. Irgendwo in diesem Gebäude.

Sie konnte es immer noch nicht glauben. Tiziano war sich doch gar nicht sicher gewesen, ob er Catarinas Geschichte auch tatsächlich aufschreiben würde. Hatte er seine Meinung geändert? Offenbar. Aber wieso? Hatte er letzten Endes herausgefunden, dass Catarinas Kinder von ihrem Ehemann stammten? Wenn nicht, wäre es eine absolute Unverschämtheit, die Buchvernissage gerade in Bellagio abzuhalten! An dem Ort, wo die Brentano-Villa stand und seine Schwester mit ihrer Familie lebte. Oder war das ein makabrer Werbetrick?

So viele Fragen, auf die Arya keine Antwort wusste. Was sie aber wusste, war, dass Tiziano in diesem Moment ganz in ihrer Nähe sein Buch vorstellte. Vielleicht jetzt gerade daraus vorlas.

Die Veranstaltung hatte, laut dem Flyer, vor einer halben Stunde angefangen. Möglicherweise würde man sie gar nicht mehr einlassen. Aber wollte sie ihn denn überhaupt treffen? Sollte sie sich das wirklich antun, ihn mit seiner Begleitung in trauter Zweisamkeit zu sehen? Doch die Neugier auf das Buch über Catarinas Leben brannte wie Feuer in Arya. Schließlich hatte auch sie ihr Scherflein dazu beigetragen, dass diese Geschichte jetzt an die Öffentlichkeit gelangte.

Ob Tiziano sie in der Danksagung erwähnte? Wohl kaum, dafür war das Ende ihrer Liaison zu bitter gewesen. Trotzdem wollte sie unbedingt wissen, wie er das Schicksal der *traurigen Prinzessin* aufgearbeitet hatte.

Arya kaute auf ihrer Unterlippe und sah auf die Uhr. Ihr blieb noch Zeit. Sie könnte sich im Hintergrund halten und versuchen, wieder zu verschwinden, bevor die Lesung endete. Tiziano würde zu beschäftigt sein, um sie zu bemerken. Und ansonsten wäre vermutlich kaum jemand anwesend, der sie kannte. Ilaria? Möglich, aber wenn, saß sie sicherlich in der ersten Reihe und drehte ihr somit den Rücken zu. Nur kurz mal reinsehen, das schadete keinem.

Arya streckte die Hand nach der Türklinke aus.

Nein! Sie zuckte zurück und schüttelte den Kopf. Das war eine Schnapsidee! Wieso sollte sie sich das antun? War sie denn noch bei Sinnen?

Entschlossen drehte sie sich um und lief die Stufen wieder hinab. Hinter ihr ging die Tür auf. Sie sah über die Schulter zurück und entdeckte einen Mann mittleren Alters mit schütterem Haar, der den Kopf durch den Türspalt streckte.

»*Signora, andiamo, ma in silenzio.*« Kommen Sie, aber leise. Offenbar verwechselte er sie mit jemandem. Er wedelte energisch mit der Hand. »*Presto, presto!*«

Arya wusste nicht, wie ihr geschah, doch kurz darauf fand sie sich in einer riesigen Eingangshalle wieder. Der Mann, der sie eingelassen hatte, huschte zu einer zweiflügeligen Tür mit bronzefarbenen Klinken. Er hielt einen Finger an die Lippen und sie nickte, dann ließ er sie eintreten.

Tiziano saß erhöht auf einem Podest an einem schmucklosen Tisch. Ein Stapel Bücher lag darauf, daneben standen eine Karaffe mit Wasser und ein Glas. Er trug einen dunklen Anzug, ein helles Hemd und ein Headset. Seine Haare waren länger und er wirkte blass, erschien ihr aber noch attraktiver als im Sommer. Gerade lächelte er, ihr Herz schlug schneller und in ihrem Magen begannen der Käse und die Oliven Salsa zu tanzen.

Himmel, wie hatte sie nur annehmen können, dass sie das Thema Tiziano Brentano hinter sich gelassen hatte? Dieser Mann ging ihr immer noch unter die Haut!

Sie musste hier weg, sofort! In diesem Moment brach die Hölle los. Rechts von ihr fing ein Hund an zu bellen und eine Frau zischte hastige Befehle, denen das Tier jedoch nicht gehorchte. Gemurmel erhob sich und das Publikum sah zur Tür. Arya lief puterrot an. Und dann registrierte sie, was das für ein Hund war.

»Paco«, flüsterte sie gerührt. Er hatte sie erkannt.

Als sie wieder zur Bühne schaute, sah sie direkt in Tizianos fassungsloses Gesicht. Er wirkte wie ein begossener Pudel, was sie zum Grinsen brachte. Sie hob die Hand und winkte.

47

»Verehrte Gäste, wir machen am besten eine kleine Pause.« Candida Fumagalli schien der ganze Trubel nicht zu berühren. »Im Wintergarten steht ein *Aperitivo* für Sie bereit.« Sie sah auf die Uhr. »In einer halben Stunde geht die Lesung weiter.«

Das Publikum erhob sich und pilgerte plaudernd ins Nebenzimmer, wo ein kaltes Büfett aufgebaut worden war. Eigentlich hätte es erst am Schluss der Veranstaltung eröffnet werden sollen, aber Aryas unvermitteltes Auftauchen und Pacos Aussetzer hatten das Programm durcheinandergewirbelt.

Tiziano bahnte sich entschuldigend einen Weg durch die Menge. Arya war so schnell verschwunden, wie sie aufgetaucht war. In der Eingangshalle sah er sich suchend nach ihr um.

Hatte er sich das alles nur eingebildet? War eine Frau, die ihr lediglich ähnlich sah, in die Lesung geplatzt? Nein, das war ausgeschlossen! Solche T-Shirts trug nur die kleine Eidechse.

»Tiziano!« Ilaria stand neben der Garderobe. Paco war wieder ganz brav, wedelte aber wild mit dem Schwanz, als er auf die beiden zusteuerte.

»Wo ist Arya?«, fragte Tiziano seine Schwester.

Sie wies mit dem Kinn zur Eingangstür. Als er davoneilen wollte, packte sie ihn am Arm.

»Noch ist es Zeit, das alles abzubrechen.« Sie sah ihn bittend an. »Denk doch an die Familie!«

Er schnaubte missbilligend. »Hat die Familie denn je an mich gedacht?«

Sie senkte den Blick. »Das ist nicht fair. Es ist nicht meine Schuld, dass ich die Erstgeborene bin. Bruder, ich flehe dich an, lass es gut sein!«

»Es tut mir leid, dass du so wenig Vertrauen in mich hast«, entgegnete er müde. »Hättest du die vergangenen Monate meine Anrufe beantwortet, müssten wir dieses Gespräch jetzt nicht führen.«

Er bemerkte, wie sie bei seinen harschen Worten schwer schluckte, und plötzlich tat sie ihm leid. So viel Stolz, auf beiden Seiten, das brachte nur Schmerz.

»Bleib bitte bis zum Schluss, Ilaria. Vielleicht wirst du dann verstehen. Aber jetzt muss ich Arya finden, entschuldige.« Er stürmte zur Tür hinaus.

* * *

»Wie doof kann man eigentlich sein?«, murmelte Arya und marschierte zügig am Ufer entlang.

Sie hatte den Wagen unweit der Villa Melzi geparkt, damit sie unbemerkt wieder verschwinden konnte, wenn es nötig sein würde. Und es war mehr als nötig! Nur weg aus Bellagio, fort von Tiziano!

Die Platanenallee entlang der Seepromenade, deren Blätterdach im Sommer noch so wunderbar Schatten gespendet hatte, war jetzt kahl. Die nackten Äste wirkten wie geschwollene Finger.

»Ich bin so eine Idiotin!«, zischte sie vor sich hin.

Sie würde Tiziano nicht vergessen können, schon gar nicht in dieser Gegend. Sie musste Signor Pini anrufen und den Termin absagen und direkt weiter nach Genua fahren. Dort kannte sie niemanden und konnte unbelastet etwas aufbauen. Was hatte sie nur geritten, Pinis Geschäft überhaupt in Erwägung zu ziehen? Die Hoffnung, Tiziano zu begegnen, und dass er sich bei ihrem Anblick vor ihr in den Staub warf und um Verzeihung bat?

»Werde endlich erwachsen!«, seufzte sie resigniert und zog den Autoschlüssel aus der Handtasche.

»Arya, warte!«

Sie zuckte zusammen und wirbelte herum. Tiziano rannte auf sie zu. Verdammt! Hastig versuchte sie, den Schlüssel ins Schloss zu stecken, und ließ ihn prompt fallen.

»Shit!« Sie hob ihn rasch auf, doch nicht schnell genug. Keuchend blieb Tiziano vor ihr stehen.

»Du bist es wirklich!«, japste er.

Er strahlte sie an und ihre Knie wurden weich. Sie hatte vergessen, wie charmant seine Grübchen aussahen. Sie zwang sich, den Blick abzuwenden.

»Ja, wie du siehst. Aber ich muss jetzt los.« Sie öffnete den Wagen und warf ihre Handtasche auf den Beifahrersitz.

»Wow, du hast ja Italienisch gelernt?«

Er trat von einem Fuß auf den anderen, offenbar fror er in dem schicken Anzug.

»Du bist nicht der Grund!«, zischte sie und stieg ein.

»Arya, bitte, fahr nicht weg. Lass uns reden.« Er griff nach der offenen Wagentür und hielt sie fest.

Sie sah stur geradeaus, entschlossen, nichts mehr zu sagen. Irgendwann würde er aufgeben … oder erfrieren.

»Warum bist du damals einfach so verschwunden?«, fragte er. »Habe ich etwas falsch gemacht?«

Sie stieß einen entrüsteten Laut aus. Der Kerl war ja unglaublich! Aber sie hatte keine Lust, das Ganze jetzt nochmals durchzukauen.

»Solltest du nicht zurück? Es ist sehr unhöflich, sein Publikum warten zu lassen.« Sie zerrte am Türgriff, doch er ließ nicht los. »Und seine Verlobte!«, fügte sie bissig hinzu.

»Meine Verlobte?«

Er klang tatsächlich erstaunt. Was für ein Heuchler!

Und obwohl sie sich vorgenommen hatte, nichts mehr zu sagen, zischte sie: »Oh ja, mein Lieber! Deine Verlobte hat mich über dich aufgeklärt. Es war nicht das erste Mal, dass du dir ein kleines Techtelmechtel geleistet hast, hat sie mir erzählt. Fein, wenn sie das akzeptiert, ich tue das nicht. Also lass verdammt noch mal die Tür los und mich in Ruhe!« Sie warf ihm einen bösen Blick zu.

Er wirkte verletzt, aber nicht schuldbewusst. »Ich wusste nicht, dass Gloria noch einen Schlüssel zu meiner Wohnung hatte«, erwiderte er. »Just an dem Abend hat sie ihn mir zurückgebracht und vorgeschlagen, es noch einmal zu versuchen. Aber ich wollte nicht, weil …« Er brach ab und biss sich auf die Lippen. »Weil ich mich in eine kleine Eidechse verliebt hatte, die mir jedoch leider entwischt ist.« Er zuckte mit den Schultern.

Arya schluckte trocken. Verliebt? Na, und wenn schon! Meinte er etwa, damit wäre alles vergeben und vergessen?

»Meine Schwester hat Gloria von dir erzählt, und als du dann bei mir aufgetaucht bist, hat sie ihre Wut über meine Abfuhr an dir ausgelassen.« Er ließ die Tür los und fuhr sich mit den Händen durch die Haare. »Wärst du doch bloß eine halbe Stunde später gekommen.«

Jetzt hätte sie eigentlich die Tür zuknallen und davonfahren können. Doch eine zögerliche Hoffnung keimte unvermittelt in ihrem Herzen auf. War wirklich alles nur ein Missverständnis gewesen, so, wie es Maike immer gesagt hatte? Wäre alles anders gekommen, wenn sie Tizianos Anrufe entgegengenommen hätte? Doch er hatte gesagt, dass sie keine gemeinsame Zukunft hätten. Das hatte sie nicht vergessen. Sie musste es jetzt einfach wissen.

»Du bist nicht verlobt?«

Er schüttelte den Kopf.

»Und damals bist du es auch nicht gewesen?«

Wieder schüttelte er den Kopf.

»Und du sagst, dass du dich in mich verliebt hast?«

Er nickte mehrmals.

»Und wieso hast du mir dann damals gesagt, dass unsere Wege sich trennen?«

Jetzt wirkte er beschämt. Also erinnerte er sich an seine Feststellung.

»Weil du jung bist und mich über kurz oder lang verlassen hättest. Und ich mir eine weitere Enttäuschung ersparen wollte.«

»Aha.«

Er neigte den Kopf und lächelte traurig. »Und es gibt noch einen weiteren Grund.«

»Der da wäre?«

»Weil ich ein Idiot bin!«

48

»Verehrte Gäste. Ich habe Ihnen eine ganze Menge über die *traurige Prinzessin* von Bellagio erzählt. Eine Frau, die nach dem Glück suchte und glaubte, es endlich gefunden zu haben, und doch vom Schicksal so fürchterlich betrogen wurde.«

Das Publikum schaute Tiziano gespannt an. In der ersten Reihe saß Arya und wirkte genauso erwartungsvoll wie alle anderen Anwesenden. Ilaria war tatsächlich geblieben. Sie saß nach wie vor in der hintersten Reihe, die Gesichtszüge versteinert, als warte sie nur auf das herabsausende Fallbeil. Es war zwar gemein von ihm, sie so lange auf die Folter zu spannen, aber ein wenig Bestrafung hatte sie zweifellos verdient.

»Ich weiß«, fuhr er fort, »dass über die Abstammung der Brentano-Kinder immer gemunkelt wurde.«

Jemand räusperte sich hörbar, Stühle wurden gerückt. Absurd zu denken, die Einheimischen hätten die Gerüchte aus jener Zeit vergessen.

»Unsere Familie hat darüber aus verschiedenen Gründen stets geschwiegen. Welche das sind, spielt keine Rolle. Aber ich denke, es ist an der Zeit, die Wahrheit aufzudecken. Und Sie als Premierenpublikum sollen es als Erste erfahren.«

Er registrierte, wie Ilaria zusammenzuckte und sich vorbeugte. Hinter ihm hatte man eine weiße Stellwand aufgebaut und auf dem Tisch stand jetzt ein Beamer, den er einschaltete. Catarinas letzter Brief an Pellegrina erschien.

»Ich habe Ihnen eben Catarina Brentanos letzten Brief an ihre Freundin vorgelesen. Vielleicht haben auch Sie bemerkt, dass er etwas wirr erscheint. Mein Eindruck war derselbe. Nirgends wurde mehr die Vogelmetapher, die sie für ihren Ehemann und ihren Geliebten verwendet hat, erwähnt. Und ich kam bei der Durchsicht des letzten Briefs zu der Überzeugung, dass die Abstammung ihrer beiden Kinder wohl für immer ein Geheimnis bleiben würde.«

Er ließ seinen Blick einen Moment über das Publikum schweifen und genoss dessen Erwartungshaltung.

»Doch Gott sei Dank gibt es intelligente Frauen, die zwischen den Zeilen lesen können! Marcella Adimari, würden Sie bitte kurz aufstehen?«

Marcella errötete, erhob sich und nickte der Zuhörerschaft flüchtig zu, bevor sie sich schnell wieder setzte. Ihr Vater legte stolz den Arm um ihre Schultern und drückte ihr einen Kuss auf den Scheitel.

Tiziano schmunzelte. »Das, meine Damen und Herren, ist die intelligente Frau, die Catarinas Geheimnis gelüftet hat. Ich selbst war leider zu blöd dazu …«

Gelächter erklang.

»Sie erinnern sich an den Schluss des letzten Briefes, in dem Catarina von einem Theaterstück sprach, das Pellegrina angeblich geschrieben haben soll und zu dem sie ihre Kritik abgeben wollte? Eine Kritik, die nach Catarinas Worten ihre Freundin vielleicht verletzen würde. Das hat Kritik nun mal so an sich, sie verletzt, also seien Sie gnädig mit meinem Buch, wenn Sie es rezensieren.«

Wieder ertönte Gelächter.

»Und Sie erinnern sich bestimmt auch an das Postskriptum, das so philosophisch erscheint?« Ein paar Köpfe nickten. »Ich dachte zuerst, meine Vorfahrin hätte unter hoher seelischer Anspannung gelitten und daher etwas geschrieben, das keinen Sinn ergibt. In Wahrheit war sie aber eine clevere Frau, die ihrer Freundin den Sachverhalt verschlüsselt übermittelte. Wenn die Contessa Adimari ebenso scharfsinnig war, und davon gehe ich aus, denn Marcella ist es ebenfalls, hat sie es verstanden.«

Er deutete mit einem Laserpointer auf den Schluss des letzten Briefes.

»Hier sind besagte Passagen. Beachten Sie bitte zuerst diese zwei Sätze:

Ich bin mir sicher, dass Du mich verstehst. Denk daran, dass jedes zweite Wort von Herzen kommt!

Ich habe beim Lesen nicht wahrgenommen, dass es doch etwas ungewöhnlich ist, dass nur jedes *zweite* Wort von Herzen kommen soll. Warum nur jedes zweite und nicht jedes einzelne? Ehrlich gesagt, hielt ich es einfach für eine Floskel. Aber weit gefehlt! Es ist der Schlüssel zu einer Geheimbotschaft. Jedes *zweite* Wort. Man muss jedes zweite Wort lesen.«

Ein Raunen ging durchs Publikum. Arya sah ihn mit gefurchter Stirn an, und er hielt die Spannung noch einen Moment aufrecht. Dann schaltete er auf die nächste Folie der Präsentation.

»Und hier sehen Sie, was dabei herauskommt, wenn man bei den unverständlichen Passagen nur jedes zweite Wort beachtet. Ich habe mir erlaubt, es etwas zu verdeutlichen.«

Er blendete eine weitere Folie ein, auf der er jedes zweite Wort geschrieben und die Anfangsbuchstaben hervorgehoben hatte.

***F**risch, innovativ*
***L**iebste Pellegrina!*
***U**rkomisch! Doch*
***C**upido selbst*
***H**ätte diese*
***T**ragödie noch*
***A**lberner gemacht.*
***M**agst du*
***K**eine solchen*
***A**lbernheiten mehr?*
***R**eicht es*
***F**ür Dich:*
***R**eisen und*
***E**ssen?*
***I**mmer am*
***T**ändeln und*
***A**us auf*
***G**eplänkel?*

***S**üße, treue*
***P**ellegrina, das*
***L**iegt Dir*
***Ü**berhaupt nicht.*
***G**ib es*
***E**hrlich zu!*
***N**eidisch blickt*
***M**ein altes*
***E**benbild auf*
***L**ustbarkeiten, Feste.*
***D**och glaube*
***E**ins, Freundin:*

Mir selbst
Ist doch
Ceres lieber!
Herzliche Grüße!

»Flucht am Karfreitag. Splügen. Melde mich«, las Tiziano vor. »Ist das nicht verblüffend?« Das Gemurmel wurde lauter und er nickte lächelnd. »Catarina hat ihrer Freundin also mitgeteilt, wann die Flucht stattfindet und welche Route sie gewählt hatten. Ist das nicht raffiniert?«

Vereinzelt klatschten ein paar Leute in die Hände. Arya schüttelte beeindruckt den Kopf.

»Aber das ist noch nicht alles, verehrtes Publikum, denn Catarina hat ihrer Freundin auch etwas über die Brentano-Kinder verraten.«

Augenblicklich wurde es wieder still. Er wechselte erneut die Folie.

»Sehen Sie hier.« Er las vor. »Und um Deine unausgesprochene Frage zu beantworten, herzallerliebste Pellegrina, die Dir doch immer so am Herzen lag und die ich Dir nie beantwortet habe … vielleicht aus Koketterie? Wer weiß … hier meine – zwar reichlich philosophisch angehauchten – Überlegungen dazu. Du wirst sie wie die obigen sicherlich verstehen.«

Er nahm einen Schluck Wasser.

»Ich vermute, dass Pellegrina von Catarina wissen wollte, ob ihre beiden Kinder die Frucht von Vittorio Malatesta oder ihrem Ehemann Adamo waren. Vielleicht hat Catarina dieses Geheimnis nie lüften wollen. Warum? Sie schreibt von Koketterie. Das könnte sein, womöglich erschien es ihr aber auch einfach nicht wichtig. Auf alle Fälle hat sie es am Ende ihrer Freundin – und daher auch uns – doch noch verraten.«

Tiziano hörte, wie jemand geräuschvoll die Luft einsog. Er musste nicht in die hinterste Reihe blicken, um zu wissen, dass es Ilaria gewesen war.

»Nehmen wir also das Postskriptum und decken das Geheimnis auf.«

Er wechselte erneut die Folie.

»Dies ist der Text, so wie er im Brief steht: *Bevor die Erde das Innerste der Dunkelheit nicht erreicht, wird Sünde und Irrglauben das Nichts erfüllen. Die Menschheit, einst die höchste Lebensform Erdens, mit Liebe gesegnet, ist dem Chor des Hasses verfallen. Glaube und ein beispielloses, bußfertiges Leben, ohne Stolz, reichen dem Einen jedoch nicht restlos.*

Philosophen aus aller Welt könnten jetzt endlos darüber diskutieren, was Catarina damit meinte, und sich dabei in die Haare kriegen.«

Die Anwesenden schmunzelten.

»Aber wir wissen ja bereits, dass nur jedes zweite Wort etwas bedeutet.«

Er klickte auf eine neue Folie.

»Schauen wir es uns an.« Tiziano zeigte wieder eine Ansicht, die jedes zweite Wort und deren Anfangsbuchstaben hervorhob.

B*evor die*
E*rde das*
I*nnerste der*
D*unkelheit nicht*
E*rreicht, wird*
S*ünde und*
I*rrglauben das*
N*ichts erfüllen.*
D*ie Menschheit,*

***E**inst die*
***H**öchste Lebensform*
***E**rdens, mit*
***L**iebe gesegnet,*
***I**st dem*
***C**hor des*
***H**asses verfallen.*

***G**laube und*
***E**in beispielloses,*
***B**ußfertiges Leben,*
***O**hne Stolz,*
***R**eichen dem*
***E**inen jedoch*
***N**icht restlos.*

Das Gemurmel im Publikum schwoll weiter an und Tiziano löste das Rätsel auf: »Beide sind ehelich geboren!«

Er hielt einen Moment inne, um den Anwesenden die Möglichkeit zu geben, das Gehörte sacken zu lassen.

»Catarina Brentano, die *traurige Prinzessin* und meine Vorfahrin, hat sich also nie etwas zuschulden kommen lassen.«

Zuerst blieb es einen Moment still. Tiziano konnte spüren, wie die Botschaft im Publikum ankam, und dann brandete Applaus auf.

Er stand auf und verbeugte sich lächelnd.

»Ich danke Ihnen fürs Kommen und das Interesse an unserer Familiengeschichte. Alles, was Catarina sonst noch erlebt hat, wie es zum Treffen mit Vittorio Malatesta kam, wie die verräterische Zofe hieß und wie Catarinas Leben schließlich endete, können Sie in meinem Roman nachlesen. Wenn Sie einen kaufen möchten …«

Lautes Gebell unterbrach ihn. Paco stand winselnd vor Ilaria, die ohnmächtig vom Stuhl gefallen war.

49

»Severino, hol doch bitte noch eine Flasche Domasino aus dem Keller.«

Tizianos Neffe rollte theatralisch die Augen, erhob sich aber folgsam und verschwand aus der Küche.

Arya verkniff sich ein Lachen.

Nachdem Ilaria bei der Lesung in Ohnmacht gefallen war, hatte sich das Ehepaar Adimari sofort um sie gekümmert. Tizianos Schwester war schnell wieder zu sich gekommen, und jetzt saß die Familie in der Villa La Perla zusammen und genoss ein frühes Abendessen. Die Erleichterung darüber, dass sich mit Catarinas zunächst rätselhaftem Brief der Brentano-Fluch in Luft aufgelöst hatte, war Ilaria deutlich anzusehen. Sie wirkte um Jahre jünger, gab sich charmant und lächelte Arya zuweilen sogar an. Etwas, das Arya noch vor ein paar Monaten nie für möglich gehalten hätte.

Paco konnte sich nicht entscheiden, ob er Tiziano oder ihr seine Gunst schenken sollte. Er legte seinen Kopf abwechselnd auf ihrer beider Oberschenkel und ließ sich genüsslich kraulen.

»Dann werden Sie also morgen zu Luigi Pini fahren?«, fragte Emanuele Durini und entkorkte den Wein, den ihm sein zurückkommender Sohn in die Hand drückte.

»Ja, er war so freundlich, unseren heutigen Termin zu verschieben.«

»Ich kann dich begleiten, wenn du möchtest«, schlug Tiziano vor.

Arya lächelte. »Das ist lieb von dir, aber ich werde das schon schaffen.«

»Nun lass sie doch ihre eigenen Entscheidungen treffen!«, mischte sich Ilaria ein. »Wir sind nicht mehr im siebzehnten Jahrhundert, als die Männer den Frauen vorschrieben, wie sie zu leben hatten. Was daraus entsteht, hast du ja lange genug recherchiert.«

Sie wies mit dem Kinn auf den Stapel Bücher, die vom Verkauf an der Lesung übrig geblieben waren.

Tiziano hob beide Hände. »Entschuldige, ich wollte nur helfen.«

Arya drückte ihm einen Kuss auf die Wange. »Du kannst mir später, wenn Pini und ich uns einig werden, noch genug helfen. Sag, wie geschickt bist du mit einer Baumschere?«

Er sah sie verblüfft an und die Anwesenden brachen in Gelächter aus.

»Man nimmt mich hier nicht ernst«, sagte Tiziano schmollend. »Ich werde mit Paco eine Runde drehen. Komm, Kumpel, wir verschwinden!« Als der Hund seinen Namen hörte, sprang er auf und trabte zur Terrassentür. »Wenigstens einer, der mich mag«, knurrte Tiziano.

Arya lachte. »Warte, du armer Mann, ich begleite dich.«

Sie erhob sich und holte ihre Jacken aus dem Flur.

Es hatte aufgeklart. Die letzten Wolkenfetzen am Himmel wurden von der untergehenden Sonne in Purpur getaucht. Dazwischen funkelten bereits die ersten Sterne. Der kalte Wind trieb Arya die Tränen in die Augen, doch sie atmete tief die frische Luft ein, die nach Schnee und Seewasser roch. Herrlich!

Hand in Hand waren sie bis zum Bootssteg marschiert und sahen nun schweigend über den aufgewühlten See zum gegenüberliegenden Ufer.

»Ich kann es kaum erwarten, dein Buch zu lesen«, brach Arya das Schweigen. »Das wird eine gute Übung für mein Italienisch.«

Tiziano erwiderte nichts darauf. Seine Miene wirkte verschlossen.

»Hey, ich werde auch nicht meckern«, versuchte sie es mit einem Scherz, aber er reagierte noch immer nicht.

Was war denn mit ihm los? Jetzt hatte sich doch alles zum Guten gewendet. Den Brentano-Fluch gab es nicht; das hatte er beziehungsweise Marcella Adimari bewiesen. Und er und Ilaria würden sich auch wieder annähern. Es war eigentlich alles in Ordnung.

Plötzlich stieg Angst in Arya auf. Gab es noch etwas, das er ihr gestehen musste? Vielleicht doch eine andere Frau in seinem Leben? Sie schluckte schwer.

Paco hatten sie von der Leine gelassen. Das Tor zum Bootssteg war abgesperrt, er konnte also kein winterliches Bad nehmen. Das Tier schnüffelte in den immergrünen Hecken entlang des Weges zum Gartenhaus und hob das Bein.

Tiziano räusperte sich.

»Wenn du dir mit Pini nicht einig wirst, schaust du dir danach das Geschäft in Genua an? Und wenn das auch nicht das Richtige ist, wirst du dann wieder abreisen?«

Er senkte den Blick und kickte einen Kiesel in den See.

Also das beschäftigte ihn. Er machte sich Sorgen, ob sie in Italien blieb. Die Freude und Erleichterung darüber, dass es nicht um Gloria oder eine andere Frau ging, ließ Arya lächeln.

»Wirst du?« Er hob den Blick und seine Augen verengten sich, als er ihr heiteres Gesicht bemerkte. »Was ist an der Frage denn so lustig?«

Sie löste ihre verschränkten Finger und schmiegte sich an seine Brust. »Nichts, ich finde es nur schön, dass du dich um mich sorgst.«

Er schloss sie in die Arme. »Das amüsiert dich also?«

Sie lachte leise. »Ein bisschen.«

»Du hast meine Frage nicht beantwortet«, entgegnete er und küsste ihre Schläfe. »Wirst du in Italien bleiben, oder muss ich mir einen Job in Schottland suchen?«

Sie hob überrascht den Kopf. »Das würdest du tun?«

»Oder sonst wo auf der Welt, wenn wir nur zusammen sind.«

Sie schniefte gerührt. »Das mit Pini wird schon klappen«, sagte sie. »Ich habe ein gutes Gefühl dabei. Und wenn nicht, finden wir eine andere Lösung.« Sie strich Tiziano über die Wange. Die Bartstoppeln fühlten sich rau an, seine Haut war kalt, doch in seinen Augen ging gerade die Sonne auf.

»Meinst du, es wäre unhöflich von uns, wenn wir nicht zurückgingen?«, fragte er mit einem anzüglichen Grinsen.

»Auf alle Fälle.«

»Gut. Dann komm, ich weiß, wo der Schlüssel fürs Gartenhaus liegt.«

»Und Paco?«

»Der wird schon zurückfinden, wenn es Zeit zum Fressen ist. Ich muss dir jetzt unbedingt dieses schreckliche T-Shirt ausziehen, *piccola lucertola*. Und dann werde ich dich lieben, für den Rest meines Lebens.«

Epilog

Karfreitag, 1722

Allerliebste Pellegrina!

Heute jährt sich der Tag meiner geplanten Flucht mit Vittorio zum achtunddreißigsten Mal. Wie damals kamen in diesem Jahr der Frühling und mit ihm auch die Zugvögel schon früh zurück. Vielleicht fällt es mir deshalb schwer, diese Zeilen zu schreiben.

Meine Kinder sind schon lange erwachsen und haben eigene Familien. Sie haben ihre Mutter sicherlich vergessen; das hat mich jede einzelne Minute meines unglückseligen Lebens geschmerzt. Ich suchte ein bisschen Glück und habe einen hohen Preis dafür bezahlt. Alle, die ich liebte, sind tot: meine Eltern, Vittorio, Du. Und diejenigen, die noch leben, haben sich von mir abgewandt.

Mir bleibt auf dieser Erde nicht mehr viel Zeit, das ist gut. Ich bin müde und möchte mich endlich ausruhen. Es war ein langes Leben und für meinen Stolz und mein Streben nach Glück habe ich ausgiebig bezahlt.

Aber ich will nicht jammern. Hätte ich den Mut gehabt, ich hätte selbst Hand an mich gelegt, doch das wäre eine noch größere Sünde als meine Liebe zu Vittorio gewesen. Also habe ich es ertragen, als Sühne für meinen Egoismus. Doch jetzt ist es genug. Mein Körper und meine Seele wollen nicht mehr und auch das Schreiben fällt mir jeden Tag schwerer. Was noch bleibt, sind die Erinnerungen an eine Zeit, in der ich tatsächlich dachte, auch ich hätte etwas Glück verdient.

Es tut mir leid, süße Pellegrina, jetzt fange ich ja doch noch an zu klagen. Verzeih! Sieh es einer alten Frau nach, dass sie am Ende ihres Lebens in Sentimentalitäten versinkt. Wir sehen uns bald wieder, beste Freundin, das fühle ich, dann werden wir mit Vittorio zusammen lachen und glücklich sein. Wartet Ihr auf mich und nehmt mich in Empfang? Der Gedanke tröstet mich, denn ich habe trotz allem ein wenig Angst.

Ich muss jetzt Schluss machen, liebste Freundin, der Kerzenstummel ist schon beinahe abgebrannt. Und ich will diesen Brief ja auch noch verbrennen, wie ich es mit jedem meiner Briefe, die ich Dir seit jenen Ereignissen schrieb, getan habe, damit Adamo sie nicht liest. Nach der Strafe, dass ich meine Kinder nie mehr sehen durfte, war es bestimmt mein größter Schmerz, Dir nicht mehr schreiben zu dürfen. Vielleicht noch, dass man mir nicht mehr erlaubt hat, in den Garten zu gehen. Aber man gewöhnt sich an alles, süße Pellegrina. Die Zeit schleift die Ecken und Kanten ab, bis man rund wie ein Kiesel ist und nirgends mehr anstößt.

Eins möchte ich Dir noch sagen: Ich vergebe Adamo, ich vergebe Lucrezia, meiner Zofe, und ich vergebe dem Schicksal, denn ich will ohne Bedauern, Wut oder schlechte Gedanken aus dieser Welt scheiden. Gott hat für mich ein anderes Los bestimmt als jenes, das ich mir so sehnlichst gewünscht habe. Aber Er wird schon wissen, weshalb. Wir Sterblichen kennen Seinen Plan nicht und müssen uns hüten, ihn zu hinterfragen.

Nun denn, allerliebste Pellegrina, ein letztes Mal sende ich Dir meine herzlichsten Grüße, meinen aufrichtigen Dank für Deine segensreiche Freundschaft und umarme Dich ganz fest.

Bis bald!
Deine Catarina

Anmerkungen der Autorin

Die Personen und Handlungen dieser Geschichte sind frei erfunden. Etwaige Ähnlichkeiten mit lebenden oder verstorbenen Personen sind rein zufällig.

Als Inspiration für das fiktive Schicksal von Catarina Maddalena Brentano diente mir die Lebensgeschichte von Sophie Dorothea, Prinzessin von Ahlden.

Die Verse, die Ugo Adimari zitiert:

So kostbar sind mir heute jene Stunden,
in denen wir uns Worte von den Lippen küssten;
als wir nur mit den Händen sahen, so als müssten
sie unsre Körper wie ein neues Land erkunden,

stammen aus meinem Gedicht »Die zeitlose Lüge«, Teil des Gedichtbands »Heut war mir so …«, ISBN 9781482350678.

Ich danke Ihnen, liebe Leserinnen und Leser, für Ihr Interesse an meinen Geschichten. Besuchen Sie mich doch auf meiner Website www.margotsbaumann.com, bei Facebook oder

Amazon und sagen Sie mir, wie Ihnen mein Roman gefallen hat. Ich würde mich sehr darüber freuen.

Herzlichst
Margot S. Baumann

Printed in Germany
by Amazon Distribution
GmbH, Leipzig

28301699R00199